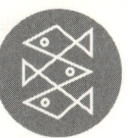

STEFANIE HANSEN

Für immer und ein Jahr

ROMAN

© 2024 S. Fischer Verlag GmbH,
Hedderichstr. 114, 60596 Frankfurt am Main
Die Nutzung unserer Werke für Text- und Data-Mining
im Sinne von § 44b UrhG behalten wir uns explizit vor.
Redaktion: Silke Reutler
Satz: Dörlemann Satz, Lemförde
Druck und Bindung: GGP Media GmbH, Pößneck
ISBN 978-3-596-71065-2

∞

Die geliebt werden, können nicht sterben,
denn Liebe bedeutet Unsterblichkeit.
Emily Dickinson

EIN KALENDER FÜR DIE EWIGKEIT

$\mathcal{S}$olange Jan denken konnte, hatte das Aufschlagen des Geburtstagskalenders zu Kayas Sonntagmorgen-Ritualen gehört. Meist tat sie es noch vor dem Frühstück, um nachzusehen, wem sie in den kommenden Tagen gratulieren musste, neben sich eine Tasse frisch gebrühten Kaffees. An diesem Sonntagmorgen jedoch trank sie keinen Kaffee. Sie vertrug nur noch Wasser und milden Kräutertee. Der Krebs hatte sich in ihrer Lunge ausgebreitet, und sie atmete mühevoll. Ein Sauerstoffgerät neben ihrem Bett verhalf ihr manchmal zu ein paar friedlichen Stunden in der Nacht. Das gleichmäßige Brodeln und Zischen des Geräts beruhigte sie, wenn Jan es nicht mehr konnte.

Jan hatte ihr ins Wohnzimmer hinuntergeholfen, wo sie auf dem Sofa saß, ihren Geburtstagskalender im Schoß.

Es war kein gewöhnlicher Kalender. Kaya hatte ihn selbst gestaltet, zu einer Zeit, als sie einander noch nicht gekannt hatten. Sie war eine leidenschaftliche Notizbuchsammlerin und liebte es, die Einbände mit gemustertem Papier oder Fotos zu verzieren. In ihren Notizbüchern hielt sie schöne Erinnerungen fest, klebte Fotos ein, bewahrte Eintrittskarten zu Konzerten und Museen auf – ihr Leben auf unzähligen Seiten Papier eingefangen. Die Notizbücher lagen im Schlafzimmer, in Kayas Nachtschrank, nur den Geburtstagskalender bewahrte sie in der Küche im Regal neben den Kochbüchern auf, genau auf Blickhöhe. Es war ein besonders schönes großformatiges Exemplar mit

Ledereinband. Alle Menschen, die in Kayas Leben je eine Rolle gespielt hatten, waren in diesem Kalender mit Geburtsdatum und manchmal auch mit einem Foto verewigt. Der Ledereinband hatte einige Fettflecken abbekommen, das Papier war fest und am Rand ein wenig gewellt. Die vielen Jahre seiner Existenz steckten darin wie die Feuchtigkeit in den Mauern eines alten Weinkellers.

Er war nach Monaten und Tagen gegliedert, kleine farbige Laschen markierten das jeweils erste Blatt eines Monats, und jedem Tag gehörte eine ganze Seite. Großzügig wie Kaya war, hatte sie allen Monaten einunddreißig Tage zugewiesen, sogar dem Februar. Wochentage gab es keine, dafür aber viel Platz, um sie mit zukünftigen Bekanntschaften zu füllen. So war Kayas Kalender für die Ewigkeit gemacht, ein Grund vielleicht, warum er in den Händen seiner zierlichen Besitzerin immer schon so schwer und mächtig gewirkt hatte. Und heute ganz besonders.

Sie sah grau und zerbrechlich aus, beinah zu schwach zum Sitzen. Auf jeden Fall zu schwach, um zu telefonieren.

»Willst du dich nicht lieber wieder hinlegen?«, fragte Jan.

»Gleich«, sagte sie und blätterte im Kalender. »Ich will nur …« Sie stöhnte leise. »Ich habe total vergessen, dass Aicha morgen Geburtstag hat.«

Aicha war Kayas Patenkind, eine inzwischen zwanzigjährige junge Frau aus Burkina Faso, die von Kaya seit vielen Jahren unterstützt wurde. Dank Kayas monatlicher Zuwendungen hatte sie zur Schule gehen und einen Abschluss machen können – den besten ihres Jahrgangs. So gut war er gewesen, dass sie ein Stipendium bekommen hatte und jetzt in London Medizin studierte. Kaya und Jan hatten sie regelmäßig besucht – erst in ihrem Heimatdorf, dann in Ouagadougou, der Hauptstadt von Burkina Faso, und vergangenes Jahr sogar noch in London. In diesem Jahr hatte es keinen Besuch mehr gegeben.

Kaya sah zu Jan auf, ihre Augen riesig im schwindenden Gesicht. »Ich schicke ihr doch immer etwas. Das kommt jetzt nicht mehr rechtzeitig an. Wieso habe ich das vergessen?«

»Weil es nicht wichtig ist«, sagte er und küsste sie auf die Stirn. »Du hast ihr ein Leben geschenkt. Das ist unendlich viel mehr wert als jedes Geburtstagspäckchen.«

»Es *ist* wichtig. Jeder dieser Menschen ist wichtig.« Sie legte die Hände auf ihren Kalender, als müsste sie ihn vor seiner Geringachtung schützen.

»Ja, die Menschen sind wichtig, aber nicht, dass du ihnen pünktlich etwas zum Geburtstag schenkst.«

»Das gehört doch zusammen. Es zeigt ihnen, dass sie jemandem etwas bedeuten. Und was kann wichtiger sein als das?«

»Deine Gesundheit. Du!«

»Diese Menschen werden da sein, auch wenn ich es nicht mehr bin.«

Jan zog Kaya an sich und hielt sie lange fest, wie um diesem Nicht-mehr keinen Raum zwischen ihnen zu geben.

Der Anruf am nächsten Tag bei Aicha war der letzte, für den Kaya noch Kraft gefunden hatte.

Das Gespräch schwächte sie so sehr, dass sie danach vor Erschöpfung einschlief, den Kalender auf dem Bauch, das Handy in der Hand. Als Jan beides nehmen und beiseitelegen wollte, öffnete sie die Augen.

»Bleib. Setz dich zu mir.« In ihrem Blick war Unruhe. Er dachte, sie würde wieder einschlafen, beruhigt durch seine Nähe. Doch sie schob sich in den Kissen ein Stück höher und griff nach seiner Hand.

»Du musst etwas für mich tun.«

»Alles, was du willst.«

»Ich kann es nicht mehr. Es ist zu anstrengend geworden.«

Er war alarmiert. »Was meinst du?«

»Telefonieren. Ich kann nicht mehr telefonieren. Mir fehlt der Atem.«

»Ist doch klar.« Nichts hätte seine Hilflosigkeit deutlicher zum Ausdruck bringen können als diese Worte.

»Wenn ich nicht mehr bin …«

Er wollte das nicht hören. »Ruh dich jetzt aus«, unterbrach er sie. »Wir sprechen später weiter.«

»Nein. Jetzt.« Ihre körperlichen Kräfte mochten stündlich schwinden, nicht jedoch ihre Dickköpfigkeit.

»Ich möchte, dass du sie anrufst. Alle. Ein Jahr lang.«

»Alle? Wen alle?«

»Alle, die in meinem Kalender stehen.« Sie strich ein paarmal mit der Hand über den Einband und lächelte wie eine müde Tänzerin, die zum letzten Mal vor ihr Publikum tritt, um sich nach vielen gelungenen Vorstellungen endgültig zu verabschieden. Dann legte sie ihm das Buch in den Schoß.

»Keine E-Mails, kein WhatsApp. Telefon. Ein Jahr lang.«

»Du willst, dass ich all diese Leute …?« Er ließ den Rest des Satzes unausgesprochen, ein leises Stöhnen entwich ihm aber doch. Er konnte nicht telefonieren. Er *hasste* es zu telefonieren! Mit einem menschlichen Gegenüber zu reden, war schon schwer genug. Er fand ohnehin nie die richtigen Worte, wenn mehr von ihm verlangt wurde, als reine Faktenübermittlung.

»Du hast gesagt, du tust alles für mich.«

»Ja!« *Aber viele von diesen Leuten kenne ich doch gar nicht.*

Kaya konnte seine Gedanken lesen. Seit sie krank war, besser denn je. »Sie kennen dich. Und sie bedeuten mir etwas, sonst stünden sie nicht da drin. Reicht das nicht?«

»Ach, Kaya, ich …«

»Bitte.«

Ihre Stimme schien an dem Wort zu zerbrechen.

Schnell sagte er: »Ja, natürlich.« Er nahm ihre Hand, küsste sie da, wo sich die Lebenslinie in der Handwurzel verlor. »Ich mache es. Versprochen.«

Dankbar schloss Kaya die Augen.

Eine Weile saß er still bei ihr, dann fiel ihm noch etwas ein. »Und warum genau ein Jahr lang?«

»Weil du dann alle einmal angerufen hast.« Wie gegen einen machtvollen Widerstand hob sie die Lider. Ihre Augen hatten die Farbe des Himmels an einem leicht verhangenen Sommertag und so, wie sie ihn in diesem Moment ansah, glaubte er, über die Grenzen des Himmels hinaus in die Unendlichkeit blicken zu können.

»Danach entscheidest du selbst, was du daraus machst«, flüsterte sie.

OKTOBER

*J*an hätte nie geglaubt, dass er sich je wünschen könnte, eine Aufgabe unvollendet zu lassen. Aber er würde zu Ende bringen, was zu Ende gebracht werden musste. Das war er Kaya schuldig.

Am Morgen war eine neue Holzlieferung gekommen. Überwiegend Kiefer, und auch die längst überfällige Charge afrikanischen Ebenholzes war dabei.

Der Geruch frisch geschlagener Hölzer strich mit der warmen Nachmittagsluft durch die geöffneten Fenster in die Werkstatt. Kiefernholz hatte einen intensiven Duft, insbesondere, wenn die Sonne darauf schien und die Bodenfeuchte sich mit dem Holzaroma vermischte.

Eine Planke dunkelbraunen Ebenholzes lag vor ihm. Er sägte ein winziges Stück davon ab. Den Rest konnte er vielleicht irgendwann einmal für Intarsien an einem Möbelstück verwenden. Manchmal wollten Kunden so etwas.

Das Anfertigen des Unendlichkeitssymbols, oder der liegenden Acht, wie Lina es nannte, bereitete ihm keine große Schwierigkeit. Und doch war es die größte Herausforderung seines Lebens.

Die Stelle, an der die Bögen aufeinandertrafen, sollte sehr fein gearbeitet sein. Jan wollte, dass es elegant aussah. Vorsichtig bearbeitete er das Stück Ebenholz mit der Dekupiersäge.

Wenn Jan in seiner Werkstatt arbeitete, konnte er die Welt um sich herum vergessen. Zu sehen, wie ein Stück

Holz unter seinen Händen zu neuem Leben erwachte, gab ihm Frieden. Auch heute.

Es dauerte nicht lange und er hielt ein filigranes Unendlichkeitszeichen in der Hand. Die Linienstruktur des Ebenholzes erzeugte eine fließende Optik. Genauso hatte er es sich vorgestellt.

Der Deckel der Urne, in den er das Zeichen einarbeiten wollte, lag schon seit Tagen bereit. Die Auswahl des Holzes für das Behältnis war ihm nicht leichtgefallen, es gab so viele schöne Hölzer. Er hatte sich schließlich für Seidenkiefer entschieden. Sie war weich, hatte damit etwas Sanftes, und der warme weißgelbe Farbton bildete einen schönen Kontrast zu dem dunkelbraunen Ebenholz. Vor allem würde sie sich in der Erde schnell zersetzen, wenn sie unbehandelt blieb, im Gegensatz zu der Intarsie. Ebenholz hielt ewig.

Er übertrug die Form der liegenden Acht mit einem feinen Bleistift auf den Urnendeckel, spannte ihn in die Fräse ein und begann die Oberfläche abzutragen. Anschließend stemmte er die tieferen Schichten mit dem Stechbeitel aus. Immer wieder prüfte er die Passgenauigkeit seiner Einlegearbeit, und als sie sich schließlich nahtlos in die ausgefräste Stelle einfügen ließ, schnalzte er zufrieden mit der Zunge.

Da stupste ihn plötzlich jemand an. Überrascht drehte er sich um. Es war Lina. Er hatte sie nicht hereinkommen hören, so versunken war er gewesen in sein Tun.

»Das sieht schön aus«, sagte sie und zeigte auf den Deckel mit der Intarsie.

»Finde ich auch.«

»Klebst du sie jetzt ein?«

Jan nickte.

»Darf ich den Leim draufpinseln?«

Wieder nickte er, und sie gingen zum Tisch am Fenster, wo der Leimtopf stand.

Er beobachtete seine zwölfjährige Tochter, die in höchster Konzentration mit vorgeschobener Zungenspitze vorsichtig den Leim in die Aussparung auf den Urnendeckel und dann auf die Unterseite der Intarsie pinselte. Gemeinsam drückten sie das Unendlichkeitssymbol fest. Es saß perfekt. Nun musste die Oberfläche nur noch geschliffen und poliert werden.

»Glaubst du, sie ist immer noch hier?«, fragte Lina und schaute zu ihm auf.

Jan sah sie eine Weile schweigend an. Dann nahm er sie in den Arm und küsste ihren Scheitel. Ihr Haar war warm und roch ein bisschen nach Wald. Vielleicht hatte sie zwischen den Hölzern gesessen, wie so oft, wenn sie Trost brauchte.

»Sicher ist sie noch hier«, sagte er. »Und wird es immer bleiben.« Das Sprechen kostete Kraft.

»Glaubst du wirklich?«

Er wünschte es sich. Aber wirklich daran glauben konnte er nicht, ebenso wenig wie er an den lieben Gott glauben konnte oder an eine Wiedergeburt.

»Solange wir an sie denken, wird sie hier sein.«

»Das ist lange.«

»Das ist für immer«, sagte Jan.

∞

Das Festnetztelefon, das im Wohnzimmer neben dem Fenster stand, stammte aus einer Zeit, als es noch kaum Handys gab und schnurloses Telefonieren als technische Errungenschaft galt. Es war weiß mit einem zerkratzten Display, eines dieser Modelle, das man durchs Haus tragen konnte, wenn man, wie Kaya es oft gemacht hatte, neben dem Telefonieren Staub wischte, Wäsche zusammenlegte oder kochte. Der Akku des Geräts war schon altersschwach, so dass ausgiebige Telefonate kaum mehr möglich waren, aber seit jedes Mitglied der Familie ein eigenes Handy besaß, telefonierte ohnehin fast keiner von ihnen mehr über Festnetz.

Jan wischte beim Telefonieren nie Staub oder legte Wäsche zusammen. Vorzugsweise telefonierte er gar nicht. An diesem Morgen aber stand er mit dem Hörer in der Hand und einem Stein in der Magengrube am Wohnzimmerfenster. Ein paarmal tippte er eine Kölner Rufnummer ein, doch noch bevor ein Freizeichen ertönen konnte, drückte er jedes Mal sofort wieder auf die rote Taste.

Ich kann das nicht.

Er blickte auf den Wald, der sich hinter dem Haus bis weit in den Norden erstreckte. Es war ein trüber, nasskalter Vormittag und so dunkel, dass Jan das Licht anmachen musste, obwohl es schon beinah zwölf Uhr war. Einige Wolkenschwaden hingen so tief, dass die Baumwipfel darin verschwanden.

Kaya war jeden Morgen nach dem Aufstehen zwei Stunden lang durch diesen Wald marschiert. Sie hatte dazu nie einen Hund gebraucht, wie die meisten anderen Menschen. Die Bäume waren ihr Gesellschaft genug gewesen. Dort, unter einem dieser Bäume, wäre eigentlich der passendere

Ort für Kayas Asche, dachte Jan, nicht dieses kümmerliche Urnengrab auf dem Dorffriedhof. Aber wahre Freiheit wurde den Menschen nicht einmal im Tod gewährt.

Ein weiteres Mal tippte er die Nummer der Frau ein, die er heute anrufen sollte, und die passend zu seiner Stimmung Sieglinde Schwermuth hieß, Kayas Grundschullehrerin. Er kannte niemanden, der sein Leben lang den Kontakt zu seiner Grundschullehrerin aufrechterhalten hatte. Außer Kaya.

Ein Geräusch hinter ihm ließ ihn herumfahren. Schnell stellte er den Hörer zurück auf die Ladestation.

Sein Sohn Finn stand in der Tür, mit hängenden Schultern und blassem Blick. Er war im letzten Jahr so in die Höhe geschossen, dass er offenbar glaubte, nur noch gebückt durch Türen zu passen. »Ich bin weg.«

»Wie weg? Wohin?«

»Och, Papa! Ich hab einen Wettkampf heute. Weißt du doch.«

Jan zerrte seine Gedanken weg von Frau Schwermuth und seiner verstorbenen Frau hin zu seinem lebendigen Sohn. »Wettkampf. Ja. Stimmt. Wo noch mal?« Finn spielte seit zwei Jahren Basketball. Er war gut darin, nicht zuletzt, weil er alle anderen um mindestens eine Kopflänge überragte.

So wie Finn ihn ansah, ahnte Jan, dass er ihn bereits mehrfach über den Spielort informiert haben musste.

»Spielplan hängt in der Küche. Ich muss los, der Bus kommt gleich. Tschüss.«

Die Tür knallte ins Schloss, und im selben Augenblick schrillte das Telefon. Im Display die Kölner Nummer, die er eben mehrfach gewählt hatte. Jan presste die Hände

auf die Ohren und wartete, bis das Klingeln verstummt
war.

Es war ein Versuch, Jan. Immerhin.
Weißt du, was das Schlimmste am Sterben ist? Es ist der
Verlust der Fähigkeit, sich mitteilen zu können. Es gibt so
vieles, was ich dir noch würde sagen wollen, weil es dir
helfen könnte in diesem neuen Job, den du jetzt antreten
musst.
Ich würde dir auch danken wollen, tausendmal und im-
mer wieder. Für den Platz in eurer Mitte, im Wohnzimmer
am großen Fenster. Den Blick in den Garten und auf den
Wald dahinter, den du mir geschenkt hast, in den letzten
Stunden.
Du warst mein Schutzengel, das beste Geschenk meines
Lebens, bist es auch jetzt noch, wo das, was einmal Ich
war, in dieser Urne steckt, die du für mich gemacht hast.
Ich weiß, wie schwer das für dich war. Aber sie ist wun-
dervoll, und vielleicht hilft es dir ein bisschen, so etwas
Schönes für mich geschaffen zu haben, auch wenn ich es
am allerwenigsten brauche.
Du bist mir während des Sterbens nicht von der Seite ge-
wichen – und es hat ja ziemlich lange gedauert. Ich wollte
deine Hand nicht loslassen und du nicht meine. ›Du darfst
gehen‹, hast du irgendwann gesagt, ›ich schaffe das schon.
Lass los.‹ Dabei hast du genauso wenig loslassen können
wie ich. Ich habe gekämpft, um jede Woche, jeden Tag,
jede Stunde mit euch. Die Zeit war zu kurz. Und doch war
es eine kleine glückliche Ewigkeit.
Liebe ist das Einzige, das wir über die Grenzen des Lebens
hinaustragen, wusstest du das?

Vielleicht könnt ihr mich ja noch spüren, so wie ich euch, auch wenn im Alltag die Fähigkeit, das Wesentliche wahrzunehmen, so leicht verlorengeht.

∞

Kaya hatte ihm aufgetragen, für einen möglichst normalen Alltag zu sorgen – auch in den ersten Wochen nach ihrem Tod. Die Routine würde helfen, nicht ins Straucheln zu geraten, ihm genauso wie den Kindern. Aber die Routine half nicht gegen die Stille im Haus. Nicht einmal Herr Johansson half dagegen. Der Graupapagei hockte in seinem Käfig und putzte sein Gefieder. Nur manchmal plapperte er die Worte nach, die gesprochen wurden, aber das waren nur sehr wenige.

Kaya hatte Herrn Johansson eines Tages von einer der Frauen mitgebracht, die sie als Hebamme betreute, weil die junge Mutter fürchtete, das Tier könnte eifersüchtig auf ihr neugeborenes Baby sein und es womöglich attackieren. Kaya hatte immer ein Herz für unerwünschte Wesen gehabt, auch wenn sie an den Nerven zerrten und Dreck machten. Als Kaya ihn übernahm, hatte Herr Johansson noch keinen Namen und sprach kaum. Er wurde einfach nur Papagei genannt. Kaya fand, jedes Lebewesen hätte das Recht auf einen Namen, und taufte ihn Johans Sohn, weil er ähnlich schweigsam war wie Jan. Damals war Finn noch nicht geboren, und sie war der Meinung, mit diesem Namen würde es Jan leichter fallen, eine emotionale Bindung zu dem Tier aufzubauen. Aus Johans Sohn war im Lauf der Zeit Herr Johansson geworden. Später hatten die Kinder Gefallen daran gefunden, dem Tier Schimpfwörter beizubringen, den Rest hatte es ganz von selbst gelernt.

Wenn die Kinder nicht zu Hause waren, trug Jan Herrn Johanssons Käfig in die Werkstatt. Er wollte nicht, dass der Papagei den ganzen Tag allein in der Küche saß und eine Depression bekam. Vielleicht wollte auch *er* nicht den ganzen Tag allein in seiner Werkstatt sein. Früher hatte er das Alleinsein während der Arbeit genossen. Jetzt konnte er es kaum ertragen und empfand selbst die Gesellschaft eines Papageis als tröstlich.

Heute ging Jan nicht in seine Werkstatt, denn um neun Uhr kam der Pfarrer.

Jan hatte ihn nicht darum gebeten. Der Pfarrer kam immer in die Häuser, in denen ein Mensch gestorben war. Diese Besuche gehörten zu seinen seelsorgerischen Pflichten, die er auch bei jenen Seelen des Dorfes wahrnahm, die bestens ohne ihn zurechtkamen. Zwar hatte Jan versucht, ihm zu erklären, dass er keinen kirchenseelsorgerischen Beistand benötigte, aber das hatte ihn nicht davon abgehalten, sich trotzdem anzukündigen, auch wenn er, anders als üblich, erst nach der Bestattung vorbeikam. Aber da Kaya nicht kirchlich beigesetzt worden war, hatte er es offenbar nicht so eilig gehabt mit seinem Besuch.

Jan hielt es für eine gute Idee, Herrn Johansson bei dem Gespräch mit dem Pfarrer dabeizuhaben, so würde auch keine unangenehme Stille entstehen.

Jan ging in der Küche auf und ab, während er wartete. Herr Johansson beäugte ihn stumm. Jan dachte daran, wie Lina ihn gefragt hatte, ob er glaube, Kaya sei immer noch da. In den ersten Stunden nach ihrem Tod hatte er sie intensiv gespürt, wie eine Umarmung ohne physische Berührung. Diese Empfindung war einer merkwürdigen Taubheit gewichen, einer Art Gefühlsnebel, der sich nur hin und wieder lichtete. Was dann zum Vorschein kam, war weder hell noch klar, sondern einfach nur dunkel und schmerzhaft.

Was blieb, wenn ein Mensch gegangen war?

Haftzettel auf dem Kühlschrank zum Beispiel. So viele, dass die Kühlschranktür darunter beinah verschwand. Ein ganzes Familienleben auf bunten Zetteln, dazwischen ein paar alte Urlaubsfotos, die Einladung zu einem Elternabend, der längst stattgefunden hatte, und Karten mit Arztterminen aus den vergangenen Monaten, die niemand weggeworfen hatte.

Die ersten Zettel, die Kaya beschrieben hatte, hingen links oben. Kaya hatte sich systematisch durch ihren Alltag gearbeitet, ihre inneren To-do-Listen auf gelben, blauen, grünen und pinkfarbenen Zetteln verewigt. Eine perfekt vorbereitete Übergabe, auf die Jan bei aller Vorbereitung nicht vorbereitet war.

Links oben standen alle Zugangscodes und Passwörter. Jan hatte gar nicht gewusst, dass es so viele davon in ihrem gemeinsamen Leben gab. Sogar der Zugang zum finanziell sorgenlosen Sterben erforderte ein Passwort. Die Versicherung dafür hatte Kaya schon vor Jahren abgeschlossen. Jan war das gruselig vorgekommen, schließlich war sie damals erst Mitte dreißig gewesen. Aber Kaya hatte im Lauf ihrer gemeinsamen Jahre immer wieder davon gesprochen, mit dem Tod geboren worden zu sein und ein geliehenes Leben zu führen. Wer oder was es ihr geliehen hatte, war für Jan nie wirklich nachvollziehbar gewesen, aber Kaya hatte im Bewusstsein gelebt, ihr Schuldner könnte dieses geborgte Leben jeden Tag von ihr zurückfordern. So war sie immer auf ihren Tod vorbereitet und hatte auch ihre Beerdigung bis ins Detail geplant, als sie dazu noch in der Lage war. Kaya war nicht getauft, hielt die Kirche für eine zivilisatorische Verirrung, weshalb eine kirchliche Bestattung für sie nicht in Frage kam, auch wenn sie in der Gemeinde aktiv gewesen war, Kleidersammlungen für Flüchtlinge organisiert, auf Pfarrfesten Waffeln gebacken und den Kinderspendenlauf der katholischen Grundschule organisiert hatte.

Für ihre Beisetzung hatte sie eine Trauerrednerin engagiert und mit Jan zusammen die Stelle auf dem Dorffriedhof ausgesucht, an der ihre Asche nun vergraben war. Sie hatte Dateiordner angelegt, in denen die Liste mit den einzuladenden Gästen und der Text für die Einladungskarte hinterlegt waren. Die Adresse des Beerdigungsinstituts hing hier am Kühlschrank. Jan brauchte sie jetzt nicht mehr, den Zettel könnte er wegwerfen. Vieles könnte er wegwerfen, aber er schaffte es nicht. Solange alles noch so war, wie Kaya es hinterlassen hatte, fühlte es sich an, als wäre auch noch ein Stück von ihr da.

Auf Jans Blickhöhe klebten die Abfahrts- und Ankunftszeiten des Schulbusses, die Rufnummern der Klassenlehrer, des Zahnarztes und der besten Freunde von Lina und Finn. Auf zwei aus einem Notizblock herausgerissenen Blättern hatte sie die Rezepte der Lieblings-Geburtstagskuchen der Kinder notiert und mit Magneten an den Kühlschrank gehängt.

Für Finn einen Schoko-Keks-Kuchen, für Lina eine Häschentorte mit Zitronenguss.

Zum Glück dauerte es noch ein paar Monate bis zum

nächsten Geburtstag. Bis dahin konnte er das mit dem Backen vielleicht schon mal üben.

Daneben auf einem pinkfarbenen Zettel ein Sinnspruch, den Kaya irgendwo mal gelesen und für so wichtig erachtet hatte, dass sie ihn aufgeschrieben und genau in die Mitte geklebt hatte: *Lerne, jeden Tag etwas zu verlieren.*

Es war sinnlos, diese pinkfarbene Zumutung ignorieren zu wollen. Ebenso sinnlos, wie der Versuch, die Wut zu kontrollieren, die der Satz bei ihm auslöste. Am Tag nach Kayas Tod hatte Jan ihn abgerissen und in den Mülleimer geworfen, aber gleich darauf reuevoll wieder herausgeholt. Nun stank er leicht nach Fisch, aber vielleicht bildete er sich das auch nur ein.

Jans Blick fiel auf den letzten Zettel, den Kaya angeklebt hatte. Er hing unten rechts, darauf ein mit flattriger Linie gezeichnetes Herz. Es ragte ein klein wenig über die Kühlschranktür hinaus, als könne es sich nicht entscheiden, ob es in dieser klar umzirkelten Zettelwelt verbleiben oder sich doch lieber im Ungefähren verlieren wolle.

Dies war der Moment, in dem Jan sich fragte, ob er nichts Besseres zu tun hätte, als hier in der Küche herumzustehen und auf einen Pfarrer zu warten, den er nicht brauchte. Einkaufen zum Beispiel. Er öffnete den Kühlschrank. Darin war nichts bis auf ein fast leeres Glas Erdbeermarmelade, etwas Margarine und die aufgetaute Hühnersuppe, die er gestern im Tiefkühlschrank gefunden hatte. Eine Plastikbox, sorgfältig beschriftet mit Datum aus dem vergangenen Frühjahr. Er konnte die Suppe weder essen noch wegschütten. Vielleicht sollte er sie wieder einfrieren, damit auch dieses Stückchen Kaya noch eine Weile erhalten blieb.

Und natürlich war da Linas Schildkröte Simone im Kühlschrank, die auf das Frühjahr wartete. Wenn sie nicht inzwischen auch gestorben war. Wer wusste schon einen Schildkrötenwinterschlaf von einem Schildkrötentod zu unterscheiden?

Ach Jan, wir hätten die Suppe noch zusammen essen sollen, bevor ich gar nichts mehr runterkriegen konnte.
Wie oft habe ich mir gewünscht, Momente einfrieren zu können, so wie diese Hühnersuppe. Und doch konnte ich ohne das Gefühl gehen, mit dir irgendetwas versäumt zu haben. Außer natürlich das gemeinsame Altwerden. Wie gern hätte ich mit dir noch diese zweite Verliebtheit erlebt, die kommt, wenn die Kinder aus dem Haus sind.
Jetzt werden die Kinder gehen, und ich werde den Schmerz, sie ziehen lassen zu müssen, nicht mehr spüren. Ich werde nicht erleben, wie sie sich zum ersten Mal verlieben. Ich werde sie nicht trösten können, wenn sie mit sich hadern oder Liebeskummer haben. Ich werde sie nicht voller Glück in den Arm nehmen können, wenn sie ihre letzte Schulprüfung bestanden haben. Ihren Führerschein. All das müssen sie ohne mich durchstehen. Und das werden sie. Weil du für sie da bist – für mich mit.
Simone geht es gut, Schildkröten brauchen nicht viel. Lina kümmert sich um sie, das hat sie immer getan, schon als sie noch ganz klein war. Vielleicht würde es Finn helfen, wenn er sich auch um ein Lebewesen kümmern könnte. Um einen Hund zum Beispiel. Du wolltest nie einen Hund haben, aber vielleicht änderst du deine Meinung Finn zuliebe – auch wenn es irgendwann an dir hängenbleiben wird, mit ihm Gassi zu gehen.

Wenn du meinen Rat hören möchtest, dann den, dass du Finn und Lina mit zum Einkaufen nehmen solltest, sie machen das gern. Bitte sie um Hilfe – das wird ihnen helfen, mit ihrer eigenen Not besser fertig zu werden. Aber du bittest ja nie jemanden um Hilfe, nicht wahr? Nicht einmal jetzt, wo du sie so dringend brauchst.

Die Zettel am Kühlschrank sollen euch meinen Abschied erleichtern. Ich hab ja gewusst, wie wichtig das Unwichtige werden kann, wenn das Wichtigste verloren ist.

Den Sinnspruch zum Verlieren darfst du gerne wegwerfen. Ich werde dir deswegen nicht böse sein.

∞

Der Pfarrer kam zu spät. Nicht erheblich zu spät, aber doch spät genug, um Jan einen Grund zu geben, mehrmals auf die Uhr zu sehen, häufiger als es die Höflichkeit gebot.

Er war kein unsympathischer Mensch, dennoch fiel es Jan schwer, nicht ungehalten zu sein und ihm zuzuhören. Er war erkältet, nieste und schnäuzte sich ein paarmal unangenehm laut. Dann entschuldigte er sich, und Herr Johansson rief »GesundheitGesundheit.«

Der Pfarrer sagte viel Erwartbares, auch wenn Jan sicher war, dass er bei einer kirchlichen Bestattung noch weitaus mehr Erwartbares erzählt hätte. Im Wesentlichen, so erklärte er, sei er gekommen, um Hilfe anzubieten, um zu sagen, dass die Damen, die ehrenamtlich in der Gemeinde tätig waren, Jan in dieser schweren Zeit auch bei der Bewältigung von Alltäglichem sehr gern zur Seite stünden. Er solle nicht glauben, nur weil Kaya nicht getauft gewesen sei, würde er sie nicht als Teil der Gemeinde ansehen.

»Gott nimmt uns alle an«, sagte er, »ganz gleich, ob wir an ihn glauben oder nicht.«

»Das ist sehr freundlich von Ihnen, vielen Dank«, sagte Jan. »Aber ich denke, wir kommen schon zurecht.«

»Haben Sie Familie in der Nähe?«, fragte der Pfarrer. »Jemanden, der sich um die Kinder kümmert, wenn Sie ... hatschi ... Entschuldigung. Also, wenn sie ...«

»Sicherheitsabstand«, krähte Herr Johansson.

Jan warf ihm einen strengen Blick zu.

Der Pfarrer ließ sich nicht beirren. »...viel Arbeit haben oder auch einfach ein paar Tage für sich brauchen?«, fuhr er fort.

Es gab nichts, was Jan weniger brauchte als ein paar Tage für sich – außer vielleicht ältere Damen, die ihm bei einer Tasse Tee Trost spenden wollten.

»Wir haben Freunde in der Nähe«, log er. Andrea und Christian, die einzigen Freunde, die er womöglich in seiner Nähe hätte ertragen können, lebten in Berlin. Kaya und Andrea hatten in Berlin zusammen in einer WG gewohnt und waren beste Freundinnen gewesen. Andrea musste er bald anrufen. Nicht, weil er es wollte, sondern weil sie in Kayas Geburtstagskalender stand. Wenn er Andrea um Hilfe bitten würde, dann würde sie das ganz sicher tun. Aber wobei sollte sie ihm helfen? Wobei könnte ihm überhaupt irgendjemand helfen?

»Passt schon alles«, sagte er.

Der Pfarrer sah ihn skeptisch an.

»Kayas Mutter kümmert sich«, ergänzte Jan schnell, und das war so sehr gelogen, dass selbst Herr Johansson hätte rot werden müssen, wenn er es gekonnt hätte.

Kayas Mutter Elke hatte seit April nichts von sich hören

lassen. Da war Kaya noch felsenfest überzeugt gewesen, den Krebs besiegen zu können, und hatte ihr vorsichtshalber nichts von ihrer Krankheit erzählt – erst recht nichts von dem Therapieplan, den ihr Onkologe aufgestellt hatte.

»Sie wird so lange auf mich einreden, bis ich die Therapie abbreche und mich von ihr behandeln lasse«, hatte sie gesagt, als Jan darauf gedrungen hatte, Elke die Wahrheit zu sagen.

Elke hielt die moderne Schulmedizin für Teufelswerk. »Die Ärzte machen uns krank«, sagte sie immer und sah es als ihre Aufgabe an, die Menschen von den Leiden zu befreien, die sie sich durch Impfungen und Medikamente zuzogen.

Bis zuletzt hatte Jan gehofft, dass Kaya ihre Mutter noch einmal würde sehen können, doch sie war nicht gekommen. Nicht einmal zur Beerdigung. Natürlich besaß sie wegen der gefährlichen Strahlungen kein Handy, und da sie ständig ihren Aufenthaltsort wechselte, wusste Jan nicht, ob die Nachricht von Kayas Tod sie überhaupt erreicht hatte. Allerdings liebte sie spontane Stippvisiten. In den wenigen Stunden, die sie dann bei ihnen war, stellte sie stets das Haus auf den Kopf, um sich keinerlei gefährlicher Strahlungen auszusetzen, nur um dann unvermittelt wieder für Monate aus Kayas Leben zu verschwinden. Nun war Kaya unwiederbringlich aus ihrem Leben verschwunden, und Jan fürchtete sich vor dem Tag, an dem Elke unangekündigt vor der Tür stehen würde.

Der Pfarrer lächelte, wie ein Pfarrer lächelt, wenn er zu wissen meint, was im Kopf eines seiner Schäfchen vorgeht. Dann nickte er und sagte: »Ich will Sie nicht länger aufhalten. Sie haben sicher zu tun.«

»Das stimmt.« Es klang ein wenig unhöflicher als gedacht, deshalb schob Jan noch schnell nach: »Danke für Ihren Besuch.«

Er begleitete den Geistlichen zur Tür und registrierte, wie dessen Blick im Vorbeigehen auf ein Bild von Kaya mit Herrn Johansson auf der Schulter fiel, das auf dem Wohnzimmertisch stand, direkt neben den Beileidskarten und dem Geburtstagskalender. Jan hatte den Kalender aus dem Küchenregal genommen und nach seinem Anrufversuch bei Frau Schwermuth hier aufgeschlagen liegenlassen. Ein Kugelschreiber lag auf der offenen Seite, dessen Spitze wie ein mahnendes Ausrufezeichen auf das Datum, den 19. Oktober, wies. Der war morgen. *Papa*, stand da in Kayas geschwungener Schrift, 0033–685846357.

Der Pfarrer blieb kurz stehen und segnete das Bild. Vielleicht segnete er auch den Kalender, Jan hatte keine Ahnung.

»Wir sind für Sie da, wenn sie uns brauchen«, sagte er noch, und dann war er weg. In der Küche krächzte Herr Johansson, »DankevielmalsaufWiedersehen.«

19. Oktober

Bis auf den misslungenen Anrufversuch bei Frau Schwermuth war Jan bislang sein Versprechen schuldig geblieben, die Menschen in Kayas Geburtstagskalender anzurufen. Heute aber *musste* es sein, schon allein, weil im Kalender *Papa* stand und nicht etwa *Frank* oder *Vater*.

Jan kannte diesen Frank Steinborn nicht und hatte auch

nie das Bedürfnis verspürt, ihn kennenzulernen. Als Kaya in sein Leben getreten war, hatte es für sie noch keinen *Papa* gegeben. Sie hatte von ihm nur als ihrem Erzeuger gesprochen und schien keinerlei Interesse zu haben, ihn näher kennenzulernen. Das hatte sich erst geändert, als sie nach ihrem nicht bestandenen Physikum in eine Sinnkrise geraten war. Während einer Therapie hatte sie herausgefunden, dass sie ihren Vater nur ihrer Mutter zuliebe verleugnete und es ihrer psychischen Gesundheit abträglich war, sich ihm gegenüber zu verschließen. Spontan war sie nach Südfrankreich gereist, wo er zu dem Zeitpunkt lebte. Sie hatte nicht lange gebraucht, um festzustellen, dass ihr Vater ein charmanter Nichtsnutz war, der wenig anderes konnte, als Geld auszugeben, das er nicht selbst verdiente. Er stammte aus einer sehr reichen Unternehmerfamilie, der es offenbar lieber war, ihm sein kostspieliges Leben zu finanzieren, als ihm irgendeine Verantwortung zu übertragen. Zumindest aber gab er Kaya das Gefühl, dass es keine Schande war, an einem Studium zu scheitern. Kurz nach ihrer Rückkehr brach sie ihr Medizinstudium ab und wurde das, was sie im Herzen schon immer gewesen war – ein Mensch, der anderen Menschen ins Leben half. Sie verzieh ihrem Vater, dass er sich mit Geld aus der Verantwortung ihr gegenüber freigekauft hatte, und sah ihm seine Oberflächlichkeit nach. Ein Loch im Gewebe ihres Daseins schien geflickt, ganz gleich wie schadhaft die Stelle auch sein mochte.

Zum Telefonieren zog Jan sich in seine Werkstatt zurück – an den einzigen Ort, wo er in diesen Tagen innere Ruhe finden und er sich der Illusion hingeben konnte, dass alles wie immer war. Und wo es nicht nach Kaya roch, sondern nach frisch gehobelten Spänen und Holzleim. Herrn Johansson ließ er in der Küche, bei diesem Anruf konnte er keinen plappernden Papagei gebrauchen.

In der Werkstatt stand noch ein altes Schnurtelefon, mit dem er seine geschäftlichen Telefonate erledigte. Ein Ferngespräch nach Frankreich hatte er von hier aus noch nie geführt, auch wenn er eine Reihe internationaler Kunden hatte. Reiche Menschen, die ihre extravaganten Wünsche bei ihm in Auftrag gaben. Die Kommunikation mit ihnen hatte immer Kaya übernommen, weil sie deutlich besser Englisch konnte als er. Auch damit musste er jetzt allein zurechtkommen.

Er legte Kayas Kalender vor sich auf den Tisch, hob den Hörer an und setzte zum Wählen an. Ein wackliges Gefühl in den Beinen zwang ihn, sich zu setzen.

Was sollte er sagen? *Guten Tag, mein Name ist Jan Bode. Ich bin der Mann ihrer Tochter. Sie hat mich gebeten, Ihnen an ihrer Stelle zum Geburtstag zu gratulieren, denn sie ist leider neulich gestorben.* Absurd.

»Warum tust du mir das an?«, sagte er zu Kayas Kalender. »Du weißt doch genau, wie schwer mir so was fällt!«

Ein tiefer Atemzug. Einmal räuspern. Wählen. Bevor ein Freizeichen ertönte, hatte er schon wieder aufgelegt. Herzklopfen. Warum durfte er nicht einfach eine E-Mail schreiben? Kaya war weg, tot, einfach überhaupt nicht mehr da. Es war vollkommen egal, auf welchem Weg er diesem Mann gratulierte. Wütend klappte er den Kalender zu und griff zum Besen. Als ob er nicht genug zu tun hätte. Überall lagen Holzreste und Späne auf dem Boden herum.

Bitte.

Er hielt in der Bewegung inne, lauschte in die Stille. Vielleicht sollte er doch Herrn Johansson holen. Der konnte mit seinem Geplapper wenigstens sein schlechtes Gewissen übertönen. Er stellte den Besen beiseite und trat auf den Hof, um zum Haus hinüberzugehen.

Tu es. Du hast es mir versprochen.

Eine plötzliche Windböe wirbelte das trockene Laub auf, das er schon vor Wochen hatte zusammenfegen wollen. Das Rascheln klang wie ein Flüstern. Sei kein Feigling!

Ruckartig machte er kehrt. Er schlug den Kalender wieder auf und blätterte vor bis zum 19. Oktober. Nachdem er sich ein paar Sätze zurechtgelegt hatte, wählte er erneut, mit zitternder Hand zwar, aber diesmal legte er nicht auf.

»Ja, hier Frank.«

Ungeduldig klang das. Wobei störte er gerade? Er hörte Rauschen im Hintergrund.

»Äh … Ja, hallo, hier ist Jan. Können Sie mich verstehen?«

»Wer ist Jan?«

»Jan Bode. Ich bin … also, ich war der Mann von Kaya.«

»Kaya! Ah! *Der* Jan!«

Am anderen Ende der Leitung schien es sehr windig zu sein.

»Ja, genau. Ich … Es ist … also, ich soll Ihnen zum Geburtstag gratulieren.« So. Das war schon mal erledigt.

»Na, das ist ja mal eine Überraschung.«

»Es ist nämlich so …«

»Hallo? Ich kann Sie ganz schlecht verstehen. Eine Sekunde, ich muss …«

Es krachte und knackste, dann war die Leitung tot. Erleichtert legte Jan auf. Er hatte seine Pflicht erfüllt. Vielleicht würde er irgendwann – in ein paar Wochen – noch einmal anrufen und Frank über Kayas Tod informieren. Nicht heute, nicht an seinem Geburtstag.

Da schrillte das Telefon. Ein hässlicher Ton, laut, damit es trotz Maschinenlärm zu hören war. Zögernd nahm er den Hörer ab.

»Warum ruft sie nicht selbst an? Ist etwas mit ihr?« Die Windgeräusche waren jetzt leiser. Der Mann hatte eine sympathische Stimme. Das hatte Jan nicht erwartet. »Ja.« Mehr brachte er nicht heraus.

»Sie müssen mir schon sagen, was.«

»Sie ist tot!«, flüsterte er.

Wieder rauschte es in der Leitung.

»Ich kann sie nicht verstehen. Ich bin auf der Yacht, schlechter Empfang hier. Rufen Sie mich morgen an, da bin ich …«

»Kaya ist tot!«, schrie Jan.

Windgeräusche überlagerten das Schweigen von Frank Steinborn. Dann hörte Jan nur: »Scheiße.«

Ja, Papa. Genau. Sterben ist ganz große Scheiße, vor allem, wenn es zur Unzeit passiert. Das einzig Positive daran ist, dass du dir plötzlich der Bedeutung bewusst wirst, die ich für dich habe, etwas, wonach ich mich ein Leben lang gesehnt habe. Wenn auch wahrscheinlich nur für ein paar Stunden …

»Tut mir leid«, sagte Jan. »Ist nicht so passend heute. Aber Kaya wollte … Wie auch immer.«

»Wie ist das passiert? Ein Unfall?«

»Sie hatte Krebs.«

»Fuck. Warum hat sie mir nichts davon gesagt?«

Jan wusste es nicht. Kayas Vater hatte immer nur am äußersten Rand seines Bewusstseins existiert.

»Vielleicht wollte sie nicht, dass Sie sich Sorgen machen.«

Als ob …

»Ich hätte … Ach Scheiße.«

Fluchen konnte der Mann immerhin. »Wie gesagt. Es tut mir leid, wollte Ihnen nicht den Geburtstag versauen.«

»Ist schon okay. Sie waren ja näher an ihr dran.«

So konnte man es wohl ausdrücken.

»Hören Sie, ich …«

Schnell, bevor Frank Steinborn ihm erklären würde, dass er jetzt leider zu seinen Geburtstagsgästen zurückzukehren hätte, sagte Jan: »Ich muss jetzt Schluss machen. Schönen Segeltörn noch.« Damit legte er auf.

∞

Am Abend kochte Jan Spaghetti. Er hatte Bolognese im Glas gekauft, bei deren Anblick Finn das Gesicht verzog.

»Beim nächsten Mal darfst du die Soße machen«, sagte Jan.

»Ich weiß nicht, wie das geht.«

»Dafür gibt's Rezepte.«

»Und warum müssen wir dann Bolognese aus dem Glas essen?«

Lina versetzte Finn einen Stoß. »Weil Papa keine Zeit zum Kochen hat. Er muss doch arbeiten.«

»Ich auch«, sagte Finn und verließ mit finsterer Miene die Küche.

»Finn! Jetzt bleib doch mal da«, rief Jan ihm hinterher. »Ich muss Schulaufgaben machen.«

»Und was hat er den ganzen Nachmittag gemacht?«, fragte Jan Lina, als Finn die Treppe hinaufstampfte.

»Was wohl.«

Er hörte, wie Finns Schreibtischstuhl über ihren Köpfen hin und her rollte, und zog unwillkürlich scharf die Luft ein. Er hatte die alten Holzböden im Haus freigelegt, geschliffen und geölt, und es tat ihm jedes Mal weh, wenn Finn mit seinem Stuhl über das empfindliche Holz rollte. Schließlich hatte er extra dafür einen Teppich in seinem Zimmer.

Die alte reetgedeckte Bauernkate, in der sie seit zehn Jahren lebten, hatte Jan zu großen Teilen selbst restauriert und umgebaut. Es gab keine einzige gerade Wand in diesem Haus, und bei Wind knirschte und knarzte es wie ein morscher Baum. Aber gerade das hatte Jan und Kaya immer gefallen. Als sie hergezogen waren, bestand die kleine Gemeinde aus nur wenigen Häusern und Höfen, die rechts und links entlang einer alten kopfsteingepflasterten Straße lagen. Ihr Haus, ein wenig abseits direkt am Wald, war anfangs nur über einen schmalen holprigen Feldweg zu erreichen. Inzwischen war die Straße verbreitert worden, und auf dem Feld vor ihrem Haus war eine Neubausiedlung entstanden. Aus den Fenstern der oberen Etage blickten sie nun, je nach Jahreszeit, nicht mehr auf frisches Grün oder leuchtendes Gelb, sondern auf die schicken Einfamilienhäuser von ehemaligen Stadtmenschen, die jeden Morgen ihre SUVs aus der Garage holten, um zur Arbeit nach Lübeck oder Hamburg zu fahren. Jan hatte nichts gegen Städter, er war selbst lange einer gewesen. Aber er hatte etwas dagegen, dass diese Menschen, ohne innere Verbindung zu dem Stückchen Erde, auf dem sie sich niederließen, die Ruhe störten, die er hier vom ersten Moment an gefunden hatte.

Jans Tischlerwerkstatt befand sich im ehemaligen Stall hinter dem Wohnhaus, und von dort sah er die urbane Hässlichkeit nicht, die an ihr Idyll herankroch. Von dort sah er den Wald. Oder den Innenhof und das Küchenfenster. Früher hatte er oft Kaya in der Küche stehen sehen, wenn sie dort Tee aufgoss oder Essen zubereitete. Manchmal hatten sie einander zugewunken, oder sie war mit einer Tasse Tee zu ihm gekommen. An schönen Tagen hatten sie sich im Hof in die Sonne gesetzt und gemeinsam Tee getrunken. Jetzt trank er keinen Tee mehr. Höchstens manchmal abends ein Bier, um besser einschlafen zu können.

Jan bat Lina, die Nudeln zu beaufsichtigen, und ging nach oben. Vor Finns Tür atmete er einmal tief durch. Dann klopfte er.

»Was?«

Jan suchte nach Worten. »Warum bleibst du nicht bei uns in der Küche?«

Finn saß am Schreibtisch, mit dem Rücken zur Tür. Der Bildschirm seines PCs war schwarz, Jan hatte den Verdacht, dass er ihn schnell ausgemacht hatte. Aber vielleicht irrte er sich auch.

»Hab doch gesagt, ich muss Schulaufgaben machen.« Finn rollte mit dem Stuhl zum Bett, wo seine Schultasche lag.

»Herrgott Finn, wie oft soll ich dir noch sagen, dass der Stuhl auf den …«

»Teppich gehört. Ja, ich weiß. Sonst noch was?«

Finn hatte Kayas Augen. Im hellen Licht der Deckenlampe wirkten sie fast grau. Jan glitt an seinem Blick ab, wie fast immer, wenn Finn ihn ansah, was selten genug geschah. Wann hatte er ihn verloren? Schon bevor Kayas Sterben begonnen hatte? In den langen Monaten ihrer Krankheit war so wenig Platz gewesen für die Gesunden.

»Wir müssen jetzt zusammenhalten«, sagte er, und es klang genauso hilflos, wie er sich fühlte.

Finn starrte unter sich auf den Boden. Dann stand er auf, hob den Stuhl hoch und trug ihn zurück zum Schreibtisch, auf den Teppich. »Tun wir doch«, sagte er. »Aber ich muss jetzt Mathe machen.«

Jan hätte zu ihm gehen, ihn für einen Moment in den Arm nehmen können. Das hätte Kaya getan. Sie hätte Finn gezwungen, ihr in die Augen zu sehen und seinen Blick so lange festgehalten, bis die Tränen sich gelöst hätten.

Jan flüsterte nur, »Okay«, und zog die Tür wieder zu.

Nicht die Deckenlampe war schuld daran, dass Finns Augen so grau wirkten. Es lag an den nicht geweinten Tränen, die darin allmählich zu Stein wurden. Aber Jan wusste nicht, wie er das verhindern konnte.

NOVEMBER

Der erste Novembertag nach Kayas Tod begann genauso, wie Jan sich den traurigsten November seines Lebens vorgestellt hätte, wenn er ihn sich je hätte vorstellen wollen. Es wurde gerade hell, als er aufwachte. Durch das um einen winzigen Spaltbreit geöffnete Dachfenster kroch die feuchte Morgenkälte ins Zimmer und legte sich klamm auf seine Bettdecke. Er schlief jetzt im Gästezimmer unter dem Dach. Die Schlafzimmertür war seit dem Tag, an dem Kaya das letzte Mal dort geatmet hatte, fest verschlossen geblieben. Wann er sie je wieder öffnen würde, wusste er nicht.

Jan war zu groß für jedes handelsübliche Bett, und so ragten seine Füße immer ein wenig über das Fußende hinaus. In kalten Nächten behalf er sich mit einer Wolldecke, die er um die Füße wickelte, doch gegen die Art von Kälte, die heute herrschte, half das nicht.

Als er aufstand, um das Dachfenster zu schließen, warf er einen Blick hinaus und sah in ein farbloses, waberndes Nichts. Die Doppelhaushälften mit ihren SUVs, das Dorf, ja, sogar der Ahorn, der unmittelbar neben der Hofeinfahrt stand, waren verschwunden. Jan brauchte einen Moment, um zu begreifen, dass alles in dichten Nebel gehüllt war. Dazu herrschte eine beinah gespenstische Stille. Ein Gefühl von Unwirklichkeit erfasste ihn. Vielleicht war doch alles nur ein entsetzlicher Albtraum. Ja, sogar ganz sicher war es einer, das Problem war nur: Es gab kein Erwachen daraus.

Jan zitterte am ganzen Körper, als er die Treppe hinunterlief, um sich erst mal einen Kaffee zu kochen. Als er den ersten Schluck getrunken hatte, ging es ihm schon ein wenig besser – bis zu dem Augenblick, in dem er aus dem Küchenfenster sah.

Unmittelbar vor ihm wuchs ein riesiges, blaugrünes Ungetüm wie eine absurde Fata Morgana aus dem dichten Nebel. Jan blinzelte ein paarmal, doch die Erscheinung blieb. Das Ding stand nur wenige Meter vom Haus entfernt, hatte Fenster, Reifen und eine mit bunten Blumen bemalte Tür. In den Fenstern hingen Gardinen, und quer über die Seite zog sich ein Regenbogen.

»Ein Campingbus!« Der Klang seiner eigenen Stimme holte Jan zurück in die Realität. Jetzt parkten diese Vanlife-Freaks schon in seinem Innenhof!

Er rannte in den Flur, riss die Haustür auf und schrie: »He, was soll das? Das hier ist ein Privatgrundstück!«

Nichts regte sich.

Im Pyjama und mit nackten Füßen lief er einmal um das Gefährt herum und hämmerte gegen die geblümte Tür. »Machen Sie, dass Sie von unserem Hof runterkommen, aber schnell!«

Die Tür ging auf und ein sonnengegerbtes Männergesicht, umrahmt von langen, grauen Haaren erschien, »Ruhig Blut, junger Mann. Das Tor stand offen. Wir wollten nicht mitten in der Nacht stören.«

»Was bilden … «

Jetzt ging die Tür ganz auf, eine große, schlanke Frau in einem wallenden, weißen Gewand schob sich an dem Kerl vorbei, stieg aus dem Bus und schloss Jan in die Arme.

Ihre Berührung war wie ein elektrischer Schlag. Außer

Lina hatte ihn, seit dem Moment, an den er nicht mehr denken wollte, niemand mehr angefasst. Als Elke ihn losließ, wich Jan zwei Schritte zurück.

»Ich habe es nicht früher geschafft, Jan. Wir waren zu weit weg.«

Kayas Mutter, sechs Wochen zu spät, um der Beisetzung ihrer Tochter beizuwohnen. Sie roch, als könnte sie dringend eine Dusche vertragen.

»Wie seid ihr ... das Tor ... ich habe es doch ...«

Elke unterbrach sein Gestammel. »Ist sie in Frieden gestorben?«

Jan war unfähig, die Bedeutung ihrer Frage zu erfassen. »Sie ist auf dem Dorffriedhof begraben«, erwiderte er schließlich, weil es das Einzige war, das er mit Gewissheit sagen konnte.

Elke sog tief Luft durch die Nase ein. Dann hielt sie beide Hände in die Höhe und blickte in den Himmel. »O ja, ich spüre es. Die Stille hier. Ein guter Ort zum Sterben.«

Jan schloss für einen Moment die Augen, um sich zu sammeln. »Du musst es ja wissen«, sagte er dann und wies mit dem Kopf in Richtung Haus. »Wollt ihr Kaffee?«

Sie wollten vor allem erst einmal lange und heiß duschen. Das hätten sie bereits seit Monaten nicht mehr getan, verriet Chris, der schlaksige Altrocker, den Elke als ihren Lebensabend-Weggefährten vorstellte. Die Haare hatte er inzwischen zu einem dünnen Zopf zusammengebunden und sah jetzt beinah aus wie ein Mensch. Herr Johansson war hoch erfreut über den Besuch und begrüßte die Neuankömmlinge mit fröhlichem Krakeelen.

Während Elke unter der Dusche war, erzählte Chris,

dass sie auf dem Landweg nach Indien unterwegs gewesen seien, als Elke die Nachricht vom bevorstehenden Tod ihrer Tochter erhalten hatte.

»Aber wie?«, fragte Jan. »Sie hat doch kein Telefon.«

»Kaya hat einen Brief geschrieben.«

»KayaKayaKaya«, kam es aus Herrn Johanssons Käfig, und Jan blickte unwillkürlich zur Tür, als müsste sie dort auftauchen.

Jan wusste nichts von einem Brief. Genauso wenig von der Tatsache, dass Kaya den Aufenthaltsort ihrer Mutter gekannt hatte.

»Sie hat nicht gewusst, wo wir sind. Er kam mit ziemlicher Verspätung bei uns an, weil sie ihn zu Elkes Schwester geschickt hatte. Die wusste, dass Elke nach Indien wollte, und hat …« Es folgte eine ausführliche Erklärung, wie es Kayas Tante gelungen war, über die deutschen Botschaften der Länder, die auf Elkes Reiseroute lagen, ihren Aufenthaltsort ausfindig zu machen und ihr den Brief zukommen zu lassen. Kayas Tante lebte in Rom und hatte einen liebevollen Beileidsbrief geschickt. Zur Beerdigung hatte sie nicht kommen können, weil sie, wie sie schrieb, inzwischen kaum noch laufen und so eine weite Reise nicht auf sich nehmen konnte. Sie war deutlich älter als Elke, und Jan hatte nicht mit ihrer Anwesenheit gerechnet, obwohl sie die einzige Person aus Kayas ramponierter Familie gewesen wäre, gegen deren Besuch er nichts einzuwenden gehabt hätte.

»Wir waren in Aserbaidschan und haben sofort kehrtgemacht, aber …« Chris hob entschuldigend die Arme und sah tatsächlich so aus, als bedaure er die Verspätung sehr.

»Kein Ding«, sagte Jan leichthin. Er staunte, wie gelassen er bleiben konnte.»Ihr hättet ohnehin nichts mehr für sie tun können.«

»Sehr viel hätte ich tun können!« Elke war unbemerkt in die Küche getreten. Sie trug seinen Bademantel.»Ich kann immer noch nicht fassen, dass ihr mir nichts gesagt habt.«

»Kaya wollte es nicht.«

»Ich weiß. Das stand in ihrem Brief.« Sie ließ sich auf einen Stuhl fallen und sah auf einmal sehr erschöpft und alt aus. Ihr einst fuchsbraunes Haar war inzwischen fast genauso grau wie Jans Bademantel. Sie trug es in einem lockeren Knoten hoch auf dem Kopf, was ihrem schmalen Gesicht mit den hohen Wangenknochen etwas Hoheitsvolles verlieh. Dem tat auch der viel zu große Bademantel keinen Abbruch.

Jan reichte ihr einen Becher Kaffee.»Hast du Hunger?« Sie winkte ab.»Wir essen nur einmal am Tag. Hält Körper und Seele rein.«

»Soso.« Jan stellte demonstrativ ein Nutellaglas auf den Tisch und lehnte sich mit verschränkten Armen gegen die Küchentheke.»Sie hat auf dich gewartet«, sagte er.

»Auch das weiß ich.« Es klang müde. Elke stand auf, öffnete Herrn Johanssons Käfig und hielt ihm ihren Finger hin, auf den er sofort kletterte.»Na, mein Freund? Wie ist das Leben?«

Der Papagei hüpfte auf ihre Schulter und krächzte:»Lebenverfluchtnochmal!«

Mit dem Vogel auf der Schulter wanderte Elke durch die Küche, blieb vor dem Kühlschrank stehen und studierte für eine Weile die Haftzettel, die daran klebten, während Herr Johansson an ihrem Ohr knabberte.

»Was du nicht weißt, mein lieber Jan …« Sie wandte sich zu ihm um. »Ich war die ganze Zeit bei ihr.«

Aha. Er hätte es sich denken können.

»Ich bin es auch jetzt noch.«

»Stimmt. Du bist ja ein Medium«, rutschte es ihm heraus.

Sie blickte an ihm vorbei zum Fenster und hob das Kinn ein wenig, wie um seine spitze Bemerkung an sich abgleiten zu lassen. Dann sah sie ihn aus ihren tiefliegenden, grünen Augen durchdringend an. »Mütter verlieren nie den Kontakt zu ihren Kindern«, sagte sie. »Egal, wie weit wir von ihnen entfernt sind – die innere Bindung bleibt immer. Auch dann, wenn sie von uns gehen.«

Sie glaubt das tatsächlich, Jan. Sie ist völlig mit sich im Reinen. Ich gönne es ihr. Das kann ich jetzt. Ich musste wohl erst sterben, um ihr verzeihen zu können, dass sie nie mich gesehen hat, sondern immer nur eine verklärte Kopie ihrer selbst. Wenn Egozentrik im Gewand der erleuchteten Liebe daherkommt, brauchen diejenigen, denen diese Liebe zuteilwird, manchmal ein ganzes Leben, um zu einem eigenständigen Ich zu finden. Die geschlagenen Wunden aber – die bleiben.

Ich hätte dir meine Mutter gern erspart, doch zum Glück hast du sie ja nie ernst genommen. Das war ein Segen für mich, denn so konnte ich endlich lernen, mich selbst ernst zu nehmen.

Ich fürchte, du wirst dich noch eine Zeitlang mit ihr arrangieren müssen, denn sie wird mich nicht so schnell loslassen. Jetzt wo ich tot bin, wird sie glauben, mich spüren zu können, obwohl sie mich lebendig nie richtig kennen-

gelernt hat. Lass sie einfach in dem Glauben. Es tut nicht
mehr weh, Jan. Jetzt endlich tut es nicht mehr weh.

Wieder hatte Jan dieses seltsame Gefühl von Unwirklichkeit, mit dem der Tag begonnen hatte. Er schüttelte ganz leicht den Kopf, wie um dieses Gefühl loszuwerden, aber es half nicht. Auch Kayas Mutter war einer dieser Albträume, aus denen es kein Erwachen gab. »Ich geh die Kinder wecken«, sagte er. »Falls du … ihr Grab ist …«

»Auf dem Dorffriedhof.« Elke lächelte nachsichtig. »Du sagtest es bereits.«

Auf der Treppe kam ihm Lina mit erschrockener Miene entgegen. »Papa, da ist ein nackter Mann im Bad!«

Offenbar wusste Chris nicht, wie man einen Schlüssel benutzte. »Das ist Chris. Elke ist da.« Jan rieb sich nervös die Stirn. »Sitzt in der Küche.«

Linas Augen leuchteten auf. »Echt jetzt? Ist ja krass.« So schnell sie konnte, rannte sie die Treppe hinunter. Lina liebte ihre Großmutter. Sie war noch zu jung, um Verrücktheit von Verantwortungslosigkeit zu unterscheiden.

In Finns Zimmer roch es, wie es riechen musste, wenn ein Sechzehnjähriger bis spät in der Nacht am Computer gezockt hatte und danach, ohne zu lüften, ins Bett getorkelt war. Jan zog die Jalousie hoch und kippte das Fenster.

»Och nee«, stöhnte Finn und zog die Bettdecke über den Kopf.

»Guten Morgen. Aufstehen. Es ist schon nach sieben. Ich fahr dich nicht wieder, wenn du den Bus verpasst.«

»Muss heute erst zur dritten Stunde in die Schule«, klang es dumpf durch die Decke.

»Aufstehen, waschen, anziehen, frühstücken. Elke ist da.«

»Was?« Finn fuhr hoch und starrte ihn entgeistert an.

»In der Nacht gekommen. Campingbus steht im Hof, Elke ist in der Küche, ihr …« Jan überlegte, als was er Chris bezeichnen sollte. *Lebensabend-Weggefährte* war ein Konzept, mit dem Finn vermutlich wenig anfangen konnte. »Ihr neuer Typ ist im Bad. Noch Fragen?«

»O Mann. Die hat gerade noch gefehlt.«

»Allerdings«, sagte Jan.

∞

Jan versuchte, trotz der Störungen in seinem gewohnten Tagesablauf, zu arbeiten. Zu tun hatte er mehr als genug. Doch immer, wenn er aus dem Fenster auf den buntbemalten Bus blickte, stieg Wut in ihm auf. Was wollte Elke jetzt noch hier? *Zu spät*, hämmerte es in seinem Kopf. *Es ist zu spät!*

Als er zum zweiten Mal eine Regalplatte verschnitt, warf er das Holzstück fluchend beiseite und ging zurück ins Haus.

Elke und Chris saßen am Küchentisch und schnippelten das Gemüse, das er tags zuvor eingekauft hatte.

»Fühlt euch ganz wie zu Hause«, sagte er.

Sarkasmus war Elke ebenso fremd wie der Gedanke, sie könnte an irgendeinem Ort der Welt nicht willkommen sein. »Keine Sorge, ich weiß ja, wo alles steht.«

Jan baute sich vor ihnen auf. »Ich kann euch keine Übernachtungsmöglichkeit anbieten.«

Elke sah von ihrem Gemüse auf. »Was ist mit dem Gästezimmer?«, fragte sie, eine Augenbraue leicht hochgezogen.

»Da schlafe ich.«

»Und warum schläfst du nicht in deinem Bett?«

»Ich schlafe im Gästezimmer. Punkt.«

Elkes Blick schien ihn zu durchdringen. Er öffnete den Kühlschrank und nahm eine Dose Cola heraus, nur, um diesem Blick nicht länger ausgesetzt zu sein.

Sie verzog das Gesicht. Cola war Teufelszeug, genau wie Nutella. »Mach dir keinen Kopf«, sagte sie dann. »Wir schlafen im Bus.«

Er nickte erleichtert. »Okay, gut. Es gibt einen Campingplatz auf der anderen Seite vom Dorf. Vielleicht ist der noch offen.«

»Nein, nein«, erwiderte Elke. »Wir bleiben hier, bei euch.«

»Aber … Im Hof könnt ihr nicht stehen bleiben. Ich muss da mit dem Lieferwagen rangieren können.«

»Wir finden schon einen Platz. Kein Problem.« Sie streckte die Hand nach ihm aus. »Du Armer, du wirkst schrecklich angespannt. Komm, setz dich einen Moment zu uns.«

»Ich muss arbeiten. Keine Zeit zum Sitzen.«

»Kleine Entspannungspausen wirken manchmal Wunder.«

Ihr Leben schien nur aus Pausen zu bestehen, so entspannt wie sie aussah.

»Wie lange wollt ihr bleiben?«, fragte er.

»So lange es sein muss.«

Jan runzelte die Stirn. »Muss? Wieso müssen? Also … wir kommen gut klar, wenn du das meinst. Die Kinder gehen in die Schule, ich arbeite und abends kochen wir. Samstags geh ich einkaufen und sonntags …« Er zuckte mit den Schultern. Sonntage waren wie Sperrholz. Hässlich, stumpf, überflüssig. Sonntage waren die dunklen Ecken in der Woche. »Es funktioniert.«

»Maschinen funktionieren«, sagte Elke. »Wenn Menschen funktionieren, leben sie nicht.«

Ein typischer Elke-Spruch. Genau deswegen hatte er sich vor ihrem Kommen gefürchtet. Sie hatte immer solche Weisheiten parat, die niemandem mit wirklichen Problemen halfen.

»Dann ist es ja gut, wenn du lebst. *Ich* muss funktionieren.«

Und um keinen Zweifel an seiner Funktionstüchtigkeit zu lassen, trank er die Cola in einem Zug leer, knallte die Dose auf die Küchentheke und lief mit festem Schritt zurück in seine Werkstatt.

2. November

Am nächsten Morgen war aus dem dichten Nebel vom Vortag ein feiner Nieselregen geworden. Der Bus stand noch immer im Hof, da Elke und Chris sich mit der Stellplatzsuche viel Zeit gelassen hatten, nur um dann festzustellen, dass es in dieser Gegend doch *sehr* früh dunkel wurde.

Die Kinder waren bereits aus dem Haus, als die beiden auftauchten. Jan saß mit seinem zweiten Kaffee im Wohnzimmer und blätterte im Geburtstagskalender. Es war ein stiller Moment, der ihm guttat. Einer der wenigen. Heute musste er seinen Bruder Max anrufen. Das würde er gleich als Erstes hinter sich bringen.

Elke trat von hinten an ihn heran und legte ihm wortlos beide Hände auf die Schultern. Ihre Berührung ließ ihn zusammenzucken, obwohl er sie kommen gehört hatte. Ihre Hände schienen die Moleküle in seinem Körper in Aufruhr zu versetzen.

»Du hast doch sicher nichts dagegen, wenn wir hier unser Yoga machen?«, fragte sie. »Normalerweise tun wir das im Freien, aber wenn es regnet, wird die Matte nass.«

»Nehmt euch nur den Raum, ist ja niemand mehr da, den ihr stören könntet.« Auch diese Spitze würde an Elke abprallen, aber er konnte sie sich nicht verkneifen.

Elke zeigte auf das Sofa. »Hilfst du uns?«, fragte sie mit diesem Lächeln, das so sehr an Kayas erinnerte.

Jan schob mit Chris das Sofa beiseite und rollte den Teppich auf.

Elke sah aus dem Fenster und wies auf eine Stelle am Waldrand, direkt neben dem Schuppen, in dem Jan seine wertvolleren Hölzer lagerte. »Was hältst du davon, wenn wir den Bus dorthin stellen?«

Die Frage war an Chris gerichtet, nicht an ihn. Der klemmte zwischen Sofa und Bücherregal und kletterte jetzt über die Rücklehne, um sich hinter sie zu stellen. »Ja, guter Platz.« Und an Jan gewandt: »Gibt's in dem Schuppen Strom?«

»Da gibt's vor allem viel trockenes Holz«, sagte Jan grimmig. »Lagerfeuer verboten.«

Elke winkte ab. »Machen wir im Winter nur ganz selten. Der Wagen ist beheizbar. Wir brauchen nur Strom und einen Wasseranschluss. Und eine Toilette vielleicht?«

In seiner Werkstatt gab es eine Toilette. Der Gedanke, diesen intimen Raum mit ihnen teilen zu müssen, störte ihn, aber noch weniger wollte er sie ständig im Haus haben, also sagte er: »Ihr könnt die in der Werkstatt benutzen oder einfach in den Wald gehen. Du liebst doch die Natur.«

Elke ignorierte seinen Kommentar und rollte zwei Yogamatten aus. Die lagen nun genau da, wo Kayas Krankenbett gestanden hatte, als sie starb. Jan spürte ein unangenehmes Ziehen im Rücken.

Elke ließ sich mit merkwürdig verdrehten Füßen in einer Art Schneidersitz auf der Matte nieder, das Gesicht zum großen Fenster gewandt, und schloss die Augen. Chris tat es ihr gleich. Jan starrte auf die beiden, unfähig sich zu bewegen. Da drehte Elke sich um und sah mit entrückter Miene zu ihm auf. »Möchtest du vielleicht mitmachen? Du wirkst schon wieder so gestresst.«

»Kann nicht sein. Bin total entspannt«, stieß er zwischen zusammengepressten Zähnen hervor und ging auf unsicheren Beinen aus dem Zimmer, um Herrn Johansson zu holen.

∞

Es sollte ein Leichtes sein, den eigenen Bruder anzurufen, schließlich kannte man sich ein Leben lang und hatte dasselbe Erbgut. Doch das einzige Gen, das Jan mit seinem ältesten Bruder zu teilen schien, war das Gen der Schweigsamkeit. Wann sie das letzte Mal miteinander gesprochen hatten, wusste Jan nicht mehr – wahrscheinlich beim 65. Geburtstag seiner Mutter im Februar. Am Tag der Beerdigung war Max auf Auslandsreise gewesen und hatte eine Beileidskarte geschickt, geschrieben von seiner Frau.

Die Unterschrift immerhin war von ihm. Jan nahm ihm das nicht übel, wäre Max' Frau Sandra gestorben, hätte er es wahrscheinlich auch nicht anders gemacht.

Jan stellte Herrn Johanssons Käfig auf die Fensterbank der Werkstatt, schloss die Tür und ließ den Papagei frei. Der flatterte sofort auf den Schrank mit den Kleinwerkzeugen, von wo aus er die Lage am besten überblicken konnte.

»Dann wollen wir mal«, sagte Jan laut und griff zum Hörer.

Herr Johansson produzierte täuschend echte Klingelgeräusche, gefolgt von einem mehrmaligem »Hallo«.

»Du bist jetzt still!«, kommandierte Jan, als das Freizeichen ertönte. Der Papagei verstummte.

»Ja, Bode hier.«

»Hallo Max, hier ist Jan.«

»Oh, hi.« Papierrascheln. »Warte 'ne Sekunde.«

Jan hörte Schritte und eine Tür, die geschlossen wurde.

»So. Jetzt.«

Bevor Max sich genötigt fühlen könnte, irgendetwas Mitleidiges zu sagen, sagte Jan schnell: »Herzlichen Glückwunsch zum Geburtstag.«

»Ach, danke!« Es klang überrascht. »Ich hab's heute Morgen fast selbst vergessen.« Max lachte. Er gehörte zu den Menschen, die ihre Unsicherheit immer mit Lachen zu überspielen versuchten. Weil er ein sehr unsicherer Mensch war, lachte er daher ständig, auch wenn es überhaupt nichts zu lachen gab.

»Kein Ding. Feierst du heut noch?«

»Ein Bierchen heut Abend mit ein paar Freunden. Nix besonderes. Ist ja kein runder.« Wieder Lachen. Jan hielt den Hörer ein Stück vom Ohr weg.

In die Stille, die eintrat, als Max zu lachen aufhörte, schickte Herr Johansson erneut seine Klingelgeräusche.

»Viel los bei dir«, sagte Max.

»Nein. Das ist nur der Papagei.«

»Ah so.«

»Ja.«

»Lustig.« Diesmal lachte Max nicht.

Jan hatte genug. »Okay, ich lass dich dann mal. Feier schön heut Abend.«

»Ja. Und danke noch mal, dass du an meinen …«

»Nicht ich. Kaya.«

»KayaKayaKaya«, plärrte Herr Johansson.

Fast konnte Jan Max' Stirnrunzeln durchs Telefon hören.

»Äh … ja … also …«

»Du stehst in ihrem Geburtstagskalender«, erklärte Jan schnell. Nicht, dass sein Bruder noch an seinem Verstand zweifelte.

Jetzt lachte Max doch wieder auf, verstummte aber sofort wieder. Einen letzten Funken Feingefühl besaß er wohl noch.

»Jan, ich … es …«

Nein, sag es nicht! Ich kann das jetzt nicht! Jan presste Daumen und Zeigefinger in die Augenwinkel und wartete, bis er wieder freier atmen konnte. »Früher hat *sie* dich immer angerufen. Hat zum Geburtstag gratuliert. Sie hat gemeint …« Er ächzte.

»Sie war eine tolle Frau. Ich mochte sie sehr.«

Jan brauchte eine Weile, um die Bedeutung dieser Worte zu erfassen. »Das wusste ich nicht.«

»Doch. Wirklich.«

»Warum hast du ihr das nie gesagt?«

Schweigen.

»Es hätte sie glücklich gemacht.«

Wieder Schweigen, dann: »Ich kann so was nicht. Das weißt du doch.«

Nein, er würde jetzt nicht sagen, dass es schon okay wäre, denn das war es nicht.

Nein, war es nicht.

Was ist eigentlich los mit euch Bodes, dass ihr die Zähne nie auseinanderbekommt? Ich dachte immer, niemand in eurer Familie kann mich leiden. Hätte ich gewusst, was ich jetzt weiß – wie schön hätten wir es haben können. Vielleicht wären wir zusammen in Urlaub gefahren und unsere Kinder hätten jetzt gemeinsame Erinnerungen.

Sie haben sich von dir abgewendet, weil du mich geheiratet hast. Warum, wenn es dabei gar nicht um mich ging?

Ich war immer im Glauben, eine kaputtere Familie als meine kann es gar nicht geben. Aber unter dem Anstrich eurer Familie ist so viel morsch, dass sie eigentlich nur noch von einer dünnen Farbschicht zusammengehalten wird. Vielleicht ist ja mein Tod der Kitt, der sie wieder stabilisiert. Aber keine Sorge, Jan, auch das tut mir jetzt nicht mehr weh, das ist die gute Seite des Sterbens.

»Es tut mir leid für dich. Wahnsinnig leid.«

Es waren nicht die Worte, die Jan die Spannung aus den Gliedern trieben. Es war Max' Stimme. Zum ersten Mal seit Jahren hörte er den Menschen, der Max unter all der Anstrengung, dem Erfolgsdruck und der Verunsicherung noch immer sein musste. Der ältere Bruder, der vieles besser gewusst und auch manches besser gekonnt hatte. Der ihm, von den Eltern unbemerkt, immer großzügig von seinen Süßigkeiten abgegeben hatte und der einmal Pilot werden wollte, lange bevor ihn die Pflichten eingeholt hatten, die er als Erstgeborener meinte übernehmen zu müssen.

Heute führte Max genau das Leben, das von ihm erwartet wurde. Anstatt im Cockpit großer Passagiermaschinen die Weiten des Himmels zu durchqueren, saß er in der Businessclass dieser Maschinen und jagte um den Globus, um die Mähdrescher und Traktoren der Firma Bode & Söhne in der Welt zu vertreiben. Wie jedes noch so winzige Bauteil dieser technischen Präzisionsgeräte musste auch er im großen Gefüge des väterlichen Unternehmens reibungslos funktionieren. So wie es auch von Jan erwartet worden war. Mit dem Moment jedoch, in dem er Kaya kennengelernt hatte, war in den Augen seiner Eltern Jans Leben aus dem Lot geraten. Durch Kaya war aus Johannes Christoph Bode, dem Unternehmersohn, Jan, der Tischler, geworden, in dessen Leben das Wort *perfekt* nicht mehr für eine steile Karriere und optimale technische Abläufe stand, sondern für rotblonde Locken und eine Menge Sommersprossen.

Auf Max' Worte war ein langes, unendlich langes gemeinsames Schweigen gefolgt. Sogar Herr Johansson hielt den Schnabel, und Jan verlor sich in der Erinnerung an jenen Augenblick, der für ihn alles verändert hatte.

∞

In dem Sommer, als er Kaya zum ersten Mal traf, war er mit Rucksack und ohne konkretes Ziel zu einer Reise quer durch Europa aufgebrochen. Vier qualvolle Semester Maschinenbau lagen hinter ihm. Er wusste längst, dass dieses Studium nichts für ihn war, hatte nur keine Ahnung, wie er das seinen Eltern beibringen sollte. Die Reise war eine Flucht vor etwas, vor dem er nicht fliehen konnte. Aber sie brachte zumindest Ablenkung.

Kaya saß im Zug auf der Strecke zwischen Florenz und Neapel im einzigen Abteil, in dem es noch einen freien Sitzplatz gab. Und das war der Platz ihr gegenüber.

»Ist da besetzt?«, hatte er in seinem schwerfälligen Englisch gefragt.

Sie identifizierte ihn sofort als Deutschen. »Nein, setz dich«, sagte sie und klappte das Buch zu, in dem sie gelesen hatte. »Soll ich dir helfen?« Sie wies auf seinen Rucksack, den er, erleichtert, endlich einen Platz gefunden zu haben, schwer auf den Abteilboden hatte plumpsen lassen.

Er war mit seinen ein Meter neunzig bestimmt niemand, der Hilfe brauchte, ein Gepäckstück zu verstauen, und musste lachen. »Danke. Das krieg ich noch so gerade hin.«

Sie stand trotzdem auf, stellte sich auf die Zehenspitzen und schob einen Koffer auf Seite, der über seinem Sitzplatz im Gepäcknetz lag. »So, jetzt kannst du«, sagte sie und lächelte, als hätte sie einen hintergründigen Witz erzählt. Sie roch nach Sommer, nach einer Mischung aus Sonnenmilch und Zitrone. Jan wurde auf angenehme Weise schwindelig, und vielleicht wurde er auch ein wenig rot.

Auf Italienisch wechselte sie ein paar Worte mit dem älteren Herrn, der neben Jan saß. Dann setzte sie sich und vertiefte sich wieder in ihr Buch. Jan hatte sich ebenfalls hingesetzt und überlegte, wie er ein Gespräch mit ihr anfangen könnte. Er konnte so was nicht gut. Manchmal stotterte er sogar, wenn er aufgeregt war und dabei cool erscheinen wollte. Meistens war er aber auch gar nicht derjenige, der den ersten Schritt tun musste. Irgendetwas an ihm schien Frauen zu gefallen, auch wenn er nicht genau wusste, was es war. Er hatte eine viel zu große Nase und zu große Ohren. Die Beine waren zu lang für den Oberkörper, die Arme auch. Eigentlich war alles an ihm ein bisschen unproportioniert, fand er. Trotzdem kam er eigentlich ganz gut klar mit seinem Körper, mit Worten allerdings weniger. Und so saß er jetzt nur stumm da und starrte aus dem Fenster, sämtliche Sinne auf diese Frau ihm gegenüber gerichtet, die vollkommen in ihre Lektüre versunken schien.

Kurz vor dem nächsten Halt stand sie auf und holte den Koffer aus dem Gepäcknetz, den sie eben beiseitegerückt hatte. Sie half dem älteren Herrn, der neben ihm saß, hoch, und zusammen verließen sie das Abteil. Frustriert blieb Jan mit einer Italienerin und ihren drei Kindern zurück, die unentwegt plärrten, plapperten und auf ihren Sitzen herumturnten. Er fürchtete schon, die junge Frau nie wiederzusehen, aber da kehrte sie zurück und widmete sich erneut ihrer Lektüre. Beinah hätte er vor Erleichterung laut aufgeseufzt.

Gerade als er versuchte, möglichst unauffällig den Titel ihres Buches zu erkennen, schaute sie auf.

»Eine ziemlich verrückte Geschichte«, sagte sie und zeigte ihm das Cover. *Naokos Lächeln*, las Jan laut. Murakami.

»Kennst du's?«

»Nein. Nur das andere von ihm.« Warum fiel ihm jetzt der Titel nicht ein? Er hatte es vor kurzem noch gelesen.

»*Die gefährliche Geliebte* wahrscheinlich, die kennt jeder«, sagte sie, und er fand, es klang ein wenig herablassend. So als traue sie ihm nicht zu, auch außergewöhnliche und weniger bekannte Romane zu lesen – oder überhaupt zu lesen.

»Stimmt. Aber ich hab's trotzdem gemocht.« Er hätte jetzt mit ihr über diesen Roman plaudern können, oder sie fragen können, was an *Naokos Lächeln* so außergewöhnlich war, oder wohin sie fuhr oder auch, warum sie so gut Italienisch sprach, aber nichts von alldem kam ihm über die Lippen. Er hing nur an den ihren und hoffte, sie möge einfach weiterreden. Und zum Glück tat sie ihm diesen Gefallen.

Sie erklärte ihm, dass ihr beim Rückwärtsfahren im Zug immer übel wurde, wenn sie las, und sie deswegen in Fahrtrichtung sitze. »Hoffentlich geht es dir nicht auch so, ich kann nämlich nicht tauschen.«

Er erklärte schnell, dass es ihm nicht so ginge, denn sie schien ernstlich besorgt.

»Dann ist ja gut.« Sie sah einen Moment schweigend aus dem Fenster, dann sagte sie: »Ich heiße übrigens Kaya.« Wieder lächelte sie auf diese verschmitzte, hintergründige Weise. Vielleicht lag es an ihren Sommersprossen oder an den Grübchen in ihren Wangen, dass ihr Lächeln so wirkte, als habe sie genau durchschaut, wie verzweifelt er nach Worten suchte. »Also eigentlich Karina, aber den Namen mag ich nicht.«

»Ich bin Johan. Also eigentlich Johannes. Johannes Christoph, um genau zu sein, aber den Namen mag ich auch nicht.«

»Johannes Christoph!« Sie lachte. Wenn Kaya lachte war es, als hielte die ganze Welt den Atem an, um ihr zu lauschen. Ihr Lachen ließ selbst die beiden Kinder innehalten, die sich wegen irgendeines Spielzeugs gestritten hatten. »Christoph ist dein Nachname?«

»Mein zweiter Vorname.«

»Johannes Christoph – und weiter?«, fragte sie, ein bisschen atemlos.

»Johannes Christoph Bode.«

»Ist ja irre.«

»Was genau ist daran irre?«

»Ich habe noch nie einen Menschen getroffen, der so wenig zu seinem Namen passt.«

Kaya passte hervorragend zu ihrem Namen, fand er. Und dieser Eindruck verstärkte sich noch, als er herausfand, dass sie genauso hieß, wie sie roch: Kaya Sommer. Das stellte er allerdings erst fest, als sie längst ausgestiegen war und er allein mit den Dingen weiterreiste, die sie ihm zurückgelassen hatte: ihr Buch und ihre Telefonnummer. Zwischen dem Moment ihrer Erheiterung über seinen Namen und dem Augenblick, in dem sie ihm den Zettel mit ihrer Berliner Nummer in die Hand drückte, lagen zwei Stunden Fahrt, in denen sie einander all die Dinge erzählten, die sich zwei junge Menschen auf Reisen bei einer ersten Begegnung erzählen.

Er erfuhr, dass Kaya aus Köln stammte, in Berlin Medizin studierte und eine Tante in Rom besuchen wollte. Und dass sie gar nicht so gut Italienisch sprach, wie es sich für ihn angehört hatte. Ihren Nachnamen verriet sie ihm nicht. Der stand auch nicht auf dem Zettel. Aber er stand, zusammen mit ihrer Berliner Adresse, auf einem Briefumschlag, der als Lesezeichen zwischen den Seiten ihres Buches steckte. Das hatte sie beim überstürzten Aussteigen ebenfalls zurückgelassen, allerdings gewiss nicht absichtlich.

Damals hatte er noch kein Handy besessen, und so hatte er sie nicht direkt anrufen können, um ihr zu sagen, dass sie ihren Murakami vergessen hatte. Er hätte ihr das Buch nach Berlin schicken und sie dann anrufen können, um sich zu vergewissern, dass es angekommen wäre.

Aber das tat er nicht.

Er fuhr direkt zu ihr. Und damit fing alles an.

∞

Ein Geräusch im Hof holte Jan in die Gegenwart zurück. Durch das Fenster konnte er sehen, wie Chris aus dem Haus trat, zum Campingbus lief und mit einer goldglänzenden Schale wieder im Haus verschwand. Auch Kaya hatte so ein Ding gehabt. Eine Klangschale. Sie stand oben im Schlafzimmer, seit langem unbenutzt. Sie erzeugte einen schönen Ton, vielleicht sollte er sie Lina geben. Sie könnte sie in ihr Zimmer stellen, zwischen ihre vielen Pflanzen. Auch das vielleicht ein Trost. Aber dazu müsste er es schaffen, die Schlafzimmertür zu öffnen.

»Hör zu, Max. Ich muss jetzt hier weitermachen.«

»Weitermachenweitermachen«, krähte Herr Johansson vom Schrank herunter und schlug aufgeregt mit den Flügeln. Es schien ihm nicht recht zu sein, dass so gar nichts passierte.

»Ja klar, ich auch.«

Jan zögerte, dann gab er sich einen Ruck. »Danke.«

»Wofür?«

»Deine Worte.«

»Ich hab doch kaum was gesagt.«

»Doch, jede Menge.«

Jetzt lachten sie beide – ein ehrliches, befreiendes Lachen. Es war das erste Mal seit sehr langer Zeit, dass Jan lachen konnte.

»Also dann …«

»Ja, ähm, also … meld dich, wenn du was brauchst.«

»Mach ich«, sagte Jan schnell, bevor seine Stimme wieder versagen konnte. »Mach's gut, Max.«

»Du auch, Bruder.«

Siehst du, war doch gar nicht so schwer. Ich bin stolz auf dich, Jan.

Hab ich dir eigentlich je gesagt, dass du mich umgehauen hast – vom ersten Moment an? Das mit der Telefonnummer war eine plötzliche Eingebung. Ich fand dich extrem amüsant und wäre beinahe mit dir bis nach Neapel weitergefahren, aber ohne einen Pfennig Geld in der Tasche … unmöglich. Bestimmt hättest du mir Geld geliehen, und wir hätten eine tolle Zeit gehabt.

Meine Mutter wäre an meiner Stelle ganz sicher dir gegenüber sitzengeblieben, um mit dir auszusteigen, hätte mit dir am Strand geschlafen und eine Weile mit dir auf Wolken getanzt. Aber du siehst ja, was dabei rauskommt. Die Idee mit der Klangschale gefällt mir übrigens sehr. Ich hätte selbst darauf kommen können, sie Lina zu schenken. Wie wenig Platz in den Gedanken der Sterblichen doch für die wirklich wichtigen Dinge bleibt. Und wie sehr wir uns, solange wir leben, immer wieder vom Gegenteil überzeugen wollen.

∞

In Jans Werkstatt stand ein Schaukelstuhl mit einer gebrochenen Kufe, ein uraltes Ding, in dessen abgegriffenen Armlehnen und durchgesessenem Sitzpolster sich die Konturen seines Besitzers eingeprägt hatten. Der Stuhl gehörte der Apothekerin. Es kam oft vor, dass Nachbarn aus dem Dorf Jan baten, ihr Lieblingsmöbelstück zu reparieren. Meistens tat er das unentgeltlich, im Tausch gegen einen Sack Kartoffeln, frisch gebackenes Brot oder auch ein paar neue Sohlen für seine Schuhe. Er tat das gern und genoss die Freude, die er den Besitzern dieser alten Schätzchen damit bereiten konnte. Den Schaukelstuhl hatte die Apothekerin schon kurz nach den Sommerferien Mitte August gebracht und gesagt: »Den habe ich von meinem Großvater geerbt, und ich hänge sehr an ihm. Es hat aber keine Eile. Wenn Sie den irgendwann einmal zwischenschieben können …«

Dazwischengeschoben hatte sich Kayas Sterben, und so waren aus dem Irgendwann mehr als zwei Monate geworden. Er hatte viele Aufträge abarbeiten müssen, trotzdem wäre mehr als genug Zeit geblieben, den Stuhl mit einer neuen Kufe zu versehen. Immer wieder hatte er in den letzten Wochen vor dem Stuhl gestanden, gedacht, dass er den auch noch in Ordnung bringen musste, und es dann wieder vor sich hergeschoben. Irgendwie war es einfacher gewesen, seelenlose Regalwände zu zimmern, als ein altes Möbelstück wiederzubeleben, an dem ein Herz hing.

Auf diesen Stuhl fiel sein Blick, als er nach dem Gespräch mit Max überlegte, was er heute als Erstes tun musste. Die Apothekerin wartete schon so lange, und immerhin war dieser Stuhl etwas, das er tatsächlich in Ordnung bringen konnte. Und dann war es plötzlich ganz leicht. Er sägte, hobelte, schliff und polierte, und als er sich schließlich in den fertig reparierten Stuhl setzte und behutsam vor- und zurückwippte, empfand er etwas, von dem er fast vergessen hatte, wie es sich anfühlte – Zufriedenheit.

Er brachte den Schaukelstuhl noch am selben Tag zurück zu seiner Besitzerin.

Frau Nimroth stand hinter dem Tresen ihrer Apotheke und bediente eine ältere Dame, die Jan vom Sehen kannte. Jan war seit Kayas Tod nicht mehr hier gewesen, und der Apothekengeruch weckte unangenehme Erinnerungen. Er blieb nah an der Tür stehen, die sich automatisch öffnete, sobald er einen winzigen Schritt zur Seite trat.

»Das ist Johanniskraut«, sagte die Apothekerin gerade. »Sie müssen es eine Weile nehmen, bis Sie eine Wirkung spüren. Aber es wird Ihnen helfen.«

»Ich hoffe es. Es ist nicht leicht, so allein, wissen Sie? Ich war in meinem ganzen Leben nie allein, und jetzt ...« Die Stimme der Dame zitterte. »Nachts ist es am schlimmsten. Wenn das Bett neben einem leer ist.« Sie zog ein Taschentuch aus ihrem Ärmel und schnäuzte sich.

Oh, bitte nicht. Jan trat einen Schritt zur Seite. Er brauchte frische Luft.

»Probieren Sie es mit dem Johanniskraut«, sagte Frau Nimroth. »Vielen hilft es sehr gut.« Sie warf Jan einen Blick zu, Besorgnis lag darin. Vielleicht war es auch nur ein Entschuldigen, dass die Kundin so lange brauchte und er warten musste.

Die alte Dame bezahlte umständlich und bevor sie ging, wendete sie sich an ihn. »Alt werden ist nicht schön, glauben Sie mir«, sagte sie. »Das hätte ich in Ihrem Alter auch nicht gedacht.«

Gern hätte er ihr aufmunternd zugelächelt, ihr die beiden Stufen zur Straße hinuntergeholfen, aber er konnte nur stumm dastehen und zusehen, wie sie mit krummem Rücken davonschlich.

»Sie hat ihren Mann verloren. Letzte Woche«, erklärte ihm die Apothekerin. »Und jetzt kann sie nicht mehr schlafen. Schlaflosigkeit ist eine häufige Begleiterscheinung bei Schicksalsschlägen.«

»Ja. Das ist schlimm.«

»Das ist es. Aber in ihrem Alter …« Sie brach ab, als besinne sie sich plötzlich, wen sie da vor sich hatte. »Wie steht es um Ihren Schlaf, Herr Bode?«

»Ich schlafe wie ein Stein.«

»Das ist ein Segen. Hoffen wir, dass es so bleibt.« Es klang, als glaubte sie eher nicht daran.

Er hielt es für sinnlos, ihr zu erklären, dass diese Art Schlaf alles andere als ein Segen war. Dass er abends oft noch in seinen Arbeitsklamotten auf dem Sofa einschlief und am Morgen aufwachte. Dass er sich manchmal wünschte, nie mehr aufzuwachen, im Schlaf einfach ins Nichts hinüberzugleiten und alles hinter sich zu lassen. Auch Finn und Lina. Er schämte sich dafür, aber seit Kayas Tod konnte er die Liebe zu seinen Kindern nicht mehr spüren. Wenn er ehrlich darüber nachdachte, musste er sich eingestehen, dass er gar nichts mehr spürte außer diese Schwere in den Gliedern, die die Tage unendlich lang werden ließ und dem Schlaf die Träume raubte.

All das konnte Jan der Apothekerin nicht erzählen, aber er konnte ihr eine Freude bereiten.

Als sie ihn fragte, was sie ihm schulde, winkte er ab. Auch ihre Einladung zum Sonntagskaffee, gemeinsam mit ihrem Mann, schlug er aus. Er sei im Moment am liebsten zu Hause, sagte er. Das verstand Frau Nimroth und legte ihm ein Päckchen Taschentücher auf den Tresen. »Bitte lassen Sie mich wissen, wenn ich mich irgendwie erkenntlich zeigen kann ...«

»Sie haben mir oft genug weitergeholfen in den letzten Monaten«, entgegnete Jan. »Und außerdem ...« Er überlegte, wie er es sagen sollte. »Ich konnte schaukeln heute Morgen. Unbezahlbar, dieses Gefühl. Das verdanke ich Ihrem Stuhl.«

Und meinem Bruder. Diesen Gedanken jedoch sprach er nicht aus. Er nahm ihn einfach mit nach Hause.

12. November

Der schwerste Moment des Tages, war der des Aufwachens. Wenn in das nur halb bewusste Gefühl, aufstehen und nach Kaya sehen zu müssen, die Erkenntnis einsickerte, dass sie nicht mehr da war. Und das fühlte sich auch mehr als einen Monat nach Kayas Tod immer noch genauso schrecklich an wie am ersten Tag.

Früher hatten sie sich in diesen Minuten, in denen das Bewusstsein noch in Träumen hing, der Körper sich aber schon für seine Aufgaben bereit machte, immer noch mal eng aneinandergekuschelt. Sich nicht selten geliebt. Noch bis wenige Tage vor ihrem Tod hatte Kaya morgens seine Wärme gesucht. Erst als ihr Geist sich mehr und mehr im Morphiumnebel aufzulösen begann, war diese kostbare Intimität verlorengegangen. In den letzten Nächten vor ihrem Tod hatte Jan kaum noch geschlafen, aus Angst, im Moment ihres Sterbens nicht bei ihr zu sein.

An diesem Morgen legte sich über die tunnelschwarze Gewissheit, auch diesen Tag ohne Kaya bestehen zu müssen, eine bleierne Erschöpfung. Es war Sonntag, einer dieser Sperrholztage, und es gab keinen zwingenden Grund aufzustehen. Und das fühlte sich noch viel entsetzlicher an, als sich mit schmerzenden Gliedern aus dem Bett zu quälen, um seinen Pflichten als Witwer, Vater zweier pubertierender Halbwaisen und vielgefragter Tischler nachgehen zu müssen.

In seine Überlegung, wie er mit diesem Zustand umgehen sollte, mischte sich ein Geräusch, das er im ersten Moment nicht zuordnen konnte.

Im ersten Moment dachte er, es wäre ein Rauchmelder, bis ihm klar wurde, dass es das Klingeln des Festnetztelefons war, auf dem ganz selten jemand anrief und das hier oben unter dem Dach nur leise zu hören war.

Es war seine Mutter.

Sie kam sofort zur Sache. Für Nebensächlichkeiten wie sein Befinden hatte sie am Telefon keine Zeit.

»Ich habe mit deinem Bruder gesprochen«, sagte sie.

»Ich auch.«

»Das weiß ich. Hat er mir erzählt. Er sagt, es ginge dir nicht so gut.«

»Ach, wirklich? Wie kommt er denn darauf?«

»Bitte, sei nicht zynisch, Johannes.«

Seine Eltern waren die einzigen Menschen, die ihn beharrlich bei seinem Taufnamen nannten, egal, wie sehr er diesen Namen auch hasste.

»Ich habe überlegt, für eine Weile zu euch zu kommen.«

Jan konnte kaum glauben, was er da hörte. Für eine Weile? Was mochte das bedeuten? Zwei Tage? Zwei Wochen? Die Vorstellung, seine Mutter zu beherbergen, schien so absurd wie der bunt bemalte Campingbus in seinem Hof.

Seine Eltern waren noch nie zu Besuch gewesen. Wenn er und Kaya nicht von Zeit zu Zeit nach Detmold gefahren wären, wüssten die Kinder vermutlich gar nicht, wie ihre Großeltern aussahen. So sehr Kaya sich um ihre Zuneigung bemüht hatte – das Verhältnis war vom ersten Tag an frostig gewesen, und als er Kaya still und heimlich geheiratet hatte, war aus der westfälischen Wortkargheit seiner Eltern ein eisernes Schweigen geworden. Erst mit Finns Geburt hatte sich das ein wenig gebessert, aber auch nur ein wenig.

Die Nacht vor der Beerdigung hatten sie in einem Hotel in Lübeck verbracht, in gebührendem Abstand zu seiner Trauer. Sein Vater und seine Mutter waren beide gläubige Christen, und der sonntägliche Kirchgang war für sie mindestens ebenso selbstverständlich wie das morgendliche Zähneputzen. Eine Bestattung ohne kirchliche Zeremonie und den Segen eines Geistlichen lag für sie hart an der Grenze des Erträglichen, und so durfte Jan es ihnen hoch anrechnen, dass sie überhaupt gekommen waren – als Einzige aus seiner Familie. Sein jüngerer Bruder Michael hatte sich an dem Tag einer lange geplanten Nasenoperation unterzogen, die zu verschieben gewesen wäre, wenn Jan ihm das nicht ausgeredet hätte.

Jan hatte mit Finn, Lina und einer beträchtlichen Anzahl von mitfühlenden Dorfbewohnern vor dem Eingang zum Friedhof auf die Trauerrednerin gewartet, die Kaya noch selbst engagiert hatte, als seine Eltern eintrafen. Sie waren wie aus dem Nichts vor ihm aufgetaucht, steif und ein wenig befremdet, als hätte irgendein böser Zauber sie aus einem fernen Paradies in diese trostlose Szenerie hineinkatapultiert. Eine hölzerne Umarmung und leise in sein Ohr gemurmelte Beileidsworte waren das Äußerste, was sie an jenem Tag an Emotionalität hatten aufbringen können. Noch während des kleinen Umtrunks in der Dorfgaststätte hatte er sie zum Auto begleitet, weil sie noch am selben Tag nach Detmold zurückkehren mussten. Und dann waren sie weg gewesen, und er hatte sich gefragt, wozu sie überhaupt gekommen waren. Eine Pflichterfüllung vermutlich, wie alles in ihrem Leben.

»Um dich zu unterstützen«, sagte seine Mutter jetzt. »Ich vermute, du hast keine Haushaltshilfe.«

»Haushaltshilfe?« Das Wort setzte sich in seinem Kopf nur sehr langsam zu seiner Bedeutung zusammen. Die Krankenkasse hatte eine Haushaltshilfe gezahlt. Eine Frau aus dem Dorf. Sie war gekommen, täglich über viele Wochen – bis zu Kayas Tod.

»Nein, nicht mehr.«

»Siehst du. Irgendjemand muss sich ja kümmern. Dafür bin ich schließlich deine Mutter.«

»Ich schaff das schon«, sagte er schnell. »Die Kinder sind groß und können mithelfen.«

»Johannes, ich bitte dich. Sei vernünftig.«

»Nein, wirklich, das brauchst du nicht zu tun. Außerdem …« Er zögerte. »Außerdem ist im Moment auch Elke hier.«

»Elke? Wer ist Elke?«

»Kayas Mutter.«

»Ah.« Missbilligung schwappte durch die Leitung. Jans Eltern kannten Elke nur aus seinen Erzählungen, sie war zu jeder Gelegenheit, an der die Familie zusammengekommen war – angefangen bei Finns Taufe bis zu Kayas Beerdigung – auf Reisen gewesen. »Wie lange bleibt sie denn?«

»Keine Ahnung. Ein paar Tage vielleicht.« Vorsorglich verschwieg Jan, dass er selbst im Gästezimmer schlief und Elke mit einem Altrocker in ihrem Flower-Power-Bus auf dem Hofgelände kampierte.

»Nächste Woche ist sie sicher weg«, mutmaßte seine Mutter.

Er wollte keine Prognose wagen und blieb still.

»Und wenn ich komme, hast du einen Grund, sie fortzuschicken.«

Jan versuchte, sich vorzustellen, wie dieses Fortschicken aussehen sollte, aber dafür reichte seine Phantasie nicht aus. Sehr wohl aber reichte sie aus, um zu wissen, dass er sich ein Aufeinandertreffen seiner Mutter und seiner Schwiegermutter nicht einmal vorstellen wollte.

Verzweifelt suchte er nach dem einen überzeugenden Einwand, der die bevorstehende Katastrophe noch abwenden könnte. »Aber ich habe doch überhaupt keine Zeit für dich. Ich muss arbeiten.« Schwache Ausrede, sehr schwach. Die erwartbare Reaktion kam prompt.

»Selbstverständlich musst du arbeiten. Deswegen komme ich ja.«

Sie legte eine dezidierte Betonung auf das *Deswegen*, wie um klarzustellen, dass sie ihm vor allem zu einem reibungslosen Ablauf seines Alltags verhelfen wollte, Trost oder seelischer Beistand jedoch nicht Teil des Hilfsprogramms sein würden.

Er unterdrückte einen Seufzer. »Wann willst du denn kommen?«

»Ich dachte an Donnerstag in einer Woche. Da hat dein Vater einen Termin in Lübeck und kann mich bringen.«

Der Sechzehnte. Auf den Tag zwei Monaten nach der Beerdigung. Er konnte nichts sagen. In die entstandene Stille mischte sich ein leises Klackern am anderen Ende der Leitung. Vielleicht von der Perlenkette, die seine Mutter meistens trug. Wenn sie unsicher oder nervös war, spielte sie immer daran herum. Er sah auf die Uhr. Nicht einmal neun, viel zu früh für Perlenketten.

»Gut. Wie du meinst«, sagte er schließlich. »Es ist aber wirklich nicht nötig.«

»Doch. Ist es«, erwiderte sie bestimmt.

»Na gut, dann … «

»Warte. Da ist noch etwas.«

Wieder dieses Klackern. Vielleicht trug sie die Perlen doch. Jan glaubte schon, sie suche tatsächlich noch nach ein paar tröstenden Worten, da sagte sie:

»Das Firmenjubiläum … Es lässt mir keine Ruhe … Ich … «

Seine Mutter war normalerweise nie um Worte verlegen. Das, was ihr jetzt auf der Seele brannte, wog offenbar schwerer als die Trauer ihres Sohnes.

»Was ist damit?«

»Du kommst doch?«

»Mama, das ist noch Monate hin!«

»Ich weiß, aber … Es sind immerhin 150 Jahre und … Ich dachte, jetzt wo Kaya … vielleicht … Was ich sagen will … Du hast hier eine Perspektive. Dein Leben ist nicht zu Ende, nur weil… «

Ihre Stimme war leiser geworden, als hielte sie den Hörer auf Abstand.

»Natürlich«, sagte er schnell. »Ich weiß, dass es nicht zu Ende ist.« *Und irgendwie ist es das doch.*

Die Stimme seiner Mutter wurde wieder lauter, und als sie am anderen Ende der Leitung etwas von einem gemeinsamen, besonderen Geschenk an seinen Vater redete, fühlte Jan sich mit einem Mal ganz schwach. Er musste sich setzen.

»…ihr, also dein Bruder und du, ihr könntet das zusammen …«

»Bitte, Mama, lass uns das alles besprechen, wenn du hier bist, ja? Ich kann das jetzt nicht.«

»Oh.« Eine kurze Stille. Dann: »Ja, natürlich. Das verstehe ich.«

Unwillkürlich rieb er sich den schmerzenden Nacken und sagte: »Bring dein Kopfkissen mit. Wir haben nur welche mit Körnern drin, die magst du bestimmt nicht.«

»Kopfkissen mit Körnern?« Ihre für gewöhnlich modulationslose Stimme überschlug sich beinah.

»Na ja, Hirse halt. Nackenfreundlich.«

Er hörte einen nur halb unterdrückten Seufzer. »Ich hoffe, ihr habt wenigstens einen funktionierenden Herd.«

»Bei uns funktioniert alles.« *Außer das Leben.*

Als hätte sie seinen Gedanken gehört, sagte sie: »Wohl kaum. Aber ich komme ja bald.«

In Jans Ohren klang es wie eine Drohung. Vielleicht war es eine.

∞

Jan hatte nie verstanden, was die Leute gegen Montage hatten, doch seit er die Sonntage zu fürchten gelernt hatte, empfand er den Wochenbeginn wie das Aufklaren des Himmels nach einer langen Regenperiode.

Finns schlechte Morgenlaune konnte er montags leichter ertragen als an anderen Tagen, ebenso Linas Bauchschmerzen, über die sie allerdings nicht oft klagte. Dann konnte er ihr mit einem warmen Fencheltee und einer Umarmung helfen. Zu Hause bleiben wollte sie nicht. »Ich will nichts verpassen, Papa«, sagte sie dann, oder »heute ist die letzte Stunde vor der Mathearbeit. Da *muss* ich hin«. Sie war tapfer, seine Tochter. Tapferer, als er es je gewesen war.

An diesem Montag hatte Andrea Geburtstag. Jan kannte sie fast genauso lange wie Kaya. Sie war diejenige gewesen, die ihm aufgemacht hatte, als er mit *Naokos Lächeln* in der Hand und galoppierendem Herzen vor der Tür ihrer Berliner Wohnung gestanden hatte. Er hatte sich ein paar Worte zurechtgelegt, die er sagen wollte, aber als er dann vor Andrea stand und nicht vor Kaya, brachte er nur noch ein Stammeln über die Lippen. Das Einzige, was er zusammenhängend sagen konnte, war sein Name.

»Du siehst nett aus, komm rein«, hatte Andrea gesagt und die Tür weit aufgemacht. Jan fand, dass auch Andrea nett aussah, obwohl sie ihm im ersten Moment ein wenig furchteinflößend erschien mit ihren durchtrainierten Armen, den kurzgeschorenen Haaren und den scharfen Zügen. Aber er trat trotzdem ein, und erst, als er schon in der Wohnung stand, war er in der Lage, sein Anliegen in verständliche Worte zu fassen. »Ich wollte Kaya nur dieses Buch wiederbringen. Sie hat es im Zug vergessen.«

Andrea erklärte ihm, dass Kaya noch in der Uni wäre und sie sich gerade einen Kaffee gemacht hätte, ob er auch einen wollte?

Zwei Tassen Kaffee und ein Stück Schokokuchen später war Kaya dann aufgetaucht – und da waren Andrea und er bereits beste Freunde gewesen. So unkompliziert wie seine Freundschaft mit ihr begonnen hatte, war sie geblieben.

Er telefonierte vom Handy, oben in seiner Dachkammer. Er hatte bis zum Abend gewartet, um Andrea nicht während der Arbeit zu stören und auch um selbst nicht gestört zu werden.

»Wie geht es dir, Jan?«, fragte sie, gleich nachdem er ihr seine Glückwünsche übermittelt hatte. Sie war die erste Person, die ihn das so direkt fragte, abgesehen natürlich vom Pfarrer, der das schon von Berufs wegen fragen musste.

»Ich weiß nicht.« Er dachte eine Weile nach, dann sagte er: »Das hat mich bisher noch keiner gefragt. Vielleicht weiß ich es deswegen nicht.«

»Es ist auch nicht leicht, jemandem diese Frage zu stellen, der einen geliebten Menschen verloren hat.«

»Du hast gefragt.«

»Weil ich keine Angst vor deiner Antwort habe.«

Andrea hatte Psychologie studiert und führte eine Praxis für Psychotherapie. So konnte sie – ganz ähnlich wie der Pfarrer – professionell-pragmatisch mit den Gefühlen anderer Menschen umgehen. Ihre Fähigkeit, zuzuhören und Fragen zu stellen, wirkte aber nie antrainiert. Schon bei ihrem ersten Kennenlernen war es Jan leichtgefallen, mit ihr zu reden. Ganz offen hatte er ihr gestanden, dass er nur wegen Kaya durch die halbe Republik gefahren war, und Andrea hatte sofort begriffen, dass diese Offenheit für Jan keine Selbstverständlichkeit war.

»Elke ist hier«, hörte Jan sich jetzt sagen.

»Echt? Seit wann?«

Jan blätterte in Kayas Kalender. Die Zeit schien sich nur noch durch ihre Eintragungen zu strukturieren. Am zweiten November hatte er Max angerufen.

»Seit dem Ersten.«

»Und wie läuft's?«

Auch darauf wusste er im ersten Moment keine Antwort, denn eigentlich »lief« es nicht. Es stolperte vielmehr.

»Sie hat ihren aktuellen Freund mitgebracht. Wohnt mit ihm in einem Campingbus. Benutzt unsere Küche. Unser Bad. Meine Toilette in der Werkstatt. Und sitzt stundenlang irgendwo im Schneidersitz rum. Morgens machen sie Yoga im Wohnzimmer, weil es draußen nass ist. Und sie hat unser Nutellaglas weggeworfen.«

»Und wehrst du dich dagegen?«

»Das kann ich nicht.«

»Warum nicht?«

»Weil … man kann gegen Elke nicht ankommen.«

»*Du* kannst es nicht. Wenn du es könntest, würde sie es nicht tun.«

»Du kennst sie nicht.«

Andrea lachte. »Und ob ich sie kenne. Sie war der überwältigende Schatten, der Kaya immer vorauslief.«

Jetzt ist sie nur noch überwältigend. Ein Schatten ohne Kaya.

»Wir arrangieren uns irgendwie mit ihr. Tagsüber sind die Kinder in der Schule und ich arbeite. Mittags kocht sie

für alle. Meistens scharf. Ich hab schon keine Geschmacks-
nerven mehr.«

Elke hatte ihre eigenen Kochlöffel und ein paar ver-
beulte Blechtöpfe in die Küche geschleppt. Es gab fast
jeden Tag Reis. Nie Fleisch, dafür manchmal Tofu oder
Nüsse. Pilze aus dem Wald und sogar Algen. Jan wartete
nur darauf, dass sie sie alle mit ihren selbst gesammelten
Pilzen vergiftete.

»Aber es kommt noch schlimmer. Für nächste Woche
hat sich meine Mutter angekündigt.«

Andrea lachte. Sie hatte gut lachen. Weit weg in Berlin
und in einer glücklichen Beziehung war lachen leicht.

»Dann hast du zumindest einen Grund, Elke vor die Tür
zu setzen«, sagte sie.

»Grund ja. Die Kraft dazu – ich weiß nicht.«

»Du musst es nur wollen.«

Ich weiß schon lange nicht mehr, was ich will. Er betrachtete einen hässlichen Mückenblutfleck an der Wand.
Den sollte er überpinseln, bevor seine Mutter kam.

»Kannst du weinen?«, fragte Andrea mitten in seine Gedanken hinein. Ihre weiche, melodische Therapeutinnen-
stimme machte ihn plötzlich nervös.

»Äh …«

»Also nein.«

In seinen Ohren klang es wie ein Vorwurf, obwohl es
so sicher nicht gemeint war. Trotzdem stieg Ärger in ihm
hoch. Was man nicht alles falsch machen konnte, wenn
man seine Frau verloren hatte! »Soll ich mich etwa an ihr
Grab stellen und heulen?«

Andrea blieb still.

»Es muss doch weitergehen. Ich habe eine Menge Aufträge abzuarbeiten, und die Kinder brauchen mich. Da bleibt nicht viel Zeit, um mich mit Weinen zu beschäftigen.«

Er wartete, aber es kam kein Schon-gut, kein Natürlich-nicht. Andrea schwieg einfach weiter.

»Es ist verdammt, verdammt hart. Das kannst du mir glauben. Ich …« Er presste Luft durch seine Kehle, die sich gefährlich verengt hatte. »Ich versuche, einfach nur zu überleben.«

Stille.

»Warum sagst du nichts?«

»Ich höre zu.«

»Ach, scheiße Mann!« Der Fluch brachte ein bisschen Erleichterung in der engen Brust. Er musste aufstehen, hin und her gehen, anders konnte er den Druck von innen nicht aushalten.

»Als du damals das Buch gebracht hast … Erinnerst du dich?«, fragte Andrea nach einer Weile. Er war dankbar für den Themenwechsel.

»Wie nicht.«

»Kaya war danach völlig verändert. Als hättest du einen schweren Deckel weggehoben, unter dem sie jahrelang gesessen hatte.«

»Ich habe sie nur fröhlich kennengelernt. Von einem schweren Deckel hab ich nichts bemerkt.«

Nein, hast du nicht. Ich war auf dem Weg zu meiner Tante, ich hatte Ferien, konnte alles hinter mir lassen. Und dann bist du mit deiner Unbeholfenheit gekommen, und die Welt war plötzlich ein zauberhafter Ort. Ich hatte mit einem Anruf gerechnet, aber nicht damit, dass du einfach auftauchst. Als du da mit Andrea in der Küche gesessen hast, wäre ich dir beinahe um den Hals gefallen. Dass das mit uns was geworden ist, verdanken wir Andrea. Ich hätte einen Fremden wahrscheinlich weggeschickt, gesagt, dass er später wiederkommen soll. Aber so ist Andrea. Sie spürt, wenn jemand in Not ist und was ihm helfen könnte. Und wir waren beide in Not. Ich habe ihr nie ausreichend gedankt dafür, aber vielleicht kannst du das übernehmen. Ich glaube, dass du darin immer besser werden wirst. Der Weg zum Glücklichsein führt über die Dankbarkeit. Wieso glauben die Menschen eigentlich, dass es umgekehrt sein müsste?

»Sie brauchte so sehr jemanden, der sie liebt, aber alle Typen, die sie kennengelernt hat, waren wie ihr Vater: ein paar schöne Nächte und weg. Du warst der erste anständige Kerl in ihrem Leben.«

Nie hatte Kaya ihm von früheren Beziehungen erzählt. Er hatte auch nie danach gefragt. Sie war so jung gewesen damals, und irgendwie war er immer davon ausgegangen, dass sie ihre erste richtige Liebesbeziehung war.

»Und ich dachte, ich war ihre einzige Liebe.« Er versuchte zu lachen, aber es misslang gründlich.

Das warst du Jan, das warst du. Habe ich dir das nie gesagt?

Andrea sprach weiter, leise, wie gefangen im Gewesenen. »Sie hat sich ständig verliebt und war dann am Boden zerstört, wenn es gleich wieder vorbei war, weil keiner der Kerle das Loch stopfen konnte, das sie in sich hatte.«

»Ich kenne das. Ich wusste nicht, dass sie auch so ein Loch … Ach, verdammt.«

»Ihr habt euch gegenseitig gutgetan.«

»Ja.« Zu mehr reichte der Atem nicht.

»Das ist ein seltenes Glück, glaube ich.«

Er konnte nur nicken.

»Mir fehlt sie auch sehr.« Da war nichts Weiches mehr in Andreas Stimme. »Ich habe keine Geschwister. Sie war mehr als eine Schwester für mich.«

Jetzt brannten seine Augen doch. Machte Andrea das absichtlich? Er krallte die Finger in die Gardine vor dem kleinen Giebelfenster. Es tat gut, etwas festzuhalten, auch wenn es nur eine ausgebleichte Gardine war.

»Ich habe Fotos von euch beiden gefunden. Aus der Anfangszeit. Wenn du magst, schicke ich sie dir.«

Wieder konnte Jan nur nicken. Er und Kaya hatten nie viel fotografiert. Sie waren immer zu sehr im Moment gewesen, um ans Festhalten dieser Momente zu denken.

»Ich wusste gar nicht, dass ich sie habe. Auf manchen sind wir zu dritt zu sehen. Die würde ich gern behalten.«

Er hörte ein Schniefen, dann ein Schnäuzen.

»Logo«, sagte er schnell. »Aber ich will dich nicht länger aufhalten. Du hast sicher Besuch.« Warum fiel ihm jetzt erst auf, dass Andrea Gäste haben könnte und eigentlich gar keine Zeit zum Telefonieren und schon gar nicht zum Weinen?

»Kein Besuch heute. Wir feiern am Samstag.«

»Ah.« Er ließ sich wieder auf sein Bett fallen. Plötzlich fühlte er sich erschöpft, zu müde zum Reden. »Trotzdem. Es ist dein Abend. Ich will dir nicht den Geburtstag verder…«

»Hör auf, Jan.«

»Ja. Sorry.«

»Ich schick dir die Fotos. Und wenn du reden willst, ruf an.«

»Mach ich.« Reden. Er wollte nicht reden. Er wollte Stille. Endlich Stille.

Sie verabschiedeten sich, und nur wenige Sekunden, nachdem er den Anruf beendet hatte, ertönte ein leises *Pling*. WhatsApp von Andrea. Ein Bild, abfotografiert von einem schon etwas vergilbten Schnappschuss. Kaya, am Küchentisch der Berliner Wohnung, in der sie mit Andrea gewohnt hatte, er ihr gegenüber. Beide vorgebeugt, ihre Blicke ineinander verhakt. Fast zwanzig Jahre lagen zwischen dem Jetzt und diesem intimen Moment, den Andrea durch die geöffnete Tür für die Ewigkeit festgehalten hatte. Vor Kaya auf dem Tisch lag *Naokos Lächeln*.

Jan lächelte. Und dann kamen die Tränen doch.

16. November

Der Tag, an dem seine Mutter eintraf, begann mit Ärger.

Jan hatte, wie jeden Morgen, Kaffee gekocht, Herrn Johansson aus seinem Käfig befreit und trank die erste Tasse am Küchenfenster. Chris kam gerade von der Toilette. Wie jeden Morgen ließ er die schwere Werkstatttür laut hinter sich zufallen. Es war noch nicht einmal sechs Uhr und die Fenster beider Kinderzimmer gingen zum Hof. Schon ein paarmal hatte Finn sich beschwert, dass er davon immer wach würde.

»Scheißkerl«, knurrte Jan. »Geht das auch leiser?«

»LeiserScheißkerlleiser«, echote Herr Johansson, der neben ihm ein paar Körner aufpickte, die Jan auf dem Küchentresen ausgestreut hatte.

Normalerweise ging kurz nach Chris auch Elke zur Toilette, aber heute blieb sie aus. Dafür hörte Jan es plötzlich über seinem Kopf poltern. Er verschluckte sich vor Schreck am Kaffee, denn über ihm befand sich das Schlafzimmer. Jenes Zimmer, das er seit Kayas Tod nicht mehr betreten hatte.

Herr Johansson flüchtete in seinen Käfig.

Wie festgefroren stand Jan da und starrte hinauf zur Decke. Er hörte Schritte. Halluzinierte er jetzt? Zu allem Überfluss krächzte Herr Johansson »KayaKayaKaya!«

»Halt den Schnabel!«, schimpfte Jan und warf das Tuch über den Käfig. Dann fasste er sich ein Herz und ging die Treppe hoch. Vor der geschlossenen Schlafzimmertür blieb er im Dunkeln stehen und lauschte. Ihm war, als hörte er ein leises Singen oder Summen. Irgendwie roch es auch seltsam.

Zögernd legte er die Hand auf den Griff, drückte ihn langsam herunter und öffnete die Tür einen Spaltbreit. Ein schwacher Lichtschein. Ein penetranter Geruch und im Schneidersitz auf dem Boden vor dem Bett eine weiße Gestalt. Ihr Oberkörper schaukelte sanft hin und her. Sie saß mit dem Rücken zu ihm, um sie herum waren Teelichter und eine Schale, aus der Rauch aufstieg, auf dem Boden platziert.

Elke!

Er riss die Tür vollends auf. »Mach sofort, dass du hier rauskommst!«

Langsam wendete sie ihm den Kopf zu.»Warum schreist du so? Du weckst doch die Kinder!«

Er hätte sie hochzerren, sie mitsamt ihren Kerzen und Räucherstäbchen von seinem Hof jagen mögen, aber es gelang ihm nicht einmal, den Fuß in dieses Zimmer zu setzen, in dem Kayas Fehlen so viel intensiver zu spüren war, als überall sonst im Haus.

»Ich will, dass du jetzt sofort von hier verschwindest«, zischte er.»Das ist *mein* Schlafzimmer, und darin hast du nichts verloren.«

»Es ist nicht mehr nur ein *Schlaf*zimmer«, sagte sie sanft. Das war so wahr, dass es ihm im ersten Moment die Sprache verschlug. Dann aber explodierte er.»Was soll es denn sonst sein? Dein Yogastudio? Deine Räucherhöhle? Deine Geisterbeschwörungsbude? Oder wollt ihr 's vielleicht hier treiben, anstatt in eurem beschissenen Bus, wo euch das halbe Dorf hören kann?« Er krallte die Hände in den Türrahmen, musste sich festhalten, so sehr zitterten seine Beine.

»Papa!«

Er fuhr herum. Seine beiden Kinder standen direkt hinter ihm, Lina mit schreckgeweiteten Augen, Finn noch halb im Schlaf, die Haare auf einer Seite plattgedrückt. Er musste zu schnell aus dem Bett gesprungen sein, er schwankte leicht.

»Geht wieder schlafen. Es ist noch viel zu früh.«

»Kann nicht mehr schlafen.« Lina rieb sich die Augen. »Ist zu laut.«

»Was hab ich dir gesagt?«, kam es von Elke. Sie kehrte ihnen den Rücken zu und begann wieder, mit ihrem Oberkörper sanft hin und her zu schaukeln.

»Was macht sie da?«, fragte Finn, der allmählich zu sich kam.

»Sie meditiert«, erklärte Lina. »So kann sie in Kontakt zu Mama treten, hat sie gesagt.« Sie schob sich an Jan vorbei in den schummerigen Raum und legte sich aufs Bett, da wo Kaya immer gelegen hatte. Jan fragte sich, wie oft seine Tochter in der letzten Woche schon dabei gewesen war, wenn Elke *meditiert* hatte.

»Ich glaub, ich spinne«, stöhnte Finn, ging in sein Zimmer und warf die Tür hinter sich zu.

Jan blieb einfach stehen, wo er war. Seine Wut war einer Mischung aus Erschöpfung und Fassungslosigkeit gewichen.

»Würdest du die Tür bitte wieder schließen, Jan?« Elkes Stimme klang wie aus weiter Ferne. Vielleicht stimmte es ja, und sie konnte tatsächlich in andere Dimensionen reisen mit ihren Kerzen, ihrem Räucherduft und ihrem absoluten Glauben an die eigenen transzendentalen Fähigkeiten.

Blödsinn. Niemand kann das. Es ist ihre Art, mit der Trauer umzugehen, denn auch sie trauert um mich. Sie zeigt dir etwas, kannst du es nicht sehen?
Ich wünsche mir sehr, dass du die Schwelle zu unserem Schlafzimmer bald wieder übertreten kannst. Bestimmt tut es weh, aber je länger du es vor dir herschiebst, desto schwerer wird es. Bitte baue keine Mauern in dein Leben. Du musst deinen Weg weitergehen und irgendwann wieder glücklich sein, denn erst dann kann ich endgültig gehen.

»Komm Lina, frühstücken wir«, sagte er schwach.

»Aber du hast gesagt, es ist zu früh«, kam es müde vom Bett.

»Deine Großmutter hat wichtige Dinge mit … mit ihren Geistern zu besprechen.«

Elke konnte wenig aus ihrer Ruhe bringen, aber das Wort *Großmutter* verfehlte seine Wirkung nicht. Ihr Nacken wurde länger, als er ohnehin schon war, und sie atmete tief und hörbar aus. Dann blies sie die Kerzen aus, griff nach ihrer Räucherschale und stand auf.

Sehr aufrecht und würdevoll schritt sie an ihm vorbei und die Treppe hinunter. Dabei trug sie die Schale vor sich her, als hätte sie Kayas Geist darin gebannt. Lina tapste hinter ihr her, nicht ohne Jan einen vorwurfsvollen Blick zuzuwerfen.

Besser hätte dieser schwierige Tag nicht beginnen können.

∞

Die Kinder waren noch in der Schule, als der große SUV seines Vaters in den Hof rollte. Elke und Chris hatten sich seit dem Morgen nicht mehr blicken lassen. Vielleicht kommunizierten sie mit Kayas Räuchergeist in ihrem Flower-Power-Bus.

Jan stand in seiner Werkstatt an der Dekupiersäge und beobachtete, wie sein Vater aus dem Wagen stieg. Vor dem Haus gab es genügend Parkmöglichkeiten und eigentlich war der Innenhof nicht als Parkgelände gedacht, doch Hans Magnus Bode fuhr selbstverständlich bis vor die Tür. Er war kein Mann, dem man Anweisungen gab. Oder vielmehr war Jan kein Mann, der seinem Vater Anweisungen geben konnte.

Sein Vater nahm das Gelände in Augenschein. Nun stieg auch seine Mutter aus, und beide blieben mitten auf dem Hof stehen, als warteten sie auf das Empfangskomitee. Erst als sein Vater auf das Wohnhaus zuschritt, trat Jan aus der Werkstatt.

»Da seid ihr ja«, sagte er.

Sein Vater blieb stehen, drehte sich um und hob beide Hände, wie um anzudeuten, dass man für Selbstverständliches keine Worte verlieren musste.

Seine Mutter, ein wenig grün im Gesicht, sagte: »Dein Vater hatte es eilig.«

»Das habe ich immer noch.« Sein Vater trat an den Kofferraum und sah Jan auffordernd an, mit dem typischen Blick des Unternehmers, der es gewohnt war, auf den Hierarchiestufen des Lebens immer ganz oben zu stehen. »Wollen wir?«

Das bedeutete wohl, dass Jan das Gepäck seiner Mutter ausladen sollte.

Sieglinde Bode war eine gepflegte Frau, die die Perfektion liebte – auch bei ihrer Garderobe. Entsprechend umfangreich war ihr Gepäck. Jan hievte den schrankgroßen Koffer aus dem Wagen und trug ihn ins Haus, gefolgt von seinen Eltern, die ihn zur Begrüßung flüchtig berührt hatten – seine Mutter am Arm, sein Vater an der Schulter. Mehr war nicht drin.

Jan schleppte den Koffer ins Dachgeschoss und stellte ihn neben das Bett, das er am Morgen noch frisch bezogen hatte.

In der Zwischenzeit waren seine Eltern ins Wohnzimmer

vorgedrungen. Dort standen sie unschlüssig da, sein Vater zu mächtig für den kleinen Raum, seine Mutter zu fein angezogen.

»Wollt ihr etwas trinken?«, fragte Jan.

»Gern«, sagte seine Mutter.

»Nein, danke«, sagte sein Vater.

Unschlüssig, was nun von ihm erwartet wurde, schob er unauffällig Elkes und Chris' Yogamatten unters Sofa, die zusammengerollt davor auf dem Fußboden lagen.

»Ich nehme ein Wasser, bitte«, sagte seine Mutter mit leichtem Stirnrunzeln.

Als er mit einem Glas gesprudelten Leitungswassers aus der Küche zurückkehrte, stand seine Mutter noch immer an derselben Stelle, während sein Vater mit im Rücken verschränkten Händen durch den Raum tigerte.

»Wollt ihr euch nicht setzen?« Eine überflüssige Frage, sein Vater saß eigentlich nie. Selbst während der Mahlzeiten sprang er immer wieder auf, um etwas Wichtiges zu erledigen.

»Ich mach mich wieder auf den Weg. Habe noch einen ...«

»Termin in Lübeck, ich weiß«, sagte Jan. Sein Vater zog die Brauen hoch, eine Geste, die signalisierte, dass Hans Magnus Bode es nicht schätzte, wenn man ihm ins Wort fiel. Und Jan fühlte sich wie der kleine Junge, der wieder mal für eine Nichtigkeit gerügt wurde. Er überragte seinen Vater mittlerweile um einen ganzen Kopf, dieses unangenehme Gefühl ihm gegenüber jedoch war geblieben. Die einzigen Momente in seinem Leben, in denen er das nicht so empfunden hatte, lagen sehr lange zurück, in einer Zeit, in der sein Vater an Sonntagen noch Klavier gespielt hatte.

Er war ein exzellenter Klavierspieler, liebte Musik, gönnte sich aber diese Augenblicke der Versunkenheit in etwas, das keine feste Form besaß und auch kein Geld einbrachte, schon seit vielen Jahren nicht mehr.

»Okay, dann …«

»Ich finde schon alleine raus. Bleib du bei deiner Mutter.«

Ein kurzes Schulterklopfen, dann war er weg, und Jan konnte wieder freier atmen.

∞

»Was sind denn das für komische Töpfe?«

Jans Mutter hob einen von Elkes verbeulten Blechtöpfen hoch und musterte die geschwärzte Unterseite. »Braucht man so was, wenn man mit Gas kocht?«

Auf Kayas Wunsch hatten sie einen Kombinationsherd mit zwei Gaskochfeldern angeschafft, besonders gut geeignet für den großen Wok, mit dem sie immer am liebsten gekocht hatte.

»Ähm … nein, eigentlich …« Er öffnete einen Schrank. »Das sind unsere Töpfe. Sind für beides geeignet, Gas und die normale Kochplatte.«

»Das ist ein Ceranfeld«, korrigierte seine Mutter. »Du solltest dir einen Induktionsherd zulegen. Viel besser als Ceran.«

Natürlich. Seine Mutter hatte Kayas Schürze umgebunden und wollte nun unbedingt gleich damit anfangen, das Mittagessen zu kochen. Sie stammte aus einfachen Verhältnissen, hatte das Kochen noch von ihrer eigenen Mutter gelernt und lehnte es vehement ab, trotz des Reichtums, den Jans Vater angehäuft hatte, andere für sich kochen zu lassen.

»Und diese Blechdinger hier? Sind die von Lina?« Seine Mutter schien wohl zu glauben, dass Lina noch immer mit der Puppenküche spielte, die sie ihr zum zweiten Geburtstag geschenkt hatten.

»Ja, also die, die sind von Elke.«

Der Blechtopf landete mit lautem Scheppern zurück auf der Küchenanrichte. »Ist sie etwa immer noch da?«

Jan zuckte entschuldigend mit den Schultern.

»Was macht sie denn so lange hier? Und wo ist sie jetzt?«

Jan sah auf die Uhr. Meistens tauchte Elke spätestens um zwölf in der Küche auf, um Essen zuzubereiten. Es war bereits halb eins. Wie es schien, hatte die morgendliche Konfrontation Wirkung gezeigt.

»Ich habe keine Ahnung. Spazieren gegangen vielleicht.«

Seine Mutter kniff die Lippen zusammen und schob mit spitzen Fingern den Blechtopf beiseite.

∞

Sie saßen zusammen mit Finn und Lina beim Essen, als Elke und Chris hereinschneiten. Selten hatte dieser Ausdruck besser gepasst, denn beide waren heute ganz in Weiß gewandet. Nur Chris' Stiefel waren schwarz. Und dreckig.

»Oh, Besuch, wie schön«, sagte Elke und stellte einen Einkaufskorb auf den Küchentresen. »Jans Mutter nehme ich an?« Wenn sie wollte, konnte sie wirklich sehr gewinnend lächeln.

Seine Mutter hielt im Kauen inne und starrte erst auf

Elke, dann auf Chris und zuletzt auf Chris' Stiefel. Dann schien sie sich ihrer Manieren zu entsinnen, legte das Besteck beiseite und erhob sich.

»Bleib sitzen«, sagte Elke. Die höfliche Anrede schien in ihrer Welt nicht zu existieren. »Ich bin Elke. Schön, dass ich dich endlich kennenlernen darf.«

Das dünne Lächeln gefror im Gesicht seiner Mutter. »Die Freude ist ganz meinerseits«, sagte sie steif.

Elke setzte sich auf den letzten freien Platz und schickte Chris ins Wohnzimmer, um dort einen weiteren Stuhl zu holen.

»Jan hat mir gar nicht erzählt, dass du kommst.«

Seine Mutter schluckte angestrengt ihren Bissen hinunter. »Er war nie besonders mitteilsam«, sagte sie. »Möchten Sie auch etwas essen?« Sie wies auf die beiden restlichen Paprikaschoten, die sie mit Hackfleisch befüllt hatte.

»Danke, nein. Wir haben eingekauft und kochen uns gleich selbst etwas.«

»Oh.« Seine Mutter sah Jan an, als erwarte sie, dass er diese Unverfrorenheit unterband.

Als er das nicht tat, sagte sie: »Das ist nicht nötig. Es ist noch reichlich da. Und es schmeckt gut, nicht wahr, Finn?«

Finn machte ein Geräusch, das als Zustimmung gedeutet werden konnte.

»Elke und Chris essen keine Tiere«, erklärte Lina. Sie selbst hatte das Hackfleisch aus der Schote gekratzt und stocherte darin herum. Noch hatte sie sich nicht offiziell zur Vegetarierin erklärt, aber Jan war sicher, dass es bald so weit sein würde, wenn Elke nicht schnell abreiste.

»Ah, Vegetarier«, sagte Jans Mutter.

»Sie sind sogar Veganer.«

»Soso. Sehr interessant.« Sie schien es gar nicht interessant zu finden, allenfalls ein wenig dumm.

Chris kam mit einem Stuhl zurück, der jedoch nicht mehr an den Tisch passte.

»Wenn wir gewusst hätten, dass Sie dazukommen, hätten wir im Wohnzimmer gedeckt«, sagte Jans Mutter spitz.

»Ich bin aber fertig, Sie können hier sitzen.«

»Bleib. Es ist genug Platz für alle.« Elke rückte zur Seite und Chris stellte seinen Stuhl in die entstandene Lücke, direkt neben den von Jans Mutter.

»Hi, ich bin Chris.« Er grinste breit, und Jans Mutter verzerrte die Lippen zu etwas, das wohl ein Lächeln sein sollte. Jan hätte alle gefüllten Paprikaschoten dieser Welt darauf verwettet, dass sie am liebsten die Flucht ergriffen hätte.

Elke ließ nicht zu, dass Jans Mutter das Geschirr abräumte. »Wir machen das. Geh, ruh dich aus, du siehst erschöpft aus.«

»Ich bin aber gar nicht erschöpft.«

Elke neigte den Kopf und lächelte ihr allwissendes Lächeln. »Sag, wie darf ich dich nennen?«

»Mein Name ist Sieglinde Bode.«

»Ah, Sieglinde, wie klangvoll. Ich mag diesen Namen.«

Zwischen Sieglindes Brauen entstand eine Falte. Als Kind hatte Jan gelernt, diese Falte zu fürchten, und auch jetzt duckte er sich unwillkürlich. Aber Elke sprach unbeirrt weiter.

»Deine Schultern sind verkrampft, und an dieser Stelle hier…«, sie zeigte auf den Punkt zwischen ihren eigenen Augen, »sieht man deine Anspannung deutlich. Das ist nicht gut. Es ist die Stelle des Ajna Chakra, unseres dritten Auges, das Zentrum der tiefen, inneren Wahrnehmung.«

Die Falte vertiefte sich, und Jan duckte sich noch ein wenig mehr.

»Wenn du magst, kann ich dich später massieren und dir ein paar Übungen zeigen, damit du besser entspannen kannst.«

Elke legte die Hand auf den Arm seiner Mutter. Ihr Atem ging schneller als gewöhnlich, und sie öffnete den Mund, aber es kam nur ein leises Ächzen heraus. Just in diesem Augenblick meldete sich Herr Johansson. Er war die ganze Zeit über erstaunlich still gewesen, aber jetzt schien er der Meinung zu sein, dass man ihm viel zu wenig Beachtung schenkte.

»HimmelArschundZwirnverflucht«, schrie er und hieb mit dem Schnabel gegen seine Gitterstäbe.

Jans Mutter zuckte zusammen. Sie hatte Angst vor Vögeln und darauf bestanden, dass der Papagei in seinem Käfig blieb, solange sie im Haus war. Das jedoch konnte Elke nicht wissen, die Herrn Johansson immer frei in der Küche fliegen ließ. Sie stand auf und öffnete den Käfig. Herr Johansson hüpfte sofort auf ihre Schulter und drängte sich eng an ihr Gesicht. »Ich habe dich noch gar nicht begrüßt, mein Lieber. Verzeih«, gurrte Elke und küsste Herrn Johanssons Schnabel.

Der Ausdruck von Ekel, gepaart mit Panik, im Gesicht seiner Mutter brachte Jan dazu, sich aus seiner Starre zu lösen.

»Sperr ihn zurück in den Käfig«, befahl er.

»Aber warum denn? Er sitzt schon viel zu lange da drin«, entgegnete Elke.

Herr Johansson hatte die beiseitegestellten Paprikaschoten auf der Küchentheke entdeckt. Vielleicht war es ihr leuchtendes Rot, vielleicht auch der Duft des Hackfleischs, der ihn lockte. Er flog knapp über den Kopf von Jans Mutter hinweg und machte sich über die Schoten her. Jan fluchte, Elke lachte, und Finn sprang auf, um den Vogel einzufangen. Dabei stieß er die Salatschüssel vom Tisch, die auf dem Küchenfußboden zerschellte. Herr Johansson erschrak und flatterte wild durch die Küche. Jans Mutter kauerte sich wimmernd zusammen, die Arme über dem Kopf, während Chris mit einem Topflappen schnell einen weißbräunlichen Klecks fortwischte, den Herr Johansson in seiner Aufregung auf dem Küchentisch hinterlassen hatte.

Jan baute sich schützend vor seiner Mutter auf und schrie: »Raus hier! Alle raus hier, aber sofort!«

Niemand reagierte. Alle starrten reglos auf Herrn Johansson, der sich auf dem Kühlschrank in Sicherheit gebracht hatte und von dort die schönsten Schimpfwörter krächzte, die er je in seinem Vogelleben gelernt hatte. Und das waren eine ganze Menge.

∞

»Ich werde nicht eine Nacht mit diesen Leuten unter einem Dach verbringen!«

»Das musst du auch nicht.«

»Du schickst also deine eigene Mutter weg, und diese …«

»Schsch«, machte Jan. Er saß auf dem Gästebett, während seine Mutter die wenigen Kleidungsstücke, die aus ihrem riesigen Koffer Platz im Schrank gefunden hatte, wieder einpackte. Sie wollte sofort abreisen. Auch wenn Jan prinzipiell nichts gegen ein rasches Ende ihres Besuches hatte – *so* sollte er nicht enden. Sein Leben war schon zerstört genug, da brauchte er nicht auch noch eine Mutter, die ihm im Zorn den Rücken kehrte.

»Beruhige dich, bitte. Ich rede mit ihr. Es kann allerdings sein, dass es noch ein paar Tage dauert, bis sie weg sind.«

»Nicht eine Nacht!«

»Und wenn ich dir sage, dass sie nicht hier im Haus wohnen?«

Sie hielt inne. »Nicht? Aber warum kocht sie dann in deiner Küche?«

»Komm, ich zeig's dir.«

Er führte sie in Linas Zimmer, von wo aus man den Campingbus hinter Jans Holzschuppen am besten sehen konnte.

»Da«, sagte er.

»Allmächtiger«, stöhnte seine Mutter, als hätte er ihr die Wohnstatt des Teufels gezeigt.

»Eigentlich sind sie ganz harmlos.«

»Das sind diese Leute immer. Und dann machen sie einem das Leben zur Hölle.«

∞

Nachdem Jan seine Mutter besänftigt hatte, kehrte er in die Küche zurück. Dort half Lina Elke dabei, das Chaos zu beseitigen. Chris war verschwunden – zum Entspannen vermutlich.

»Geh, mach du deine Schulaufgaben. Ich räume hier auf«, sagte er zu seiner Tochter. Für das, was er Elke sagen wollte, musste er allein mit ihr sein.

Lina hob an zu protestieren, aber ein Blick genügte und sie gehorchte. Wenigstens ein Wesen, auf das er, zumindest noch, Einfluss hatte.

Jan schnappte sich ein Küchentuch und trocknete ab. Er suchte nach Worten. »Es war nett, dass ihr vorbeigekommen seid, aber ich glaube, es wäre besser, wenn ihr jetzt ... Also, ich meine, bestimmt wollt ihr doch ...«

Diplomatie war nicht sein Spezialgebiet. Konfrontation noch weniger. Elke jedoch hatte ihn schon verstanden.

»Du möchtest, dass wir verschwinden«, sagte sie und sah nicht einmal gekränkt aus.

Jan hob die Schultern zum Zeichen seines Bedauerns.

»Das geht nicht«, sagte Elke. »Es gibt eindeutige Zeichen dafür, dass wir noch eine Weile hierbleiben müssen.«

Er hätte es wissen müssen. Wahrscheinlich konnte sie in den Rauchschwaden ihrer Räucherstäbchen die Zukunft sehen. »Für mich war das Chaos vorhin ein Zeichen, dass wir zu viele Menschen in diesem Haus sind.«

»Chaos?« Sie lachte leise. »Das ist Leben, Jan. Als wir ankamen, herrschte Kälte in diesem Haus. Leere. Wärme verdrängt Kälte, die Fülle breitet sich da aus, wo Leere herrscht. Das sind die Gesetze des Kosmos.«

Ruhig bleiben Jan, ganz ruhig. »Ooo-kay«, sagte er und zog dabei das O so lange, wie sein Atem es erlaubte. »Nun ist die maximale Fülle erreicht, und wenn deine Theorie stimmt, dann ist es jetzt an der Zeit, dass sich dieses Haus leert, bevor es eine Explosion...«

»Der Bus verliert Öl.«

Jan fuhr herum. Chris war zurückgekehrt, einen ölverschmierten Lappen in der Hand.

»Siehst du?«, fragte Elke mit ihrer hypnotischen Stimme und legte ihre Hände auf Jans verkrampfte Schultern. »Auch das ist ein Zeichen. Der Moment unserer Abreise ist noch nicht gekommen. Vertrau einfach, Jan. Alles geschieht so, wie es geschehen soll.«

24. November

Wann Kaya die Trauerrednerin Frau Seidel in ihren Kalender aufgenommen hatte, wusste Jan nicht, aber es musste erst kurz vor ihrem Tod geschehen sein, denn ihre Schrift hatte den selbstbewussten Schwung verloren, die Buchstaben kippten ineinander, und die Nullen wirkten so eingefallen wie Kayas Gesicht in ihren letzten Lebenstagen.

Kaya hatte Bettina Seidels Angebot im Internet gefunden und bereits im Sommer mit ihr Kontakt aufgenommen, damit sie vor ihrer Beerdigung Zeit genug hätten, einander näher kennenzulernen. Dass Jan diese Frau aber gar nicht näher kennenlernen *wollte*, hatte Kaya standhaft ignoriert und sie zu mehreren Gesprächen eingeladen.

Frau Seidel lebte in Lübeck und war recht jung – zwei Jahre jünger als Jan. Ihre Arbeit als Trauerrednerin bezeichnete sie als die erfüllendste Aufgabe ihres Lebens. Vermessen fand Jan das, denn wie sollte man so etwas wissen können mit Ende dreißig? »Was sollen wir mit der?«, hatte er Kaya gefragt, als sie ihm ihr Profilbild gezeigt hatte. Blond, blaue Augen, hübsch. Ein bisschen ähnelte sie einer von den Bankangestellten in der Dorfsparkasse. »Die weiß doch nicht einmal was vom Leben. Wie soll sie uns da was vom Sterben erzählen?«

Aber Bettina Seidel wusste eine Menge davon zu erzählen. Sie hatte drei Kinder, eins davon war in einem Urlaub im Hotelpool ertrunken. Sie kenne jede Schattierung von Schwarz, und dass die Farben in ihr Leben zurückgekehrt seien, verdanke sie den Menschen, die mit ihr durch die Schwärze gegangen seien, hatte sie ihnen beim Kennenlerngespräch erklärt. »Verlusterfahrungen zerstören uns, oder sie lassen uns wachsen. Ich durfte wachsen. Und ich möchte anderen Menschen eine Hand reichen und sie durch die Schwärze begleiten.«

Zu ihrem Angebotsprofil gehörte auch die Trauerbegleitung, die Kaya gern für ihn mitgebucht hätte, aber dagegen hatte er sich gewehrt. Schon ihre Art, wie sie über den Verlust sprach, war ihm zu blumig. Nur Kaya zuliebe hatte er akzeptiert, dass sie seinem Schmerz ihre Worte lieh.

Sie anrufen und ihr zum Geburtstag gratulieren zu müssen, empfand Jan als Zumutung.

»Das hast du mit Absicht getan, stimmt's?«, fragte er das Stück Kiefernholz, das vor ihm auf dem Tisch lag, genauso stumm und tot wie Kaya.

»Stimmtstimmtstimmt«, krächzte Herr Johansson vom Werkzeugschrank herunter.

»Ach, halt doch den Schnabel!« Jans Laune war auf dem Tiefpunkt heute Morgen. Vier Nächte auf dem unbequemen Sofa hatten ihre Spuren hinterlassen. Er hatte versucht, vor seiner Mutter zu verbergen, dass er im Wohnzimmer nächtigte, aber heute war sie so früh heruntergekommen, dass sie ihn noch schlafend auf dem Sofa entdeckt hatte.

»Wieso bist du nicht in deinem Bett?«

»Geht nicht«, brummte er und blickte auf sein Handy. Halb sechs. »Und warum bist du so früh wach?«

»Ich schlafe nie länger. Dein Vater steht seit Jahren um diese Zeit ...« Sie stutzte. »Was genau geht nicht?«

»Das Schlafen. Im Bett.«

»Was stimmt nicht mit deinem Bett?«

Er sah an ihr vorbei zum Fenster. Er hatte gestern Abend weder die Läden geschlossen noch die Vorhänge zugezogen. Es war Vollmond, und Elkes Bus zeichnete sich grau vor dem Wald ab. *Wo bist du jetzt, Kaya? Ich brauche dich!*

Seine Mutter zog ihren Morgenmantel enger um ihren Körper, wie eine schützende Hülle gegen das, was er ihr nicht sagen konnte. »Vielleicht brauchst du eine bessere Matratze«, sagte sie dann. »Dein Vater und ich haben jetzt ein Boxspringbett. Seitdem schlafen wir beide viel besser.«

»Klar«, seufzte Jan. »Boxspringbetten helfen ganz sicher.«

Gemeinsam hatten sie vom Küchenfenster aus beobachtet, wie zuerst Elke, dann Chris bei ihren frühmorgendlichen Toilettengängen die Werkstatttür zuknallen ließen. Seine Mutter hatte es schmallippig hingenommen, wie sie auch die Tatsache hinnahm, dass die beiden das Wohnzimmer jeden Morgen für ihre, wie sie sagte, Verrenkungen in Beschlag nahmen. Wenn dann aber Elke und Chris sich auf ihren Yogamatten niederließen, griff sie zum Staubsauger und saugte den Flur. Ein Flur, der in all den Jahren, in denen Jan hier lebte, nie so sauber gewesen war. Seine

Mutter saugte den Dreck weg, den Chris und Elke ihrer Meinung nach jeden Morgen ins Haus trugen, zusammen mit den allerletzten Spuren seines einst glücklichen Familienlebens.

Bettina Seidel meldete sich sehr professionell, mit ihrem vollständigen Namen und dieser sanften, melodiösen Stimme, die so gut zu ihrem Beruf passte.

»Jan Bode hier. Ich ...« Er hatte sich einen Satz zurechtgelegt. Der war jetzt plötzlich weg.

»Herr Bode, hallo! Wie schön, dass Sie sich melden!«

»Ich wollte Ihnen zum Geburtstag gratulieren. Der ist doch heute, richtig?«

Sie schien nicht überrascht. »Ja, genau, der ist heute. Herzlichen Dank!«

»Gern.« Mehr wusste er nicht zu sagen.

»Ich habe eben noch an Sie gedacht beziehungsweise an Ihre Frau.«

»So ein Zufall«, sagte Jan.

»Gar kein Zufall. Ich denke oft an Ihre Frau. Sie hat mich sehr beeindruckt.«

Jan fragte sich, ob dies einer der Standardsätze aus ihrem Trauerbegleitungsrepertoire war. Er hörte sich ehrlich an. Aber ließen sich Ehrlichkeit und Professionalität in ihrem Beruf überhaupt voneinander unterscheiden?

»Sie ist mir sehr ans Herz gewachsen in der kurzen Zeit. Ich wünschte, ich hätte sie länger gekannt.«

Und ich wünschte, Sie hätten sie nie kennenlernen müssen.

Er sah Frau Seidel vor sich, wie sie mit ihrem schwarzen Hosenanzug und dem streng zurückgekämmten Haar an jenem nebligen Oktobermorgen mit einem ernsten Lächeln, fast gravitätisch, auf ihn zugekommen war. Jan hatte sich bei der Überlegung ertappt, ob man sich die Fähigkeit, ernst zu lächeln, antrainieren musste, wenn man den Weg der Trauerrednerin einschlagen wollte. Die Erinnerung daran, wie er an diesem Erdloch gestanden hatte, Linas Hand in seiner und Finns stiller Schatten neben ihm, senkte sich bleischwer auf seine Schultern. Finn hatte auf Aufforderung von Bettina Seidel ein paar Blumen in das Loch geworfen, seine Miene versteinert. Und dann dieses hässliche Geräusch, als die feuchte Erde auf die Urne gefallen war.

Jan ließ den Blick durch die Werkstatt wandern, um sein Gehirn von dieser Erinnerung weg zu etwas zu bringen, das er aussprechen konnte. Sein Blick fiel auf den aufgeschlagenen Kalender vor ihm. »Sie hatte diesen Kalender«, sagte er. »Für Geburtstage.«

»Ja, ich weiß. Sie hat ihn mir gezeigt, als sie mich nach meinem Geburtsdatum gefragt hat.«

»Wann war denn das?«

»Eines der letzten Male, als ich bei Ihnen war. Sie haben gerade Kaffee gekocht.«

»Da war sie schon so schwach.«

»Körperlich schwach. Aber im Innern sehr stark. Sehr präsent. Bewundernswert.«

Jan wollte nicht an diese schrecklichen Tage vor Kayas Tod denken. Er wollte an die körperlich starke, gesunde Kaya denken, aber mit dieser Frau am anderen Ende der Leitung, die Teil ihres Todes geworden war, funktionierte das nicht.

»Sie hat so sehr gehofft, dass Sie mich an meinem Geburtstag anrufen würden. Und sie hat gesagt, ich solle Ihnen in dem Fall sagen, dass Sie sehr, sehr stolz auf sie ist.«

Verdammt.

»Sind Sie noch da?«

»Ja natürlich.«

»Dieser Anruf ist bestimmt nicht leicht für Sie.«

»Ist schon okay«, presste Jan hervor.

Du bist ein schlechter Lügner, Jan Bode!

»Ich soll Ihnen auch sagen, dass …«

Jan hörte ein Schniefen, nur ganz dezent, so als habe Frau Seidel das Telefonmikro zugehalten.

»Also, was ich sagen wollte, sagen *sollte* … Ihre Frau bittet Sie, weiterzumachen, egal, wie schwer es Ihnen fällt.«

»Weitermachen?«

»Mit den Anrufen. Und ich finde das einfach toll, dass Sie ihr diesen Wunsch erfüllen. Dass Sie mich angerufen haben. Das ist großartig.«

»Ich …« Er schluckte. Atmete. Schluckte erneut.

»Ich weiß nicht, was ich sagen soll.«

»Sagen Sie nichts. Nehmen Sie es an. Und machen Sie weiter so.«

∞

Etwas anderes, als weiterzumachen, blieb Jan nicht übrig, nur mit dem *So* wusste er nichts anzufangen. Dieses *So* klang nach einer bewussten Entscheidung, nach einem Weg, den er gewählt hatte, um mit Kayas Fehlen umzugehen. Doch seit ihrem Tod gab es keine wählbaren Wege mehr, nur noch unwegsames, steiniges Gelände, durch das er orientierungslos stolperte, angetrieben von dem Bedürfnis, möglichst viele Tage zwischen sich und Kayas Sterben zu bringen. Und als wäre dieses orientierungslose Stolpern nicht schon anstrengend genug, tauchten vor ihm immer wieder Brocken auf, die er nicht einfach umgehen konnte, denn sie hießen *Elke* oder *Mama* und manchmal auch *Finn* und *Lina*.

Die Küche war zum Mittelpunkt eines Schlachtfelds geworden, auf dem Gefechte weder mit Waffen noch mit Worten ausgetragen wurden, sondern mit Lebensmitteln. Gleich am ersten Abend hatte Jans Mutter einen Speiseplan für die Woche aufgestellt und Jan zu einem Großeinkauf geschickt.

»Aber Elke hat doch schon …«, wollte er einwenden, die Falte zwischen den Augen seiner Mutter jedoch brachte ihn zum Schweigen.

Und so war er losgezogen, hatte Tonnen von Fleisch und Geflügel, Bratfett und Butter und etwas Gemüse eingekauft, das seine Mutter an den nächsten beiden Tagen zu Gulaschsuppe, Frikadellen, Erbseneintopf mit Speck und Hühnerfrikassee verarbeitet hatte.

All das lagerte nun portionsweise eingefroren im Tiefkühlschrank und sollte, so seine Mutter, ihn und die Kinder gut bis Weihnachten ernähren können.

Der Kühlschrank war prall gefüllt, und Lina hatte sehr kämpfen müssen, um ihre Großmutter davon zu überzeugen, dass auch eine Schildkröte im Winter Platz im Kühlschrank finden musste. Und an manchen Tagen standen gleich zwei Gerichte zur Auswahl auf dem Küchentresen, dann nämlich, wenn Elke der Meinung war, wenigstens die Kinder müssten auch mal wieder etwas Gesundes essen. »Unser Körper ist ein Tempel, in dem wir wohnen dürfen«, behauptete sie. »Alles, was wir ihm zuführen, sollte nährstoffreich und möglichst frei von Giftstoffen sein. Fleischhaltige Kost ist das nicht. Das erlaubt schon die westliche Tierhaltung nicht.«

Elkes Weisheiten gab Lina meist während des gemeinsamen Abendessens an den Rest der Familie weiter.

»Ein Tempel ist ein Ort zum Beten«, wies Jans Mutter sie zurecht. »Und Fleisch ist ein wichtiger Bestandteil unserer Ernährung. Hätte Gott es anders gewollt, könnten wir es nicht essen.«

»Warum essen wir dann keine Hunde?«, fragte Lina.

»Pfui«, sagte ihre Großmutter. »Hunde sind Haustiere.«

»In China werden sie gegessen«, hielt Lina dagegen.

»Das ist doch eine Lüge«, behauptete Finn.

»Ist es nicht. Dafür sind in Indien die Kühe heilig. Die Hindus glauben, dass in den Kühen die Seelen der Götter wohnen und dass Menschen auch als Tiere wiedergeboren werden können. Deswegen essen viele Hindus keine Tiere.«

»Heiliger«, murmelte Jans Mutter. »Bringt man den Kindern heutzutage in der Schule auch noch etwas Sinnvolles bei?«

»Das hat sie nicht aus der Schule, sondern von Elke«, erklärte Finn.

»Das kannst du selbst googeln, wenn du mal was anderes machen würdest als Computerspiele«, gab Lina zurück.

Bei der Erwähnung von Elke versteifte sich Jans Mutter.

»Das mag so sein«, sagte sie. »Aber wir sind Christen und beten keine Kühe an.«

Lina wollte etwas einwenden, aber ihre Oma ließ sie nicht ausreden.

»Und wir werden auch nicht wiedergeboren!«

»Schade«, flüsterte Lina.

Sie warteten, bis Jans Mutter ihr Tischgebet gesprochen hatte, dann aßen sie schweigend, obwohl keiner von ihnen mehr Hunger hatte.

∞

Als sich der November seinem Ende zuneigte, wurde es kalt. So kalt, dass weder die dünnen Blechwände eines Campers noch das schärfste Essen dagegen etwas ausrichten konnten. Jan schöpfte Hoffnung, dass dieser Umstand Elke und Chris, trotz des weiterhin ungelösten Problems mit ihrem Bus forttreiben würde und er sich nur noch mit seiner Mutter arrangieren musste – was schwierig genug war.

Aber es kam anders.

Die Kinder und seine Mutter waren bereits zu Bett gegangen, als Elke und Chris plötzlich mit Schlafsäcken unterm Arm im Wohnzimmer standen. Jan hatte sich gerade das Sofa für die Nacht hergerichtet.

»Es macht dir doch sicher nichts aus, wenn wir hier schlafen«, sagte Elke.

Sie hatte es nicht einmal als Frage formuliert.

»Hier? Aber auf dem Sofa schlafe ich.«

»Kein Ding«, sagte Chris. »Wir legen uns auf den Boden.«

Schon breitete er die beiden Yogamatten aus.

»Aber …«

Elke berührte ihn an der Schulter. »Du hast ein Bett, Jan«, sagte sie leise.

Er konnte nur mit dem Kopf schütteln.

»Wie du willst.« Chris hatte sich bereits in seinen Schlafsack eingerollt und war nach wenigen Minuten eingeschlafen.

Elke blieb lange im Schneidersitz auf ihrer Matte sitzen, die Augen geschlossen, während Jan steif auf dem Sofa lag und überlegte, was das kleinere Übel wäre: sein Wohnzimmer mit diesen beiden Esoterikern zu teilen oder das Schlafzimmer mit seinen Ängsten – oder was auch immer es war, dass ihn davon abhielt, in sein Bett zurückzukehren.

Bevor er jedoch zu einer Entscheidung kommen konnte, war er eingeschlafen.

In der Nacht kam Lina. »Mir ist nicht gut«, ächzte sie und erbrach sich vor dem Sofa.

Jan brauchte eine Weile, um sich zu orientieren, Elke war sofort wach.

»Steh auf«, kommandierte sie, »lass Lina sich hinlegen.«

Sie setzte sich neben Lina, nahm ihren Unterarm und drückte mit dem Daumen auf eine Stelle unterhalb des Handgelenks.

»Mir ist so schlecht«, stöhnte Lina.

Elke strich ihr über die Stirn. »Das geht gleich vorbei.«

Jan starrte auf das Malheur zu seinen Füßen. Er konnte so was nicht. Der Geruch von Erbrochenem ließ ihn würgen, wenn er Blut sah, drohte er ohnmächtig zu werden, deshalb hatte immer Kaya sich in solchen Fällen gekümmert. Jan trat ein paar Schritte zurück und stolperte fast über Chris, der einfach weiterschlief.

»Hast du was Falsches gegessen?«, fragte er aus sicherer Entfernung.

»Frag nicht, mach den Boden sauber«, befahl Elke.

»Ich kann das nicht.«

»Was kannst du nicht?«

»Mir wird selbst übel, wenn ich ... Was machst du da eigentlich?«

»Ihr Energiekreislauf ist gestört. Durch Druck auf diesen Punkt entspannt sich das Zwerchfell und die Übelkeit nimmt ab. Hilft immer.«

Lina jammerte, bäumte sich auf und erbrach sich ein weiteres Mal.

»Super«, sagte Jan. »Hilft echt gut.«

Während Elke weiter den Energiepunkt auf Linas Unterarm drückte und dabei Unverständliches murmelte, holte Jan Eimer und Lappen und machte sich mit angehaltenem Atem daran, den Boden zu wischen. Wie durch ein Wunder brach er nicht.

Um sechs Uhr kam seine Mutter herunter. Vor dem Sofa stand inzwischen ein Eimer. Jan hatte für sich Kaffee, für Lina und Elke einen Ingwersud gekocht, den Elke seiner Tochter soeben einflößte. Seine Mutter erfasste die Lage sofort. »Hast du VomiSan?«

»Vomi-was? Nein, hab ich nicht.«

»Besorg das. Gibt's in der Apotheke. Das hilft immer.«

Ohne den Blick von Lina zu nehmen, sagte Elke: »Der Brechreiz ist eine Reaktion auf zu viele Gifte in ihrem Körper. Sie heilt sich selbst, auf keinen Fall darf man diesen Prozess unterbinden.«

»Ich habe drei Söhne durch sämtliche Magen-Darm und sonstige Infekte gebracht«, sagte Jans Mutter, gefährlich leise. »Ich denke, ich weiß, wovon ich rede.« Während sie sprach, beobachtete sie Chris, der sich soeben aus seinem Schlafsack schälte.

»Moin«, brummte er verschlafen. »Was ist denn hier los?«

»Lina ist krank«, sagte Jan.

»Ihr Körper durchlebt einen Heilungsprozess«, korrigierte Elke.

Lina stöhnte leise. »Ich will in mein Bett.«

Meine arme Süße. An deiner Seite sollte ich sitzen, es sollte meine Hand sein, die deine Stirn streichelt, meine Finger, die dich massieren. Dein Vater glaubt, du hättest etwas Falsches gegessen. Das tust du jeden Tag. Du frisst all die negativen Emotionen in dich hinein, die sie alle ausströmen.

Es tut mir weh zu sehen, wie sehr du versuchst, deine Traurigkeit nicht zu zeigen. Wie sehr wünsche ich mir, dir sagen zu können, dass all diese Erwachsenen um dich herum mit sich selbst klarkommen müssen. Du kannst zwischen ihnen nicht vermitteln, kannst nicht den Ärger und den Hass von Sieglinde mildern, indem du brav ihre Gulaschsuppe isst, noch die Hilflosigkeit und Verzweiflung deines Vaters lindern, indem du vernünftig und fröhlich bist. Du kannst niemanden dazu bringen, Elke zu mögen, so wie du sie magst. Du darfst traurig sein. Auch du darfst verzweifelt sein.

Es tut mir weh, dass sie alle das nicht sehen. Dich *nicht* sehen, weil sie zu sehr mit sich selbst beschäftigt sind. Aber es wird besser werden, jeden Tag ein bisschen. Das verspreche ich dir.

DEZEMBER

1. Dezember

Verfluchte Scheiße!«

»ScheißeverfluchteScheiße!«, fiel Herr Johansson ein, hocherfreut, dass Jan einen seiner Lieblingsflüche nutzte.

Es war Freitag und Jan musste heute unbedingt noch eine Tischplatte mit Einlegearbeiten fertigstellen. Der Kunde hatte schon angerufen, wo sie denn bliebe. Nun war ihm erneut eine Intarsie beim Polieren zerbrochen.

Auf dem Tisch neben ihm lag Kayas Kalender. Er warf einen wütenden Blick darauf. Wer zum Henker war Holger Zumwinkel? Jan konnte sich nicht erinnern, dass Kaya diesen Namen jemals erwähnt hatte, und auch nicht, dass er ihn auf einen der Umschläge für die Traueranzeige geschrieben hätte. Vielleicht war Kaya bei ihrer Liste von Personen, die über ihren Tod informiert werden sollten, nicht mehr bis Z gekommen.

»Du hättest mir wenigstens dazuschreiben können, wer das ist«, schimpfte Jan das Bild an, das seit ein paar Tagen neben dem Telefon stand. Andrea hatte ihr Versprechen gehalten und Fotos geschickt. Kaya im Bikini am Strand, im dicken Winterpullover vor einer Bergkulisse, mit Weinglas in der Hand auf irgendeiner Party. Auf manchen Fotos waren sie zusammen zu sehen, jung und verliebt. Die Bilder waren an dem Morgen gekommen, an dem Lina krank gewesen war, und ihm hatte die Kraft gefehlt, sich auf die Gefühle einzulassen, die mit diesen Bildern aus dem Umschlag geströmt waren. Jetzt steckten sie in einer Schublade im Wohnzimmer. Irgendwann würde er sie herausholen. Irgendwann, wenn der Boden unter seinen Füßen wieder fest war.

Nur dieses eine Bild von Kaya, dieses allerletzte, das Andrea aufgenommen hatte, das hatte er nicht weggesperrt. Die beiden waren zusammen in Budapest gewesen, zu Besuch bei einer gemeinsamen Freundin. Knapp zwei Jahre war das her. Ein Schnappschuss, von hinten aufgenommen, als Kaya sich gerade umdrehte, lachte. »Na los«, schien sie zu sagen, »komm weiter, es gibt noch so viel Schönes zu sehen.«

Grimmig sah er zum Wohnhaus hinüber. Es war noch nicht zwölf, niemand zu sehen – erst recht nichts Schönes. Die Temperaturen kletterten langsam zurück in die Plusgrade, so konnten Elke und Chris nach drei Nächten endlich wieder im Camper schlafen. Er war kurz davor gewesen, ins Schlafzimmer zurückzukehren, hatte in der letzten Nacht sogar schon die Hand auf der Klinke gehabt und es dann doch nicht geschafft. Es brauchte wohl mindestens ein Dutzend schnarchende Altrocker, um diese Schwelle zu überwinden.

Er griff zum Telefon. Eine Kölner Rufnummer.

»Zumwinkel.«

»Bode. Jan Bode hier.«

»Ja, bitte. Was kann ich für Sie tun?«

Stille.

»Ich bin der Mann von Kaya.«

»Ich kenne keinen Jan Bode und keine Kaya. Haben Sie sich vielleicht verwählt?«

Jan rieb sich die Stirn. Vor ein paar Tagen hatte er genau das geträumt: Er musste jemanden anrufen, und die Person kannte Kaya nicht. Im Traum hatte er versucht, Kaya zu beschreiben, und es war ihm nicht gelungen.

»Sie müssten sie eigentlich kennen, weil ... Naja, Sie stehen in ihrem Geburtstagskalender.«

»Das verstehe ich nicht. Ich kenne keine Kaya Bode.«

»Merkwürdig. Aber gut, dann ...«

Nein, Jan, bitte leg jetzt nicht auf!

Da fiel Jan etwas ein.

»Vielleicht kennen Sie sie unter ihrem Mädchennamen. Sommer.«

»Sommer. Hm ... Ich war mal mit einer Karina Sommer zusammen.«

Auch das noch. Ein Ex von Kaya. *Deswegen* hatte sie nie von ihm erzählt.

Falsch! Ich habe dir von ihm erzählt. Wir sind ihm sogar einmal begegnet, in Köln, auf der Hochzeit einer Schulfreundin. Du mochtest ihn nicht, weil ich ihn mochte, dabei wusstest du nicht einmal, dass ich mal mit ihm zusammen gewesen war. Du wolltest nicht mit ihm reden. Jetzt aber musst du es. Es ist wichtig, sehr wichtig. Du kannst einen Fehler wiedergutmachen, den ich gemacht habe, als ich noch Fehler machen konnte.

Jan hätte so tun können als hätte er sich geirrt, sich entschuldigen und auflegen können. Wahrscheinlich hätte er genau das getan, wenn nicht Kayas Bild gewesen wäre. *Na los. Weiter!*, schien sie ihm zuzurufen.

»Karina. Ja. Das ist sie. Also... war sie.«

Die letzten beiden Worte sagte er zu leise, um im fernen Köln noch verstanden zu werden.

»Karina! Soso.« Es entstand eine fühlbar nachdenkliche Pause, dann: »Es gibt sie also doch noch.« Holger Zumwinkel lachte kurz auf. Es klang zynisch. »Ihr Anruf kommt ziemlich überraschend. Früher hat mir Ihre Frau jedes Jahr zum Geburtstag gratuliert. Ist aber schon lange her.«

Jan brach der Schweiß aus. Hätte er diesen Holger womöglich gar nicht anrufen sollen? War das jemand, den sie vor Urzeiten in dieses Buch eingetragen und selbst aus einem bestimmten Grund seit Jahren nicht mehr angerufen hatte? Jemand, dessen Namen sie womöglich hatte streichen wollen?

Unmöglich konnte er diesem Mann jetzt sagen, dass Kaya tot war. Eigentlich sollte er ihm auch nur gratulieren. Gerade wollte er seine Glückwünsche loswerden, da fragte Holger Zumwinkel zögerlich: »Geht es ihr denn gut?«

Jan musste sich zum Atmen zwingen.

»Hallo? Sind Sie noch da?«

»Ja. Bin ich. Und nein. Es geht ihr nicht gut.«

»Oh.«

»Sie ist gestorben. Am ersten Oktober.«

Jetzt konnte Jan Holger Zumwinkel atmen hören.

»O Gott. Nein. Sie war doch höchstens... Wie alt?«

»Im Januar wäre sie einundvierzig geworden.«

»Krebs?«

»So ist es.«

Er hörte ein schnalzendes Geräusch. Einen zittrigen Seufzer. »Ich weiß genau, wie Sie sich fühlen.«

Nein, nicht jetzt dieses anbiedernde Ich-leide-mit-Ihnen-Gesülze, das konnte er nicht ertragen, schon gar nicht von einem Fremden. Was konnte der schon wissen?

»Ich habe vor sieben Jahren meine Frau verloren. Auch Krebs. Sie war gerade erst zweiunddreißig.«

Der Satz traf Jan in die Magengrube. »O Mann«, sagte er. »Das tut mir leid.«

»Unsere Tochter war kaum ein Jahr alt, als sie krank wurde. Eine Woche vor ihrem zweiten Geburtstag ist sie … Entschuldigen Sie. Das wollen Sie bestimmt jetzt nicht hören.«

»Nein. Doch. Also ich meine … Erzählen Sie.«

»Wahrscheinlich tröstet Sie das jetzt nicht, aber … Man lernt zu akzeptieren. Irgendwann. Dauert natürlich. Man darf sich nur nicht zurückziehen. Manche neigen zu so was.«

Zurückziehen. Wohin, wenn er in seinem eigenen Haus nicht einmal mehr einen Platz zum Schlafen fand?

»Ich habe ziemlich viele Leute um mich rum«, sagte Jan.

»Das ist gut. Das ist sehr gut.« Eine Weile schwiegen beide, dann sagte Holger Zumwinkel: »Solange es Ihnen nicht zu viel wird. Man braucht ja Zeit. Einen … einen Raum für die Trauer. Man kann davor nicht weglaufen.«

Jan ließ den Blick durch seine Werkstatt schweifen. Ein Raum voller unerledigter Arbeitsaufträge und mit einem plauderfreudigen Papagei darin war gewiss nicht das, was dieser Holger mit einem Raum für die Trauer meinte.

»Ihre Tochter müsste jetzt zwölf sein, richtig?«

Woher wusste er das? »Ja, zwölf«, sagte Jan. »Im März wird sie dreizehn.«

»Sie war gerade in der ersten Klasse, als ich das letzte Mal mit Kaya gesprochen habe.«

Jan rechnete. Vor sieben Jahren.

»Das war kurz nachdem … Egal. Das interessiert Sie jetzt alles nicht.« Seine Stimme schien zu verblassen. »Danke, dass Sie angerufen haben.«

Da erst fiel Jan auf, dass er ihm noch gar nicht gratuliert hatte. Aber das zu tun, fühlte sich plötzlich furchtbar falsch an. Also sagte er: »Danke, dass Sie mir das mit Ihrer Frau erzählt haben.«

»Ich wünsche Ihnen alles Gute. Und den Kindern auch. Auf Wiederhören.«

»Warten Sie. Da ist noch was.«

»Ja?«

»Haben Sie … Sind Sie … Leben Sie wieder mit jemandem zusammen?«

»Nein«, sagte Holger Zumwinkel. »Ich lebe allein.«

»Aber ihre Tochter …«

»Meine Tochter ist…« Sein Zögern klang sogar durchs Telefon erdrückend. »Sie lebt nicht bei mir. Ich hatte nicht die Kraft.«

Jan brauchte einen Moment, um die Bedeutung dieser Worte zu erfassen. Und als er zu ahnen begann, wie tief der Abgrund gewesen sein musste, in den Holger Zumwinkel nach dem Tod seiner Frau gefallen war, fiel ihm nichts ein, was er hätte sagen können.

»Machen Sie es gut, Herr Bode«, hörte er noch und dann nichts mehr, nicht einmal ein Klicken oder Tuten, so als hätte Holger Zumwinkel zusammen mit der Telefonleitung einfach aufgehört zu existieren.

Jan stand da, mit dem Hörer in der Hand, und suchte nach einer Antwort auf die Frage, warum Kaya aufgehört hatte, Holger Zumwinkel alljährlich zum Geburtstag zu gratulieren, ausgerechnet, nachdem seine Frau gestorben war. Er verstand es nicht. Und was noch viel schlimmer war – er würde es nie mehr erfahren.

∞

»Das Jubiläum«, sagte seine Mutter. »Wir wollten darüber noch sprechen.«

Jan saß auf dem Sofa, der Fernseher lief, und er war müde. Sterbensmüde. Doch seine Mutter machte keine Anstalten, ins Bett zu gehen. Im Gegenteil.

Es war ihr letzter Abend, bevor er sie am nächsten Morgen nach Lübeck zum Bahnhof bringen würde. Nach dem Abendessen hatte sie noch einmal gründlich die Küche geputzt und den Flur ein letztes Mal gesaugt. Nun stand sie am Wohnzimmertisch und betrachtete die Beileidskarten. Lina hatte sie dekorativ dort aufgestellt, genau so wie sie es jedes Jahr mit der Weihnachtspost machte.

»Dein Vater wird bald siebzig.«

»Hm«, machte Jan. In den Tagesthemen wurde vom Tod einer Hollywoodschauspielerin berichtet. *Nach langem Krebsleiden …* Jan zappte auf einen anderen Kanal.

»Es ist Zeit, dass er in der Firma etwas kürzertritt.«

»Er kann doch gar nicht ohne Arbeit.«

»Er muss. Er arbeitet viel zu viel für sein Alter. Aber er vertraut ja niemandem.«

Jan wusste nicht, was all das mit dem Firmenjubiläum zu tun hatte, über das seine Mutter sprechen wollte. Und eigentlich war es ihm auch egal.

»Dir würde er vertrauen.« Sie nahm eine der Beileidskarten in die Hand und betrachtete sie eingehend. Dann legte sie sie zugeklappt auf den Tisch zurück.

Jan runzelte die Stirn, sagte aber nichts.

Sie nahm eine weitere Karte und klappte auch die zu. »Du und Max zusammen, ihr könntet…«

»Lässt du die bitte stehen?«

»Hier müsste mal Staub gewischt werden. Und es wird vielleicht auch langsam Zeit…«

»Lass sie stehen.«

Seine Mutter hob die Brauen.

»Bitte.«

Sie legte die Karten aufeinander und setzte sich.

»Es könnte euren Vater sehr entlasten. Und mich auch.«

»Wovon genau sprichst du?«

»Komm nach Detmold zurück. Dort hättest du Unterstützung. Deine Kinder sind in einem schwierigen Alter. Du hast eine Familie, die euch auffangen kann. Und eine neue berufliche Perspektive könnte helfen … Es muss ja irgendwie weitergehen.«

Jan schaltete den Fernseher aus. »Es geht weiter«, sagte er.

»Aber nicht gut. So ohne Ehefrau. Ohne Mutter. Das kann auf die Dauer nicht gut gehen.«

Jan ging zum Tisch und stellte die beiden Karten wieder auf.

»Ich würde gerne schlafen«, sagte er, ohne seine Mutter anzusehen.

»Natürlich, mein Junge.«

Als sie an ihm vorbeiging, bückte sie sich zu ihm herunter und küsste ihn mit kalten Lippen auf die Wange. Sehr leise, aber entschlossen zog sie die Tür hinter sich zu.

∞

»Spielst du eigentlich noch Tennis?«, fragte sie am nächsten Tag, als sie auf dem Weg zum Lübecker Hauptbahnhof an einem Tennisclub vorbeifuhren. Es war der erste zusammenhängende Satz, den sie an diesem Morgen gesprochen hatte. Der Verkehr nach Lübeck lief so stockend wie ihr Gespräch.

»Nein.«

»Warum nicht?«

Jan warf ihr einen Blick zu. Sie sah ihn nicht an.

»Keine Zeit.« Er hatte auch keine Lust. Tennis war ein Teil seines früheren Lebens gewesen, das ihm genauso zu eng geworden war wie der Anzug, den er zum Abitur getragen hatte.

»Selbst dein Vater findet dafür Zeit. Es gibt ja auch Wochenenden.«

Das letzte Wochenende, das sich noch angefühlt hatte wie ein Wochenende, lag mindestens ein Dreivierteljahr zurück. Tage, an denen es okay gewesen war, Zeit ohne Kaya zu verbringen, noch viel länger.

Vor ihnen leuchteten Bremslichter auf. Jan trat so abrupt auf die Bremse, dass seiner Mutter die Handtasche vom Schoß flog.

»Johannes!«

»Tschuldigung.«

Im Schritttempo ging es weiter. Viel zu langsam, um den Zug noch zu erreichen. Viel zu langsam für das Brodeln in seinem Innern.

»Du musst auch unter Leute, Jan. Nur arbeiten und vor dem Fernseher sitzen ist auf Dauer nicht gut.«

»Ich seh kaum fern.«

»In den vergangenen zehn Tagen jeden Abend.«

»Was hättest du sonst tun wollen?«

»Ich will damit ja nur sagen, dass du dich nicht zu Hause einsperren darfst.« Er spürte ihren Blick. Den Vorwurf, der in ihren Worten mitschwang.

»Du lebst natürlich auch sehr einsam«, fuhr sie fort. »Und dieses Dorf … Hast du überhaupt Freunde hier?«

Es gab wohl niemanden, der ein einfaches Wort wie *Dorf* mit so viel Verachtung aussprechen konnte wie sie.

»Ich habe meine Arbeit. Meine Kinder. Das reicht mir im Moment.«

»Also keine Freunde.« Pause. Dann: »In Detmold könntest du wieder in den Tennisclub eintreten. Der ist wie eine große Familie. Viele kennen dich noch von früher. Du warst doch immer gern dort.«

Als er so alt gewesen war, dass er noch *gern* in den Tennisclub seiner Eltern gegangen war, hatte er Polohemden getragen und Fußballsammelbilder eingeklebt.

»Jetzt bin ich gern hier.«

»Aber Kaya ist nicht mehr da.«

Kurz überlegte er, einfach anzuhalten, auszusteigen und aus seinem Leben zu verschwinden – so wie Holger Zumwinkel aus der Leitung. Aber die linke Fahrspur einer Schnellstraße im Berufsverkehr war kein guter Ort für ein spontanes Verschwinden.

»Danke, dass du mich daran erinnerst. Ich hätte es fast vergessen.«

»Ich meine es doch nur gut.«

Bestimmt tat sie das, es tat jedoch nicht gut, ihren wohlmeinenden Ratschlägen im dichten Verkehr ausgeliefert zu sein.

»Als der Mann von Sybille gestorben ist ... Du kennst Sybille, meine Doppelpartnerin?« Es wirkte fast so, als wollte sie all die unausgesprochenen Worte der letzten zehn Tage jetzt noch schnell loswerden.

Er brummte und machte eine Kopfbewegung, die als Nicken gedeutet werden konnte, obwohl er keine Ahnung hatte, wer die Doppelpartnerin seiner Mutter war.

»Also, Sybille hat ihren Mann verloren. Vor zwei Jahren. Sie ist vom ersten Tag an weiterhin jeden Mittwoch zu unserem Doppelnachmittag gekommen. Wir haben sie reihum eingeladen. Heute sagt sie, dass ihr das sehr geholfen hat.«

»Super.«

»Natürlich ist sie älter. Ihre Kinder sind groß. Nicht vergleichbar. Aber trotzdem. Man muss nach vorn schauen.«

»Tu ich«, sagte Jan und fixierte die rote Ampel, vor der sie standen.

»Es spielt auch keine Rolle, dass du das Studium nicht abgeschlossen hast. Dein Vater kann dir alles beibringen, was du brauchst, um ...«

Grün. Jan trat das Gaspedal durch, um kurz darauf wieder hart bremsen zu müssen.

»Deine Fahrweise ist sehr ruppig«, tadelte seine Mutter.

»Du willst den Zug doch kriegen, oder?«

»Auf diese Weise geht es aber auch nicht schneller.« Sie

klammerte sich an den Haltegriff, als drohte der Wagen, jeden Moment aus der Kurve zu fliegen. »Also, was ich sagen wollte …«

Die nächste Ampel sprang auf Rot. Es gab kein Entrinnen.

»Max allein an der Unternehmensspitze – das halten wir beide nicht für gut. Und euer Bruder Michael ist mit seinen Immobilien so erfolgreich – die wird er nicht aufgeben.«

Micki, oder Hans Michael, wie sein Vater ihn nannte, wenn er nicht gut auf ihn zu sprechen war, hatte sich in der Rolle des Nesthäkchens bestens eingerichtet. Seine Rechenschwäche hatte ihn früh schon als Leistungsträger im Unternehmen disqualifiziert. So hatte niemand etwas dagegen gehabt, dass er Immobilienmakler wurde. Reden konnte er, Geld verdienen auch. Das machte ihn beliebt, in der Familie und auch bei den Frauen. Ans Heiraten dachte er nicht, denn dann hätte er sich ja auf eine einzige Frau beschränken müssen. Der Vorteil war, dass er so auch die einzige Frau nicht verlieren konnte. Ein Schmerz, der ihm erspart blieb. Manchmal beneidete Jan seinen jüngeren Bruder sehr.

Ich bin auch erfolgreich, in dem, was ich tue. Der Satz hämmerte in Jans Kopf, aber er schaffte es nicht, ihn seiner Mutter gegenüber auszusprechen. Sie hätte es für Trotz gehalten. Oder für eine Lüge. Stattdessen sagte er: »Wir sind fast da.«

»Gut.« Sie klappte die Sonnenblende herunter und kontrollierte den Sitz ihrer Frisur. Die war wie immer tadellos schwarz, glatt geföhnt und glänzend. Nicht eine graue Strähne. Jan hatte keine Ahnung, wie sie das machte.

»Denk drüber nach. Schön wäre natürlich, wenn wir es

der Belegschaft zum Firmenjubiläum verkünden könnten, aber ich kann verstehen…«

»Zum Firmenjubiläum verkünden? Was genau?« Er hatte beim Rechtsabbiegen für den Bruchteil einer Sekunde nicht aufgepasst. Er brachte den Wagen gerade noch rechtzeitig vor einem Radfahrer zum Stehen.

»Johannes! Du musst besser aufpassen!«

»Was meinst du mit verkünden?«

»Deinen Eintritt in die Firma.«

Er war so perplex, dass er vergaß weiterzufahren. Der Mercedesfahrer hinter ihm hupte mehrfach.

»Ich weiß nicht, wie du auf diese Idee kommst«, sagte er nach einer Weile. »Ich habe eine Arbeit. Ich möchte nichts anderes machen.«

Seine Mutter reagierte nicht, und für den Rest der Fahrt schwiegen sie beide.

»Du musst nicht mit auf den Bahnsteig kommen«, sagte sie, als er ins Parkhaus fahren wollte. »Ich finde mich schon zurecht.«

Davon war er überzeugt. Seine Mutter fand sich gut in ihrem Leben zurecht. Daran hatte sie nie einen Zweifel gelassen.

Bevor sie ausstieg, berührte sie ihn flüchtig. »Ich möchte nur helfen. Aber du musst dir auch helfen lassen.«

»Mach dir keine Sorgen. Mir geht es gut.« Er versuchte ein Lächeln.

»Nein, das tut es nicht«, sagte seine Mutter bestimmt, und damit sagte sie zum ersten Mal etwas sehr Hellsichtiges.

13. Dezember

Zweieinhalb Monate. Jan konnte sich nicht entscheiden, ob es *schon* oder *erst* zweieinhalb Monate waren. Wie dehnbar war die Zeit? In diesen zweieinhalb Monaten seit Kayas Tod hatte Jan eine Urne gebaut, beinah eine Tischplatte ruiniert und eine Menge scharfes Zeug gegessen. Vor allem aber hatte er zu viel mit fremden Menschen gesprochen und zu wenig mit seinem Sohn. Heute *musste* er mit ihm reden.

Er hatte telefoniert – diesmal nicht, um jemandem zum Geburtstag zu gratulieren, sondern um Frau Diekmaier, Finns Klassenlehrerin, zurückzurufen. Die hatte am Vormittag eine Nachricht auf der Mailbox seines Handys hinterlassen. Finn wäre nun schon den zweiten Tag in Folge nicht in die Schule gekommen, ob er krank sei? Auch hätten seine Leistungen besorgniserregend nachgelassen. Im Gespräch dann hatte Frau Diekmaier erklärt, dass Finns Versetzung gefährdet wäre. Man sei sich im Kollegium bewusst, dass er eine sehr schwere Zeit durchmache, und versuche, ihm nach Kräften zu helfen, aber natürlich könne man die Benotung seiner Leistungen nicht aussetzen. Eine psychologische Unterstützung könne vielleicht angebracht sein, vielleicht auch eine Zurückversetzung in die neunte Klasse. Und es bliebe auch bei einem Trauerfall Pflicht, die Schule über die Gründe für das Fehlen im Unterricht zu informieren.

»Er ist krank«, hatte Jan gesagt und sich dafür entschuldigt, die Schule nicht rechtzeitig informiert zu haben. Gleich nach dem Telefonat war er in Finns Zimmer gegangen und hatte nach Hinweisen gesucht, was er in den letzten beiden Tagen gemacht haben könnte. Wo war er, wenn nicht in der Schule?

In der Küche war Elke dabei, eine klebrige Masse aus Linsen und Tofu zu runden Bällchen zu formen. Sie hielt sofort inne, als sie ihn sah.

»Was ist passiert?«, fragte sie.

»Finn ist nicht in der Schule.«

»Ich weiß.«

Jan kippte beinah hinten über. »Du weißt Bescheid? Und wieso ich nicht?«

»Das musst du deinen Sohn fragen.«

»Das kann ich nicht, weil er nicht da ist.«

»Irgendwann kommt er ja wieder.«

»Wärest du bitte so freundlich, mich darüber aufzuklären, wo er ist?«

Elke arbeitete in aller Seelenruhe weiter, obwohl Jan sich drohend vor ihr aufbaute. Zumindest glaubte er, dass er drohend wirken müsste, mit all der Wut, die sich ihren Weg aus seiner Mitte in seine Hände und seinen Kiefer bahnte. »Mit Chris unterwegs. Wir brauchen einen neuen Auspuff, ein paar neue Reifen und noch ein paar andere Dinge, deren Namen ich vergessen habe. Wegen der Sache mit dem Öl. Du erinnerst dich.«

»Wie bitte?«

»Neue Reifen brauchen wir«, wiederholte Elke so laut, dass er sie auch im Falle einer plötzlichen Schwerhörigkeit verstehen konnte. »Die alten sind abgefahren. Und einen Auspuff. Finn war so freundlich, für uns in der Nähe von … ach, ich hab vergessen wo … gute gebrauchte Ersatzreifen aufzutreiben. Über das Internet. Da sind sie heute hingefahren.«

Jan war heute bereits zu der Zeit in der Werkstatt gewesen, zu der die Kinder üblicherweise das Haus verließen. Natürlich hatte er heute Morgen auch das Fehlen des Campingbusses bemerkt, aber das kam bisweilen vor. Und selbstverständlich war ihm in den letzten Tagen aufgefallen, dass Finn gegenüber Elke und Chris ein wenig aufgetaut war. Zumindest rollte er nicht mehr mit den Augen, wenn er früh genug aufstand, um die beiden beim Yoga im Wohnzimmer vorzufinden. Dass er ihnen gegenüber aber ganz offenbar weitaus mitteilsamer war als ihm gegenüber – das war Jan neu. Und es gefiel ihm nicht. Es gefiel ihm ganz und gar nicht.

»Dir ist schon klar, dass er in der Schule sein müsste?«

»Ach, Jan. Wie wenig du verstehst. Es überrascht mich immer wieder.« Elkes Lächeln hatte ihn selten so aufgebracht wie heute.

»Wie wenig *ich* verstehe? Hast du eigentlich eine Ahnung …« Nein, es war sinnlos, Elke etwas über verbaute Zukunftschancen und Schulversagen zu erzählen. Jan wusste nicht einmal, ob Elke überhaupt je eine Schule besucht hatte. Wahrscheinlich war sie schon als weise alte Frau geboren worden. Er ließ sich auf einen Stuhl am Tisch fallen und stützte den Kopf auf.

Herr Johansson flatterte vom Küchenschrank herunter und platzierte sich direkt vor Jan, obwohl der Küchentisch Sperrgebiet für ihn war. Das war Kaya immer sehr wichtig gewesen. »Wenn wir ihm das nicht verbieten, klaut er uns das Essen vom Teller«, hatte sie immer gesagt. In Elkes Welt gab es keine Sperrgebiete, schon gar nicht für einen Vogel. Heute war es Jan egal. Er sah zu, wie der Graupapagei die Brotkrumen aufpickte, die noch vom Frühstück dort lagen. »Finns Lehrerin hat mich angerufen«, sagte er müde. »Seine Versetzung ist gefährdet.«

»Es gibt Wichtigeres im Leben als Schule.«

»Klar. Euren Bus.«

»Nicht unseren Bus, Jan.« Sie formte ihre letzte Linsen-Tofu-Kugel und setzte sich zu ihm an den Tisch. Herr Johansson rückte bereitwillig zur Seite und pickte weiter die Brotkrumen auf.

»Dein Sohn leidet.«

»Glaubst du, ich hätte das nicht bemerkt?«

»Mein Eindruck ist, dass du wenig wahrnimmst neben den Dingen, die du verloren hast.«

»Ich habe keine *Dinge* verloren. Ich habe meine Frau verloren.«

»Ich meine Tochter. Dein Sohn seine Mutter.«

»Ich dachte, Mütter verlieren nie den Kontakt zu ihren Kindern? Sträubt sich ihre Seele etwa, mit dir zu reden?«

Bitte Jan, nicht jetzt. Das ist der falsche Moment. Hör ihr zu. Es wird nichts besser, wenn du sie hasst. Ja, sie hat viele Fehler gemacht. Aber das ist nichts, was du ihr heimzahlen könntest. Sie kann euch helfen, aber du musst genau hinhören. Du musst hören, was sie sagt.

Elke ließ den Blick an ihm vorbei zum Fenster schweifen. »Du magst mich für verrückt halten. Für esoterisch, oder was auch immer. Aber glaub mir, Jan, wenn ich eins kann, dann Energieströme und deren Blockaden wahrnehmen. Ich spüre diese Blockaden hier überall. Bei Lina, sie hat allerdings starke Selbstheilungskräfte, bei dir und am allermeisten bei deinem Sohn. Er flüchtet sich in diese Computerwelten, aber das macht es nur noch schlimmer. Ist dir bewusst, dass er nachts stundenlang vor diesem Ding sitzt?«

»Natürlich.« Das war gelogen. Er ahnte es zwar, aber wenn er ehrlich war, hatte er es verdrängt. Er war froh, wenn er sich abends in seine Dachkammer zurückziehen konnte. Nur der Schlaf bot Vergessen. Er hatte nicht die Kraft, um zu kontrollieren, was in den Zimmern der Kinder geschah, und vor allem nicht die Kraft, sich damit auseinanderzusetzen.

»Aber du unternimmst nichts dagegen.«

»Was soll ich denn tun?«

Sie antwortete nicht. Ihre Miene blieb unbewegt.

»Ich versuche, weiter meinen Job zu machen. Denn wenn ich es nicht tue, haben wir bald noch ganz andere Probleme.«

Elke nickte. Lächelte. Oh, wie wahnsinnig ihn dieses Lächeln machte!

»Von draußen sehen wir das Licht in Finns Zimmer«, sagte sie. »Es geht manchmal erst um vier Uhr morgens aus.«

»Ach du Sch … «, entfuhr es Jan.

»ScheißeScheißeScheiße«, ergänzte Herr Johansson hilfsbereit.

»Chris ist ein paarmal zu ihm, hat mitgezockt, wie Finn das nennt. Chris macht so was gern.«

»Und warum habt ihr mir nichts gesagt?«

»Finn hat Chris gebeten, es nicht zu tun.«

Und ihm machte sie den Vorwurf, Finn das Zocken nicht zu verbieten. »Ist ja famos, dass ihr hier seid, um ihn zu decken.«

»Bevor du dich aufregst«, sie legte ihre Hand auf seine. »Chris hat versprochen, dir nichts zu verraten, wenn Finn ab sofort um spätestens zwölf ins Bett geht.«

»Toller Deal.«

»Es scheint zu funktionieren.«

»Hat er ihm auch gesagt, dass er zur Belohnung dann nicht mehr in die Schule muss?«

»Er hat ihn gebeten, ihm bei der Reparatur des Busses zu helfen.«

»Während der Schulzeit? Phantastische Idee.«

»Es sind nur zwei Tage, Jan. Vielleicht morgen noch. Aber dann …«

»Kommt überhaupt nicht Frage! Was denkt ihr euch eigentlich?«

»Willst du wirklich wissen, was ich denke?« Sie lehnte sich zurück und verschränkte die Arme vor der Brust. »Ich denke, dass Finn etwas mit den Händen tun muss. Sehen, dass er Dinge gestalten und verändern kann. Was ist eigentlich los mit dir, dass ausgerechnet du das nicht erkennst?«

∞

Finn und Chris ließen auf sich warten. Es blieb Jan nur, seinen Ärger in die Warteschleife zu schieben und nach dem Essen in die Werkstatt zurückzukehren. Nach der Tischplatte stand die Fertigung einer aufwendig geschnitzten Holztür für ein Feriendomizil am Timmendorfer Strand auf Jans Arbeitsplan. Die Verzierungen der Tür waren nicht minder anspruchsvoll als die Intarsien der Tischplatte – nicht die passende Arbeit für einen Tag wie diesen. Er starrte eine Weile auf den groben Eichenklotz, den er bereits zurechtgeschnitten hatte und zog dann Kayas Kalender heran. Auch zum Telefonieren hatte er keine Lust, aber für die Schnitzarbeiten brauchte er eine ruhige Hand und die hatte er nicht. Also dann doch eher telefonieren. *Elara.* Im ersten Moment wusste Jan nicht, wer das war, dann aber erkannte er es an der Vorwahl. *0030* – Griechenland. Ela, Kayas Zimmergenossin bei Finns Entbindung. Sie war Griechin, hatte in Deutschland geheiratet und einige Jahre hier gelebt, war aber dann mit ihrer stetig wachsenden Familie nach Griechenland zurückgekehrt. Als Kaya Ela kennenlernte, war Ela schon Mutter von drei Söhnen, ihr vierter Sohn kam innerhalb weniger Minuten zur Welt, während Kaya und Finn dafür fast zwei Tage brauchten. Die Freundschaft hatte die erste Babyzeit überdauert, auch wenn Ela oft sehr laut und anstrengend war. Sie hatte eine Beileidskarte und einen Brief geschickt, in dem sie ihre Hilfe anbot. Als ob sie mit ihren inzwischen sechs Kindern und pflegebedürftigen Eltern mal eben nach Norddeutschland reisen könnte. Jan hatte es trotzdem nett von ihr gefunden. Sie war eine der wenigen gewesen, die überhaupt mehr als drei Worte geschrieben hatte – und das trotz ihrer doch recht dürftigen Deutschkenntnisse.

»Bringen wir's hinter uns«, knurrte Jan. Er wählte die Nummer und eine Kinderstimme meldete sich. Jan nannte seinen Namen, und das Kind sagte etwas auf Griechisch. Im Hintergrund hörte er Stimmengewirr, Lachen und Kindergeschrei. Na super. Er platzte mitten in eine Familienfeier.

»Ist Ela da?«, fragte er, obwohl es vermutlich hoffnungslos war.

»Ela? Ela?«, hörte er. Kichern und wieder »Ela!« Die Stimmen und das Gelächter wurden lauter, es hörte sich an, als würde er durch den Raum getragen, hin zu Ela, die den Mittelpunkt dieses bunten, lebensfrohen Universums in einem Dorf im fernen Griechenland bildete. Am liebsten hätte er aufgelegt.

»Hallo?«

»Hallo, ich bin's. Jan. Jan Bode.«

»Oh, Jan aus Deutschland. Das ist Überraschung.« Ihr Lachen quoll satt und zufrieden durch die Leitung.

»Herzlichen Glückwunsch zum Geburtstag.«

»Aaahhh! Ja! Viele Dank!« Wieder Lachen. »Wir feiern ein bisschen. Ist laut hier. Warte eine Augenblick.«

»Nein, ist schon gut. Ich will nicht stören. Feiert weiter, ich …«

Ela sagte etwas auf Griechisch, viele Stimmen im Hintergrund, Ela lachte und redete, während sie ganz offensichtlich mit dem Hörer am Ohr durch den Raum ging. Es dauerte eine ganze Weile, bis es leiser wurde. Er hörte sie keuchen. Sie war schon immer füllig gewesen, jetzt klang es, als käme sie nur mit Mühe eine Treppe hoch.

»So. Jetzt ist besser.«

»Du hättest nicht …«

Sie ließ ihn nicht ausreden. »Meine Jungen haben mir eine Torte gebacken. Riesengroß! Und Schwestern und Brüder sind da. Alle sind gekommen. Und jetzt du anrufst. Bester Tag heute!«

»Ich wollte nur kurz …«

»Wir waren draußen, dann es hat geregnet und wir reingekommen. Deswegen Telefon gehört. Glück gehabt. Jetzt die Sonne scheint wieder. Gleich wieder raus, zu voll im Haus, viele, viele Leute.«

»Dann will ich nicht lange …«

»Bei euch bestimmt jetzt kalt. Oh, diese kalten deutschen Winter. Immer kalt und nass. So gefroren immer, drei Decken musste ich immer zum Schlafen nehmen.« Ihr Lachen rasselte, wie das einer starken Raucherin, die sie nie gewesen war. »Das besser hier, viel besser. Du musst uns besuchen kommen. Du und die Kinder, ja?«

Das hatte ihm gerade noch gefehlt. »Irgendwann vielleicht einmal«, sagte er, aber sie hörte nicht zu, redete weiter und füllte zwischendrin ihre Lungen hörbar mit Luft, um genug Atem für möglichst viele Worte zu haben.

»Hier viel Platz. Finn bei Niko im Zimmer schlafen kann. In den Ferien, im Sommer vielleicht. Aber Sommer heiß hier, zu heiß. Komm im Frühjahr. Ja, Frühjahr ist gute Zeit.«

»Das ist lieb von dir. Aber ich muss jetzt wirklich …«

»Du kannst auch Kinder schicken. Ja, schick die Kinder. Hier ist immer lustig. Viele Kinder zum Spielen. Das Meer nicht weit, gut zum Baden, tut gut, jetzt, wo alles so traurig für euch.«

»Ela, ich …«

»Ist schwer, ich weiß, sehr schwer. Aber Leben wird wieder besser. Mit Sonne ist Leben immer ein bisschen besser. Traurigkeit nicht ganz so schlimm.«

Es war zwecklos, ihr zu widersprechen. Überhaupt zu sprechen. So nickte er nur.

»Du hast Familie. Große Familie, ja?«

»Es geht. So groß wie deine ist sie nicht.«

»Meine auch *sehr* groß. Manchmal zu groß.« Wieder lachte sie. Er stellte sich vor, wie ihr ganzer Körper dabei bebte und wackelte. »Kinder haben Freunde, ja?«

»Meine? Äh, ja, natürlich.« Er wusste wenig über die

Freunde seiner Kinder. Manchmal kamen sie zu Besuch, aber meistens waren sie dann in ihren Zimmern. Früher hatten sie im Hof oder im Garten gespielt, doch das war sogar bei Lina schon lange her.

»Freunde wichtig. Sehr wichtig, gerade jetzt. Finn in komplizierte Alter.«

Das kann man wohl sagen. Ela ließ ihm nicht die Zeit, den Satz auszusprechen.

»Lina auch, aber Mädchen einfacher.«

Das wiederum glaubte Jan nicht. Ela konnte das wohl auch kaum beurteilen, schließlich hatte sie nur eine einzige Tochter und die war höchstens fünf. Sie war in Griechenland zur Welt gekommen, in irgendeinem von Kayas Notizbüchern steckte ein Foto von ihr. Oben, im Schlafzimmer. »Abwarten«, sagte er.

»Glaub mir, ist so. Jungen reden nicht. Das ist schlimm. Man weiß nie, was innen los ist. Schwer, ganz schwer.«

So schwer schien es für sie nicht zu sein, denn sie lachte erneut. »Aber es gibt eine Trick«, sagte sie dann. »Soll ich dir verraten?«

Sie brauchte keine Aufforderung, sondern sprudelte sofort los: »Nie fragen, wie geht. Selber erzählen.«

Selber erzählen also. Das konnte Ela ganz hervorragend. Ob es aber half, einen pubertierenden Jungen aus der Reserve zu locken?

»Und noch eine Trick: Immer um Hilfe bitten. Wasserhahn kaputt? Machen lassen. Schwere Taschen? Tragen lassen. So tun, als ob man selbst nicht kann. Dann sie fühlen sich stark. Wichtig für Jungen.«

Jan fragte sich, ob ihre Söhne das genauso sehen würden. Finn protestierte immer erst einmal, bevor er sich

dazu herabließ, den Müll nach draußen oder die Ein-
kaufstaschen aus dem Auto ins Haus zu tragen. Das hatte
er auch getan, als Kaya ihn noch um diese Dinge bitten
konnte. Vielleicht aber missverstand er Ela auch, oder der
Müll und die Einkaufstüten waren nicht schwer genug,
oder es war eine kulturelle Sache, dieses Machen-Lassen.
Womöglich unterschieden sich griechische Söhne grundsätzlich von deutschen Söhnen und griechische Mütter
sehr grundsätzlich von deutschen Vätern. Wenn er zurückdachte, konnte er sich nicht erinnern, Finn je gebeten zu
haben, ihm bei irgendetwas zu helfen. Wenn im Haus etwas kaputt war, dann war er derjenige, der es reparierte.
Schwere Taschen trug selbstverständlich immer er, schließlich war er der Stärkste in der Familie. Und war es nicht
etwas ganz anderes, wenn eine Mutter den Sohn um Hilfe
bat, als wenn ein Vater es tat?

Das aber war nichts, was er mit Ela hätte diskutieren
wollen, so sagte er nur: »Sehr guter Trick. Werd ich mal
ausprobieren.«

»Das machst du, ja. Probieren ist gut. Ist immer gut. Am
besten Finn herschicken, hier er hat viele Freunde.«

»Danke, Ela. Wir überlegen uns das. Aber jetzt geh wieder feiern. Hab Spaß.«

»Spaß, oh ja, ganz viel Spaß.« Sie lachte so laut, dass es
Jan weh tat, wenn auch nicht in den Ohren.

Als er aufgelegt hatte, starrte er eine ganze Weile blick-
los vor sich hin. Unzulänglich. Er fühlte sich in jeder Hin-
sicht unzulänglich, am meisten aber in seiner Eignung als
Kayas Nachfolger für das Gefühlsmanagement seiner kleinen Familie. Die Fußstapfen, in die er treten musste, waren
ihm einfach zu groß.

Mensch, Jan, was glaubst du wohl, wie oft ich mich unzulänglich gefühlt habe? Wie oft ich dachte, nicht einfühlsam genug, nicht aufmerksam genug, nicht was auch immer genug für euch alle zu sein? Es gibt doch nichts Schwierigeres, als zwischen den Befindlichkeiten so unterschiedlicher Menschen navigieren zu müssen, die einem so verdammt nahestehen wie die eigenen Kinder und der eigene Mann? Alles, was wir tun, kann falsch sein. Vielleicht finden wir manchmal nicht die richtigen Worte, sagen zu viel oder zu wenig. Verbieten etwas, das wir besser nicht verbieten sollten, gestatten etwas, das unbedingt verboten gehört. Und glaubst du wirklich, es ist eine Frage des Geschlechts, ob man in der Lage ist, den richtigen Umgang mit den Söhnen zu finden? Oder den Töchtern?
Verlier nicht den Mut, Jan!

Das Knattern des Busses riss Jan aus seiner Lethargie. Der Auspuff klang noch genauso wie vorher. Sollte der nicht repariert werden? Jäh war Jans Wut wieder da – allerdings richtete sie sich jetzt gegen Chris und nicht mehr gegen seinen Sohn.

Als die beiden den Hof überquerten, riss er die Werkstatttür auf.

»Und was ist mit dem Auspuff? Wie viele Tage soll Finn denn noch die Schule schwänzen, bis der repariert ist?«

Finn senkte sofort den Blick. Chris kam ein paar Schritte auf Jan zu.

»Wir haben einen neuen besorgt. Ist ein bisschen Bastelei, aber wenn du mir deinen Sohn morgen noch mal ausleihst, kriegen wir das hin.«

»Wenn *ich* dir meinen Sohn ausleihe?« Auch Jan machte

einen Schritt auf Chris zu, und Finn stahl sich schnell ins Haus.

»Er ist geschickt und packt gern an«, sagte Chris.

Früher hatte Finn immer gern gebastelt und Modellautos zusammengeschraubt, das war allerdings schon ein paar Jahre her. Dass er gern anpackte, war Jan neu.

»Und er kostet nichts. Das macht die Sache noch besser, stimmt's?« Er war jetzt so nah an Chris herangetreten, dass er beinah die Spitzen seiner Stiefel berührte. Sie waren fast gleich groß. In jungen Jahren war Chris sicher noch größer gewesen als Jan. Chris wich nicht zurück.

»Bleib ruhig, Mann. Der Junge hat Spaß an Autos. Ich hab ihn heute zum ersten Mal lachen sehen.«

Der Satz ließ Jan in sich zusammensacken. Wann hatte *er* Finn das letzte Mal lachen sehen?

Chris legte ihm die Hand auf die Schulter. »Komm, trinken wir 'nen Kaffee. So schlimm ist das doch alles nicht.«

»Doch«, sagte Jan. »Es ist noch viel schlimmer als schlimm.«

∞

Finn ging auch am nächsten Tag nicht in die Schule. Es war ein Freitag. Jan schrieb ihm eine Entschuldigung und legte sie ihm am Abend auf den Schreibtisch in seinem Zimmer. Der Computer war aus, und Finn lag mit seinem Smartphone auf dem Bett.

»So was kommt nie wieder vor, verstanden? Wenn du nicht in die Schule gehst, aus welchen Gründen auch immer, dann werde ich vorher gefragt.«

»Okay.«

»Und morgen brauche *ich* deine Hilfe.«

»Ooo-kay?«

»Um zehn. In der Werkstatt. Zieh alte Klamotten an.«

∞

Jan hatte die Tür für das Ferienhaus beiseitegestellt und zwei dicke Buchenbohlen aus dem Lager geholt. Wenn Chris seinen Sohn dazu bringen konnte, sich unter einen stinkenden, öligen Bus zu legen, dann dürfte es ihm doch wohl gelingen, ihn für die gemeinsame Arbeit in einer nach würzigem Holz duftenden, blitzsauberen Tischlerwerkstatt zu begeistern. Es war schon sehr lange her, dass Finn ihm bei der Arbeit zugesehen hatte. Er hatte sich immer mehr für die Tischkreissäge, die Bohr- und Drechselmaschinen interessiert als für das Material, dem sie dienten. Holz fand er langweilig, aber die Sägeblätter der riesigen Kreissäge faszinierten ihn umso mehr, vor allem, wenn sie sich drehten. Um hinter das Geheimnis ihrer Technik zu kommen, war er mit nur sieben Jahren auf den großen Tisch geklettert und hatte versucht, sie in Gang zu setzen. An dem Tag hatte Jan ihm unter Strafe verboten, die Werkstatt in seiner Abwesenheit zu betreten. Seitdem war er gar nicht mehr gekommen.

»Ich will eine Gartenbank bauen«, erklärte er seinem Sohn, der mit hängenden Armen vor ihm stand und ganz und gar nicht aussah wie jemand, der anpacken wollte.

»Okay…«, sagte Finn gedehnt und blickte skeptisch auf die Bohlen zu seinen Füßen. Die Hände schob er tief in seine Hosentaschen. Begeisterung sah anders aus.

Kaya hätte gern eine Gartenbank im Hof gehabt, aber

Jans Auftragsbücher waren immer zu voll und die Tage zu kurz gewesen, um ihr diesen Wunsch zu erfüllen. Jetzt waren die Auftragsbücher zwar nicht minder voll, aber die Tage oft viel zu lang.

»Mama wollte immer gern ...«, setzte Jan an, aber Finn sah zur Seite und zog eine Schulter hoch, wie um sich vor seinen Worten in Deckung zu bringen.

»Na gut. Also. Ich erklär dir, wie wir's machen.«

Während Jan redete, wanderte Finn im Raum umher. Er nickte ein paarmal, was Jan als Indiz deutete, dass er zuhörte. Vor der Dekupiersäge blieb er stehen. »Neu?«, fragte er.

»Nicht ganz so neu. Aber du warst lange nicht hier drin.«

»Ich durfte ja nicht.« Trotzig klang das. Er schien immer noch beleidigt.

»Nicht in meiner Abwesenheit. Aber jetzt bist du ja vermutlich schlau genug, dich nicht zerstückeln zu lassen, nur um zu sehen, wie das Ding funktioniert. Das Verbot ist hiermit aufgehoben.«

Finn bekundete demonstrativ sein Desinteresse, indem er sich von der Maschine abwendete und ein Stückchen Holz, das auf dem Boden lag, beiseitekickte.

Jan tat, als hätte er es nicht gesehen. »Wollen wir?«, fragte er.

»Wenn du willst.«

Jan wuchtete eine der schweren Bohlen auf den Tisch der Kreissäge, zeichnete die Schnittlinie an und rückte sie in Position. »Vielleicht guckst du erst mal zu.« Er drückte Finn einen Hörschutz in die Hand und zeigte ihm, wo er sich hinstellen sollte, um gut sehen zu können. Dann fixierte er die Bohle und setzte die Säge in Gang. Stück für

Stück fraß sich das Blatt entlang der Schnittlinie in das weiche, rötliche Holz und zerlegte die Bohle in zwei gleich große Hälften. Er liebte diesen Moment, wenn der Stamm eines Baumes sein Inneres offenbarte. Er strich über das weiche Holz und zeigte auf die Maserung, die im Rohzustand kaum sichtbar war, geschliffen, poliert und lackiert jedoch so deutlich zutage trat, wie die Charakterzüge eines gereiften Menschen.

»Jeder Baum hat eine eigene Maserung. Sie sind nie gleich. Wie die Handlinien.« Er hielt Finn seine schwielige Handinnenfläche hin.

»Cool.« Es hörte sich an, wie ein nur schlecht maskiertes Du-nervst.

Jan ließ die Hände sinken. Selbst erzählen, hatte Ela gesagt. Aber was? Egal. Irgendwas. »Bei meinen Eltern in Detmold hatten wir früher jede Menge Holz für den Kamin. Das lag in einem Unterstand, hinten im Garten. Ich hab mir immer heimlich welches geklaut zum Schnitzen, schon als ganz kleiner Junge.«

»Weiß ich. Hast du schon oft erzählt.«

»Hab ich das? Hm. Ja dann …« Jan spannte die andere Bohle in die Säge ein. Bevor er das Gerät wieder in Gang setzte, sagte er: »Ich hab sogar in der Schule geschnitzt. Unterm Tisch. Und in den Tisch. Gab ziemlichen Ärger, als das rauskam.«

Finn belohnte ihn mit einem müden Lächeln.

»Zum Glück waren die Noten okay. Sonst wär ich vielleicht geflogen.« Er beobachtete Finns Reaktion genau. Das Schulthema war ihm sichtlich unangenehm. Jan setzte noch nach. »Ich bin eigentlich immer ganz gern zur Schule gegangen. Du?«

»Och, Papa.«

»Du hast keine Lust, über die Schule zu reden?«

»Nein.«

»Wir müssen es aber trotzdem tun. Hier, halt mal.« Er stellte eine der zurechtgesägten Planken auf dem Boden ab und bedeutete Finn, sie festzuhalten. »Ich weiß, das ist alles gerade verdammt schwer, aber einfach nicht in die Schule zu gehen, ist keine Lösung.«

»Montag geh ich ja wieder.«

»Und was ist mit den Noten?«

Finn zog sichtlich die Ohren zwischen die Schultern. Was jetzt? Weiter bohren? Wozu würde das führen? Finn hatte bis zum letzten Sommer nie Probleme in der Schule gehabt. Wie könnte er von ihm erwarten, einfach problemlos weiter zu funktionieren?

»Okay. Ich versteh. Ist wirklich alles nicht leicht gerade«, sagte er. »Aber wird wieder besser.« Er versuchte ein aufmunterndes Lächeln in Finns Richtung und wagte selbst nicht, seinen Sohn dabei anzusehen. Er musste ein paarmal fest schlucken und tief Luft in seine Lungen pumpen. »Machen wir weiter«, sagte er, als seine Stimme wieder fest genug war.

»Wofür genau brauchst du mich eigentlich?«, fragte Finn nach einer Weile.

»Ähm. Ja. Du kannst … warte …«

»Du brauchst mich gar nicht wirklich, oder?«

Ratlos sah Jan ihn an. »Ich dachte, es wär schön, wenn wir die Bank zusammen machen.«

»Ich kann doch eh nix tun.« Finn ließ die Planke einfach fallen und warf den Hörschutz in die Ecke. Schon war er an der Tür.

»Bleib. Bitte.« Wie schmal er geworden war. Die Schultern eckig. Er sah aus, als könnte eine Windböe ihn in der Mitte durchknicken.

»Wozu?«, fragte Finn, ohne sich umzudrehen.

»Ich …« *Will mit dir reden.* Jan brachte die Worte nicht über die Lippen. »Ist schon in Ordnung«, sagte er stattdessen. »Geh ruhig. Den Rest schaff ich allein.«

»Logo«, sagte Finn und ließ die Tür hinter sich ins Schloss fallen.

24. Dezember

Die Person, deren Name am Heiligabend in Kayas Kalender stand, musste Jan nicht anrufen, denn sie war schon da: Elke. Elkes Name war der einzige in Kayas Kalender ohne Rufnummer, denn eine eigene Rufnummer hatte seine Schwiegermutter nie besessen. Solange Jan sich erinnern konnte, hatte Kaya ihrer Mutter nie zum Geburtstag gratuliert, schon allein deswegen nicht, weil sie in den Tagen vor Weihnachten immer die Flucht ergriffen hatte und erst Wochen später wieder aufgetaucht war.

Jan hatte fest damit gerechnet, dass Elke und Chris spätestens am Morgen dieses 24. Dezembers verschwunden sein würden, doch auch heute schälte sich der blumenbemalte Bus aus dem weichenden Morgendunkel, als er aus dem Fenster sah. Er nahm es mit Erleichterung zur Kenntnis, denn so konnte er wenigstens Herrn Johansson zu Hause lassen, wenn er mit den Kindern zur alljährlichen Weihnachtstortur bei seinen Eltern fuhr. Die Vorstellung, den Graupapagei während der Weihnachtstage im Käfig in seinem Zimmer in Detmold verstecken zu müssen, hatte ihm Magenschmerzen bereitet, es war ihm allerdings zu spät bewusst geworden, dass er jemanden finden müsste, der ihn in der Zeit zu sich nahm. Auch das hatte immer Kaya organisiert.

»Ich gratuliere dir nicht zum Geburtstag«, sagte er, als er Elke auf ihrem Weg zum morgendlichen Yoga im Wohnzimmer begegnete. »Ich gehe davon aus, dass du darauf keinen Wert legst.«

»Wie kommst du darauf, dass ich heute Geburtstag habe?«

»So steht es in Kayas Kalender.«

»Was für ein Kalender?«

»Sie hatte ein Buch, da hat sie alle Geburtstage eingetragen. Selbst deinen, stell dir vor.«

»Ach, tatsächlich?« Elke breitete die beiden Matten aus. Chris ließ auf sich warten, also lehnte Jan sich in den Türrahmen und sah ihr dabei zu. Seit er wieder in der Dachkammer schlafen konnte, störte ihn Elkes Anwesenheit nicht mehr so sehr.

»Ich habe ihr versprechen müssen, allen Leuten, die da drinstehen, zu gratulieren. Ein Jahr lang.« Er wusste selbst nicht, warum er Elke das erzählte.

Sie trat ans Fenster, die Arme um den eigenen Oberkörper geschlungen, wie um sich selbst zu wärmen. »Sie war immer so gewissenhaft«, sagte sie, ohne ihn anzusehen.

»Ist gewissenhaft nicht das falsche Wort?«

Elke drehte sich zu ihm um. »Wie willst du es nennen?«

»Vielleicht waren andere Menschen ihr einfach wichtig?«

»Braucht man dazu Geburtstage?«

Er wusste nicht, was er sagen sollte.

Sie ließ sich mit dem Gesicht zu ihm auf der Matte nieder. »Es stimmt aber nicht«, sagte sie.

Jan brauchte eine Weile, um zu verstehen, dass sie ihr Geburtsdatum meinte. »Und warum steht es dann da?«

»Irgendein Datum musste ich ihr ja nennen. Sie war zu klein, als dass ich sie über den Unsinn von Geburtstagsfeiern hätte aufklären können.« Sie ließ die Schultern kreisen, dann den Kopf. Mit halsbrecherisch zur Seite geneigtem Kopf sagte sie: »Ihr gefiel der Gedanke, dass ich am gleichen Tag geboren sein könnte wie Jesus Christus. Also habe ich sie in dem Glauben gelassen.«

»Kaya war nie gläubig.«

»Kaya hat wie alle Kinder das Märchen vom Jesuskind verinnerlicht. Kindergarten, Schule, meine Schwester … Dagegen war selbst ich machtlos.« Elke schloss die Augen und ihre Züge entspannten sich. Das Alter schien von ihr abzufallen wie eine zweite Haut.

»Und wann hast du wirklich Geburtstag?«

Sie öffnete ein Auge. »Jeden Tag meines Lebens.« Dann bedeutete sie ihm mit einer Handbewegung, dass sie allein gelassen werden wollte.

∞

Die Weihnachtstage bei seinen Eltern nahm Jan wahr wie ein Theaterstück, bei dem eine Kopie seiner selbst eine Nebenrolle spielte. Er beobachtete sich dabei, wie er aß, sprach und sogar lachte, als wäre der Platz an seiner Seite immer schon leer gewesen, als wäre es völlig selbstverständlich, dass Lina und Finn mutterlos zwischen all diesen zufriedenen, satten Menschen saßen und den Gesprächen über Familienurlaube auf Sylt und die neuesten Entwicklungen auf dem Markt der Landmaschinen lauschten. Er beobachtete sich, wie er widerspruchslos mit der Familie in die Christmette ging, um den formelhaften Versprechungen eines Geistlichen zuzuhören, und so tat, als singe auch er ein Halleluja auf den Erlöser. So wenig von alldem zu ihm durchdrang, die gesenkten Blicke der Bekannten seiner Eltern, die versuchten, sich an ihm vorbeizudrücken, nahm er sehr wohl wahr. Am Tag der Geburt des Heilands wollte man sich ganz augenscheinlich nicht mit dem Tod beschäftigen. Schon gar nicht, wenn es jemanden betraf, der der Stadt vor langer Zeit den Rücken gekehrt hatte. In der Welt seiner Eltern blieb man für sich, im Leben wie im Sterben.

Es gab Geschenke für die Kinder und viel Wein für die Erwachsenen. Finn und Max' älteste Tochter bekamen beides. Jan selbst trank nichts. Er fürchtete sich vor der Wirkung des Alkohols. Er hatte ihn noch nie betäubt, im Gegenteil. Er zerstörte die inneren Barrikaden, die er gegen den Schmerz errichtet hatte. Und wenn er die Gewalt über seine Gedanken und Gefühle verlor, war er verloren. Auch im Kreis seiner Familie. Vor allem da.

Als Finn ein zweites Glas Wein von Max eingeschenkt bekam, wollte er eingreifen.

»Nur ein bisschen. Is doch 'n großer Kerl, das macht dem nix. Oder Junge?« Max war auch ein großer Kerl, aber er hatte seine Zunge nicht mehr ganz unter Kontrolle.

Finn saß zwischen Max und seinem Großvater, die auch während der Festtage nicht aufhörten, über die Firma zu reden. Es gab Probleme im Werk Detmold. Hoher Krankenstand bei den Mitarbeitern, eine Produktionsmaschine, die kaputt gegangen war und für die es keine Ersatzteile mehr gab, Lieferengpässe, und so weiter. Jan kannte die Themen, sie langweilten ihn. Finn jedoch schien interessiert, und als Max ihn augenzwinkernd fragte, wann er denn endlich so weit wäre, ins Unternehmen einzusteigen, sagte er:

»Von mir aus sofort.«

Jans Vater nickte anerkennend. »Guter Junge. Aber mach du erst mal dein Abitur.«

»Und wenn ich keins machen will?«

Jan horchte auf. Der Alkohol zerstörte offenbar auch Finns inneren Barrikaden und spülte die Worte hervor, die er ihm vergeblich zu entlocken versucht hatte.

»Wieso willst du kein Abitur machen?«, schaltete sich Jans Mutter ein. »Abitur ist wichtig. Sogar dein Onkel Michael hat es gemacht, und es ist ihm bei Gott nicht leichtgefallen.«

Onkel Michael, Jans jüngerer Bruder, saß am anderen Ende des Tisches und beeindruckte Lina und Max' Töchter mit einem Zaubertrick. Micki hatte sich schon immer durchs Leben gezaubert. Er funktionierte auf seine eigene Weise, und niemand stellte seinen Lebensstil in Frage. »So ist er eben«, hieß es, wenn er wichtigen Familienereignissen fernblieb, weil er sich kurzfristig entschlossen hatte, mit einer neuen Flamme in Urlaub zu fliegen. In den Augen seiner Eltern war es augenscheinlich besser, sich auf gar keine Frau festzulegen, als auf die falsche.

»Es läuft bei ihm gerade nicht so rund in der Schule«, verteidigte Jan seinen Sohn. »Aber das wird wieder, stimmt's

Finn?« Mit Mühe riss Jan seinen Blick von dem leuchtend roten Halstuch los, das Max gerade hinter Linas Ohr hervorzauberte. Das Tuch hatte Kaya gehört. Zuletzt hatte Jan es im Schlafzimmer gesehen. Ein Hauch Stoff, in dem ein Rest ihres Parfüms hing.

»Ich will eh nicht studieren. Ich will was mit Maschinen machen. Mit Autos oder so. Wozu brauch ich dafür Englisch und Geschichte? Oder Ethik? Warum soll ich irgendwelche blöden Gedichte analysieren, die ich nicht verstehe? Was soll das Ganze?«

»Natürlich musst du ein Studium abschließen, Junge«, sagte da der Großvater. »Aus dir soll doch was werden.«

»Hat Papa aber doch auch nicht.«

»Eben«, sagte Hans Magnus Bode, und es klang wie der Knall einer sehr schweren Tür, die zuschlug.

Ach Jan. Wie habe ich diese Weihnachtsfeiern bei euch gehasst. Die Blicke, die uns mieden, die gab es immer schon. Du hast sie nur nicht wahrgenommen. Wir waren Außenseiter in dieser eingeschworenen Gemeinschaft, aber wir hatten uns und es waren ja nur wenige Tage im Jahr. Jetzt bist du allein damit, und ich kann nur zusehen, wie sie versuchen, dich wieder in ihr Leben zu ziehen, indem sie alles in Frage stellen, was du für dich selbst geschaffen hast. Sie sehen nicht dich, sie sehen nur ihre Regeln und Gesetze, die ihnen Halt geben, die aber dich strangulieren würden.

Ich kann nichts mehr für dich tun. Alles, was ich dir geben konnte, habe ich dir gegeben. Alles, was du brauchst, um die gefährlichsten Klippen des Witwerdaseins zu umschiffen, liegt zu Hause. Mein Kalender ist vielleicht das

Wichtigste, was ich dir je gegeben habe. Auch wenn du das vielleicht noch immer nicht weißt.

∞

Sie kehrten früh am zweiten Weihnachtstag nach Hause zurück. Beide Kinder saßen still auf dem Rücksitz, in ihre eigenen Gedanken versunken. Finn hatte am Vortag mit seinem Großvater das Werk besichtigt und auch wenn er nicht viel davon erzählt hatte, so spürte Jan deutlich, dass es in seinem Sohn arbeitete.

»Wenn dich Autos interessieren, kannst du vielleicht in der Werkstatt bei uns in Liebholz mal ein Praktikum machen«, sagte er, nachdem sie eine ganze Weile schweigend gefahren waren.

»Onkel Max hat vorgeschlagen, dass ich eins bei Opa in der Firma mache.«

Jan hatte es befürchtet. Sein Magen krampfte sich zusammen. Was wenn Finn Fehler machte, wenn etwas kaputt ging? Er nicht so funktionierte, wie der Chef das erwartete? Er war noch so jung. Dem Eisblick seines Vaters würde er nicht standhalten. Was hätte Kaya wohl dazu gesagt?

»Und? Willst du?«

»Mal gucken.«

Kurz trafen ihre Blicke sich im Rückspiegel, und für eine Sekunde sah es so aus, als wollte Finn noch etwas sagen. Aber er blieb stumm.

»Das mit der Schule«, sagte Jan, »das wird wieder.« Er versuchte, zuversichtlich zu klingen.

»Kann sein.«

»Na klar. Waren halt ein paar schwere Monate.«

Finn presste die Lippen zusammen und sah aus dem Fenster. Und Jan sah, wie Lina das rote Tuch auf Finns Schulter ausbreitete und ihren Kopf darauf legte.

∞

Dass etwas nicht stimmte, spürte Jan schon, als sie zu Hause durch die Hofeinfahrt fuhren. Das Gefühl wurde noch stärker, als er seine Reisetasche ins Haus trug. Es war zu still. Aber erst als Lina von draußen hereingerannt kam und rief: »Elke ist weg!«, wurde ihm bewusst, dass nicht nur Elke weg war, sondern auch Herr Johansson. Der Käfig war aus der Küche verschwunden und an dem Platz, draußen neben dem Holzschuppen, erinnerten nur noch ein leerer Benzinkanister und tief eingedrückte Reifenspuren an den blumenbemalten Campingbus, der hier zwei Monate lang gestanden hatte.

Auf dem Küchentisch lag ein Zettel. »Kommen wieder. Herr Johansson auch. Bis bald.«

Elke war sich treu geblieben. Ganz gewiss würde sie wiederkommen, aber vielleicht hatte Lina bis dahin ihr Abitur gemacht.

JANUAR

8. Januar

Es war der erste ruhige Morgen seit sehr langer Zeit. Die Schule hatte wieder angefangen, niemand ließ Türen knallen, kein Schreibtischstuhl rollte über empfindliche Holzdielen, nicht einmal ein Papagei plärrte in der Küche. Jan hörte nur seine Gedanken. Das Rauschen der Einsamkeit.

Wie oft in den letzten Wochen hatte er sich Ruhe gewünscht? Nun war sie eingetreten und fiel über ihn her wie ein gieriges Raubtier. Sie legte frei, was er über Wochen durch viel Lärm und Aktivität hatte in sich vergraben können. »Trauer kommt in Schüben«, hatte Bettina Seidel nach der Beerdigung erklärt. »Wenn man vor Schmerz fast wahnsinnig wird, dann geht es wieder aufwärts. Halten Sie sich daran fest.«

Festhalten. An der theoretischen Möglichkeit, dass dies der schlimmstmögliche Schmerzmoment war und es danach besser werden würde? Unmöglich. Woran dann? An seinem Elternhaus, diesem Riesenbungalow aus Glas, Stahl und Beton, der einer Raumstation glich, die irgendwann in den siebziger Jahren irrtümlich im beschaulichen Detmold gelandet war? In dem er sich schon als Jugendlicher gefühlt hatte wie ein verirrter Holzwurm? An diesem Dorf hier, in dem er jeden kannte, aber niemanden richtig? An ein paar versprengten Freunden, die er schon vor Kayas Tod viel zu selten gesehen hatte, weil sie alle in ihren eigenen Blasen lebten? Warum war ihm nur nie aufgefallen, wie wenige wirklich wertvolle Menschen es in seinem Leben gab, außer Kaya? Da war nichts und niemand, an dem er sich festhalten konnte. Er fiel. Auf die Knie. Auf die Steinfliesen. Tiefer.

Funktionieren konnte er. Existieren auch. Aber leben? Wie?

Kaya. Kaya, Kaya, Kaya!

Ich brauche dich!

Von hier unten schien selbst die Tischplatte unerreichbar. Das Geräusch, das aus seiner Kehle drang, hörte sich unheimlich an, sogar für ihn selbst. Der Schmerz fraß sich durch seine Eingeweide, zerfleischte sein Herz. Es musste ein Infarkt sein.

Er starb.

Ein Segen.

Steh auf, Jan. Es ist jetzt gut, du hast lange genug da gelegen. Es wartet Arbeit auf dich. Tu mir den Gefallen und schlag endlich auch mal wieder den Kalender auf. Du musst nur den Arm ausstrecken, das Buch liegt auf dem Tisch. Du hast da seit Heiligabend nicht mehr reingeschaut. Also reiß dich jetzt zusammen und steh endlich auf! Hörst du mich, Jan? Steh. Jetzt. Auf!

Ein kalter Luftzug. Auch die Bodenfliesen waren kalt. Erstaunlich, dass er das überhaupt merkte. Vielleicht war es doch kein Herzinfarkt, zumindest kein lebensbedrohlicher. Egal ob Infarkt oder Trauerschmerz – eine Erkältung konnte er sich nicht leisten.

Als er sich am Tisch hochzog, berührte er mit den Fingern den Ledereinband des Geburtstagskalenders. Er erinnerte sich nicht, ihn hier abgelegt zu haben. Aber wer sonst sollte es gewesen sein? Auch das passierte ihm häufig, seit Kaya krank geworden war: Er tat Dinge, ohne zu wissen, dass er sie tat.

Er machte es wie Kaya früher immer. Kochte sich einen Kaffee, setzte sich an den Tisch und schlug das Buch auf. Am Neujahrstag hatte Kayas Tante Geburtstag gehabt. Aber den Neujahrsmorgen hatte er damit verbracht, Finn und Lina bei ihren jeweiligen Freunden abzuholen. Mehr noch damit, diesen furchtbaren Jahresanfang irgendwie zu überleben. Ans Telefonieren hatte er nicht gedacht. Nicht denken wollen.

8. Januar. Carsten Starke. Sein bester Freund, vielleicht der einzige. An seinen Geburtstag hätte er sich auch ohne Kayas Kalender erinnern müssen. Jan hatte Carsten im ersten Semester in Aachen kennengelernt. Ohne den Freund hätte er das Studium wahrscheinlich nicht vier Semester lang ausgehalten, genauso wenig wie Carsten ohne ihn. Carsten war Musiker mit Leib und Seele, den Mut jedoch, Berufsmusiker zu werden, hatte er nicht besessen. Auch für ihn war das Maschinenbaustudium eine Art Pflichtübung gewesen, ein Zugeständnis an seine Eltern – einfache Fabrikarbeiter mit großen Ambitionen für ihren Sohn. Carsten und Jan hatten zeitgleich abgebrochen, Jan hatte die Tischlerausbildung begonnen und Carsten war Tontechniker geworden. Heute war er verantwortlich für die Akustik bei den Konzerten der ganz Großen, er trug Kapuzenpullover mit Totenköpfen und sammelte Gitarren. Musik machte er auch noch, spielte mit seiner Band in Bars, Clubs und privaten Kellern. Manchmal sogar auf Hochzeiten von Menschen, die zu später Stunde auch nichts gegen Heavy Metal einzuwenden hatten.

Carsten meldete sich schon nach dem ersten Klingelton, obwohl es erst halb neun war und er zu den Menschen gehörte, die normalerweise vor zehn nicht ansprechbar waren. Aber darauf konnte Jan heute keine Rücksicht nehmen. Er brauchte eine Stimme. Er brauchte sie *jetzt*.

»Ja, Carsten hier.« Er klang, wie man klingen musste, wenn man ein Wochenende lang gegen ohrenbetäubende Musik angeschrien hatte.

»Ich hoffe, ich hab dich nicht geweckt.«

»Sehr witzig.«

»Tut mir leid, Mann. Hast du gearbeitet?«

»Ausnahmsweise nicht. Aber gefeiert.«

»Hätt's mir denken können. Happy Birthday, Mister Big.«

So hatte Kaya ihn getauft, als sie ihn kennenlernte. Carsten war über einen Meter neunzig groß und ein Schwergewicht. Der Name war haften geblieben wie die Pfunde an Carsten.

Carsten stöhnte. »Der letzte, den ich feiere. Ich schwör's dir.«

»Kommen aber noch 'ne Menge.«

»Abwarten.«

»Red nicht so 'n Scheiß.«

»Sorry. Du weißt, wie ich das meine.«

Wusste Jan nicht. Fest stand jedenfalls, dass Carsten seine Lebenskerze von zwei Seiten angezündet hatte. Er schlief zu wenig, trank zu oft und bewegte sich kaum.

Mittlerweile hatte er die hundert Kilo wahrscheinlich schon weit überschritten.

Er hörte Carsten ächzen und sein Bett knarren.

»Ich hoffe, du bist allein?«, fragte Jan.

»Ausnahmsweise mal.« Carsten lachte rau. Seine Liebe zur Musik hatte nie viel Raum gelassen für eine dauerhafte Beziehung. Oder überhaupt eine Beziehung. Er war weder der Typ für spontane One-Night-Stands, noch bereit, seine kostbare Freizeit dem anstrengenden Prozess des Umwerbens einer Frau zu opfern. Und die wenigen Frauen, die sich auf ihn eingelassen hatten, waren am Ende nicht bereit gewesen, ihre Bedürfnisse seiner Liebe zur Musik zu opfern.

»Verzeihung. War 'ne blöde Frage.«

»Schon okay. Könnte ja auch mal anders sein.«

Carsten schien sich aufgesetzt zu haben. Seine Stimme klang klarer, als er hinzufügte: »Ist aber gut so, wie's ist.«

»Sicher?«

»Na logo. Was du nicht hast, kannst du nicht verlieren. Musik ist immer da, Frauen kommen und gehen.«

»Oder sie sterben.« Jan hatte das nicht sagen wollen, aber der Gedanke war so mächtig, dass er die Kontrolle über ihn verloren hatte.

»Scheiße Mann. Ich bin ein Idiot. Hab dich noch gar nicht gefragt, wie's dir geht.«

Atmen. Ein. Aus. Ein. Es half.

»Erzähl du lieber«, sagte Jan, als er sich wieder gefangen hatte. »Wie war's gestern?«

»War eigentlich kein großes Ding, nur die Jungs von der Band waren da und ein paar Kollegen. Ist trotzdem ziemlich spät geworden. Irgendwie hatten wir einen Lauf gestern und mal eben aus dem Stegreif 'nen Megasong komponiert. Vielleicht kommen wir jetzt doch noch groß raus.«

In sein Lachen mischte sich der Klang seiner Gitarre.

Es war keine Melodie, nur ein gedankenverlorenes Zupfen der Saiten, aber die Töne hieben Kerben in Jans morsches Seelengerüst. Zu wissen, dass Menschen außerhalb seiner grauen, traurigen Lebensblase lachten, tranken und musizierten, dass die Welt weiterhin bunt und voller Klänge war, ganz gleich wie grau und still seine eigene sein mochte, befeuerte die brennende Leere in seiner Brust.

»Dir geht's dreckig, stimmt's?«, fragte Carsten plötzlich. Die Gitarre war verstummt. »Und ich bin ein Scheißkumpel. Ich hätte mich längst wieder bei dir melden sollen.«

»Du kannst doch eh nichts machen. Und was du tun konntest, hast du getan.«

Carsten war an Kayas Todestag gekommen und bis zum nächsten Tag geblieben. Er hatte mit ihm zusammen der Dunkelheit getrotzt. Zumindest eine Nacht lang. Mehr konnte niemand von einem Freund erwarten.

»Ich hör doch, dass es bei dir brennt.«

»Nee, wirklich, es klappt schon ganz gut.«

»Ich komm vorbei. Ich setz mich direkt ins Auto. Um fünf bin ich da.«

»Blödsinn. Du hast doch …«

»Gar nichts hab ich. Ein schlechtes Gewissen höchstens. Also, bis später.«

∞

Carsten sah aus, als wäre er aus dem Bett direkt ins Auto gesprungen. Die schlabbrige Hose, die er trug, konnte auch eine Schlafanzughose sein, und seine Lider hingen schwer über den rotgeränderten Augen.

Und dann gab es diesen Moment, in dem Jan seinen Kopf auf Carstens' Brust sinken lassen konnte, einfach so, ohne Worte. Carsten war ein paar Zentimeter kleiner als er, aber durch die Massigkeit seines Körpers wirkte er wie ein Riese. Ein verlässlicher, standfester Riese, der es auch ertrug, wenn ein Mann an seiner Brust weinte. Mister Big eben.

»Junge, du siehst verdammt fertig aus, wenn ich das mal so sagen darf«, sagte Jan, als er wieder eine Stimme hatte.

»Das Kompliment gebe ich zurück.«

»Bei dir hilft vielleicht ein Kaffee. Ich bin eh verloren.« Jan schaffte ein Lächeln. Er glaubte jedenfalls, dass es nach einem Lächeln aussehen musste.

»Junge, Junge, warum hast du nicht früher angerufen, wenn's dir so scheiße geht?«

»Wenn du nicht Geburtstag hättest heute, hätte ich gar nicht angerufen. Und ohne das hier...«, er nahm Kayas Kalender vom Küchentisch, »hätte ich den auch vergessen.«

»Was ist das?«

»Kayas Geburtstagskalender. Ich soll ... Also sie hat ... Scheiße.« Warum verflixt war es nur so schwer, einen einfachen Satz zu Ende zu bringen?

Carsten nickte bedächtig. Bei ihm sah jede Bewegung langsam aus. Aber er war nicht langsam. Im Geist war er schneller als jeder Mensch, den Jan kannte. »Sie zeigt dir also immer noch, was du tun musst.«

»Wenn du damit meinst, dass ich ohne sie komplett aufgeschmissen bin, dann hast du recht.«

»Bullshit. Du kommst doch klar. Das Haus steht noch. Hier ist alles sauber. Du arbeitest. Bist sogar rasiert, im Gegensatz zu mir.« Er grinste schief.

»Das ist nur die Fassade. Dahinter sieht's so aus.« Jan öffnete den Kühlschrank und den Vorratsschrank. Beide waren fast leer. Er hätte einkaufen müssen, aber er hatte heute nichts geschafft. Gar nichts.

»Du brauchst nur da rauszugehen.« Carsten zeigte vage in die Himmelsrichtung, in der das Dorf und der Supermarkt lagen. »So meinte ich das aber nicht. Was sie dir zeigt, ist der Weg nach vorn.«

»Ich seh keinen Weg. Und diese Anrufe … Die meisten bringen mehr Schmerz als alles andere.« Er stellte den Kalender ins Regal zurück. An die Stelle, an der er immer gestanden hatte. Er schmiegte sich in die freie Lücke zwischen den Kochbüchern wie ein lang verschollenes Puzzleteil.

Über ihren Köpfen rollte Finn mit seinem Stuhl über die Holzdielen. Jan brüllte: »Finn, auf den Teppich!«

Finn hatte sich nach der Schule wieder direkt in sein Zimmer verzogen, aus dem er seit ihrer Rückkehr aus Detmold kaum mehr hervorzulocken war. Ein paarmal hatte Jan ihn gezwungen, zum Einkaufen mitzukommen, ihn sogar zu einer Runde mit dem Fahrrad überredet, aber dann hatte es angefangen zu regnen und sie waren völlig durchnässt und verfroren zurückgekehrt. Am nächsten Tag war Finn erkältet gewesen und hatte einen triftigen Grund, gar nicht mehr aus dem Zimmer zu kommen.

»Und wie kommen die Kids klar?«, fragte Carsten.

Jan konnte nur den Kopf schütteln. »Scheiße, Mann«, sagte Carsten und drückte ihn ein weiteres Mal an sich.

Wieder saß der Kloß zu fest in Jans Kehle, als dass er hätte darüber reden können. Aber weil Carsten mit seinem absoluten Gehör auch die Dinge hörte, die nicht ausgesprochen wurden, sagte er: »Lass uns ein paar Schritte gehen. Beim Gehen redet es sich leichter.«

Es wurde ein langer Spaziergang. Jan erzählte alles, angefangen bei Elkes Geisterbeschwörungen und dem Besuch seiner Mutter, den Diskussionen über richtiges Essen und falsches Trauern, bis hin zu Finns Problemen in der Schule und Elkes Rat, ihn etwas mit den Händen tun zu lassen. »Das ist ja schön und gut, aber ich bin nicht sicher, ob das wirklich sein Ding ist. War vielleicht mal cool, die Schule zu schwänzen und ein bisschen an einem alten Bus rumzubasteln. Aber seit Weihnachten hockt er nur noch da oben. Zockt bis spät in der Nacht. Redet nicht mit mir. Und ich weiß nicht, was ich tun soll. Ich muss ihm doch helfen, aber ich ...«

Kann nicht. Bin am Boden. Mir fehlt die Kraft. Er musste es nicht sagen, Carsten verstand es auch so.

Jan vergrub die Hände tief in seinen Taschen. Es hatte viel geregnet, und die Wege waren matschig. Außer ihnen war niemand im Wald unterwegs. Jan pumpte die von Feuchte und Moder gesättigte Luft in seine Lungen und hatte das erste Mal seit langer Zeit das Gefühl, etwas zu riechen, überhaupt seine Umgebung richtig wahrzunehmen. Das hier war real. Warum war er eigentlich so lange nicht im Wald gewesen?

»Ihm fehlt die Mutter.« Die Worte waren nichtssagend, substanzlos wie der Nebel, der sich mit seinem Atem zu Wölkchen formte und sofort wieder auflöste.

»Klar. Aber du kannst sie ja nicht ersetzen. Versuch es also gar nicht erst. Sei einfach Vater.«

»Und was heißt das?«

»Pack ihn bei den Hörnern. Kämpf mit ihm. Und wenn's mal laut wird, wird's eben laut.« Jan konnte sich nicht erinnern, dass er mit seinen Eltern je einen Streit lautstark ausgetragen hätte. Kämpfe zwischen den Brüdern waren immer mit Zimmerarrest bestraft worden. Auseinandersetzungen zwischen seinen Eltern hatte er nie erlebt. Nur kaltes Schweigen.

»Ich will nicht kämpfen. Kann es auch gar nicht.«

»Dann lern es.«

»Weißt du eigentlich, was ich alles lernen musste in den letzten Monaten?« Der Wald warf seine Worte als Echo zurück. Leiser sprach Jan weiter. »Das ist genug für ein ganzes Leben. Ich will nicht auch noch das Streiten lernen müssen. Es reicht mir, Carsten, ich habe keine Kraft mehr!«

Carsten legte ihm seine große, schwere Hand auf die Schulter und drückte ihn. Die Berührung tat gut.

»Lass ihn doch eine Ausbildung machen«, sagte Carsten, nachdem sie eine Weile schweigend nebeneinander hergegangen waren. »Vielleicht sind Schule und Abi für ihn momentan der falsche Weg. Das Abi kann er nachholen, wenn er wieder festen Tritt hat.«

»Ausbildung. Wo denn?«

»Bei deinem Vater?«

Jan dachte an Finns glühende Wangen und leuchtende Augen, als er von dem Rundgang über das Werksgelände mit seinem Großvater zurückgekehrt war. Und an den Stich, den ihm das versetzt hatte.

»Auf keinen Fall. Mein Vater nimmt ihn ohne Abitur nicht. Und in Detmold würde er auch niemals glücklich.«

»Warum nicht? Weil du es nicht warst?«

War es das? Jan wollte den Gedanken nicht weiterdenken. Er schüttelte den Kopf, um ihn loszuwerden.

»Man wird in ihm einen Mitarbeiter sehen. Kein Kind, das seine Mutter verloren hat. Du weißt nicht, wie sie sind, Carsten. Dort musst du funktionieren, und wenn du es nicht tust, kennen sie keine Gnade.«

»Ich kann das nicht glauben«, sagte Carsten. »Du wärst nicht der Mensch, der du bist, wenn das wirklich wahr wäre. Du bist verbittert.«

»Ohne Kaya bin ich nichts!«

Carsten stellte sich ihm in den Weg. »Doch. Bist du. Du bist ein guter Vater.« Jetzt griff er Jan mit beiden Händen an den Schultern. »Und weißt du noch, warum du Tischler geworden bist?«

Jan sah ihn lange an. Eine Erinnerung schälte sich aus dem gedankenvernebelnden Schmerz. »Dem Tod ein Schnippchen schlagen«, murmelte er.

»Dem Vergänglichen ein zweites Leben schenken, ganz genau«, ergänzte Carsten.

Ein zweites Leben. Es wäre ein drittes.

»Gib deinen Eltern eine Chance«, hörte er Carsten sagen. »Und deinem Sohn. Und vor allem dir selbst.«

Die Bäume ächzten im Wind, ihre Schritte knirschten auf dem Schotterweg, als sie weitergingen, und Jan sah Kayas Gesicht vor sich, ihre vom Waldspaziergang geröteten Wangen, das zerzauste Haar. Eine Tür in seinem Innern hatte sich geöffnet, und im Nachhall zu Carstens Worten verknüpfte sich der gegenwärtige Augenblick mit dem längst vergessenen Moment in der Vergangenheit, an dem für ihn die Zukunft begonnen hatte.

∞

Nach dem Ende jenes langen Sommers, in dem Jan Kaya kennengelernt hatte und Jan mit der Rückkehr in seine Studentenbude in Aachen das nächste Kapitel seines universitären Versagens bevorstand, zählte das Wiedersehen mit Carsten zu einem der wenigen Lichtblicke.

Er hatte zwei berauschende Wochen mit Kaya in Berlin verbracht und wäre vielleicht sogar geblieben, wenn sie es ihm gestattet hätte. Aber sie hatte andere Pläne. Ihren Vater wollte sie besuchen, hatte sie ihm gesagt, sich über ein paar Dinge klar werden. Sie verschwieg ihm, dass sie diesen Mann nie zuvor in ihrem Leben gesehen hatte und dass die Reise vor allem therapeutischen Zwecken diente.

Auf seine Frage, ob sie nicht zur Uni müsse, hatte sie geantwortet: »Im Moment gibt es für mich Wichtigeres, als zu studieren.«

Damals hatte er es als Liebeserklärung aufgefasst. Erst später begriff er, dass es für sie noch um weit mehr als um Liebe gegangen war.

Als sie ihn aus Südfrankreich anrief und fragte, ob er in seiner kleinen WG ein Eckchen für sie frei hätte, warf er sein Fahrrad und den großen Sitzsack aus dem Zwölf-Quadratmeter-Zimmer und organisierte eine breitere Matratze.

Kayas rotblonde Locken auf seinem Kissen und ihre weiche, warme Haut an seiner waren ein hinreichend überzeugendes Argument gegen das Aufstehen, das eine wichtige Voraussetzung für den Besuch der Vorlesungen gewesen wäre. Und weil Carsten es noch nie ohne Jans Hilfe geschafft hatte, morgens pünktlich irgendwo zu erscheinen, verbrachte auch er die ersten Semesterwochen überwiegend im Bett, wenn auch meistens allein. Aber sie saßen oft zu dritt bis spät nachts in der winzigen WG-Küche, tranken Wein, aßen stark riechenden französischen Käse und diskutierten über die großen Fragen des Seins.

»Glaubt ihr an ein Leben nach dem Tod?«, fragte Kaya an einem der ersten Abende.

»Wo soll das stattfinden?«, fragte Carsten. »In Gottes Garten Eden?« Er hustete rau. Carsten war dauererkältet. Er war der dauererkältetste Mensch, den Jan kannte. »Wir sind reine Materie, nur durch einen Zufall in der Evolution dazu in der Lage, uns selbst zu reflektieren.«

»Was passiert dann nach dem Tod?«

»Nichts. Wir leben, wir sterben und werden zu Asche. Das war's.«

»Glaubst du das auch?« Kaya sprach leise und ihr Blick war auf Jan gerichtet.

»Ich fürchte, ja«, sagte Jan. »Der Gedanke, dass es nach dem Tod noch irgendwie weitergeht, ist zwar schön, aber wahrscheinlich Illusion.«

»Und doch basieren alle Religionen auf dieser Vorstellung«, wandte Kaya ein. »Warum?«

Sie trank wenig und hatte damit Jan und Carsten gegenüber einen entscheidenden Vorteil. Jan musste sich anstrengen, um seine weinumnebelten Gedanken zu fokussieren. »Damit wir unsere Endlichkeit besser ertragen können?« Er hoffte, dass das ein kluger Satz war. Klug genug, um Kaya zu beeindrucken.

Carsten schnaubte. »Religionen sind Machtinstrumente. Sie dienen der Rechtfertigung von Terror und Unterdrückung. Mehr nicht.«

Kaya ließ sich von ihrer unromantischen Illusionslosigkeit nicht entmutigen.

»Ich stelle mir vor, dass alle Seelen Teil einer allumfassenden Seele sind, einer großen, nie und nirgends endenden Energie.«

Sie war aufgestanden und lehnte an der Küchentheke. Wenn sie so stand, schob sie immer die linke Hüfte ein klein wenig vor, eine Haltung, die Jan verrückt machte. Er ertappte sich bei der Vorstellung, wie er ihr später den Slip über diesen zarten Hüftknochen schieben würde.

»Was denkst du?«, fragte sie ihn, die Stirn in misstrauische Falten gelegt.

»Nichts«, sagte Jan schnell. »Ich hör dir zu.«

»Gut.« Sie setzte sich wieder. Mit dem Finger malte sie einen Kreis und viele Punkte auf den Tisch. »Diese Energie, nennen wir sie Urenergie, schlägt Funken, und ich glaube, jedes neu geborene Wesen ist ein solcher Funke«, erklärte sie. »Wenn er verglüht, kehrt er als Ascheflocke zurück in diese Ursprungsenergie und wird irgendwann zu einem neuen Funken. Ich stelle mir das vor wie eine Sonne, eine ewige Lichtquelle.«

»Sag ich doch. Asche. Mehr bleibt nicht«, sagte Carsten.

»Asche ist nicht Nichts. Aus Asche entsteht neues Leben«, beharrte Kaya.

»Dazu braucht es Wasser«, murmelte Jan, ohne den Blick von Kayas wasserhellen Augen zu wenden.

»Nehmen wir lieber Wein.« Carsten öffnete eine neue Flasche und füllte ihre Gläser.

Jan wollte gerade sagen, dass er Kayas Funkentheorie sehr schön fände und er sich gut vorstellen könne, dass sie aus einer Sonne geboren worden sei, da erklärte sie mit großem Ernst:»Ich war bereits zweimal tot.«

Im ersten Moment wussten sie beide nicht, was sie sagen sollten, dann sagte Carsten todernst:»Cool. Und was warst du in deinen früheren Leben? Eine Perlenauster?« Er konnte manchmal ein echt fieser Typ sein.

Kaya ließ sich nicht beirren.»Wenn es so wäre, wie du sagst, und wir nichts sind außer seelenloser Materie, die zu Asche verfällt und endgültig verschwindet, dürfte ich nicht hier sitzen. Aber irgendetwas wollte nicht, dass ich so früh schon verglühe. Ich glaube fest, dass es mehr gibt, als das, was wir sehen können.«

Und da hatte sie ihnen von ihren beiden Beinah-Tod-Erlebnissen berichtet. Wobei *Erlebnis* das falsche Wort war, denn ihr erstes Beinahe-Sterben fiel mit ihrem Geborenwerden zusammen, das sie nicht bewusst erlebt hatte. Sie erzählte von ihrer Mutter, deren Misstrauen gegenüber der Schulmedizin schon als sehr junge Frau so groß war, dass sie ihr Baby zu Hause zur Welt bringen wollte. Anstatt einer versierten Hebamme stand ihr eine gleichgesinnte Freundin zur Seite, die mit ihren Ölen und Kräuterdämpfen allerdings nichts dagegen ausrichten konnte, dass sich die Nabelschnur um Kayas Hals gewickelt hatte. Zum Glück hatte eine besonnene Nachbarin dem Treiben ein Ende gesetzt, indem sie einen Krankenwagen rief.»Ich war tot, als sie mich per Notkaiserschnitt entbunden haben. Und dann hat mein Herz plötzlich doch wieder angefangen zu schlagen. Es war ein Wunder.«

Das zweite Wunder sei geschehen, als sie fünfzehn war.

»Ich war Schlittschuhlaufen. Bin ins Eis eingebrochen. Als sie mich rausgezogen haben, hatte ich einen Herzstillstand. Ich wurde wiederbelebt. Ein zweites Mal.«

»Ein Hoch auf die Ärzte.« Carsten hob sein Glas.

»Deswegen studierst du also Medizin«, sagte Jan.

»Nicht mehr. Ich hab abgebrochen.«

Jan war überrascht, obwohl er es sich hätte denken können, schließlich saß Kaya hier bei ihnen in Aachen, anstatt in Berlin zur Uni zu gehen.

Kaya fuhr mit dem Finger über den Rand ihres Weinglases. »Es muss einen Grund geben, warum ich immer noch da bin. Und ich glaube, ich kenne ihn jetzt.«

»Ich kenne ihn auch«, sagte Carsten und grinste Jan an.

»Jan ist auch ein guter Grund.« Kaya schob ihre bloßen Füße zwischen Jans Beine. Ihr verliebter Blick schickte Starkstrom durch seinen Körper.

»Aber es gibt noch einen anderen«, sagte sie dann. »Ich wollte Medizin studieren, weil ich dachte, ich müsste kranken Menschen helfen, gesund zu werden. Aber das ist es nicht.«

Jan und Carsten lehnten sich beide vor und warteten, dass Kaya ihr Geheimnis verriet. Jan berührte wie zufällig ihre Hand. Sie schlang ihren kleinen Finger um den seinen und hielt ihn fest. Ein geschlossener Energiekreislauf, dachte Jan und presste seine Beine mit Kayas Fuß dazwischen zusammen.

Kaya sprach weiter, langsam, konzentriert. »Ich bin nicht nur ein Funke, der glüht und verglüht. Niemand ist nur das. Wir sind alle Teil dieser großen Urenergie, und jeder von uns hat eine Aufgabe. Die Schwierigkeit ist rauszufinden, welche das ist.«

Sie ließ seinen Finger los und lehnte sich zurück. »Und ich hab es jetzt endlich rausgefunden.« Die tiefhängende Tischlampe warf einen goldenen Lichtschimmer auf Kayas Haar. Sie war nicht nur aus einer Sonne geboren, sie *war* Sonne. »Ich muss Hebamme werden. Ich will diesen kleinen Funken helfen, gesund ins Leben zu kommen.«

In diesem Augenblick wusste Jan, dass er Kaya heiraten musste.

»Und jetzt ihr«, sagte Kaya, nachdem sie gebührend auf ihre wegweisende Erkenntnis angestoßen hatten. »Was wollt *ihr* mit eurem Leben anfangen? Ihr hasst dieses Studium doch beide. Warum macht ihr immer noch weiter?«

Jan und Carsten sahen einander an und zuckten synchron mit den Schultern.

»Hey. Das ist zu billig. Ich will eine Antwort.«

Carsten hatte die Arme vor der Brust verschränkt. In seinen Mundwinkeln klebte Rotwein. »Von der Musik kann ich nicht leben. So einfach ist das.«

»Warum nicht? Wenn du die Musik wirklich liebst, findest du einen Weg.«

Carsten lachte zynisch. Ein zorniges Was-weißt-du-schon flammte auf seiner Stirn.

»Du liebst die Musik doch.«

»Ich *bin* Musik. Das ist ein Unterschied.«

»Dann hast du dir jetzt gerade selbst die Antwort gegeben«, sagte Kaya zufrieden. Damit war für sie die Sache hinreichend geklärt. »Und bei dir, Jan? Warum studierst du etwas, das dir nicht liegt?«

»Mein Vater hat eine Firma, in der Maschinen hergestellt werden.« Mehr gab es aus Jans Sicht nicht dazu zu sagen.

»Das ist ein schlechter Grund.«

»Ich weiß keinen besseren.«

»Aber ich«, sagte sie.

»So?«

»Du traust dich nicht, das zu sein, was du wirklich bist.«

»Was bin ich denn?«

»Auf jeden Fall zu weich für ein Leben zwischen Maschinen aus Stahl.« Ihre Stimme war viel weicher, als er es je sein würde.

»Was liebst du am meisten? Was lässt dich die Zeit vergessen? In welchen Momenten bist du glücklich?« Er spürte ihren Blick bis in die Lenden.

»In diesem«, sagte er.

»Der zählt nicht.«

Dass Kaya nicht leicht zufriedenzustellen war, hatte Jan schon gemerkt. Er zwang sich zum Nachdenken. Im Grunde war die Antwort naheliegend, doch der Alkohol schien das Naheliegende immer ein Stückchen außer Reichweite zu schubsen. »Ich glaube, es ist Holz«, sagte er schließlich. »Der Umgang damit. Dinge schnitzen. Sehen, wie etwas Schönes entsteht. Das lässt mich alles um mich herum vergessen. Ist das Glück?«

»Ja. Ist es. Aber geh tiefer«, drängte Kaya. »*Warum* macht es dich glücklich?« Sie sah jetzt Carsten an: »Und du, warum macht die Musik dich glücklich?«

Sehr langsam formte sich ein Gedanke in Jans weinumnebeltem Gehirn. »Ich glaube, es hat mit dem Tod zu tun«, sagte er. »Wenn ich aus toter Materie etwas Neues schaffe, rette ich es vor dem Verfall. Ich schenke dem Vergänglichen ein neues Leben. Kann man das so sagen?«

Kayas Augen leuchteten. Und Carsten sagte:

»Das ist es! Wenn ich komponiere, entsteht ein Song.
Der ist nicht vergänglich, wie ich.«

»Genau«, rief Jan und die Erkenntnis warf ihn fast vom
Stuhl. »Es ist wie dem Tod ein Schnippchen zu schlagen.«

Kaya griff nach ihrer beider Hände. In ihren Augen war
Licht. »Darum sitzen wir drei jetzt hier. Weil wir alle dem
Tod ein Schnippchen schlagen wollen. Ich hab's schon
zweimal getan. Und werde es wieder tun, mit jedem Kind,
das lebend durch meine Hände auf die Welt kommt. Und
ihr müsst es auch tun. Mit dem, was ihr liebt.«

Eine Woche später verkündete Jan seinen Eltern, dass
er das Studium abbrechen würde, um Tischler zu werden.

31. Januar

Versetzung gefährdet, stand auf Finns Halbjahreszeugnis.
Jan wurde zu Gesprächen mit der Deutschlehrerin, dem
Englischlehrer und der Mathelehrerin in die Schule einbe-
stellt.

»Eine Fünf in Mathe? Das war doch bisher immer dein
bestes Fach.« Jan unterschrieb das Zeugnis, das Finn ihm
mit zerknirschter Miene auf den Küchentisch gelegt hatte.

»In der Grundschule vielleicht«, sagte Finn. »Mein bestes Fach ist Sport.«

»Immerhin *gibt* es ein bestes Fach. Das macht doch Hoffnung«, scherzte Jan, aber Finn fand das gar nicht lustig.

Die Deutschlehrerin war sehr verständnisvoll und bot
Finn an, sich im nächsten Halbjahr mit einer Projektarbeit
über ein Thema seiner Wahl aus der glatten Fünf herauszu-

arbeiten, doch auch diese Idee fand Finn nicht lustig. Der Englischlehrer war der Meinung, die Sache sei vermutlich nur mit Nachhilfe in den Griff zu kriegen. Es gäbe tolle Internetseiten für das Vokabeltraining und auch manche Sprachlerntools wären heutzutage richtig gut. Er könne da ein paar Empfehlungen geben. Der Englischlehrer war braungebrannt und sah aus, als hätte er gerade einen Urlaub auf den Malediven hinter sich. Vielleicht hatte er das sogar tatsächlich, überlegte Jan, denn offenbar wurde er in der Schule gar nicht mehr gebraucht – es gab ja so tolle Lernprogramme. Als der Mann dann noch vorschlug, dass Finn zu seinem Selbstlernprogramm noch eine Sprachreise machen könne, weil man die Sprache ohnehin am besten im Land lernen würde, platzte Jan der Kragen.

»Ich bin leichtsinnigerweise davon ausgegangen, dass Schule dem Zweck dient, den Kindern etwas beizubringen. Das scheint aber gar nicht der Fall zu sein«, sagte er. Seine Ohren wurden heiß vor Wut und auch vor Scham, diese Wut nicht kontrollieren zu können.

»Papa«, murmelte Finn neben ihm, ebenfalls mit schamglühenden Ohren.

Der Englischlehrer legte den Kopf schief und öffnete den Mund, entschied dann aber wohl, dass er auf eine solch unverschämte Unterstellung gar nicht reagieren sollte. Er blickte auf die Namensliste der Eltern, die er am heutigen Sprechtag noch empfangen musste, dann auf seine Uhr und setzte einen Haken hinter den Namen Bode.

»Mein Sohn…«, sagte Jan und legte Finn die Hand auf die Schulter, wie um ihn vor seinen Worten zu schützen, »hat vor vier Monaten seine Mutter verloren. Er flüchtet sich in Computerspiele, weil er es anders wahrscheinlich nicht ertragen kann. Und Sie schlagen ihm vor, noch mehr Zeit am Computer zu verbringen?«

Er spürte, wie Finn sich zusammenkrümmte. *Tut mir leid, Sohn. Aber das musste gesagt werden.*

Der Englischlehrer, der unpassenderweise Herr Germann hieß, sah betroffen aus. »Mein Beileid«, nuschelte er. »Es tut mir wirklich sehr leid, dass … Wir im Kollegium, wir waren sehr erschüttert zu hören …«

»Wir brauchen kein Beileid. Wir brauchen Unterstützung«, sagte Jan.

»Ja, ja, natürlich. Deswegen habe ich Ihnen ja gerade ein paar Dinge vorgeschlagen.«

»Was Sie mir vorgeschlagen haben, hilft uns nicht. Finn verbringt ohnehin zu viel Zeit vor dem PC. Er braucht *Ihre* Unterstützung.«

»Aber wie soll ich Ihnen denn helfen?«, rief Herr Germann. »Wenn Finn sich im Unterricht völlig ausklinkt, seine Hausaufgaben nicht macht und die Klassenarbeiten vermasselt, kann ich doch nichts tun.« Seine Miene zeigte eine Verzweiflung, die Jan ihm einfach nicht abnehmen konnte.

Jetzt sahen beide Finn an, der grau zwischen ihnen hockte und auf die Tischplatte starrte.

»Sprechen Sie mit der Klassenlehrerin. Vielleicht hat die eine Idee«, sagte Herr Germann und erhob sich. »Und manchmal kann auch ein Wechsel der Schulform die Lösung sein«, schob er noch hinterher. Als er ihnen an der Tür die Hand reichte, sah er sichtlich erleichtert aus, diesen schweren Fall in dem knapp bemessenen Zeitfenster von zehn Minuten pro Elterngespräch abgehandelt zu haben.

Frau Diekmaier, die Klassenlehrerin unterrichtete Mathe. Ihre ersten Worte waren: »Finn, in der letzten Arbeit habe ich gesehen, dass du dich angestrengt hast. Diesmal hat es leider noch nicht für die vier gereicht, aber du kannst das. Bleib dran.«

Finns Augen weiteten sich vor Staunen, und Jan schenkte der zierlichen, jungen Frau, die dem Aussehen nach auch seine Tochter hätte sein können, ein dankbares Lächeln.

»Er hat ein bisschen viel gefehlt zuletzt«, fuhr Frau Diekmaier fort. »Das hilft natürlich auch nicht. Aber ich bin zuversichtlich, dass wir das im nächsten Halbjahr wieder in den Griff kriegen, nicht wahr Finn?«

Finn schien nicht ganz so zuversichtlich zu sein, aber er nickte trotzdem.

»Die beiden anderen Kollegen, bei denen er auf der Kippe steht, sind da nicht ganz so zuversichtlich, habe ich den Eindruck«, sagte Jan.

Die Klassenlehrerin legte die Hände übereinander. Sie hatte an jedem Finger mindestens einen Ring, an manchen zwei. »Ich weiß natürlich nicht, was dort im Unterricht passiert, aber ich habe Finn als sehr netten, freundlichen und auch engagierten Jungen kennengelernt. Er braucht Zeit, um … nun, um wieder in den Tritt zu kommen.«

»Also weitermachen wie bisher und gucken, was passiert?«, fragte Jan.

»Nein. Nicht wie bisher. Finn muss sich schon anstrengen.«

In diesem Augenblick sah Finn jedenfalls nicht so aus, als ob er dazu jemals wieder in der Lage sein würde.

Frau Diekmaier gab Jan die Telefonnummer der schulpsychologischen Beratungsstelle und entließ sie mit den

Worten:»Vielleicht schafft er es nicht. Aber damit geht auch die Welt nicht unter. Dann wiederholt er die Klasse eben.«

Wiederholen. So einfach war das. Nur, eine unbekümmerte Jugend ließ sich durchs Wiederholen leider nicht herbeizaubern.

Vor dem Schulgebäude setzten sich Jan und Finn auf ihre Räder und strampelten den langen Weg zurück. Es war ein klarer, sonniger Vormittag, und ein eisiger Wind blies ihnen entgegen.

Etwa auf der Hälfte des Weges hielt Finn plötzlich an und stieg ab. Er hatte endlich einmal wieder Farbe im Gesicht.»Ich will auf keinen Fall die Klasse wiederholen. Dann müsste ich ja noch länger zur Schule gehen.«

Jan stieg ebenfalls ab.»Du musst dich eben etwas mehr anstrengen. Weniger zocken, mehr Hausaufgaben machen.«

Sie schoben die Räder neben sich her, Jans Füße und Finger waren eisgefroren. Es tat weh, aber immerhin spürte er etwas. Und Finn wahrscheinlich auch. Das war es wert.

»Ich versuch's, aber …« Finn kaute auf seiner Lippe, was er manchmal tat, wenn er nicht wusste, wie er etwas sagen sollte.

»Aber was? Rück raus damit.«

»Ich will bei Opa arbeiten.«

»Du willst dich in eine laute Produktionshalle stellen und Knöpfe bedienen, damit Maschinen Maschinen bauen?«

»Nee«, sagte Finn.»Ich will Maschinen auseinandernehmen und wieder zusammensetzen. Sie reparieren, wenn sie kaputt sind.«

»Kann man das bei Opa?«

»Du weißt ja gar nichts«, seufzte Finn.

»Nicht viel.«

Sie setzten die Fahrt fort, aber nach wenigen Metern fiel Jan noch etwas ein. Er hielt erneut an.

»Warum willst du das? Was fasziniert dich so daran?«

»Ja, wie?« Finns Miene war ein einziges Fragezeichen. »Ich will's halt.«

»Das reicht mir nicht«, beharrte Jan. »Geh tiefer. Warum willst du Maschinen auseinandernehmen und zusammensetzen? Denk drüber nach. Wenn du das herausgefunden hast, dann ruf ich Opa an und rede mit ihm.«

Es war schon fast elf, als Finn aus seinem Zimmer kam und sich neben ihn aufs Sofa setzte. Jan schaltete den Fernseher aus.

»Kannst du nicht schlafen?«

»Doch. Gleich. Aber ich weiß es jetzt.«

Im ersten Moment verstand Jan nicht, wovon er sprach.

Finn half ihm auf die Sprünge: »Warum ich was mit Maschinen machen will. Mit Landmaschinen.«

Jan war plötzlich hellwach. »Sag's mir.«

»Man kann sich auf sie verlassen. Und wenn sie kaputtgehen, kann man sie reparieren.«

»Sie sterben nicht«, sagte Jan. »Meinst du das?«

»Genau«, sagte Finn.

FEBRUAR

13. Februar

Jan wartete mit dem Anruf bei seinen Eltern bis zum Geburtstag seiner Mutter. Auch sie stand in Kayas Kalender, und Kaya hatte sie immer angerufen, auch wenn es ihr schwergefallen sein musste.

»Nett, dass du dich mal wieder meldest.« Das Wort *nett* hatte im Sprachgebrauch seiner Familie einen hohen Stellenwert. Es war universell einsetzbar und diente der Beschreibung großartiger Landschaften ebenso wie der Charakterisierung der Kassiererin im Supermarkt um die Ecke.

»Habt ihr viele Gäste?«, fragte Jan, um den unangenehmen Moment schnell hinter sich zu lassen.

»Meine Tennisdamen kommen zum Kaffee. Heute Abend geht dein Vater mit mir essen.«

Sie gingen nie *zusammen* essen. Die Rollen waren klar verteilt, das Gefälle in ihrer Beziehung akzeptiert. Vielleicht machte es für sie das Leben einfacher.

»Das ist doch ... nett.«

»Es gibt viel Ärger im Betrieb. Er ist sehr angespannt.«

Das hieß, es würde kein schönes Geburtstagsessen für seine Mutter werden.

Jan überlegte, wie er die Sache mit Finn ansprechen sollte. Der Weg für ein Gespräch mit seinem Vater führte immer über die Mutter, aber auch das war nicht leicht.

In seine Überlegungen hinein fragte seine Mutter, »Hast du die Einladung zur Jubiläumsfeier bekommen?«

Hatte er. Eine große Karte, edel gestaltet. Er hatte sie gelesen und beiseitegelegt. Der 16. Juni war viel zu weit weg, um die Gedanken damit zu beschweren.

»Ja, danke. Schicke Karte.«

»Ich nehme an, du hast noch nicht mit deinem Bruder geredet.«

»Worüber?«

»Johannes! Wir haben das doch besprochen.«

Sie hatte also immer noch nicht begriffen, dass er nicht im Traum daran dachte, seinen Beruf aufzugeben, um ein Teil von Bode & Söhne zu werden. Jan versuchte, sich zu erinnern, was er ihr gesagt hatte während dieser Autofahrt im letzten Dezember. Es fiel ihm nicht mehr ein, aber dies war ein schlechter Moment für deutliche Worte, immerhin hatte er Finn versprochen, seinen Vater um einen Gefallen zu bitten. Und dazu brauchte er eine wohlgesonnene Mutter.

»Ich rede irgendwann demnächst mit Max«, sagte er ausweichend. »Hab nur viel um die Ohren im Moment.«

»Warte nicht zu lange.«

»Nein, nein. Aber … Wo wir gerade über die Firma reden …«

»Ja?« Es war ein waches, ein interessiertes *Ja*.

»Also … Finn hat … Wie soll ich's ausdrücken? Er ist sehr angetan von … Du erinnerst dich, dass er mit Papa an Weihnachten das Werksgelände besichtigt hat?«

»Natürlich.«

»Das hat ihm sehr gefallen.«

»Schön. Das freut mich.«

»Also, er würde gern ...« Er holte tief Luft und stieß es dann von sich: »Er würde gern in der Firma arbeiten. Eine Lehre machen. Als Maschinentechniker oder so.«

»Finn?«

Es folgte eine lange Pause, und Jan wurde nervös. Wahrscheinlich hatte er es wieder völlig falsch angepackt. Er hätte nicht ausgerechnet an ihrem Geburtstag davon anfangen sollen.

»Wir hatten Gespräche in der Schule und ... er hat es schwer, das Zeugnis war nicht gut. Schwierige Phase, die Lehrer raten zur mittleren Reife, einer Lehre ... Das Abi kann er nachholen, wenn ...« Stünde er ihr gegenüber, würde seine Mutter ihm die Lüge ansehen.

»Ich spreche mit deinem Vater«, unterbrach sie sein Gestammel.

Jan konnte es kaum glauben. So einfach war das.

»Dafür sprichst du aber bitte bald mit Max.«

So einfach war es dann also doch nicht. In seiner Familie hatte alles seinen Preis, auch ein sorgender Umgang mit dem Enkel, aber mit dem Handel konnte er vorerst leben.

Noch am selben Nachmittag rief sein Vater an. Jan war zufälligerweise gerade im Wohnzimmer, als das Festnetztelefon klingelte.

»Ich höre, dein Sohn will bei uns arbeiten.« Kein Gruß, kein Wie-geht-es-dir. *Keine Zeit*, hieß das. *Lass uns das schnell hinter uns bringen.* Warum rief er überhaupt an?

»Hallo Papa.« So viel Zeit musste sein.

»Er braucht ein Abitur.«

»Ja, aber ...«

»Ich nehme keine Schulabbrecher.«

Sein Vater hatte eine Stimme aus Stahl. Er war ein Mensch aus Stahl. Wie hatte Jan je ernsthaft mit dem Gedanken spielen können, seinen Sohn diesem Mann auszusetzen?

»Ich brauche Menschen mit Rückgrat. Und weißt du, wie Rückgrat entsteht?«

»Ist schon gut. War nur so eine Idee. Wie es aussieht, eine blöde. Vergessen wir's.« Jan wünschte, er könnte mehr Stahl in seine eigene Stimme legen, aber dieses Rückgrat, von dem sein Vater sprach, hatte er vermutlich selbst nie besessen.

»Rückgrat entsteht durch Niederlagen.«

Natürlich. Die alte Leier. Hinfallen und wieder aufstehen. Widerstände überwinden. Jan fragte sich nicht zum ersten Mal, welche Widerstände sein Vater eigentlich hatte überwinden müssen, als er die Firma, zwei Häuser und große Grundstücksflächen in Detmold geerbt hatte. Solange er sich erinnern konnte, war es für Hans Magnus Bode immer nur aufwärts gegangen. Wenn er Niederlagen erlebt hatte, echte lebenseinschneidende Niederlagen, dann hatte er darüber nie gesprochen.

»Auch durch Schicksalsschläge«, fuhr sein Vater fort. »Wie zum Beispiel …« Eine winzige Pause, ein kaum hörbares Luftholen. Und dann verlor die Stimme aus Stahl plötzlich etwas von ihrer Härte. »Wie zum Beispiel den Tod der Mutter.«

Jan hielt die Luft an. Hatte sein Vater das tatsächlich gerade gesagt?

»Ich nehme ihn. Wenn er einen Abschluss macht. Mittlere Reife ist Minimum. Mit einem vernünftigen Notendurchschnitt. Über das Abitur sprechen wir dann wieder, wenn er hier bei uns durchhält.«

Jan verkündete die Neuigkeit abends am Küchentisch. Sie hatten nach Elkes Verschwinden vereinbart, dass jeder von ihnen abwechselnd für das Abendessen zuständig wäre. Heute war Lina dran.

Finn hing über seinem Teller und stocherte in der Rohkost, die seine Schwester zusammengestellt hatte. Ein Elke-Essen nannte er es. Bei Jans Worten richtete er sich auf.

»Echt? Er hat Ja gesagt?«

»Unter einer Bedingung.«

»Abi, ich weiß.« Er sackte wieder in sich zusammen.

»Nein. Mittlere Reife. Mit anständigem Notendurchschnitt. Das bedeutet, dass du dich trotzdem anstrengen musst, um die Versetzung zu schaffen und in der Zehnten gute Noten zu haben.«

»Yes!« Finn reckte die Faust, als hätte er gerade den besten Korb seines Lebens geworfen, und richtete sich – zum ersten Mal seit langer Zeit – zu voller Sitzgröße auf. Er war tatsächlich gewachsen in den letzten Monaten.

Später rollte sich Lina wie jeden Abend neben Jan auf dem Sofa zusammen. Meist schlief sie mit dem Kopf auf seinem Schoß ein und er trug sie dann ins Bett. Heute war sie unruhig. Da half auch eine langweilige Tierdoku nicht.

»Willst du nicht schlafen gehen?«, fragte er nach einer Weile.

»Nein. Hierbleiben.«

»Aber du musst morgen früh aufstehen. Komm, ich bringe dich hoch.« Er schaltete den Fernseher aus.

»Nein.« Sie rollte sich ein wie ein verängstigter Igel.

Jan strich ihr übers Haar. Sie sah zu ihm auf, die Pupillen schwarz und riesig.

»Wenn Finn weggeht, bin ich ganz allein.«

Allein. Das Wort war ebenfalls schwarz und riesig.

»Du bist nicht allein. Ich bin ja da.« Und Herr Johansson wollte er hinzufügen, aber der war schon jetzt nicht mehr da. »Noch geht Finn ja nicht. Erst nächsten Herbst, das ist noch ewig hin.«

»Aber er geht«, beharrte Lina.

»Irgendwann gehst du ja auch. So ist das im Leben.«

»Ich geh hier nie weg. Ich bleibe bei dir.«

Jan versuchte zu lächeln und strich die Träne fort, die sich aus Linas Augenwinkel gelöst hatte. *Kannst du weinen, Jan?* Andreas Worte saßen ihm plötzlich im Nacken. In diesem Moment hätte er es gekonnt, aber er musste sich zusammenreißen, stark sein für Lina.

»Glaubst du, Elke kommt wirklich wieder?«

»Ganz sicher. Sie muss. Sonst hätte sie ja Herrn Johansson geklaut, und Elke klaut nicht.«

»Vielleicht ist ihr was passiert.«

»Nein. Elke passiert nichts. Sie ist …« Er wusste nicht weiter.

Lina richtete sich ein wenig auf, wischte selbst die Tränen fort, die nicht aufhören wollten, über ihr Gesicht zu laufen. »Sie hat gesagt, wir sind unsterblich. Nur die äußere Form verändert sich.«

Jan zog Lina ganz nah an sich heran. »Das ist ein sehr schöner Gedanke«, sagte er.

Noch lange blieben sie still und reglos im Halbdunkel sitzen und lauschten dem Nachhall ihrer Worte, der sich wie süßer Duft im Raum ausbreitete.

23. Februar

Jans Auftragsbuch war so voll wie lange nicht. Er hatte seit Jahresanfang alle hereinkommenden Aufträge blind angenommen, ohne sich zu fragen, ob er die Arbeit überhaupt bewältigen konnte. Er war nie gut in vorausschauender Planung gewesen, nur Kaya hatte ihn manchmal daran erinnert, dass Neinsagen auch eine Option war. Jetzt stellte er fest, dass er Nachtschichten einlegen musste, um zugesagte Lieferfristen einzuhalten. Zu allem Überfluss waren viele der ausstehenden Aufträge kompliziert und kleinteilig, wie zum Beispiel der Nussbaumsekretär, an dem er gerade arbeitete und den er eigentlich bereits Ende Dezember hätte fertigstellen müssen. Der Auftraggeber, ein pensionierter Geschichtslehrer, wünschte sich das Möbelstück im Barockstil, mit vielen kleinen Schubladen und geschwungenen Beinen.

Der Mann lebte in Köln und als kurz nach zehn Uhr das Werkstatttelefon schrillte und eine Kölner Nummer im Display erschien, nahm Jan nicht ab. Wenn er seine Zeit mit nutzlosen Telefonaten vergeudete, wurde das alberne Ding nie fertig.

Der Anrufer aber ließ nicht locker, und so nahm Jan beim dritten Anruf schließlich doch ab und stählte sich für den Ärger des Ex-Lehrers über die erhebliche Lieferverzögerung.

»Guten Morgen Herr Bode. Hier spricht Holger Zumwinkel.«

Zumwinkel? Jan blätterte hektisch in seinem Auftragsbuch auf der Suche nach diesem Namen. Erst als der Mann weitersprach, begriff Jan, wen er da in der Leitung hatte.

Erstaunlich, wie schnell manche Erinnerung vom Schmerz verdrängt werden konnte.

»Sie haben mich angerufen, im Dezember, zum Geburtstag, wissen Sie noch?«

»Ja. Natürlich.«

»Ich hoffe, ich störe Sie nicht?«

Sehr. Aber die leise Stimme des Mannes, die nach Worten tastete wie nach einer Brille im Dunkeln, ließ die Wahrheit nicht zu. Jan setzte sich. »Nein. Gar nicht. Ich freue mich über Ihren Anruf.«

»Das beruhigt mich.« Zumwinkels Stimme wurde fester. »Mir ist nach Ihrem Anruf letztes Jahr vieles durch den Kopf gegangen. Und jetzt habe ich beim Aufräumen in meinem Keller etwas gefunden.«

Jans Haus hatte keinen Keller, zum Glück. In Kellern lagerte nur der erinnerungsschwere Ballast des Lebens, den man immer loswerden wollte und nie den Moment dafür fand.

»Es ist … Es gehörte Ihrer Frau. Ich hatte nie die Gelegenheit, es ihr zurückzugeben. Das würde ich gerne nachholen.«

Nachholen? War der Mann dement?

»Vielleicht möchten Sie es haben. Ansonsten … Also, ich würde da gern persönlich mit Ihnen drüber sprechen.«

»Persönlich? Sie meinen von Angesicht zu Angesicht?«

»Wenn es Ihnen nichts ausmacht?« Zumwinkels Stimme wurde wieder dünn und brüchig.

»Nein, nein, keinesfalls«, beeilte Jan sich zu sagen. »Es ist nur … Ich habe ziemlich viel zu tun.«

»Es dauert nicht lange. Aber wenn es nicht passt, dann …«

Jan hatte das Gefühl, den Mann festhalten zu müssen, damit er nicht wieder lautlos aus der Leitung rutschte.

»Doch, doch, das kriegen wir schon hin.«

»Die Vorwahl ... Sie wohnen in Lübeck, richtig?«

»Zwischen Lübeck und Hamburg. Genauer gesagt zwischen Lübeck und Ratzeburg, aber das kennen Sie vielleicht nicht. Wollen Sie herkommen?«

»Nicht zu Ihnen nach Hause, nein.« Er schien fast erschrocken. »Vielleicht gibt es ein Café in Ihrer Nähe, wo wir uns treffen können?«

In der Nähe gab es nur viele Felder, den Wald und ein Dorf mit einer Kirche und einem kleinen Friedhof, aber kein Café. Dafür eine Bäckerei, in der man auf Plastikstühlen Kaffee aus Pappbechern trinken konnte. Das musste genügen. Zumwinkel versprach, am darauffolgenden Mittwoch um Punkt fünfzehn Uhr am vereinbarten Treffpunkt zu sein, und verabschiedete sich – diesmal klang er fast schon hoffnungsfreudig. »Wunderbar, bis Mittwoch.«

∞

Die Bäckerei in der Dörpstraat von Liebholz war gerade groß genug, um zwei kleinen Tischen mit vier Stühlen Platz zu bieten. An diesem verregneten Mittwochnachmittag waren zum Glück beide Tische leer und außer der Bäckerin war niemand zu sehen. Trotzdem konnte es kaum einen unpassenderen Ort geben, um sich mit einem fremden Menschen zu einem Austausch über verstorbene Ehefrauen zu treffen – denn das, so vermutete Jan, war Zumwinkels Anliegen.

Jan nutzte die Gelegenheit und kaufte frisches Brot, bevor er sich an einen der beiden Tische setzte. Er zog sein Handy aus der Tasche und las eine WhatsApp-Nachricht von Lina, die ihn fragte, ob er sie nach der Theater-AG von der Schule abholen könnte. Die AG endete um vier, es blieb also nicht viel Zeit für Holger Zumwinkel.

Als er aufblickte, stand ein Mann vor ihm. Jan hatte ihn weder hereinkommen sehen noch bemerkt, dass er zu ihm an den Tisch gekommen war. Grauer Mantel, graues Haar, sogar sein Gesicht war grau. Nur sein Schal war schwarz mit einem feinen hellblauen Streifen. Er mochte die vierzig überschritten haben, aber auf jeden Fall war er zu grau für sein Alter. In der einen Hand hielt er eine Mütze, in der anderen eine Aktentasche, die er jetzt auf dem Tisch abstellte.

»Herr Bode, nehme ich an?« Seine Finger umklammerten die Mütze. Auch grau. Er schien nervös zu sein.

»Herr Zumwinkel.« Jan stand auf und reichte ihm die Hand. Der Mann wirkte zu klein für seinen Mantel, auch wenn er nicht viel kleiner war als Jan. »Setzen Sie sich. Wollen Sie einen Kaffee?«

Heute gab es den Kaffee aus bunten Tassen, was Jan erleichtert zur Kenntnis nahm. Einen braunen Pappbecher in Holger Zumwinkels grauer Hand hätte er nur schwer ertragen können.

»Das ist ein schönes Fleckchen hier«, sagte Zumwinkel, und er schien es tatsächlich ehrlich zu meinen. »Wenn man in der Großstadt lebt, ist die Stille und Weite auf dem Land immer sehr wohltuend. Vor allem nach den Karnevalstagen.« Die tiefen Falten um Mund und Augen ließen sein Lachen aussehen wie einen Schmerzensschrei.

»Stimmt. Der Karneval in Köln kann einen leicht überfordern«, sagte Jan.

»Grässlich. Ich gehe in diesen verrückten Tagen nie vor die Tür.«

Wenn Jan Holger Zumwinkel so ansah, konnte er nicht glauben, dass er überhaupt jemals vor die Tür ging.

»Dieses Jahr war es besonders ...« Zumwinkel öffnete und schloss den Mund ein paarmal. Das Wort schien sich zu sträuben.

»Laut? Chaotisch?«, fragte Jan, um ihm auf die Sprünge zu helfen.

»Schwierig.«

Jan wartete, dass er weitersprach, aber das tat er nicht. Stattdessen öffnete er seine Aktentasche. »Mir war nicht bewusst, dass ich es noch hatte. Ich habe die Tage dazu genutzt, um den Keller leerzuräumen und es gefunden, zwischen meinen alten Schallplatten.«

Er legte ein Notizbuch auf den Tisch und schob es Jan zu. Lederner Einband. Als Jan es aufblätterte, erkannte er die Laschen und Linien wieder, die er von Kayas Geburtstagskalender kannte. Das Buch war etwas kleiner als Kayas Kalender, doch der Ledereinband sah identisch aus, wenn auch weniger abgegriffen. Der wesentliche Unterschied aber war: Die Seiten waren leer.

»Ich habe es nie benutzt«, sagte Zumwinkel. »Ich hatte völlig vergessen, dass es da war. Als ich es zwischen meinen Schallplatten gefunden habe, fielen Sie mir ein. Ihr Anruf. Sie erwähnten den Geburtstagskalender Ihrer Frau. Das alles fiel mir wieder ein.«

Jan legte das Buch auf den Tisch, in ihre Mitte zwischen sie. »Hat meine Frau Ihnen das geschenkt?«

Zumwinkel nickte. »Ist schon lange her. Ich habe ihren Geburtstag immer vergessen, alle Geburtstage eigentlich, während Karina … Naja, das wissen Sie ja. Sie hat mich immer angerufen, viele Jahre, bis …« Er hob die Schultern. »Bei ihrem letzten Anruf hab ich sie abgewimmelt. Ich wollte mit niemandem reden. Vielleicht war sie beleidigt und hat mich dann einfach vergessen.«

O nein, ich habe ihn nicht vergessen, Jan. Aber ich hätte ihm Hilfe anbieten müssen, mich zumindest regelmäßig melden, fragen, wie es geht. Wir waren gerade in dieses Dorf gezogen, hatten das Haus umgebaut, und es war so vieles in Bewegung. Unser Leben war in voller Fahrt, während seines geendet hatte. Oft habe ich gedacht, dass ich ihn anrufen muss, doch dann war anderes wichtiger, und so wurde die Hemmschwelle immer höher. Irgendwann ging es dann gar nicht mehr. Scham. Feigheit. Nachlässigkeit. Ich habe mir eingeredet, dass er wahrscheinlich all die alten Bindungen hatte kappen wollen, einen völligen Neuanfang brauchte. So ein Bullshit.
Erst jetzt kann ich mir verzeihen. Ich hoffe, er kann es auch.

»Meiner sieht genauso aus, nur größer.« *Meiner.* Jan überlegte, ob er es als Schritt nach vorn verbuchen konnte, dass er Kayas Kalender mit einem neuen Pronomen versehen hatte.

»Als wir telefoniert haben …« Zumwinkel atmete geräuschvoll ein und aus, als fehle ihm der Atem für lange Sätze. »Da war etwas, das ich Ihnen noch hätte sagen wollen.«

Jan wartete, dass der Mann weitersprach, aber der schien nicht die richtigen Worte zu finden. »Ja?«, fragte er behutsam.

»Suchen Sie sich eine neue Partnerin«, stieß Zumwinkel hervor, dann langsamer: »Bleiben Sie nicht allein. Heiraten Sie wieder, wenn möglich. Alleinsein ist Gift. Glauben Sie mir.«

Jan lachte trocken auf. »Ist noch ein bisschen früh, glaube ich.«

»Ja, kann sein. Aber man darf den Zeitpunkt nicht verpassen. Je mehr Zeit vergeht ...« Seine Hand zitterte leicht, als er die Kaffeetasse hochhob. »Sie machen das richtig. Rufen Leute an. Lassen Kontakte nicht abbrechen. Das ist gut so.«

Jan überlegte, ob er das Bild, das der Mann von ihm und seinem Sozialleben hatte, zurechtrücken sollte, aber er ließ es bleiben. Es würde ihn wahrscheinlich kaum trösten, und Trost schien gefragt, wenn er sich sein Gegenüber so ansah. »Wie geht es Ihrer Tochter?«, fragte er. »Haben Sie Kontakt zu ihr?«

»Ja. Nein. Also ... sehr wenig. Ich besuche sie an ihren Geburtstagen. Schenke ihr etwas. Es ist ... schwer für mich.«

»Ja, das verstehe ich«, sagte Jan, obwohl er es überhaupt nicht verstand. Er wollte schnell auf ein anderes Thema kommen, aber Zumwinkel sprach weiter.

»Sie ist glücklich bei den Großeltern. Es war von Anfang an das Beste für sie. Sie wird es kaum merken, wenn ich ...« Er presste die Lippen zusammen, und Jan dachte an Lina, die seit Kayas Tod fast jeden Abend in seinen Armen eingeschlafen war. Aber das war wohl nicht vergleichbar.

»Als meine Frau gestorben ist ... Ich wollte mit niemandem reden. Über sie, ihren Tod. Ich war so ...« Zumwinkels Kopf wackelte, als wäre sein Hals zu kraftlos, um die schweren Gedanken darin halten zu können.

Jan schielte auf seine Uhr. Bis zur Schule brauchte er mindestens 20 Minuten, wenn nicht zu viel Verkehr war. Er stellte fest, dass erst wenige Minuten vergangen waren, dabei hatte er das Gefühl, schon eine Ewigkeit hier mit diesem grauen Mann zu sitzen.

»Sie sind in Eile«, sagte Zumwinkel. »Verzeihen Sie. Ich wollte nicht ...«

»Nein, bitte. Ich habe Zeit«, log Jan. »Ich verstehe nur nicht – warum wollen Sie mir dieses Buch geben?«

»Nicht Ihnen. Es ist ... Ich räume auf. Nicht nur meinen Keller. Alles. Ich habe nichts fortgeworfen, seit ... Sie wissen schon. Sogar die benutzten Taschentücher meiner Frau lagen noch in ihrem ... ihrem Nähzimmer. Sie hat genäht, wissen Sie? Vorhänge, Tischdecken, Bettdecken. Manchmal Kleider. Sie hat immer so viele schöne Dinge genäht.« Er lächelte gedankenverloren.

Jan wurde übel bei dem Gedanken, wie Holger Zumwinkel durch die mit Erinnerung vollgestopften Zimmer seiner Wohnung wanderte und über Taschentücher hinwegstieg, die vor über sieben Jahren benutzt worden waren.

»Alleinsein ist Gift«, wiederholte Zumwinkel. »Das weiß ich jetzt. Aber nun ist es zu spät.«

»Unsinn«, sagte Jan. »Sie sind höchstens Anfang vierzig. Sie haben noch ein halbes Leben vor sich!«

Zumwinkel schüttelte den Kopf. »Einen Monat. Vielleicht drei. Vielleicht ein halbes Jahr. Die Ärzte können es nicht genau sagen. Aber es wird schnell gehen.«

Plötzlich fielen die Dinge an ihren Platz. Die fahle Gesichtsfarbe, die eingefallenen Wangen. Zumwinkels Bedürfnis, alles Überflüssige und Erinnerungsbelastete aus seinem Leben zu entfernen, mit dem Ziel vielleicht, spurlos zu verschwinden, weil es für ihn niemanden mehr gab, für den sich ein geräuschvoller Abschied gelohnt hätte.

»Ich bin gekommen, um Kaya das Buch zurückzugeben. Also symbolisch«, sagte er jetzt. »Vielleicht ist es zu viel verlangt, dann sagen Sie es bitte. Ich würde es gern an ihr Grab legen. Für mich. Einen Schlusspunkt setzen, verstehen Sie? Und als Dank. Ich sehe es heute als ein Zeichen, dass sie mir dieses Buch geschenkt hat. Damals … Ich war zu jung. Ich war dumm. Und bin es geblieben.«

Die letzten Worte schien er mit nur wenig verbliebenem Atem aus sich herauszuquälen. Dann trank er den inzwischen kalten Kaffee in einem gierigen Schluck leer, ohne seinen grauen Blick von Jan zu lösen.

»Selbstverständlich«, sagte Jan und schob das Notizbuch ein Stückchen näher an ihn heran. »Aber es wird nass werden, wenn es regnet. Es ist nur ein kleines Urnengrab.«

»Ja, bestimmt«, sagte Zumwinkel. »Es ist nur für mich. Die Geste … Sie dürfen es fortnehmen, wenn …«

Jan nickte. »Schon gut. Machen Sie sich keine Gedanken. Legen Sie es, wohin Sie möchten.«

Als sie die bunten Kaffeetassen auf der Ladentheke abgestellt hatten und auf die Straße traten, reichte ihm Zumwinkel die Hand. »Pflegen Sie ihre Freundschaften. Bleiben Sie Ihren Kindern nah. Warten Sie nicht mit dem Loslassen, bis das Leben *Sie* loslässt«, sagte er noch und ging dann, eingehüllt in seinen zu großen Mantel in Richtung Friedhof davon.

Jan blickte ihm nach. *Witweneffekt*, dachte er. So also sah der aus. Er erinnerte sich noch genau, wie Kaya das Wort zum ersten Mal erwähnt hatte. Lina und Finn waren noch nicht geboren und sie wohnten in einer winzigen Wohnung in Berlin, wo Kaya nach dem abgebrochenen Medizinstudium ihre Hebammenausbildung absolvierte. Sie hatten beide auf dem Fußboden gelegen, er mit dem Rücken gegen das Sofa gelehnt, eine Skizze für einen Stuhl, den er bauen wollte, auf dem Schoß und Kayas Kopf auf seinen ausgestreckten Beinen. Sie las in einer psychologischen Fachzeitschrift, die sie abonniert hatte, als sie noch mit dem Gedanken spielte, eine psychologische Zusatzausbildung zu machen.

»Hast du schon einmal vom Witweneffekt gehört?«, hatte sie plötzlich gefragt.

»Witweneffekt«, murmelte Jan, ohne von seinem Skizzenblock aufzusehen. »Was soll das sein.«

»Na, Wit-wen-effekt, ist doch klar, was das bedeutet. Es steckt im Wort.«

»Da steckt 'ne Witwe drin.«

»Und ein Witwer.«

»Und der Effekt? Graue Haare zu kriegen? Depressionen?«

Kaya schob seinen Block beiseite und setzte sich auf. Ihre Miene war ernst. »Der Witweneffekt beschreibt das Phänomen, dass Menschen, deren Partner versterben, häufiger erkranken als Nicht-Witwer und oft binnen kurzer Zeit selbst sterben.«

»Liegt in der Natur der Sache, Witwen sind alt.«

»Erstens: Witwen *und* Witwer. Zweitens: Sie sind nicht immer alt.«

»Meistens.«

Kaya ignorierte seinen Einwand. »Im Blut von Menschen, deren Partner gestorben sind, wurde vermehrt Interleukin-6 nachgewiesen«, erklärte sie ihm. »Das ist ein Stoff, der Entzündungen fördert.«

»Soso«, brummte Jan und wollte sich wieder seiner Skizze zuwenden, doch sie war noch nicht fertig.

»In einer Studie wurde festgestellt, dass nur jeder zweite Trauernde erhöhte Entzündungswerte hat. Eine bestimmte Gen-Variante im IL-6-Gen verhindert diese Erhöhung, und der Trauerstress fügt keinen oder nur geringfügigen Schaden ... Jan!«

»Ich weiß nicht, was ein IL-6 Gen ist.«

»Ich auch nicht, aber darum geht es nicht!«

»Worum dann?«

Kaya warf die Zeitschrift zurück auf den Stapel mit den früheren Ausgaben und setzte sich im Schneidersitz vor ihn hin.

»Ich will mit dir übers Sterben reden.«

»Aber wir fangen doch gerade erst mit dem Leben an!«

»Oft ist es schneller vorbei, als man denkt.«

Jan seufzte. Kaya hatte manchmal einen Hang zum Drama, was ihm als gebürtigen Westfalen ausgesprochen fremd war.

»Hör zu, Kaya, ich würde gerne diese Skizze hier ...« Er wies auf seinen Block, doch Kaya ließ ihn nicht ausreden.

»Es ist mir wichtig, Jan.«

Sie sprach leise, und ihr Blick bohrte sich in den seinen.

In diesem Moment hatte er den Impuls unterdrückt, sie zu küssen, und sich ebenfalls im Schneidersitz vor sie hingesetzt.

»Na gut. Reden wir übers Sterben.«

Damals auf dem Fußboden in ihrer ersten gemeinsamen Wohnung hatte Kaya behauptet, Jan müsse jederzeit mit ihrem Ableben rechnen, weil sie zusammen mit dem Tod geboren worden sei. Sie war zu dem Zeitpunkt eine kerngesunde, energische und gesundheitsbewusste junge Frau, worauf Jan sie liebevoll, aber bestimmt hingewiesen hatte. »Lass uns das Leben genießen und nicht an so schreckliches Zeug denken.«

Und dann hatte sie diesen verrückten Satz gesagt, über den er damals laut hatte lachen müssen: »Falls du eines Tages ohne mich weiterleben musst, will ich nicht, dass du unter diesem Witweneffekt leidest. Versprich mir, dass du dich wieder neu verliebst, wenn ich mal nicht mehr da sein sollte.«

Er hatte es versprochen.

So vieles hatte er seither versprechen müssen. Und so sehr er sich auch anstrengte, all diese Versprechen einzuhalten, er empfand keine Befriedigung dabei. Er fühlte sich wie ein Schwimmer, der längst nicht mehr konnte und mit jeder Armbewegung es nur so eben schaffte, nicht unterzugehen.

∞

Er traf zu spät an der Schule ein. Lina wartete allein unter dem Vordach vor dem Haupteingang.

»Entschuldige, ich hab noch jemanden getroffen«, sagte Jan, als sie zu ihm ins Auto stieg. »Konnte ihn nicht …«

Abwimmeln, hatte er sagen wollen, aber das Wort kam ihm pietätlos vor.

»Nicht schlimm.« Sie war blass und zitterte.

»Was ist los? Ist dir so kalt?«

»Bauchweh. Und kalt.«

Bauchweh, schon wieder. Sie hatten bereits den Arzt deswegen konsultiert, aber organisch war alles in Ordnung. Seelenbauchweh hatte Elke es genannt.

»Armer Wurm.« Er zog seine Jacke aus und breitete sie über Lina aus. »Kriegst 'nen heißen Tee zu Hause.«

»Wann kommt Elke wieder?«, fragte Lina, als sie auf die Schnellstraße Richtung Liebholz zufuhren. Ein bisschen erinnerte sie ihn an Zumwinkel in seinem zu großen Mantel, wie sie da zusammengekauert unter der dicken Jacke saß. In diesem Moment wünschte er sich nichts sehnlicher, als ihr eine Antwort geben zu können.

»Meinst du, sie schafft es zu meinem Geburtstag?«

Der war am 21. März. Frühlingsanfang. Wusste Elke überhaupt, wann Lina Geburtstag hatte?

»Das weiß ich nicht. Aber bestimmt kommt sie, wenn es wieder wärmer wird. Elke mag den Winter nicht.«

»Sie heißt ja auch Sommer.« Lina kicherte und zitterte zugleich.

»Genau.«

»Im Sommer ist eh alles besser«, sagte Lina. »Und im Sommer bin ich dreizehn.«

Jan hatte keine Ahnung, was das besser machen sollte. Jedes Jahr, das verging, trug auch seine Kinder ein Stückchen weiter von ihm fort.

Alleinsein ist Gift. In Momenten wie diesen konnte er dieses Gift schon sehr deutlich spüren.

MÄRZ

10. März

Der März war ein Monat mit vielen Geburtstagen. Nicht nur Lina wurde da ein Jahr älter – auch Kaya wäre es geworden an diesem Märzsonntag, an dem sich das erste Mal seit langem wieder ein Stückchen Blau am Himmel zeigte.

»Backen wir trotzdem einen Kuchen?«, fragte Lina. Sie saßen in der Küche beim gemeinsamen Frühstück, eine Kerze an Kayas Platz. Auch ein ausgiebiges Frühstück war immer Teil von Kayas Geburtstag gewesen.

»Könnt ihr das denn?«, fragte Jan.

»Gibt doch so Fertigpackungen zu kaufen«, sagte Finn.

»Iiiihhh!« Lina verzog angeekelt das Gesicht. »Außerdem ist Sonntag und die Geschäfte sind zu.«

»Wir können beim Bäcker einen Kuchen kaufen«, schlug Jan vor.

Das fand Lina doof.

Kurze Zeit später beugten sie sich zu dritt über eines der Backbücher aus dem Küchenregal und entschieden sich für einen einfachen Schokoladenkuchen.

Finn zeigte auf die Butterdose, die noch auf dem Frühstückstisch stand. Darin war ein letzter winziger Rest. »Wir haben nicht mehr genug Butter.«

»Nehmen wir halt Margarine«, beschied Lina.

Auch Margarine war nicht mehr viel da, und auf der

Packung stand auch, dass sie zum Backen nicht geeignet sei, aber sie entschieden sich trotzdem, sie zu verwenden. Der Butterrest würde das schon ausgleichen, glaubte Jan. Das Rezept verlangte Weizenmehl der Type 405. In der hintersten Ecke des Vorratsschranks fanden sie eine Packung Vollkornmehl. »Geht das auch?« Lina beäugte das Paket skeptisch. »Da steht keine 405 drauf.«

»Egal. Mehl ist Mehl.« Jan griff nach der Packung und stellte sie neben Schüssel, Waage und Margarine.

»Eier sind auch nicht mehr genug da«, stellte Finn mit Blick in den Kühlschrank fest. »Ich glaub, das wird nix.«

Das Leuchten in Linas Augen erlosch.

»Wir kriegen das hin!«, sagte Jan schnell. »Wie viele Eier haben wir denn?«

»Drei.«

Sie brauchten fünf.

»Ich frag Sophie.« Sophie war Linas Kindergartenfreundin. Auch wenn sie auf unterschiedliche Schulen gingen, trafen sie sich trotzdem noch zum Spielen oder zu dem, was junge Mädchen in ihren Zimmern so machten, wenn sie bald dreizehn wurden. Lina rannte nach oben, um ihr Handy zu holen. Handys hatten Küchenverbot. Eigentlich hatten sie auch Schlafzimmerverbot, aber damit hatte es Jan, seit Kaya krank geworden war, nicht mehr so genau genommen. Kurz darauf kam Lina mit hängenden Schultern zurück.

»Die sind nicht zu Hause. Familienfeier.«

»Ich sag doch, das wird nix.« Finn warf das Päckchen Backpulver auf den Küchentisch, das er gerade aus den Tiefen des Schranks hervorgekramt hatte.

Jan wollte nicht aufgeben. »Dann sind es eben nur drei

Eier. Wir nehmen einfach etwas mehr Schokolade, davon haben wir genug.«

Linas Blick hellte sich wieder auf.

»Die Schokolade im Wasserbad schmelzen«, las sie vor.

»Im Wasser schmelzen?« Jan blickte verwundert auf die beiden Tafeln in seiner Hand.

»Im heißen Wasser wahrscheinlich.« Finn stellte den Wasserkocher an und schüttete den kochenden Inhalt dann in eine Schüssel. »Und da soll jetzt die Schokolade rein?«

»Kommt mir komisch vor, aber wenn's da steht.« Schon hatte Jan eine der beiden Tafeln in Stücke gebrochen und in die Schüssel geworfen.

»Hat Mama das nicht immer anders gemacht? Die Schokolade in eine Schüssel und die Schüssel dann ins heiße Wasser?« Lina sah Finn an, und der nickte nachdenklich.

»Kann sein. Ist schon so lange her.«

»Klar war das so!« Lina versuchte, die Schokostückchen aus dem Wasser zu fischen.

»Hätt dir ja auch mal früher einfallen können«, schimpfte ihr Bruder und fischte mit. Aber ein Großteil der Tafel hatte sich bereits mit dem Wasser zu einer braunen Brühe aufgelöst.

»Lasst es«, sagte Jan. »Wir haben ja noch eine.«

Diesmal klappte es, und als sie die geschmolzene Schokolade mit dem Butterrest und etwas Diätmargarine vermischt hatten, wandten sie sich wieder dem Backbuch zu.

»Die geschmolzene Schokolade unter den Teig geben«, las Lina.

»Welchen Teig?«, fragte Jan.

»Kannst du denn nicht lesen?« Finn hatte Lina beiseitegeschoben und studierte das Rezept. »Wir hätten vorher noch Mehl Backpulver, Zucker, Eier und Butter zu einem glatten Teig verrühren müssen.«

Hastig warfen sie alle Zutaten in einer Rührschüssel zusammen, und Jan begann mit einem Kochlöffel zu rühren. »Doch nicht so!«, stöhnte Lina. »Mit dem elektrischen Dingsda.« Sie kramte in einer der großen Schubladen und zog einen Handmixer hervor.

Eine Weile diskutierten sie, welches der drei Sets von Rührstäben das richtige wäre und entschieden sich schließlich für die kräftige, spiralförmige Variante. Trotzdem klumpte der Teig und wollte einfach nicht glatt werden. Zu wenig Eier, befand Lina. Die Margarine sei schuld, glaubte Finn. Und Jan geriet ins Schwitzen. Nie im Leben hätte er gedacht, dass Kuchenbacken eine solche Herausforderung wäre.

Als sie schließlich die dunkelbraune Masse in eine mangels Butter mit Olivenöl ausgestrichene Backform gefüllt und in den Ofen geschoben hatten, sanken sie ermattet auf die Stühle.

»Geschafft«, sagte Lina stolz.

»Der schmeckt nie im Leben«, orakelte Finn.

»Unsinn. Das wird der beste Kuchen, den ich je gebacken habe.« Jan zwinkerte, Finn grinste, und alle drei hoben synchron die Hände, um sich abzuklatschen.

In der Nacht wurde Jan von einem Rauschen geweckt. Er brauchte eine Weile, um das Geräusch zuzuordnen. Es kam aus dem Bad, direkt unter seinem Dachzimmer und hörte sich an, als fülle jemand die Badewanne. Das konnte doch nicht sein! Weder Finn noch Lina badeten, schon gar nicht um vier Uhr in der Früh.

Elke! Es wäre genau ihr Stil, nach monatelanger Abwesenheit mitten in der Nacht aufzukreuzen und ein Bad zu nehmen. Aber wie war sie ins Haus gekommen?

Jan hatte ein Gefühl von Unwirklichkeit, als er die Treppe hinunterging. Kaya war die Einzige in der Familie gewesen, die überhaupt je gebadet hatte, seit die Kinder aus dem Badewannen-Alter herausgewachsen waren. Die Badezimmertür war zu, Wasser rauschte, durch die Türritze drang Licht.

Er klopfte. »Elke, bist du das?«

Plötzliche Stille.

»Schön, dass du wieder da bist, aber in diesem Haus wird nachts nicht gebadet«, zischte er.

Ein Schluchzen. Ein Schniefen. Dann öffnete sich die Tür einen Spaltbreit.

»Lina? Aber was …?«

Die Tür ging vollends auf, und Lina drückte sich an ihn. Weinte.

Auf dem Boden vor dem Waschbecken war eine Pfütze. Über dem Rand der Badewanne hing ein Laken. Nein. Kein Laken. Eine Decke. Blumenmuster. Italienisches Design. Langsam drehte er sich um. Er hatte es gesehen, aber es war nicht bis in sein Bewusstsein vorgedrungen: Die Schlafzimmertür am anderen Ende des Flurs stand offen und auf dem Bett fehlte das, was da in der Badewanne lag. Die Tagesdecke von Kayas und seinem Ehebett. Kaya hatte sie vor Jahren aus Italien mitgebracht, ein Geschenk ihrer Tante.

»Ich wollte das nicht«, heulte Lina. »Ich bin eingeschlafen, und dann musste ich mal, und dann hab ich…« Die nachfolgenden Worte verstand er nicht mehr. Er musste sich an den Türrahmen lehnen.

»Es tut mir so leid«, schluchzte Lina in seinen Schlaf-
anzug. »Der Fleck geht nicht raus. Der Stoff … so dick …
das Waschbecken … zu klein …«

»Schsch«, machte Jan und rutschte am Türrahmen hinunter auf den Boden. Lina kletterte in seinen Schoß, rollte
sich ein, weinte weiter. Er streichelte ihr über den Rücken
und versuchte, sich einen Reim auf das zu machen, was
er da vor sich hatte. Irgendetwas musste sie auf dem Bett
verschüttet haben. Aber was hatte sie im Schlafzimmer
gemacht? Sein Herz zog sich schmerzhaft zusammen bei
dem Gedanken, dass seine Tochter nachts im leeren Eltern-
schlafzimmer Trost suchte, anstatt zu ihm zu kommen.

Es dauerte lange, bis Linas krampfartiges Schluchzen
nachließ. Als sie wieder einigermaßen ruhig atmete, sagte
er: »So schlimm ist das doch alles nicht. Decken kann man
waschen. Wir stecken sie morgen in die Waschmaschine,
einverstanden?« Es war längst Morgen, in einer knappen
Stunde würde sein Wecker klingeln. Er stemmte sich hoch
und trug Lina in ihr Zimmer, setzte sie auf ihr Bett.

»Schlaf jetzt erst mal«, flüsterte er. »Wir kümmern uns
später um …« Er wies mit dem Kinn in die Richtung, in
der sich das Badezimmer befand.

»Aber es geht doch nicht mehr raus.« Wieder bebte ein
Schluchzen durch ihren Körper.

Er setzte sich neben sie. »Was ist es denn?«, fragte er.

Sie schlang ihre Arme um seinen Hals und flüsterte dicht
an seinem Ohr: »Blut.«

Erschrocken schob er sie von sich. »Hast du dich ver-
letzt?«

»Och, Papa.« Sie steckte ihre Hände zwischen die Oberschenkel.

»Was dann? Ich versteh …«.*Nicht*, hatte er sagen wollen. Doch schlagartig, als hätte jemand eine Seitentür in seinem nur zum Geradeausdenken geschaffenen Männerhirn geöffnet, begriff er.

»Hast du … Bist du … Ist es die …?«

Sie nickte.

O nein, auch das noch!

»Und wie … ich meine … kann ich was tun? Brauchst du irgendwas?«

Sie zuckte mit den Schultern, schüttelte dann den Kopf.

»Hast du die zum ersten Mal?«

»Seit drei Tagen«, flüsterte sie.

Scheiße. Und jetzt? Was brauchten Mädchen dann? Er hatte keine Ahnung.

»Vielleicht sind in Mamas Schrank noch …«

»Schon gut, Papa. Elke hat mir Binden gekauft, bevor …« Wieder kamen Tränen. »Sie hat gesagt, beim ersten Mal ist es nicht stark. Ist es aber wohl. Und jetzt hat die Decke einen Fl …«

»Vergiss den Fleck. Der geht schon wieder raus. Hast du Schmerzen?«

»Nur ein bisschen.«

Er küsste sie auf die Stirn. »Heute bleibst du zu Hause. Ist ja ein gewichtiger Grund.«

Lina kroch unter ihre Decke, griff nach seiner Hand und seufzte noch ein paarmal tief auf. Nach wenigen Sekunden war sie eingeschlafen. Er blieb so lange neben ihr sitzen, bis die Kälte auch die letzte Faser seines Körpers durchdrungen hatte und sein Rücken von der verdrehten Haltung schmerzte. Schlimmer noch aber war der Schmerz, nicht für Lina da gewesen zu sein, als sie Trost gebraucht hätte. Wie furchtbar musste es für sie gewesen sein, sich mit dieser Sache allein gefühlt zu haben. Wahrscheinlich hatte sie deswegen so oft gefragt, wann Elke wiederkäme. Warum hatte er nicht bemerkt, was da Entscheidendes im Körper seiner Tochter vorging? Natürlich war zu sehen, dass sie sich vom Kind zur jungen Frau entwickelte, natürlich war bei einer knapp Dreizehnjährigen damit zu rechnen, dass irgendwann in naher Zukunft die Periode einsetzen würde. Er hatte es verdrängt. Nein, nicht einmal das. Es war ihm überhaupt nicht in den Sinn gekommen – und damit auch nicht, mit Lina über *diese Sache* zu sprechen, um sie darauf vorzubereiten. Er hätte ja nicht einmal zu sagen gewusst, welches Produkt aus dem riesigen Sortiment der Damen-Hygiene-Artikel das richtige war.

So sehr er sich auch bemühte, ein guter Vater zu sein – es war, wie Carsten es auf den Punkt gebracht hatte: Kaya ersetzen konnte er nicht. Und ohne es zu wollen, hatte Lina ihm heute seine Unzulänglichkeit wieder einmal sehr deutlich vor Augen geführt. Er war einfach ein unsensibler Klotz!

Stopp! Hör auf mit diesem entsetzlichen Selbstzerfleischen! Wieso glaubst du eigentlich, dass Lina Trost braucht, weil sie zur Frau wird? Was für ein bescheuerter Gedanke! Es sollte dich nicht wundern, dass sie mit dem Thema nicht zu dir gekommen ist, schließlich spürt deine Tochter sehr wohl, dass du diese Sache, wie du es nennst, als Problem ansiehst. Dass es für dich kein Schritt nach vorn ist, sondern ein Abschied. Wieder einer. Deine Tochter kein Kind mehr. Freuen solltest du dich! Feiern solltet ihr das! Ich hätte dich darauf besser vorbereiten sollen. Mit ihr habe ich darüber gesprochen, aber sie war erst elf, es war viel zu früh, sie war noch so sehr Kind. Und dann kam die Krankheit.

Die eigentliche, die wichtigste Frage – nämlich was sie überhaupt im Schlafzimmer gemacht hat –, die hast du ihr nicht gestellt.

Das Problem, Jan, ist nicht Linas erste Periode. Für sie ist es das nicht. Das Problem ist der Fleck auf einer Decke in einem Zimmer, das du aus deinem Leben ausgesperrt hast. Ein Zimmer, das für Lina immer ein Zufluchtsort gewesen ist. Das hast du für dich verbarrikadiert. Du darfst dich also nicht wundern, dass sie heimlich ihre Spuren zu verwischen sucht.

Du machst es nicht nur dir schwer, Jan. Merkst du das jetzt endlich?

∞

Es war nur ein winziger Blutfleck, aber er ließ sich tatsächlich nicht mehr auswaschen. Woher sollte Lina auch wissen, dass sich Blut nur in kaltem Wasser löst? Sie hatte es mit Seife und sogar mit kochendem Wasser versucht, wie er feststellen konnte, als er das Badezimmer aufräumte. Der Wasserkocher aus der Küche stand noch auf dem Rand der Badewanne. Jetzt hing die Decke zum Trocknen im Garten auf der großen Wäscheleine und die Schlafzimmertür war wieder fest verschlossen. Er würde die Decke zusammenfalten und in den Schrank auf dem Dachboden stopfen. Das Ehebett brauchte keine Tagesdecke, weil niemand mehr das Ehebett brauchte. Wenn Lina dort liegen wollte, durfte sie das tun. Aber sie konnte auch zu ihm hinaufkommen, wenn sie Trost brauchte. Vielleicht musste er ihr das nur deutlich genug sagen, damit sie nicht glaubte, er wolle ungestört bleiben, da oben, wo er dem Himmel ein Stückchen näher war.

15. März

Jan musste ein Geschenk kaufen. Sabine Haverkamp, die Mutter von Linas bester Freundin aus dem Dorf, hatte an diesem Tag Geburtstag und er hatte sie pflichtschuldigst am Vormittag angerufen, um zu gratulieren. Sabine und Kaya hatten sich in der Babyzeit ihrer Töchter angefreundet. Sabine lebte mit ihrem Mann Peer und den drei Töchtern ebenfalls in Liebholz, die beiden Mädchen waren zusammen in den Kindergarten und später in die Grundschule gegangen. Die Freundschaft zwischen den Müttern und den Töchtern war geblieben, nur die Väter hatten nie recht zueinandergefunden, trotz einiger gemeinsamer Grillabende und Radtouren. Peer war Versicherungsvertreter, allerdings einer von der üblen Sorte – er konnte gut reden und schlecht zuhören.

Jan hatte das Gespräch schnell beenden wollen, aber Sabine hatte ihn überrumpelt.

»Komm doch vorbei, heute Abend. Peer würde sich freuen, dich mal wieder zu sehen.«

Es fiel Jan immer noch sehr schwer, den eng gesteckten Pfad seiner alltäglichen Routinen zu verlassen, aber schwerer noch fiel ihm das Neinsagen. Kaya hätte sicher gesagt, es sei höchste Zeit, dass er mal wieder in ein paar andere Gesichter blickte, als in die der Tagesschausprecher und Tatortkommissare. Und auch Holger Zumwinkels graues Witwergesicht tauchte mahnend vor seinem geistigen Auge auf. Also hatte er zugesagt und es im gleichen Moment furchtbar bereut.

Vor allem hatte er keine Ahnung, was er Sabine schenken sollte. Blumen vielleicht?

»Blumen sind doof«, fand Lina. »Das sieht aus, als wär dir nichts Besseres eingefallen.«

Es war halb fünf am Nachmittag und Lina saß in ihrem Zimmer am Schreibtisch. Er wollte sich bei ihr einen Rat holen, schließlich war das Haus der Familie Haverkamp ihre zweite Heimat.

»Mir fällt ja auch nichts Besseres ein«, gab er zu.

»Pralinen?«

»Auf keinen Fall Pralinen. Die ist schon dick genug«, kam es aus Finns Zimmer. Seine Zimmertür stand offen, und auch er saß am Schreibtisch, vor ihm die aufgeschlagenen Schulbücher. Er schien tatsächlich entschlossen, das Schuljahr zu schaffen.

»Selber dick«, rief Lina und streckte die Zunge raus, obwohl Finn das nicht sehen konnte.

»Das sagt die richtige«, konterte Finn.

»Ich bin nicht …«

»Aufhören jetzt«, kommandierte Jan. »Ich bringe ihr einfach eine Flasche Wein mit. Die hab ich noch.«

»Och, Papa!« Lina schüttelte den Kopf und erinnerte ihn in diesem Moment sehr an Kaya, wenn sie unzufrieden mit ihm war. »Sabine trinkt keinen Wein. Das weißt du doch.«

»Gar nichts weiß ich. Ich kenne diese Leute kaum.«

»Wohl kennst du sie«, wies Lina ihn zurecht.

»Warum gehst du überhaupt da hin?«, fragte Finn. Er war aus seinem Zimmer gekommen und hatte sich neben ihn gestellt. Wenn er nicht so eine schlechte Haltung hätte, wäre er inzwischen fast genauso groß wie Jan.

»Weil Papa auch mal wieder unter Menschen muss.«

»Weil Papa auch mal wieder unter Menschen muss«, äffte Finn sie nach. »Darf Papa das nicht selbst entscheiden?«

Jan fragte sich, wer hier eigentlich der Erwachsene im Haus war. »Sie hat mich eingeladen, ich habe zugesagt, also gehe ich hin.«

»Schnitz ihr doch was«, schlug Lina vor. »Sie mag Katzen. Au ja, du schnitzt ihr eine Katze!«

Finn lachte verächtlich. »Papa geht doch nicht zu einem Kindergeburtstag.«

»Mama hat ihr immer etwas Selbstgemachtes geschenkt. Nie blöden Wein oder langweilige Blumen.«

Die Worte trafen ihn an der empfindlichsten Stelle. Er konnte weder durchatmen noch bis drei zählen, bevor er reagierte. Er explodierte einfach.

»Ich bin aber nicht eure Mama!«, schrie er. »Ich kann keinen Kuchen backen, keine Geschenke basteln und weiß auch nicht, wie man einen verdammten Blutfleck auswäscht. Ich bin nur ein dämlicher, einfallsloser Holzschnitzer. Aber trotzdem danke für eure Hilfe. Ich find schon was!«

Damit polterte er die Treppe hinunter zurück in seine Werkstatt. Die Haustür ließ er hinter sich zuknallen.

∞

Er entschied sich für den Wein, den guten italienischen, den Kaya immer so gern getrunken hatte. Eigentlich war er zu schade für den Anlass, aber das war der Preis für seine Einfallslosigkeit. Peer würde ihn trinken und sich sicher darüber auslassen, wie er auf seinem geschulten Versicherungsvertretergaumen sein erdiges Aroma entfaltete.

Bevor Jan sich auf den Weg machte, ging er zu den Kindern hinauf, die sich nach seinem Ausbruch nicht mehr hatten blicken lassen.

Sie saßen zusammen auf Finns Bett, beide mit ihrem Handy. Lina hatte sich eng an ihren Bruder gekuschelt und sah nur kurz hoch, als Jan hereinkam. Ihre Augen waren verweint. Der Anblick riss ihn in Stücke.

»Es tut mir leid.« Er konnte kaum sprechen vor Scham und Schmerz.

»Schon okay«, sagte Finn, ohne aufzusehen. Auch Lina wich seinem Blick aus.

»Nein. Nichts ist okay«, sagte Jan und setzte sich ebenfalls aufs Bett.

»Stimmt«, brummte Finn.

»Ich …« Jan wusste nicht weiter. Was konnte er mehr tun, als sich entschuldigen?

»Ich wollte bloß helfen«, flüsterte Lina.

Shit. Kaya, wo bist du?

Ich bin hier. Und ihr merkt es nicht einmal. Weißt du eigentlich, wie verflucht weh das tut? Und von diesem Schmerz gibt es jenseits aller menschlichen Form keine Erlösung. Was ist dieses Sterben bloß für eine beschissene Erfindung!

Jan presste Luft in seine Lungen. »Das weiß ich doch. Ich bin ein Idiot. Könnt ihr mir verzeihen?«

Lina nickte. Eine Träne kullerte. Noch eine. Finn warf das Handy zur Seite, zog die langen Beine an und steckte den Kopf zwischen die Knie.

Jan rückte näher an seine Kinder heran, streckte die Hand nach Lina aus, berührte Finns linken Fuß. Finn zuckte zurück, aber Lina kroch in seine Arme, weinte lautlos, ihr Gesicht nass an seinem.

Herrgott Jan, nun nimm doch auch Finn endlich in den Arm! Weißt du denn wirklich gar nicht, wie das geht, einen Sohn in den Arm zu nehmen, der nicht mehr in die Windeln pinkelt?

»Komm her, Finn«, flüsterte Jan. »Bitte.«

Finn hob den Kopf. Sein steingrauer Blick brach. Und dann begannen seine Schultern zu zucken, seine Knie zu zittern und sein ganzer großer Jungenkörper zu beben, als hätte er schlagartig die Kontrolle über all seine Muskeln verloren. Doch er blieb sitzen, wo er war.

Da packte Jan seinen Sohn am Arm, kämpfte gegen den Widerstand, den er leistete, an und zog ihn zu sich heran. Eng. So eng es möglich war mit Lina im anderen Arm. Und als seine beiden Kinder an seiner Brust schluchzten und bebten, da löste sich auch sein Schmerz, zusammen mit der ganzen Wut, dem Frust und der Verzweiflung, die sich über so lange Zeit in seiner Kehle zu einem festen Pfropfen verdichtet hatten, und entluden sich in einem hohen Heulton, der bestimmt bis weit über die Felder zu hören war.

Kannst du weinen, Jan? Ja verdammt. Er konnte. Und es war die Hölle und der Himmel zugleich.

∞

Er kam hoffnungslos zu spät bei Sabine an – und schon zum zweiten Mal an diesem Tag musste er sich entschuldigen.

»Es gab ein paar Probleme mit den Kindern.«

Sabine winkte ab. »Du brauchst dich gar nicht zu entschuldigen. Wir verstehen das.«

Was auch immer sie zu verstehen glaubte, es war nichts, was sie zu diesem Zeitpunkt näher erörtern wollte. Sie nahm die Weinflasche entgegen, die er ihr reichte und gab sie sofort an ihren Gatten weiter. »Ich muss schnell in die Küche. Peer, kümmerst du dich?«

Peer stieß ihn kumpelhaft in die Seite. »Mensch, Junge, wie lange haben wir uns nicht gesehen. Komm rein. Wir haben uns gerade erst an den Tisch gesetzt, du hast also nichts verpasst.«

Wir – das waren nicht nur Sabine und Peer, wie Jan feststellen musste. Um den großen Tisch im Esszimmer der Haverkamp'schen Doppelhaushälfte hatte sich eine größere Gesellschaft versammelt und schien bereits die steife Phase der Nüchternheit hinter sich gelassen zu haben. Als Peer mit ihm ins Zimmer trat, verstummte das angeregte Geplaudere schlagartig, und alle sahen ihm mit einer Mischung aus Erstaunen, Mitleid und Verlegenheit entgegen. Sie hätten nicht offensichtlicher zeigen können, dass sie bereits über seinen Witwenstatus informiert worden waren.

Wie ein Lehrer, der seiner Klasse einen neuen Schüler

vorstellt, schob Peer Jan an den Tisch heran und sagte:
»Das ist Jan.«

Jan hob die Hand zum Gruß und wünschte Peer auf den Mond. Ohne Rückfahrkarte. »Hallo Jan«, gurrte eine schlanke Brünette mit tiefem Ausschnitt. »Ich bin Eva.« Neben ihr saß ein sportlicher Typ, der einen Arm in der Schlinge trug und jetzt besitzergreifend den unversehrten Arm um sie legte. »Und ich bin der Adam dazu«, sagte er grinsend. Lautes Gelächter am Tisch.

Während Jan überlegte, wie er möglichst schnell wieder verschwinden könnte, stellte Peer ihm die restlichen Gäste vor. Sie hießen Dirk und Ina, Biggi und Jens, Barbara und Reinhold oder so ähnlich, und sie saßen sich paarweise am Tisch gegenüber. Als überzähliger alleinstehender Mann durfte er am Kopfende Platz nehmen, wo es weniger auffiel, dass er keine Dame an seiner Seite hatte. Rechts von ihm saß Peer, links Reinhold, ein Kollege von der Versicherung. Innendienst, wie er betonte. Reinhold stammte aus dem Rheinland, was er nicht extra betonen musste, es war deutlich zu hören.

Peer begutachtete Jans Weinflasche, und Sabine schlug vor, sie gleich zu öffnen, sie passe sicher hervorragend zum geschmorten Lamm, das sie jetzt, wo sie vollständig waren, servieren würde. Ob Jan denn noch einen Aperitif und ein paar Vorspeisenhäppchen wünsche oder lieber gleich zum Hauptgericht übergehen wolle?

Jan lehnte sowohl Aperitif und Häppchen als auch Kayas italienischen Lieblingswein dankend ab und griff zur Wasserflasche. Damit war Peer nicht einverstanden.

»Hey, du willst doch wohl zu diesem Gaumenschmaus

nicht etwa langweiliges Wasser trinken! Was möchtest du? Ein Bier? Warte, ich hol dir eins.«

»Danke, Peer, aber ich bleibe …« Bevor er seinen Satz zu Ende sprechen konnte, war Peer schon aufgesprungen und in die Küche verschwunden.

Reinhold vom Innendienst grinste. »Auf dem Ohr isser taub.« Er prostete ihm mit seiner Bierflasche zu, lehnte sich im Stuhl zurück, wobei sich das karierte Oberhemd gefährlich über der Bauchrundung spannte, und ließ das Bier, ohne zu schlucken, in sich hineinlaufen. »Bring mir noch eins mit!«, rief er in Richtung Küche und strich sich zufrieden über die Halbglatze.

»Reinhold!« Barbara, die Gattin, schien von der zirkusreifen Trinknummer ihres Angetrauten nicht viel zu halten. Tiefe Falten der Unzufriedenheit zogen sich von ihren Mundwinkeln abwärts und verloren sich im Doppelkinn. Die beiden waren das älteste Ehepaar am Tisch, sicher weit jenseits der fünfzig.

»Wat denn? *Du* fährst doch«, gab Reinhold übellaunig zurück.

»Du bist ja jetzt schon betrunken«, maulte Barbara und schaffte es, gleichzeitig Sabine zuzulächeln, die in diesem Augenblick eine dampfende Schüssel auf dem Tisch platzierte.

»Man wird doch wohl mal 'n Bierchen trinken dürfen«, grummelte Reinhold. Sein krummer Innendienstrücken krümmte sich noch ein bisschen mehr, aber trotzdem griff er nach der nächsten Bierflasche, die Peer ihm reichte. Während Barbara Sabine zur Hand ging, rückte Reinhold ein Stückchen näher an Jan und Peer heran. »So is dat, wenn die Kinder aus 'm Haus sind und du bald in Rente jehst«, raunte er. »Dann biste der Abtreter, der seinen Dienst jetan hat. Dat Beste, was dir dann passieren kann, ist der schnelle Tod. Prost, Jungs.«

Kayas Weinflasche wurde auf die Gläser verteilt, das Essen auf die Teller, und Peer übernahm wie erwartet wortreich die Probeverkostung des Weins. Erst dann durften die Gespräche, die Jan durch sein Zuspätkommen unterbrochen hatte, wieder aufgenommen werden. Peer und Reinhold fachsimpelten über den neuen Firmenwagen, der Peer demnächst zustand, Barbara klagte Sabine ihr Leid angesichts der Schwierigkeiten, einen Heimplatz für den pflegebedürftigen Vater zu finden, und weiter oben am Tisch erzählte eine der Frauen – Jan wusste nicht mehr, ob sie Ina oder Biggi hieß – in einer alles überlagernden Tonlage vom letzten Traumurlaub in irgendeinem fernen Inselparadies.

»So feiner Sand …«, »Ladesäulen hier in der Gegend …«, »traumhaft klares Wasser …«, »wie das weitergehen soll …«, »Wo soll der ganze Strom denn herkommen …«, »fühlt sich so alleingelassen …«, »und die Sonnenuntergänge …«, »Ja, gern noch ein Stückchen von dem Lamm …«, »vollkommen weltfremd …«, »man darf einfach nicht alt werden …«, »der lange Flug …«, »geht so nicht weiter.« Die Kakophonie der Stimmen überforderte Jan. Er wusste gar nicht mehr, wann er das letzte Mal mit so vielen Menschen in einem Raum gewesen war. Er konzentrierte sich auf sein Lamm, das wirklich köstlich zubereitet war, und versuchte, interessiert dreinzublicken, wenn er sich beobachtet fühlte. Und beobachtet wurde er, das spürte er deutlich. Manchmal war es Sabine, die ihm aufmunternd zunickte, aber auch ein dunkelbraunes Augenpaar von weiter links oben wanderte häufig in seine Richtung. Es gehörte zu Eva, der Brünetten.

»Sag mal, Jan«, wandte sie sich mit ihrer kehligen, rauen Stimme in einer der wenigen Gesprächsflauten an ihn. Sie lehnte sich weit über den Tisch, damit er ihr auch gut in den Ausschnitt blicken konnte. »Peer hat erzählt, du bist Schreiner.«

»Ja, so was in der Art«, sagte er.

»In der Art?«

»Er ist Tischler«, schaltete Peer sich ein. »Die Schreiner sind fürs Grobe zuständig, Tischler eher für die feineren Arbeiten.«

Grob war nur der Unfug, den Peer da erzählte, aber Jan hatte keine Lust auf eine Auseinandersetzung über die korrekten Berufsbezeichnungen in seiner Branche.

»Oh.« Eva lächelte auf eine Weise, die ihrem Adam sicher nicht gefallen hätte. Doch der war just vor wenigen Sekunden in Richtung Toilette verschwunden. »Für die feineren Arbeiten suche ich jemanden.«

Jan wollte gerade abwinken, etwas von übervollen Auftragsbüchern erzählen, da johlte Peer mit bierseliger Stimme: »Uuuuhh, unsere Eva sucht jemanden fürs Feine. Habt ihr das gehört?«

»Arme Eva«, rief Reinhold vom Innendienst. »Da sucht sie sich schon den fittesten Kerl aus, und dann bricht der Tünnes sich die Schulter.«

»Also, ich brauch für gewisse Dinge ein anderes Körperteil«, kam es von Dirk, dem gut beleibten Brillenträger am äußersten Ende des Tisches, von dem Jan an diesem Abend noch gar nichts gehört hatte. Auch vor ihm hatte sich eine Batterie an Bierflaschen angesammelt.

»Bist du sicher, dass es noch da ist?« Peer erhob sich halb aus seinem Stuhl, um seine Pointe sicher zu platzieren. »Wann hast du ihn denn das letzte Mal gesehen?« Der Protest von Dirks Ehefrau ging im johlenden Gelächter unter.

Zum Glück kehrte Adam in diesem Augenblick von der Toilette zurück, und Eva verschwand wieder hinter seinem breiten Oberkörper. So kam Jan weitgehend unbeschadet durch den Rest des Abends – bis zu dem Moment, als Peer aufstand und sich an der Musikanlage zu schaffen machte. Die Lautstärke war so niedrig eingestellt, dass die Musik kaum zu hören war, aber einer der Lautsprecher stand direkt hinter Jan. Schon bei den ersten zarten Gitarrenklängen, die sich unter das Stimmengewirr mischten, kämpfte er gegen den Impuls an, aufzuspringen und die Flucht zu ergreifen. Als dann Eric Claptons samtweiche Stimme *Tears in Heaven* in seinen Nacken sang, verließ die Spannung seinen Körper. Es war zu spät, um aufzustehen und sich in irgendeine dunkle, stille Ecke zu flüchten. Die Tränen waren ihm bereits in die Augen geschossen, und er konnte nur noch so tun, als wäre ihm irgendetwas in den Schoß gefallen.

Stell das ab, flehte er innerlich. *Stell das bitte ab!* Aber Peer drehte die Musik lauter.

Es war der Song, den Jan gehofft hatte, nie wieder in seinem Leben hören zu müssen. Der Song, mit dem Kaya sich von ihm hatte verabschieden wollen, weil er wie kein anderer Song für den Anfang ihrer Liebe stand. Wenn er bei ihr in Berlin gewesen war, hatten sie das Stück immer und immer wieder gehört. Für beide war es zur Hymne ihrer Liebe geworden.

Sabine und Peer waren bei Kayas Beerdigung gewesen, hatten mit ihm, Finn, Lina und seinen Eltern am Grab gestanden und ihre Tränen fortgewischt, als der Song nach Bettina Seidels Trauerrede über dem Dorffriedhof verklungen war. Wie konnte Peer ausgerechnet dieses Lied *jetzt* spielen?

»Peer!« Sabines Stimme zerschnitt das Stimmengewirr.

»Was denn?« Als Jan den Kopf hob, sah er, wie Peer schwankte und leicht blöde grinste.

»Leg was anderes auf!« Sie ging zu ihm hin, zischte ihm etwas ins Ohr und lächelte Jan entschuldigend zu.

Das gab ihm den Rest.

»Lasst, ist schon okay.« Er war bereits an der Tür. »Ich muss sowieso jetzt gehen.«

»Aber das Dessert«, rief Peer ihm noch nach. »Selbstgemachtes …«

Den Rest hörte Jan nicht mehr. Er riss seinen Mantel vom Haken und rannte, ohne ihn anzuziehen, quer übers Feld nach Hause.

∞

»Und? Wie war's?«, fragte Lina am nächsten Morgen.

»Grässlich.«

»Na ja.« Sie drückte ihm einen Trostkuss auf die Wange. »Wenigstens warst du gestern Abend mal nicht allein.«

»So allein wie gestern Abend war ich noch nie im Leben«, flüsterte Jan und zog Lina an sich.

21. März

Pünktlich zum Frühlingsanfang wurde es warm, doch auch am Morgen des 21. März war weit und breit kein regenbogenbunter Campingbus zu sehen. Jan hatte nicht erwartet, dass Elke zum Geburtstag ihrer Enkelin auftauchen würde, Lina jedoch war ihre Enttäuschung deutlich anzumerken, auch wenn sie sich alle Mühe gab, das vor ihm zu verbergen. Er hatte beim Bäcker eine Geburtstagstorte bestellt, um sich vor ihren Freundinnen nicht mit seinen Backkünsten zu blamieren. Zum Glück hatte sie ihm schon Tage zuvor erklärt, dass sie inzwischen zu groß für eine Häschentorte sei, und hatte die beiden Backrezepte, die noch immer am Kühlschrank klebten, in einer Schublade verschwinden lassen. Von Kayas Haftzetteln hingen inzwischen nur noch die Passwörter, verschiedene Telefonnummern und die Buszeiten dort. Die praktischen Dinge des Lebens ohne Verfallsdatum. Auch das von Kaya gemalte Herz war noch da, denn auch das hatte kein Verfallsdatum. Es hing jetzt in der Mitte der Kühlschranktür.

Eine Party wollte Lina zum Glück nicht, sie würden nach der Schule mit den drei besten Freundinnen die Torte essen und anschließend in Lübeck ins Kino gehen.

Es gab also für Jan nichts vorzubereiten, und auch die größten Aufträge hatte er inzwischen abgearbeitet. So nutzte er seinen ersten freien Vormittag seit langer Zeit, um endlich wieder einmal eine längere Tour mit dem Rad zu unternehmen. Wenige Monate vor Kayas Diagnose hatte er sich ein neues Rennrad gekauft, das seither so gut wie ungenutzt im Fahrradschuppen stand.

Tun Sie sich von Zeit zu Zeit etwas Gutes. Das war einer der Ratschläge von Bettina Seidel gewesen, den sie ihm beim Abschied nach der Bestattung gegeben hatte. Jan hatte keine Ahnung, warum ihm das jetzt einfiel, aber er fand, es konnte keinen besseren Tag als den dreizehnten Geburtstag seiner Tochter geben, um sich selbst etwas Gutes zu tun.

Als die Sonne so hoch stand, dass sie sogar schon ein wenig wärmte, schwang er sich auf das Rad und fuhr in östlicher Richtung aus dem Dorf hinaus in Richtung Ratzeburger See. Dorthin war er oft mit Kaya und den Kindern zum Baden gefahren. Er kannte einen schön gelegenen, einsamen Steg, an dem man auch an heißen Tagen im Sommer für sich sein konnte. So sehr für sich, dass er mit Kaya diesen Ort jedes Jahr an ihrem Hochzeitstag aufgesucht hatte, ohne Kinder, aber mit einer Flasche Sekt im Gepäck und viel Zeit füreinander. Da wollte er hin.

Er fuhr schnell, um das volle Potenzial des nagelneuen Rads auszutesten. Mit leichtem Wind im Rücken und der Sonne im Gesicht spürte er die ungewohnte Anstrengung kaum. Über den noch kahlen Äckern und Koppeln hingen letzte Frühnebelschwaden, wenige Autos fuhren auf den Nebenstrecken, die er wählte, und so ganz ohne Wolken schien der Himmel ein wenig näher als sonst.

Die dünnen Reifen schnurrten über den Asphalt und von Zeit zu Zeit trabte ein Pferd auf seiner Koppel ein Stückchen neben ihm her, wie um ihn anzufeuern.

Es war schöner als fliegen. Viel schöner.

Das letzte Stück fuhr er langsamer. Die Stelle, die er im Sinn hatte, lag abseits der offiziellen Badestrände, am bewaldeten Nordwestufer des Sees. Die letzten Meter musste er sein Rad über einen holprigen Waldpfad schieben. Er sah den See durch die Äste glitzern. Es war kühl zwischen den Bäumen, auch wenn sie noch unbelaubt waren. Wenn er sich traute, würde er ein kurzes Eisbad im See nehmen, sich von der Sonne aufwärmen lassen und dann gemütlich wieder zurückfahren.

Zum Steg ging es über einen schmalen, von Gestrüpp überwachsenen Pfad. Er musste das Rad tragen. Vorsichtig tastete er sich mit den für den steinigen Untergrund ungeeigneten Rennradschuhen vor. Äste knackten, irgendwo draußen auf dem See hörte er Rufe. Wahrscheinlich Ruderer. Dann hörte er Stimmen. Nah. Sehr nah. Er stellte das Rad ab, lehnte es an einen Baum und schob das Schilf beiseite, das über die Jahre hier gewachsen war. Jetzt erst konnte er den Steg sehen.

Sein Traumplatz war besetzt. Ein Pärchen lag dort auf einer Decke in der Sonne, ineinander verschlungen, seine Hand unter ihrem Pullover. Sie küssten sich gierig. Bevor Jan sich zurückziehen konnte, setzte der Mann sich auf, starrte ihn an. Jan starrte zurück. Und dann drehte ihm auch die Frau das Gesicht zu.

Es war Eva, die Brünette. Und die Hand unter ihrem Pullover gehörte Peer Haverkamp.

Es hatte keinen Sinn, so zu tun, als hätte er nichts gesehen. Peer hatte offenbar den gleichen Gedanken und hob die Hand zum Gruß.

»Moin«, rief er und grinste verlegen.

»Tschuldigung. Wollte euch nicht … Bin sofort wieder weg.«

»Warte.« Peer schob Evas Beine beiseite und kam auf ihn zu.

»Ähm … Du … Das bleibt unter uns, okay? Hast einen gut bei mir.«

Es war zu erbärmlich. Trotzdem hob Jan den Daumen und sagte:»Macht euer Ding. Ich hab nix gesehen.«

Er fuhr sofort zurück. Das Hochgefühl, das ihn eben noch hatte dahinfliegen lassen, war einer rasenden Wut gewichen. Dieser miese Versicherungsvertretertyp durfte es seinetwegen mit hundert Frauen gleichzeitig treiben. Es stand Jan nicht zu, darüber zu urteilen. Es war ihm auch vollkommen egal, mit wem und warum Peer seine Frau hinterging, aber musste er sich dafür ausgerechnet *diesen* Ort aussuchen? Was stimmte nicht im Bauplan dieser Welt, dass die größten Nichtsnutze sich auf der Sonnenseite des Lebens breitmachten, während er im Schatten dahinkriechen musste?

Jan hatte immer nur *eine* Frau gewollt. Und die war ihm genommen worden. Etwas von ihr, hatte er gehofft, an diesem Steg finden zu können. Es hätte für ihn vielleicht ein Glücksmoment werden können. Ein winziger, bescheidener Glücksmoment in dieser ganzen Trostlosigkeit. War das zu viel verlangt?

∞

Als er nach Hause kam, klingelte das Telefon. Wahrscheinlich ein Geburtstagsanruf für Lina, aber sie war noch nicht aus der Schule zurück. Er erkannte die Rufnummer seiner Mutter. Er war verschwitzt, schmutzig, und Durst hatte er auch. Auf dem Rückweg vom See hatte er seine Wut in Energie umgesetzt und war so schnell gefahren wie noch nie. Kurz zögerte er, nahm dann aber doch ab.

»Es gibt dich also noch«, sagte sie. Da erst fiel ihm das Versprechen wieder ein, dass er ihr vor über einem Monat hatte geben müssen. Er hatte es nicht gehalten, seinen Bruder nicht angerufen, um über das Firmenjubiläum zu sprechen, hatte nicht einmal an ihn gedacht.

»Du hättest es sicher erfahren, wenn es anders wäre.«

»Selbst das würde ich bezweifeln.«

»Hallo, Mama«, entgegnete er freundlich. »Bestimmt wolltest du Lina gratulieren.«

»Das stimmt. Aber es ist auch schön, deine Stimme mal wieder zu hören.« Doch es klang nicht, als fände sie es wirklich *schön*.

»Ich hatte wahnsinnig viel zu tun. Und nein, bevor du fragst, ich habe noch nicht mit Max gesprochen.«

»Das weiß ich. Mit deinem Bruder rede ich manchmal.« Sie konnte das so gut – ihm ohne direkten Vorwurf das Gefühl geben, dass er sie von allen drei Söhnen am meisten enttäuschte.

»Ich … Es war nicht leicht in letzter Zeit.« Was für ein elender Satz. Er bereute ihn sofort, nachdem er ihn ausgesprochen hatte.

»Das glaube ich. Du könntest es leichter haben.« Wie schaffte sie es nur, jede Emotion aus ihrer Stimme zu halten? Er sah sie vor sich, wie sie in ihrem weißen Wohnzimmer am riesigen Fenster stand und auf den makellosen Rasen blickte, den Nacken gerade, die Frisur perfekt. Auch wenn es so aussah, als sei sein Vater das uneingeschränkte Oberhaupt der Familie – in Wahrheit war sie es. Es durfte nur niemand wissen.

»Möglich«, sagte er.

»Ganz bestimmt sogar.«

»Ich sag Lina, dass du angerufen hast. Vielleicht ruft sie
später zurück, aber sie hat Besuch.«
Stille.
»Ja! Ich rufe auch Max an. Versprochen.«
»Wann?«
»Bald. In den nächsten Tagen.«
Sie sagte nichts.
»Morgen. Ich versuch's morgen. Okay?«
»Ach, Johannes«, sagte sie. »Ich wünschte wirklich, ich
könnte mich nur einmal auf dich verlassen.«

∞

Sie gab ihm keine Gelegenheit zu beweisen, dass sie es
konnte. Max rief am nächsten Morgen selbst an. Linas
Freundinnen hatten nach dem Kinobesuch bei ihnen über-
nachtet, und Jan räumte gerade Pizzakartons, Luftmatrat-
zen und Decken zusammen, als sein Handy klingelte.
»Hallo Bruder, du kommst mir zuvor.«
»Ich bin den ganzen Tag in Besprechungen, deswegen
dachte ich …«
»Wir können auch am Wochenende in Ruhe telefonie-
ren.«
»Nein, komm, lass uns das jetzt eben klären. Am Wo-
chenende nimmt mich die Familie in Beschlag.«
Jetzt eben. Als handelte es sich um die Frage, ob Jan zum
Jubiläum ein blaues oder ein weißes Hemd anziehen solle.
»Ich weiß, offen gestanden, gar nicht, was wir eigentlich
genau klären sollen.«
»Ähm … ich dachte … Mama hat mir gesagt, du spielst
mit dem Gedanken, hier bei uns …«

»*Sie* spielt mit diesem Gedanken.«

»Ah, okay. Ich hatte es so verstanden, dass du erwägst, wieder herzuziehen. Und vielleicht irgendwann, wenn Papa sich aus der Firma zurückzieht …«

»Auf keinen Fall«, unterbrach Jan ihn. »Ich hab ihr das ganz deutlich gesagt. Ich bin Tischler, Max. Kein Manager.«

»Ja. Hm. Du weißt ja, wie sie ist. Manches überhört sie gern.« Sein wieherndes Lachen verriet große Anspannung. Jan wäre nicht überrascht, wenn seine Mutter im Nebenraum darauf wartete, dass ihr Ältester ein zufriedenstellendes Ergebnis lieferte.

»Wie geht es dir denn überhaupt?«, fragte Max in das unbehagliche Schweigen hinein, das auf sein Lachen gefolgt war.

»Willst du eine ehrliche Antwort?«

»Natürlich.«

»Beschissen.«

Ehrlichkeit gehörte nicht ins Umgangskonzept der Familie Bode, selbst dann nicht, wenn sie deklariert wurde, und so dauerte es eine Weile, bis Max reagierte. Seine Antwort überraschte Jan.

»Ich würde dir so gern helfen. Wirklich.« Er sprach sehr leise.

»Du kannst mir einen Gefallen tun.«

»Ja?« Es klang zögerlich. Wahrscheinlich fürchtete Max, dass Jan ihn bitten würde, die Mutter von der Unsinnigkeit ihrer Idee zu überzeugen.

»Kümmere dich um Finn, wenn er bei euch ist. Ist noch eine Weile hin, aber ich wäre entspannter, wenn ich wüsste, dass du ein Auge auf ihn hast. Du verstehst schon, was ich meine.«

»Wir beißen hier nicht, Jan.«

Max' Worte zogen Jan die Spannung aus den Gliedern. Er wünschte sich in diesem Moment nichts mehr, als das Gefühl von Sicherheit und Vertrauen empfinden zu können, das sich mit diesen Worten verband.

Max redete weiter, behutsam, als locke er ein scheues Tier aus seinem Versteck. »Wenn du mich fragst – ich könnte mir vorstellen, dass manches für dich einfacher wäre, wenn du hier wohnst. Nicht bei unseren Eltern im Haus, aber in der Nähe irgendwo. Finn könnte noch ein paar Jahre bei dir zu Hause leben, solange bis ihr alle drei wieder im Tritt seid.«

»Du hörst dich an wie unsere Mutter. Steht sie neben dir?«

»Unsinn. Nein, wir denken das hier alle.«

»Ich wusste gar nicht, dass ihr euch so viele Gedanken um mich macht.«

»Hör mir zu. Ich bin auf deiner Seite. Ich kann verstehen, dass du deinen Beruf nicht aufgeben willst. Aber das musst du ja nicht. Gute Tischler sind auch hier gefragt. Und wenn ich es richtig verstanden habe, bist du ohnehin nicht zwingend an dieses … diesen Ort da oben gebunden. Deine Kunden sind doch überall.«

»Kaff, sprich es einfach aus.«

»Jan. Du brauchst Menschen um dich herum, die dich … Nun ja, denen du wichtig bist. Jetzt mehr denn je.«

Das Wort *lieben* sperrte sich augenscheinlich dagegen, von einem Mann wie Max ausgesprochen zu werden. Jan war froh darüber. Dieses Wort von einem Mitglied seiner Familie ausgesprochen, hätte ihn sicher vollends die Fassung verlieren lassen.

Draußen vor dem Fenster bogen sich die Bäume im Wind. Irgendwo im Gebälk knarrte es. Wie viele Stunden hatten er und Kaya damit verbracht, aus der heruntergekommenen Kate einen warmen Ort zum Leben zu machen? Was war davon geblieben?

Er musste an die Haverkamps denken, diese Freunde, die keine waren, an Peer auf dem Steg am See und an sein Schlafzimmer, diesen Raum, der ohne Kaya seine Seele verloren hatte, genau wie der Wald, das Dorf und der ganze Rest. Vielleicht hatten sie ja recht. Vielleicht war es tatsächlich einfacher, sich in den Schoß der Familie zurückfallen zu lassen, in einer ihm vertrauten Umgebung neu anzufangen, anstatt an diesem entlegenen, seelenlosen Ort ganz allein weiterzukämpfen.

Das glaubst du doch nicht wirklich! Wenn es einen seelenlosen Ort auf dieser Welt gibt, dann ist es dein Elternhaus! Hast du vergessen, wie sehr du dieses Leben dort gehasst hast? Wie wenig du dort als der Mensch gesehen wirst, der du bist?
Wenn du dorthin zurückkehren willst, dann ohne mich. Ich werde hier bleiben und durch dieses Haus geistern bis ans Ende aller Tage, wenn du dich auf diese Weise selbst aufgibst!

Jan spürte einen kühlen Luftzug im Nacken, als hätte jemand hinter ihm ein Fenster geöffnet. Aber das Fenster war zu. »Ich kann hier nicht weggehen«, sagte er mit wackliger Stimme. »Ich kann es einfach nicht.«

»Warum nicht? Was hält dich denn da noch? Wer?«

Jan musste lange überlegen, bevor ihm darauf eine Antwort einfiel.»Lina«, sagte er schließlich.»Es ist vor allem Lina. Ich will ihr keinen Schulwechsel zumuten.«

»Aber dir die Isolation? Deine Tochter ist gerade erst zwölf.«

»Dreizehn«, korrigierte Jan.»Sie ist gestern dreizehn geworden.«

»Okay. Dann eben dreizehn. Aber immer noch jung genug, um hier schnell wieder Freunde zu finden. Und in ein paar Jahren geht auch sie aus dem Haus, und dann bist du ganz allein. Hier hast du wenigstens eine Familie.«

Jan hatte Max noch nie so gesprächig erlebt. Ihre Mutter hatte ihn offenbar gut auf diese Unterhaltung vorbereitet.

»Was steht eigentlich für dich auf dem Spiel?«, fragte Jan.

»Wie meinst du das?«

»Ich versuche zu verstehen, warum du dich so dafür einsetzt, dass ich zurückkomme.«

Jan hörte Max atmen. Hörte Papierrascheln. Dann einen tiefen Seufzer.»Ich hab nicht gedacht, dass ich dir das erklären muss.«

»Doch, erklär's mir.«

»Du bist mein kleiner Bruder«, sagte Max sehr leise.»Reicht das nicht?«

»Lasst mir Zeit«, sagte Jan, als er nach langem Ringen um Kontrolle über seine Atmung wieder mit sicherer Stimme sprechen konnte.»Vielleicht ist es irgendwann wirklich die beste Lösung. Aber im Moment weiß ich es einfach nicht. Nur eins ist sicher: Ich werde nie ein Teil von Bode und Söhne werden. Sag unserer Mutter das.«

APRIL

6. April

Die Osterferien standen vor der Tür, und Finn würde an einem Trainingslager mit seiner Basketballmannschaft teilnehmen. Er brauche noch heute neue Schuhe, erklärte er Jan, die alten seien ihm beim letzten Training beinah von den Füßen gefallen.

»Und das kommt dir erst jetzt in den Sinn? Zwei Tage, bevor es losgeht?«

Finn stand mit seiner Packliste vor ihm und sah verzweifelt aus. »Meine Jogginghose ist auch kaputt, und wenn es warm wird, hab ich nicht genug T-Shirts, die noch passen.«

»Ich brauche eine neue Jeans«, fiel Lina ein. »Guck.« Sie drehte sich um und präsentierte ihm einen Riss direkt unterhalb ihres Hinterteils.

»Ich dachte, das trägt man so«, sagte Jan.

»Nicht an der Stelle. Ich bleib beim Radfahren damit immer am Sattel hängen.«

»Flicken?«

»Papa!«, stöhnte Lina.

»Ihr wollt mir also sagen, dass wir *heute* einkaufen gehen müssen? Oder kann man das auch im Internet bestellen?«

»Einkaufen«, befahl Finn. »Und ja, heute. Wann sonst?«

Wenn es etwas gab, das Jan noch mehr hasste, als zu telefonieren, dann war es, an einem verregneten Samstag vor den Schulferien ein überfülltes Einkaufszentrum nach Schuhen, Hosen und T-Shirts zu durchforsten. Schon die Parkplatzsuche verursachte ihm einen ersten Schweißausbruch. Nachdem er sich mit Finn und Lina in einem eng besetzten Aufzug in die erste Etage vorgearbeitet hatte, irrten sie lange durch die scheinbar endlosen Gänge des riesigen Gebäudekomplexes auf der Suche nach dem einzigen Sportgeschäft, das Finns Angaben zufolge genau die Marke von Basketballschuhen führte, die er haben wollte, nur um dort zu erfahren, dass just die Größe, die Finn benötigte, nicht vorhanden war. Nein, bestellen sei keine Option, sagte Jan, der Junge bräuchte die Schuhe sofort.

Dann könne er ihnen leider nicht weiterhelfen, erklärte ein eindeutig überforderter junger Mann im knallgelben Logo-Shirt der Sportartikelkette, aber im Internet …

»Wir brauchen die Schuhe heute«, wiederholte Jan. »Können Sie uns denn vielleicht sagen, wo es sie sonst noch zu kaufen gibt?«

»In unserer Filiale in der Innenstadt haben sie die Größe vielleicht noch vorrätig.« In den Achseln des jungen Mannes zeichneten sich deutlich Schweißflecken ab. Um ihn herum hatte sich eine kleine Traube von Menschen gebildet, die alle umgehend von ihm bedient werden wollten.

Könnten Sie dort einmal nachfragen, hatte Jan sagen wollen, aber der Verkäufer hatte sich bereits einer Kundin mit einem augenscheinlich noch dringenderen Anliegen zugewendet.

»Tja, mein Sohn«, sagte Jan. »Tut mir leid. Dann musst du dir ein anderes Modell aussuchen.«

Finn schüttelte den Kopf. »Mit den anderen Modellen komme ich nicht zurecht. Hab ich schon ausprobiert.«

Das ließ sich gar nicht gut an! Mit den zwei Stunden, die sie für das Einkaufsprojekt eingeplant hatten, würden sie so bestimmt nicht hinkommen. Aber Finn ließ im Hinblick auf seine Basketballschuhe nicht mit sich reden.

Bei den T-Shirts lief es nicht besser. Eine bestimmte Marke sollte es sein, der Schriftzug dezent, aber gut sichtbar am Ärmel.

»Das hier will ich, aber in Weiß.«

»Weiß ist leider ausverkauft«, informierte sie der Shop-Assistent namens Kevin. Er konnte kaum älter sein als Finn.

»Nimm doch einfach beige«, schlug Jan seinem Sohn vor. »Der Unterschied fällt kaum auf.«

»Auf keinen Fall! Beige ist 'ne Opafarbe.«

»Dann nimm Blau.«

»Ich mag kein Blau.«

»Grün?«

»Papa, ich will Weiß!«

Sie waren an mindestens zehn Tischen mit Stapeln von weißen T-Shirts vorbeigelaufen, aber die wollte Finn alle nicht.

»Warum nicht? Die sehen doch genauso aus.«

»Falsches Label«, klärte Finn ihn auf.

Und Jan schwitzte noch mehr.

Für Linas Jeans steuerte Jan die Kinderabteilung einer großen Warenhausfiliale an.

»Ist nicht dein Ernst.« Lina hielt ihn am Ärmel fest. »Da geh ich nicht rein.«

Jan war irritiert. »Warum nicht?«

»In dem Laden kauft doch niemand unter Siebzig was.«

»Hör mal! Ich bin gerade mal dreiundvierzig.«

»Und ich dreizehn. Also bitte, lass uns da drüben gucken.«

Da drüben war ein Geschäft, in dem sich lauter perfekt geschminkte Mädchen mit bauchfreien Shirts und engen Jeans tummelten und winzige Stofffetzen in schrillen Farben in Richtung Umkleidekabinen trugen. Finn klinkte sich aus. »Ich warte draußen«, sagte er und zückte sein Smartphone. Damit lehnte er sich lässig an eine Reklamesäule. Eine Gruppe Mädchen kam mit Tüten beladen aus dem Geschäft und stolzierte kichernd und schnatternd an ihm vorbei. Finn rollte mit den Augen.

Währenddessen drang Jan mit Lina in die Tiefen des Shops vor, in dem ein afrikanischer Buschelefant kaum mehr aufgefallen wäre als er.

»Ich seh hier keine Jeans«, sagte er und hängte erschrocken ein blaues Etwas an die überfüllte Stange zurück, das sich als Netzstrumpfhose entpuppt hatte.

»Doch, da hinten.«

Sie zeigte nach links, aber Jans Aufmerksamkeit wurde in diesem Augenblick von einem beigefarbenen Trenchcoat gefangen genommen, der sich von rechts auf ihn zubewegte. Die Frau mit dem blonden Bob, die in diesem Trenchcoat steckte, wirkte zwischen den bauchfreien, langmähnigen Teenagern mindestens ebenso fehl am Platz wie er, doch sie schien weit weniger orientierungslos zu sein.

»Da hinten«, rief sie jetzt einem Mädchen mit einer pinkfarbenen Strähne im kastanienbraunen Haar zu, das mit fragender Miene einen Minirock in die Höhe hielt. Sie war etwa in Linas Alter.

Die Frau schüttelte energisch den Kopf. »Eine Jeans, haben wir gesagt. Häng das wieder weg.«

Sie kam ihm irgendwie bekannt vor, aber Jan wusste nicht woher.

Beinah zeitgleich mit Lina erreichten die beiden die Abteilung mit den Jeanshosen, suchten aber in der anderen, der schwarzen Ecke. Jan näherte sich zögernd. Lina hatte schon drei Exemplare in der Hand, die sie anprobieren wollte. Sie sahen aus wie die alte und hatten löchrige Stellen an den Knien und am Saum.

»Die sind ja auch kaputt«, sagte er.

»Aber nur vorne, nicht hinten. Und auch nur ein bisschen.«

»Ich kauf doch keine Hosen mit Löchern, um eine Hose mit Löchern zu ersetzen!« Jan war entschlossen, sich durchzusetzen. Was die Frau im Trenchcoat konnte, würde er wohl auch hinkriegen.

»Herr Bode?«

Er fuhr herum. Da stand sie, direkt vor ihm. »Sind Sie es doch. Ich war mir nicht sicher.« Aus dem Trenchcoatärmel streckte sich ihm eine Hand entgegen. Und jetzt wusste er auch, warum er sie nicht gleich erkannt hatte.

»Sie haben die Haare anders«, sagte er.

»Oh, das.« Sie lachte. »Mir war nach Veränderung.«

»Steht Ihnen«, sagte er, und im selben Moment war es ihm peinlich. Der Kommentar war gegenüber der Frau, die die Trauerrede am Grab seiner Ehefrau gehalten hatte, mindestens so fehl am Platz wie ein Tischler in einem Klamottenladen für weibliche Teenager.

»Herzlichen Dank«, sagte sie. Dann nickte sie in Richtung der Hosen, die Lina ihm immer noch entgegenhielt. »Was soll's, die tragen so was gern. Hallo, Lina.«

Lina flüsterte ein freudloses Hallo und senkte sofort den Blick. Mit Bettina Seidel stand der Tod plötzlich ebenfalls mit im Klamottenladen.

Bettina Seidel lächelte wissend über den unangenehmen Moment hinweg. »Meine Tochter«, sagte sie und deutete auf das Mädchen mit der pinkfarbenen Strähne, das auf sie zukam und die Hand zum Gruß hob. Es war auch schon fündig geworden. Die Hose, die die etwa Vierzehnjährige jetzt in die Höhe hielt, bestand fast nur aus Löchern.

»Ich probier die eben an«, sagte sie und ging in Richtung Umkleidekabine. Bettina Seidel hatte keine Einwände.

»Okay.« Jan nickte Lina zu. »Dann probier sie halt. Aber wir nehmen höchstens zwei.«

Linas aufleuchtende Augen ließen den Tod wieder verblassen.

»Soll ich … ähm … Brauchst du Hilfe?«, fragte Jan und schielte in Richtung der Kabinen, als müsse er den Damenduschbereich eines Schwimmbads betreten.

Lina kam allein zurecht, und Jan blieb mit Frau Seidel und dem verblassenden Tod zwischen den Hosenreihen zurück.

»Was für ein Zufall, Sie hier zu treffen«, sagte er. Etwas Geistvolleres fiel ihm nicht ein.

»Stimmt. Wie geht es Ihnen?«

»Gut so weit.«

Sie legte den Kopf schief. Ihre Art, ihn anzusehen, erinnerte an eine Krankenschwester, die ihren Patienten für eine Operation im Intimbereich vorbereiten musste.

»Wollen wir vielleicht gleich noch einen Kaffee zusammen trinken?«

Der Rest des verblassenden Todes plusterte sich zu voller Größe auf. Zum Glück kam in diesem Moment Frau Seidels Tochter mit dem Fetzen Hose aus der Kabine und winkte ihre Mutter heran, so dass Jan genug Zeit blieb, sich seine Antwort zurechtzulegen.

Er blieb in ausreichendem Abstand zu dem Getümmel vor den Kabinen stehen und hielt nach Lina Ausschau, die sich bei der Anprobe der drei Hosen Zeit ließ.

»Wir müssen leider sofort weiter«, sagte er dann, als Frau Seidel zu ihm zurückkehrte. Er erzählte etwas von Basketballschuhen, der falschen Größe und einer Innenstadtfiliale und wies dann erleichtert auf Lina, als sie endlich wieder auftauchte. »Da ist sie. Wir müssen uns sputen.«

»Tun Sie das.« Der Trenchcoatärmel streckte sich ihm erneut entgegen. »Vielleicht holen wir den Kaffee ein anderes Mal nach. Mich interessiert sehr, wie Sie zurechtkommen.«

»Gern«, log Jan. »Bis ... Also, auf Wiedersehen.«

Sie nickte und strich eine blonde Haarsträhne hinters Ohr. Ihr Lächeln ließ Jan beinah bedauern, dass er ihr Angebot zum Kaffee ausgeschlagen hatte. Aber auch nur beinah.

»Rufen Sie mich an«, sagte sie noch. »Jederzeit. Auch wenn es Ihnen nicht gut geht.«

∞

Nicht gut ging es Jan am darauffolgenden Dienstag, als er Finn im Morgengrauen auf einem Parkplatz absetzen musste, wo das Basketballteam sich zur Abfahrt mit dem Reisebus traf. Die teuren Markenschuhe steckten im Koffer, und in Finns Gesicht malte sich die Vorfreude ab, die Jan zu jedem anderen Zeitpunkt glücklich gemacht hätte. Heute erinnerte sie ihn daran, wie freudlos sein eigenes Leben war und wie einsam er in den nächsten beiden Wochen sein würde, denn auch Lina war am Vortag verreist. Ausgerechnet mit den Haverkamps. Schon im vergangenen September hatten sie angeboten, Lina mit nach Ibiza zu nehmen, wo sie jedes Jahr die Osterferien verbrachten. Damals war er froh gewesen, dass Lina so etwas wie eine Zweitfamilie gefunden hatte, die sie nach dem Tod der Mutter auffangen konnte. Inzwischen war er sich nicht mehr sicher, ob er Peer seine Tochter überhaupt anvertrauen durfte, brachte es aber nicht übers Herz, Lina die Reise zu untersagen, zumal er den Grund für seine Zweifel nicht offenbaren konnte.

Nachdem er Finn abgesetzt hatte, kehrte er nach Hause zurück, wo die Stille unerträglich war. Er verfluchte Elke, die Herrn Johansson mit all seinen wunderschönen Schimpfwörtern an einen gewiss noch wunderschöneren Ort entführt hatte. Ein paar von Herrn Johanssons Schimpfkanonaden hätten ihm jetzt sicher gutgetan. Nicht zum ersten Mal überlegte er, ob er nicht doch einen Hund anschaffen sollte. Bestimmt gingen morgens um diese Zeit viele Witwer und Witwen mit ihren Hunden im Wald spazieren. Er könnte sich dazugesellen und über die Fressgewohnheiten seines Hundes plaudern oder über die Vorteile der Hundespaziergänge für die Gesundheit. Auf diese Weise würde er die Leidensgenossen aus der Menge der Hundebesitzer herausfiltern können und mit der Zeit in einer Art Solidargemeinschaft vereinsamter Menschenseelen Trost finden. Und irgendwann würde er dann bestimmt glauben können, dass er in dieser Welt doch nicht vollständig alleine war.

14. April

»Du hast es dir leichtgemacht. Hast mir einfach ein paar Namen auf Papier in die Hand gedrückt und dich dann für immer verabschiedet. Sind doch eh fast alles deine Freunde und Bekannten. Was hab ich mit denen am Hut? Weißt du was? Du kannst mich mal!«

Die letzten Worte schrie Jan und fegte den Geburtstagskalender vom Tisch, der von ihm verlangte, eine von Kayas Ex-Kundinnen anzurufen: Ines Dreesen.

Ines hatte Jan nach Kayas Tod ein paarmal versucht zu erreichen, hatte sogar auf seine Mailbox gesprochen und ihm ihr Mitgefühl ausgedrückt. Er hätte sich längst bei ihr melden müssen, es aber immer verschoben mit dem Gedanken, dass er sie sowieso zu ihrem Geburtstag würde anrufen müssen. Und heute brachte er es nicht fertig. Er konnte es einfach nicht.

Es war Sonntag, ein ganz besonders sperrholziger Sonntag, und Jan hatte es bis zum Mittag nicht einmal geschafft, sich anzuziehen. Es war schon als Erfolg zu verbuchen, dass er überhaupt aufgestanden war.

Die gefürchtete Witwenschlaflosigkeit, die ihm von der

Apothekerin so gut wie prognostiziert worden war, hatte ihn in dieser einsamen zweiten Osterferienwoche voll erwischt. Zu allem Überfluss hatte er eine kleine Auftragsflaute, was in Ferienzeiten nichts Ungewöhnliches war, in Trauerzeiten aber eine Katastrophe.

In der Küche stapelten sich die leeren Pizzakartons und Asia-Food-Boxen von dem ganzen Essen, mit dem er sich hatte beliefern lassen, überall standen dreckige Teller und Kaffeetassen herum, der Mülleimer quoll über, auf den Regalen sammelte sich Staub, und im Wohnzimmer herrschte trotz strahlenden Sonnenscheins Dämmerlicht, weil die Vorhänge seit Ferienbeginn zugeblieben waren. Warum sollte er sie öffnen? Und warum sollte er an einem Tag, an dem wahrscheinlich sogar seine Stimme sperrholzig klang, jemandem zum Geburtstag gratulieren? Er hatte keine Lust dazu. Genauso wenig Lust wie er aufs Rasieren hatte, darauf, den Müll rauszutragen, die Zimmer zu lüften, das Haus zu verlassen, zu funktionieren, zu existieren. Sollte ihn der Witweneffekt doch erwischen. Dann hatte er wenigstens endlich seine Ruhe.

In seinem früheren Leben hatte er geraucht und Kaya zuliebe damit aufgehört. All die Jahre hatte er es nicht vermisst, tat es auch jetzt nicht. Aber das Rauchen wäre ein guter Weg, den Witweneffekt zu beschleunigen, ebenso wie Alkohol, am besten beides zusammen.

Er schleppte sich in die Küche, kippte den Kaffee in den Ausguss und beschloss, wieder ins Bett zu gehen.

Durch das Dachfenster fiel die Sonne auf sein Gesicht. Vögel zwitscherten. Er zog die Bettdecke über den Kopf und rollte sich zusammen wie Lina, wenn sie ihr Seelenbauchweh hatte. Die Bettdecke war zu dünn, das Licht drang trotzdem zu ihm durch, genau wie das Singen der Vögel.

Ich möchte, dass du sie anrufst.

Mit einem Ruck setzte er sich auf. War er doch eingeschlafen? Konnte man Stimmen träumen? So klar hatte er Kaya gehört, als stünde sie direkt neben ihm. Vielleicht drehte er am Ende doch noch durch. Ohne den Kopf zu bewegen, ließ er den Blick durch die kleine sonnendurchflutete Dachkammer wandern. Alles war wie immer, nur ein bisschen chaotischer. Auf dem Fußboden verstreut die Socken von gestern, auf dem Stuhl ein Berg aus Hosen, T-Shirts und Pullovern, und vor dem Einbauschrank ein Haufen Bettwäsche, die gewaschen werden musste.

Vorsichtig schob er einen Fuß aus dem Bett, dann den zweiten.

»Okay«, sagte er laut in Richtung des Bettwäschehaufens. »Dann mach ich das jetzt.« Er wartete einen Moment, halb furchtsam, halb hoffnungsvoll, Kayas Stimme noch einmal so klar zu hören wie eben. Doch bis auf das Singen der Vögel blieb es still.

Zurück im Wohnzimmer hob Jan den Kalender vom Boden auf. Vom Runterfallen war eine Ecke eingedrückt, ein paar Seiten waren geknickt. Der Kalender lag aufgeschlagen auf den Seiten des 24. und 25. Novembers da, und der Name Bettina Seidel sprang ihm entgegen.

»Das gibt's doch nicht«, murmelte er. Für seinen Geschmack drängte sich diese Trauerrednerin übertrieben oft in sein Leben. Manchmal konnte er verstehen, dass Menschen wie Elke von Zeichen redeten, wenn Zufälle sich häuften.

Die kurzen Haare standen ihr wirklich gut. Das lange, zum Zopf gebundene Haar hatte sie streng aussehen lassen, trotz aller Empathie distanziert. Das war jetzt anders. *Rufen Sie mich an*, hatte sie gesagt. *Auch wenn es Ihnen nicht gut geht.* Sämtliche Indizien deuteten darauf hin, dass es ihm in diesem Moment tatsächlich nicht gut ging. Wenn er es recht bedachte, war es ihm in der ganzen Zeit seit dem ersten Oktober nie schlechter gegangen. Aber daran konnte auch Bettina Seidel nichts ändern. Wahrscheinlich gab es kaum eine ungeeignetere Person für die Wiederherstellung menschlichen Wohlbefindens als die Trauerrednerin der eigenen Ehefrau.

Bevor die Lethargie seine schon wieder nachlassende Entschlussfreudigkeit endgültig überwältigen konnte, blätterte er zurück in den April und wählte Ines Dreesens Nummer.

In den Jahren ihrer Arbeit als Hebamme hatte Kaya viele Kinder entbunden und oft über die Zeit des Wochenbetts hinaus den Kontakt zu den Müttern aufrechterhalten, diese Ines Dreesen jedoch war Kaya besonders ans Herz gewachsen, mehr vielleicht sogar noch ihr Mann Elias. Die beiden lebten mit ihrer nun neunjährigen Tochter Nadine nördlich von Lübeck. Elias saß im Rollstuhl. Er hatte bei einem Motorradunfall mit sechsundzwanzig Jahren beide Beine verloren und mit ihnen seinen Traum von einer Karriere als Profi-Handballer.

Zum Zeitpunkt des Unfalls hatte Ines gerade ihr juristisches Staatsexamen abgeschlossen, stand kurz vor dem Referendariat und plante, eines Tages die Kanzlei ihres

Vaters zu übernehmen. Als für Elias die Welt in Stücke brach, blieb sie an seiner Seite, suchte sich einen Job und finanzierte das gemeinsame Leben, das sich lange Zeit auf Krankenhausfluren und in Rehakliniken abspielte. Dem Druck ihrer Eltern, ihren ursprünglichen Plan umzusetzen und nicht ihr Leben einem körperlich und seelisch gebrochenen Mann zu opfern, widerstand sie und heiratete Elias, kurz nachdem er aus seiner letzten Reha entlassen worden war. Nur ein knappes Jahr später kam ihr Baby zur Welt. Ines wollte damals nicht, dass das Leben ihrer Tochter in einer Klinik begann und hatte Kaya für eine Hausgeburt engagiert. So waren sie Freundinnen geworden.

Jan schätzte Ines, aber ihre selbstbewusste Entschlossenheit empfand er oft als einschüchternd. Sie war eine dieser raumgreifenden Persönlichkeiten, die in ihrer Tatkraft manchmal die Bedürfnisse anderer übersahen. Mit dem nachdenklichen, ruhigen Elias, den er sehr mochte, viel ihm der Umgang leichter. Und so war er fast ein bisschen erleichtert, als sich dessen weiche, sympathische Stimme meldete.

»Sie ist wandern, mit ein paar Freundinnen. Kleine Auszeit zum runden Geburtstag.«

»Ah, schön. Und du hütest die Tochter.«

»Oder sie mich.« Er lachte ohne jede Bitterkeit.

»Tja, dann kann ich deiner Frau wohl nicht persönlich zum Geburtstag gratulieren.«

»Ich gebe dir gern ihre Handynummer, dann kannst du ...«

»Nein, nein, lassen wir sie in Ruhe wandern. Ich melde mich einfach noch mal, wenn sie zurück ist.«

Das würde er wahrscheinlich nicht tun, aber es klang verbindlich.

»Es ist toll, dass du anrufst. Wir haben uns ein bisschen Sorgen gemacht, weil … Wie geht es dir?«

Elias hatte eine warme Stimmfarbe. Sie war wie ein Lächeln, eine akustische Umarmung.

Jan wollte Elias nicht anlügen, doch für die Wahrheit war in einem solchen Anruf kein Platz.

»Ist nicht einfach, aber wir kommen einigermaßen klar.«

Vielleicht hatte er zu lange gezögert, denn Elias sagte: »Das klingt nicht gut. Bist du allein?«

»Ich hab doch die Kinder.«

»Ich meine jetzt, in diesem Augenblick.«

»Ähm … na ja, die Kinder sind verreist. Und der Papagei auch.«

»Verstehe.« Es lag tatsächlich viel Verstehen in diesem Wort.

»Hör mal«, sagte Elias, »wenn du Lust hast … Also, ich würd mich freuen, wenn du mich mal wieder besuchen kommst.«

»Kann ich gern demnächst machen. Ist ja nicht so weit.«

»Nein, nicht demnächst. Heute.«

Heute. Jan ließ den Blick durch die Küche schweifen. Die dreckigen Tassen und Teller. Der Müll. Er sah an sich herunter. Pyjama. Dann der Blick zur Uhr. Fast halb drei.

»Heute ist schwierig. Hier liegt einiges an Arbeit rum.«

»Ich würde zu dir kommen, wenn ich könnte. Aber meine Beine sind auf Wanderung.« Er lachte, und diesmal klang es doch ein klein wenig bitter. »Wir könnten einen Kaffee in der Sonne trinken.«

Jan fragte sich, wer von ihnen beiden an diesem Tag mehr Trost brauchte. »Ich komme«, sagte er dann. »Spätestens in einer Stunde bin ich da.«

Elias und Ines wohnten in einem Neubaugebiet mit idyllischen Straßennamen wie Rehsprung oder Eichhörnchenweg in einer senioren- und behindertengerechten Erdgeschosswohnung mit Rampen, breiten Türen und schwellenlosem Zugang zur Terrasse, die direkt an den Spielplatz der Wohnanlage grenzte. Dorthin bat Elias Jan, als er eintraf.

Das Lachen und Johlen der Kinder drang durch das Gebüsch, das die großzügige Terrasse umgab.

»Auf jeden Fall ist hier immer was los«, sagte Jan und lugte durch die Sträucher auf der Suche nach Nadine. Er hatte ihr ein selbstgeschnitztes Pferd mitgebracht – eine plötzliche Eingebung, die ihm unter der Dusche gekommen war. Lina und Finn hatten keine Verwendung mehr für den kleinen Holztierzoo, den er ihnen vor Jahren geschnitzt hatte. Er fand es zu schade, die Tiere wegzuwerfen, aber es wurde Zeit, Dinge loszulassen – auch wenn es nur selbstgeschnitzte Holztiere waren.

»Früher war es vor allen Dingen praktisch, so hatte ich Nadine immer im Blick, ohne die Wohnung verlassen zu müssen«, erklärte Elias.

»Früher?«

»Na ja, jetzt geht sie nicht mehr auf den Spielplatz. Mit neun findet sie sich zu groß dafür.«

Jan schob das kleine Holzpferd unauffällig zurück in die Hosentasche. Waren wirklich schon fast drei Jahre vergangen, seit sie Ines und Elias zuletzt besucht hatten?

Nadine war da gerade in die Schule gekommen und hatte sich sehr über den Holzelefanten zum Draufsitzen gefreut, den er ihr zur Einschulung geschnitzt hatte. Damals gab es in Jans Leben noch Platz für Spielzeugpferde und Holzelefanten, Krankheit und Tod waren da noch nichts weiter gewesen als in entfernter Zukunft liegende Zwangsläufigkeiten des Daseins.

Jan setzte sich auf einen der beiden Terrassenstühle. »Ist man mit neun Jahren schon zu groß für Spielplätze?«

Elias hatte bereits zwei Kaffeebecher und eine Thermoskanne auf den Tisch gestellt. Er saß in seinem Rollstuhl Jan gegenüber. Die Jahre ohne Beine hatten seinen Oberkörper gestählt. Sein Shirt spannte sich über der muskulösen Brust, seine Schultern waren breit wie die eines Schwimmers. »Sie ist sehr weit für ihr Alter.« Ein unausgesprochenes *Leider* schwang in Elias' Worten mit. »Das bringt die Kindheit mit einem körperlich eingeschränkten Papa wohl mit sich.«

Wenn Elias lächelte, dann sah man sehr deutlich auch immer den Schmerz in seinem Gesicht. Es war ein schiefes Lächeln, in dem sich sein Ringen um Gleichmut und Akzeptanz zeigte.

»Es macht auch stark«, sagte Jan.

»Bestimmt. Aber man wünscht sich ja für die eigenen Kinder, dass sie es leicht haben, nicht wahr?«

Elias hatte einen intensiven Blick, den typischen, fokussierten Blick eines Spitzensportlers, der sein Ziel kennt. Und jetzt schien es, als ziele er darauf ab, Jan ein paar ehrliche Worte abzuringen, ihn vielleicht sogar ein wenig aus der Fassung zu bringen.

»Ja«, sagte Jan nur, »das wünscht man sich.«

»Mich hat es immer getröstet, dass Nadine es nicht anders kennt. Für sie ist es selbstverständlich, dass ihr Papa nicht neben ihrem Fahrrad herlaufen konnte, als sie zum ersten Mal ohne Stützräder gefahren ist. Dass er sie beim Schaukeln nicht anschubsen konnte. Dass sie ihm bei vielen Dingen helfen muss, und nicht umgekehrt. Nicht sie leidet darunter, nur ich.«

Noch nie hatte Elias so offen mit ihm gesprochen. Aber Jan war auch noch nie allein mit ihm gewesen. Vielleicht war neben einer Frau wie Ines kein Platz zum Klagen über Dinge, die ohnehin nicht zu ändern waren.

»Kann ich mir denken.« Jan verfluchte wieder einmal seine Unfähigkeit, in sensiblen Situationen die richtigen Worte zu finden.

»Bei euch ist es anders. Ihr konntet in eure Situation nicht hineinwachsen.«

Es sah nicht so aus, als würde das ein gemütliches Plauderstündchen werden. Jan musste Elias' Blick ausweichen, zu groß war die Gefahr, unter seinem bohrenden Blick tatsächlich die Fassung zu verlieren. Vor einem Mann wie Elias schien das undenkbar.

»Du damals auch nicht«, entgegnete Jan. »Ein Unfall passiert, und dann muss man von jetzt auf gleich irgendwie klarkommen, oder?«

»Allein schafft man es aber nicht.«

»Manchmal sucht man sich das Alleinsein nicht aus.«

»Das ist die Frage.« Elias sah ihn an, als erwarte er Widerspruch, doch Jan hob nur die Schultern. Er konnte Elias ja schlecht sagen, dass er schließlich noch über beide Arme und Beine verfügte, um Dinge zu *schaffen*. Auch wenn es sich oft anfühlte, als hätte er alle Gliedmaßen gleichzeitig verloren, war er doch in der Lage, sein Leben selbständig fortzusetzen.

Elias schien seine Gedanken zu lesen. »Wahrscheinlich lassen sich unsere beiden Schicksalsschläge nicht miteinander vergleichen, aber ich glaube, wenn man etwas verloren hat, egal ob Beine oder Ehefrau, muss man lernen, Hilfe anzunehmen.« Er blickte in den wolkenlosen Himmel und kniff die Augen leicht zusammen, als stünden die Worte dort zwischen den Kondensstreifen geschrieben. »Vielleicht ist das sogar das Schwerste an dem ganzen Prozess.«

Jan blieb keine Zeit, um die Bedeutung hinter Elias' Worten zu erfassen, denn in diesem Augenblick raschelte es im Gebüsch und Nadines Kopf erschien zwischen den Zweigen.

»Darf ich zu Kira? Wir wollen mit den Inlinern fahren, das geht da besser als bei uns.«

»Klar«, sagte Elias. »Seid aber vorsichtig, wenn ihr auf der Straße fahrt.«

»Sind wir doch immer.« Sie winkte Jan kurz zu und schon war sie wieder verschwunden.

»Siehst du«, sagte Elias, »das sind so Sachen, die man sagt, ohne sie sagen zu wollen. *Sei vorsichtig.* Ich will meiner Tochter nicht das Gefühl geben, dass ständig Gefahr lauert, und doch rutschen mir solche Sätze einfach raus. Ich kann dagegen nicht an. Die Nebenwirkungen eines Unfalltraumas.« Er schüttelte den Kopf, wie um sich von dieser lästigen Symptomatik zu befreien, und sagte: »So was kennst du sicher auch.«

»Vielleicht ist es noch zu früh. Ich bin mir nicht bewusst, dass sich eine *Neben*wirkung manifestiert hätte. Bis jetzt sind es nur die Hauptwirkungen.«

»Welche zum Beispiel?«

Jan überlegte. Wie konnte er die Symptome akuter Trauer beschreiben? »Abgeschlagenheit. Gliederschwere. Lustlosigkeit, die sich mit Rastlosigkeit und übertriebener Arbeitswut abwechseln. Einsamkeitsgefühle bei gleichzeitigem Wunsch, niemanden aber auch wirklich niemanden zu sehen.«

»Das kenne ich. Es gibt ein Gegenmittel.«

»Welches?«

»Du wendest es gerade an.«

»Du meinst, Gesellschaft zu suchen?«

»Genau.«

»Du hast mich ja förmlich gezwungen.«

»Angerufen hast aber du.«

»Ja. Weil Kaya mich dazu gezwungen hat.«

Elias forderte eine Erklärung, und Jan erzählte ihm von ihrem Kalender.

»Sie war so eine kluge Frau«, sagte Elias anerkennend.

»Heute Morgen habe ich sie verflucht. Ich wollte nicht telefonieren. Heute Morgen wollte ich eigentlich nur sterben.« Jan lächelte müde.

»So ein Zufall. Ich auch.«

Sie sahen einander lange in die Augen, länger, als Jan je einem anderen Mann in die Augen geblickt hatte. »Scheiße, Mann«, sagte er dann. »Warum denn das?«

»Passiert mir immer wieder mal. Hält aber meistens nicht lange an. Heute war es wohl einfach die Tatsache, dass meine Frau wandern ist – wozu ich sie gedrängt habe, versteh mich nicht falsch – und ich meine neunjährige Tochter bitten musste, mir die Schmerztabletten vom obersten Küchenregal herunterzuholen, die meine Frau wohl in Gedanken da hingelegt hatte. Man gewöhnt sich an so was einfach nicht.« Elias empfand oft Schmerzen in den Beinen, die er gar nicht mehr hatte. Jan stellte sich diesen Schmerz ähnlich vor wie den, den eine verstorbene Ehefrau verursachte.

»An was gewöhnt man sich nicht? Die Schmerzen?«

»An die Hilflosigkeit.«

»Ja. Die kenn ich auch.« Um dem Gespräch etwas von der Schwere zu nehmen, erzählte er von seinen ersten Backversuchen und seiner Ratlosigkeit angesichts Linas Blutfleckproblem. Und weil das Erzählen guttat, berichtete er schließlich auch von Finns Schulproblemen und Zukunftsideen und dem Drängen seiner Mutter, die Zelte in Liebholz abzubrechen und nach Detmold zurückzukehren.

»Und? Ist das eine Option?«

»Eigentlich nicht. Aber vielleicht wäre es besser.«

»Warum wäre es besser?«

Elias hörte aufmerksam zu, als Jan die Argumente aufzählte, die sein Bruder Max in ihrem letzten Telefonat so überzeugend vorgebracht hatte.

»Das erinnert mich ein bisschen an Ines' und meine Situation damals«, sagte er, nachdem er eine Weile nachgedacht hatte. »Ich hatte niemanden außer ihr. Keine Familie. Meine Mutter war schwer depressiv, mein Vater tot. Es gab weder Onkel noch Tante, noch Großeltern, die sich meiner hätten annehmen können. Wenn Ines nicht bei mir geblieben wäre, gäbe es mich wahrscheinlich heute nicht mehr. Diese Abhängigkeit von ihr war schwer für mich, ist es immer noch, aber sie hat sich aus freien Stücken für dieses Leben mit mir entschieden. Sie sagt, sie hat es nie bereut.«

»Ich würde sagen, das ist eine echte Liebeserklärung.«

»Das ist es. Aber Ines hat einen hohen Preis bezahlt. Die Beziehung zu ihrer Familie hat sie für mich geopfert.«

»Denkfehler«, fuhr Jan dazwischen. »Sie hat ihren Lebenssinn darin gefunden, für dich da zu sein. Von einer Familie, die das nicht akzeptieren kann, muss man sich eben lösen.«

Elias nickte anerkennend. »Von der Familie lösen ... Das kommt dir wohl bekannt vor.«

»Und wie. Mit dem Unterschied, dass mir der Lebenssinn in der Zwischenzeit abhandengekommen ist.« Nun fühlte sich auch sein eigenes Lächeln schief an.

»Es gibt nicht nur den einen.«

»Da spricht ein Mann mit Erfahrung.«

»Der trotzdem immer wieder zweifelt und hadert. Es ist ein Prozess. Ein langer, schwerer Prozess. Den Sinn findet man nicht zufällig irgendwo auf dem Weg. Man muss ihn schaffen. Immer wieder neu. Und ...« Jetzt lächelte er breit und ganz und gar nicht schief. »Es geht nicht allein, Jan. Immer mal wieder braucht man jemanden, der einem die Schmerztabletten vom Regal herunterholt.«

Eine lange Weile schwiegen sie gemeinsam, während jenseits des Gebüschs die Kinder weiterhin lachten und johlten. Plötzlich kam Jan eine Idee. »Kann man dieses Ding da zusammenfalten?«, fragte er und wies auf den Rollstuhl.

»Dafür habe ich einen anderen.«

»Gut. Den brauchen wir jetzt.«

Jan fuhr mit Elias zu einem Baumarkt, der ihm auf dem Hinweg aufgefallen war, weil am Eingang ein großes

Schild auf einen verkaufsoffenen Familiensonntag hingewiesen hatte.

»Interessant«, sagte Elias. »Meine Phantasie lässt mich
allerdings gerade im Stich, ich hab keine Ahnung, was wir
hier suchen könnten.«

»Wart's ab.«

Jan schob Elias in die Gartenabteilung und wählte einen
Obstpflücker mit Teleskopstange aus.

»Probier mal, ob du den halten und bedienen kannst.«
Er platzierte Elias vor dem Regal mit Düngemitteln und
forderte ihn auf, eine Tüte Rhododendrondünger aus dem
obersten Fach herunterzuholen. Es klappte.

Obwohl Elias die Verwirrung ins Gesicht geschrieben
stand, stellte er keine Fragen mehr, sondern ließ sich zurück zum Auto und wieder nach Hause fahren.

Dort fragte Jan. »Wo sind die Schmerztabletten?«

Ein verstehendes Lächeln huschte über Elias' Gesicht.

Er zog eine Schublade auf, gab Jan die Packung, und Jan
legte sie auf das oberste Küchenregal, wo er selbst kaum
mehr hinreichen konnte. Ohne Probleme gelang es Elias,
die Packung mithilfe des Obstpflückers herunterzuholen.

»Na bitte«, sagte Jan. »Für manches gibt es einfache Lö-
sungen.«

Elias Augen schimmerten, aber er lächelte. »Man
braucht nur einen Freund, der richtig zuhört.«

Und auf diese gemeinsame Erkenntnis stießen sie mit einem kühlen Pils an.

∞

Am darauffolgenden Morgen machte Jan sich gleich an die Arbeit, spülte Teller und Tassen, entsorgte den Müll und bezog sogar die Betten der Kinder neu. Zuletzt holte er den Staubsauger hervor. Er zog im Wohnzimmer die Vorhänge beiseite und wollte gerade anfangen zu saugen, als sein Blick auf den Kalender fiel. Er setzte sich in den vom Sonnenlicht überfluteten Sessel und blätterte ihn einmal bis zum Ende durch. Eine Weile saß er so da und staunte über das Gefühl von Weite, das seine Brust erfüllte. Bis zum Ende des versprochenen Jahreszeitraums blieben noch eine ganze Reihe Anrufe, und er stellte überrascht fest, dass er das nicht mehr als Bürde empfand.

Kurz überlegte er sogar, Bettina Seidel anzurufen. Er könnte sie fragen, wie es ihr ginge. Vielleicht brauchte auch sie gerade einen Menschen, der ihr die Schmerztabletten vom Regal herunterholte. Man konnte so etwas nie wissen. Aber dann erschien ihm dieser Gedanke so absurd, dass er den Kalender kopfschüttelnd zuklappte, statt zum Telefon lieber zum Staubsauger griff und das ganze Haus von oben bis unten von Staub und Dreck befreite.

MAI

8. Mai

*I*n den ersten beiden Wochen nach den Osterferien wurde Jan von einer Auftragswelle überrollt. Wegen des bevorstehenden langen Himmelfahrtswochenende war er jedoch gezwungen, eine Arbeitspause einzulegen, um den Großeinkauf zu erledigen. Die Kinder waren noch in der Schule, als er davon zurückkehrte.

Er schleppte die schweren Tragetaschen in die Küche, mit den Gedanken bereits in der Werkstatt, wo ein neuer Auftrag auf ihn wartete. Gerade wollte er zurück zum Auto, um auch die Getränkekisten auszuladen, da hörte er eine Stimme schnarren:

»Buongiorno.«

Jan erstarrte. Langsam drehte er sich um. An seiner Kette am Haken hing der Käfig, der seit Wochen verschwunden gewesen war. Im Käfig saß Herr Johannsson.

»Wo kommst du denn plötzlich her?«

»Buonaserabuonasera!«

Jan trat an den Käfig. »Warst wohl auf Bildungsreise, hm? Und wo steckt deine Mitfahrgelegenheit? Hat sie dich hier abgeladen und sich wieder aus dem Staub gemacht?«

Herr Johansson legte den Kopf schief und krächzte Unverständliches.

»Ich spreche kein Italienisch«, knurrte Jan und ging zum Fenster. Kein regenbogenbunter Campingbus zu sehen.

Er trug die letzten Einkäufe ins Haus und räumte alles ein. Dann kam ihm plötzlich ein Gedanke. Er ging ins Wohnzimmer und tatsächlich. Mitten im Raum stand ein abgewetzter Rucksack. Er war groß genug, um die Habseligkeiten eines unsteten Lebens wie das von Elke in sich bergen zu können. Schlafsack, die eingerollte Yogamatte und sogar einer ihrer Blechtöpfe hingen daran.

»Du schläfst also noch immer im Dachzimmer.«

Obwohl er damit hätte rechnen können, dass sie im Haus war, fuhr er erschrocken herum.

Sie stand hinter ihm, trug seinen Bademantel, und ihre Haare waren feucht.

»Guten Morgen, liebe Elke«, sagte er so liebenswürdig, wie er konnte. »Ich hoffe, Eure Hoheit hat das Bad sauber vorgefunden.«

»Ich musste ein paar Herrensocken und Unterhosen aus der Wanne pflücken, aber das Badewasser war schön heiß, und es gab sogar Seife. Vielen Dank.« Sie umarmte ihn und ließ sich auf dem Sofa nieder, entspannt wie eh und je.

Jan ging zum Fenster. Er brauchte die Weite des Blicks, um die aufsteigende Wut unter Kontrolle zu kriegen. »Wir hatten dich schon abgeschrieben«, sagte er in Richtung Wald.

»Es hat ein bisschen länger gedauert als gedacht. Verzeih.«

Jetzt sah er sie an. »Ich wusste gar nicht, dass du dieses Wort kennst.«

»Ich gebrauche es nur nicht so inflationär wie manch anderer.«

Da – schon war es wieder so weit. Die wenigen Minuten

ihrer Anwesenheit hatten ausgereicht, um Jan aus seiner schwer erarbeiteten Balance zu bringen. Noch heute Morgen war er erwacht mit dem Gedanken, dass es ein guter, ein stabiler Tag werden könnte, einer der wenigen. Jan baute sich vor Elke auf. »Denkst du eigentlich überhaupt je an andere? Was es mit ihnen macht, wenn du einfach so verschwindest?«

»Ich bin nicht *einfach so* verschwunden. Ich habe eine Nachricht hinterlassen. Habt ihr die nicht gefunden?«

»Du meinst diesen armseligen, dahingekritzelten Zettel, der nichts, aber auch gar nichts ausgesagt hat? Weißt du eigentlich, wie traurig Lina war? Sie hat ständig gefragt, wann du wiederkommst und ich …« Es wurde eng in seiner Brust. Er keuchte.

»Atmen, Jan. Langsam ein und aus.« Sie sah ihn besorgt an.

Er holte Luft, wollte schreien, sie zum Teufel jagen oder dahin, wo auch immer unchristliche Seelen wie die ihre landeten, wenn sie ihr Maß an Egozentrik überschritten hatten, aber es kam nur ein Japsen aus seiner Kehle.

Sie stand vom Sofa auf, kam auf ihn zu, und er wich zurück.

»Bleib mir vom Leib!«

»Schon gut. Bleib ruhig.« Sie wies auf einen Stuhl. »Vielleicht setzen wir uns, und ich erkläre dir alles. Willst du?«

»Ich will, dass du hier verschwindest. Sofort.« Als er den Satz ausgesprochen hatte, dachte er an Lina und bereute ihn, aber nun war er gesagt.

Sie hatte die Handflächen aufeinandergelegt, und es war fast etwas Flehendes in ihrem Blick. »Jetzt sofort? Oder erlaubst du ein paar Worte?«

»Später vielleicht. Ich muss arbeiten.«

»Wie du willst. Dann später.«

Gut. So hatte wenigstens Lina die Möglichkeit, sich endgültig von ihrer Großmutter zu verabschieden.

Der Bau eines einfachen, symmetrischen Kiefernholzregals half Jan, auch seine innere Symmetrie zurückzuerlangen. Ohne Pause arbeitete er bis weit nach Mittag und kehrte erst ins Haus zurück, als auch beide Kinder von der Schule zurück waren und sich dadurch die Explosionsgefahr in direkter Konfrontation mit Elke verringerte. Lina war schon zu ihm in die Werkstatt gekommen und hatte ihm ihre Freude darüber kundgetan, dass Elke wieder da war. Er nahm zur Kenntnis, dass Herrn Johanssons Rückkehr sie weit weniger begeisterte, als die ihrer abtrünnigen Großmutter.

»Ja, schön«, knurrte er.

»Sie sagt, du bist sauer auf sie.«

»Allerdings.«

Lina saß auf seinem Schreibtisch und ließ die Beine baumeln. »War ich ja auch erst. Aber jetzt nicht mehr.«

»Bist halt weniger nachtragend als ich.«

»Stimmt«, sagte sie und hüpfte vom Tisch. »Sie hat kein Zuhause mehr«, sagte sie. »Wir *müssen* sie aufnehmen.«

Und ohne seine Antwort abzuwarten, war sie verschwunden.

Im Haus roch es nach italienischen Kräutern, und aus Finns Zimmer drang dumpf das rhythmische Stampfen der Techno-Musik, die er neuerdings hörte. Elke saß auf ihrer Yogamatte und meditierte.

»Sind dir Chris und dein Gefährt unterwegs abhanden-gekommen?«, fragte Jan ohne Rücksicht auf ihre Bewusst-seinsreise und setzte sich rittlings auf einen Stuhl am Ende ihrer Matte.

Sie öffnete die Augen. »Es wurde Zeit für etwas Neues.«

»Für einen neuen Bus oder einen neuen Partner?«

»Beides vermutlich. Bus und Partner hingen in diesem Fall zusammen.«

»Und wie bist du hergekommen?«

»Mit dem Zug.« Jan stellte sich vor, wie Elke mit Ruck-sack und Vogelkäfig durch die Lande gezogen war, und konnte sich ein Grinsen nicht verkneifen.

»Den neuen Partner hältst du aber nicht irgendwo hier im Haus versteckt, oder?«

»Sei beruhigt. Noch befinde ich mich in der Transfor-mationsphase.«

Sie sagte das mit völligem Ernst, und Jan konnte sie nur ungläubig anstarren. *Transformationsphase* nannte sie es also, wenn sie nach einer Trennung auf der Straße stand und auf die Hilfe anderer angewiesen war. Kaya hatte in ihrer Kindheit einige dieser Phasen durchleben müssen, war von ihrer Mutter bei Ex-Partnern, Freundinnen oder auch schon mal bei einer Grundschullehrerin zurückgelas-sen worden, ohne eine verbindliche Aussage, wie lange sie fernbleiben würde.

»Und wenn die Phase rum ist, verschwindest du einfach und lässt alles hinter dir. Töchter zum Beispiel. Oder En-kelkinder.«

Elke schloss die Augen und atmete tief und geräusch-voll. Jan kannte das schon. Sie nannte es *Udschai* oder so ähnlich, eine Atemtechnik, die der inneren Balance diente, wie sie behauptete. Er wartete, bis sie fertig war. »Ist dir eigentlich klar, was du deiner Tochter damit angetan hast?«

Sie seufzte. »Kaya hat mir längst verziehen. Kannst du es nicht auch?«

»Kaya hat dir verziehen? Davon weiß ich nichts.«

Aus ihrem Blick sprach die Nachsicht der Sehenden gegenüber den Blinden.

Jan atmete tief ein und aus, bevor er weitersprach. »Das Einzige, was ich wirklich weiß, ist, dass ich keinen Schlafplatz für dich habe.«

»Ich nehme gern Kayas Bett.«

»Kommt nicht in Frage!«

»Zu schade. Aber für die Dauer *deiner* Transformationsphase genügt mir auch ein Plätzchen auf dem Sofa.« Sie zwinkerte ihm zu. Dann stand sie auf, stemmte den linken Fuß in den rechten Oberschenkel, faltete die Hände über dem Kopf und fixierte einen Punkt, der irgendwo im Wald hinter ihm lag.

Diesmal wartete Jan das Ende ihrer Balanceübung nicht ab. Er baute sich vor ihr auf und hoffte auf die Wirkung seiner Größe. »Ich transformiere nicht. Ich explodiere höchstens, wenn man mich verarscht!«

Es wirkte. Sie schwankte und musste den Fuß abstellen. »Du bist aggressiv. Das gefällt mir nicht.«

»Willst du wissen, was mir nicht gefällt? Ich kann es nicht leiden, wenn jemand unzuverlässig ist. Ich hasse Menschen, die nur an sich selbst denken. Und es ist mir extrem zuwider, jemanden in meinem Haus beherbergen zu müssen, der das für selbstverständlich hält. Alles zusammengenommen nenne ich unzumutbar.« Und damit sie es endgültig verstand, wiederholte er es noch einmal – und er war stolz, dass er es tun konnte, ohne zu schreien. »Du bist unzumutbar!«

Elke nickte langsam. »Bist du jetzt fertig?«

Jan seufzte und ließ sich wieder auf den Stuhl fallen. »Bitte. Rede du.«

»Meine Schwester ist gestorben.«

Der Satz hing einen Moment zwischen ihnen, bevor Jan seine Tragweite erfasste.

Er hatte es versäumt, Kayas Tante zu ihrem allerletzten Geburtstag zu gratulieren. Es war gut möglich, dass sie die wichtigste Person gewesen war, die in Kayas Kalender stand. Ganz bestimmt sogar. Die einzige Person, die Kaya in ihrer Jugend ein Gefühl von Stabilität und Verlässlichkeit vermittelt hatte, war tot, und er hatte die Gelegenheit verpasst, ihr das zu sagen. Ihr zu danken.

Verzeih mir, Kaya.

Jämmerlich. Auch dafür war es zu spät.

Ach Jan. Das ist eben die Krux des Daseins: Oft leben wir an den bedeutendsten Momenten vorbei und werden uns ihrer erst bewusst, wenn es zu spät ist. Dann ist jemand gestorben, oder man ist selbst gestorben, und es bleibt nur die Reue oder das Flehen um Vergebung. Aber du musst dir selbst vergeben, ich kann das nicht mehr für dich tun, so sehr ich es auch wollen würde.

»Wann ist sie gestorben?«, fragte er nach einer Weile.

»Am 27. April. Sie war sehr krank und es gab niemanden, der sich um sie gekümmert hat. Ich konnte nicht auf euch warten.«

Jan verzichtete darauf, Elke darauf hinzuweisen, dass ihre Schwester seit Jahren allein in dieser winzigen Wohnung in Neapel gelebt hatte und es vielleicht nett gewesen wäre, wenn Elke schon ein bisschen früher mal bei ihr aufgekreuzt wäre. Wenn auch einfach nur aus Dankbarkeit für das, was sie für Kaya getan hatte.

Elke hatte sich wieder auf dem Boden niedergelassen und sprach leise weiter. »Ich hatte schon länger das Gefühl, zu ihr reisen zu müssen, aber ich wurde auch hier gebraucht. Dann wart ihr weg und die Zeichen, dass ich dort sehr gebraucht wurde, häuften sich. Also bin ich hingefahren.«

Die Zeichen. Na klar. Obwohl es überhaupt nicht in den Moment passte, entfuhr ihm ein zynisches Grunzen. »Das ist der Vorteil, wenn man ein Medium ist. Liest du die Zeichen morgens im Kaffeesatz?«

Das Besondere an Elkes Mimik war, dass man ihr die Herablassung deutlich ansah, ohne dass sie dafür die Brauen heben oder die Augen rollen musste. »Ich habe telefoniert«, sagte sie würdevoll.

»Wusste gar nicht, dass du ihre Telefonnummer überhaupt hast.«

»Ich hatte sie nicht. Sie stand in diesem Buch mit den Geburtstagen. Du hast es dort auf dem Tisch liegenlassen. Ich hab es mir angesehen, nachdem du fort warst, und der erste Name, der mir ins Auge gefallen ist, war ihrer.«

Das kam Jan bekannt vor. »Man könnte es Zufall nennen«, sagte er, ohne große Überzeugung.

»Es gibt keine Zufälle. Nur Zeichen, die als solche nicht erkannt werden. Ich nenne es auch Erkenntnisverweigerung.«

Jan nickte bedächtig. Dann sagte er: »Bleib, solange du es für richtig hältst, aber unter einer Bedingung.«

Elke blickte skeptisch.

»Geh nicht wieder ohne Abschied.«

»Das tue ich nie. Aber wie ich schon sagte – leider verweigern sich die meisten Menschen der Erkenntnis. Oder sie sind blind.«

»Dann setze deine Zeichen doch so, dass auch wir Verweigerer und Blinden sie nicht übersehen können.«

Ein hintergründiges Lächeln erschien auf Elkes Lippen.

»Du bist weder das eine noch das andere. Du weißt es nur noch nicht.«

18. Mai

»Psst, er schläft noch.«

»Und jetzt?«

»Stell ihn da auf den Stuhl. Dann sieht er ihn direkt.«

Leises Tapsen auf dem Teppich. Ein unterdrücktes Kichern. Durch die halb geschlossenen Lider sah Jan, wie Finn einen Kuchen ins Zimmer trug und Lina etwas am Fußende seines Bettes ablegte. Dann schlichen beide auf Zehenspitzen zurück zur Tür. Er simulierte einen übertrieben lauten Schnarcher und schmatzte.

»Hmmmm«, brummte er und drehte sich auf die andere Seite.

»Du schläfst gar nicht!« Schon war Lina wieder bei ihm.

Jan streckte und räkelte sich, tat, als würde er gerade erst wach.

»Happy Birthday!«, rief Lina und warf sich auf ihn. Finn kam zögernd ebenfalls ans Bett. Die Zeiten, in denen er morgens zu Jan und Kaya ins Ehebett gekommen war, waren lange vorbei. Er schien einen Moment zu überlegen, ob das hier unter seiner Würde war, aber dann warf er sich mit lautem Gebrüll auf Lina und beide wurden zu einem Knäuel aus Armen und Beinen und warmen Körpern, die sich an Jan drückten. »Hab ich heute Geburtstag?«, murmelte er zwischen ihren schlafwarmen Gesichtern.

»Und wie«, sagte Finn.

»Wir haben dir einen Kuchen gebacken«, sagte Lina. »Diesmal ist er richtig gut geworden.«

»Mit echter Butter und Mehl mit Type 405«, ergänzte Finn.

»Hier riech mal.« Lina hielt ihm den Kuchen unter die Nase.

»Hmmmm«, machte Jan wieder und fächelte sich den Duft zu. »Schokolade. Und Zimt. Und … Was ist da noch drin? Es riecht nach …«

»Mama«, sagte Lina, stellte den Kuchen wieder ab und wischte sich verstohlen eine Träne aus dem Auge.

»Sie wäre so stolz auf euch«, flüsterte Jan und zog beide fest an sich.

Die Sekretärin der katholischen Gemeinde von Liebholz hatte heute ebenfalls Geburtstag. Ob Kaya wirklich der Meinung gewesen war, er müsse an seinem eigenen Geburtstag auch diese Frau anrufen? Unschlüssig starrte Jan abwechselnd auf das Handy in seiner Hand und den Namen im Kalender, der direkt unter seinem stand. Zwischen beiden Einträgen lagen vier Umzüge, zwei geborene Kinder und ein umgebautes Bauernhaus.

In der Küche hörte er Elke mit Töpfen klappern und sich mit Herrn Johansson auf Italienisch unterhalten. Die ersten Tage mit ihr waren überraschend konfliktfrei verlaufen, was auch daran liegen mochte, dass sie morgens, wenn er aufstand, ihren Schlafplatz auf dem Wohnzimmersofa bereits geräumt hatte und oft stundenlang einfach weg war. Wo sie dann war, erzählte sie nie, aber sie kam immer wieder zurück. Sie schlief wenig und meditierte viel. Vielleicht schlief sie auch gar nicht und meditierte nur.

»Bringen wir's hinter uns«, murmelte er. Er fing an die Telefonnummer der Gemeindesekretärin in sein Handy einzutippen, als es auf dem Festnetztelefon klingelte. Seine Mutter war immer die Erste, die anrief, um ihm zu gratulieren. Oft blieb sie die Einzige.

»Guten Morgen und herzlichen Glückwunsch zum Geburtstag!«

Eine weibliche Stimme, aber es war nicht die seiner Mutter.

»Hier ist Seidel. Bettina Seidel.«

»Ach, das ist ja … « Er schaffte es gerade noch, das *Nett* zu verschlucken, und sagte stattdessen: »Verrückt. Ich hätte sie nämlich auch angerufen. Morgen. Oder so.«

»Oder so.« Er konnte ihr Lächeln förmlich hören.

»Nein, wirklich. Ich hatte es fest vor.«

»Aber zum Glück haben Sie ja heute Geburtstag.«

»Ich habe nicht damit gerechnet, dass Sie mir gratulieren.«

»Sie haben mir ja auch gratuliert. Ich finde, das gehört sich so.«

»Wenn alle, denen ich in den letzten Monaten gratuliert habe, mich heute anrufen würden, käme ich zu nichts anderem, als zu telefonieren.«

»Waren es so viele?«

»Wenn Sie mich das im November gefragt hätten, hätte ich ja gesagt. Der November war lang. Inzwischen … Inzwischen denke ich, dass es so viele doch nicht waren.«

»Und was hat sich seit November verändert?«

»Eine Menge«, sagte Jan.

»Spannend. Erzählen Sie!«

»Vielleicht…« Er zögerte.

»Ja«, sagte sie. »Machen wir.«

»Ich hab doch gar nichts gesagt.«

»Vielleicht wollten Sie ja sagen, dass wir das mit dem Kaffee nachholen könnten.«

Er musste grinsen. »Vielleicht haben Sie da sogar recht.«

Sie verabredeten sich gleich für den nächsten Tag in einem Bistro in Lübeck, das den absurden Namen Affentot trug und von dem Bettina Seidel behauptete, dass es schlicht und unpoetisch, dafür aber garantiert marzipanfrei wäre und man dort schön in der Sonne sitzen könnte. Jan fand, das klänge nach einem perfekten Treffpunkt für einen Witwer und eine Trauerrednerin.

Nachdem er aufgelegt hatte, ging er in die Küche, um seinen Vormittagskaffee zu trinken.

Elke mixte gerade ihren Zaubertrank aus Gemüse, Ingwer und Gewürzen zusammen, den sie jeden Morgen anstatt Frühstück zu sich nahm, und musterte ihn interessiert. »Du leuchtest. Gibt es gute Neuigkeiten?«

»Sagen wir so…« Er schnappte sich ein Stück Möhre

vom Schneidebrett. »Ich hab gerade mit dem Erkenntnis-
verweigern aufgehört und probier mal, ob ich auch was
sehen kann.«

»Ha!« Elke prostete ihm mit ihrem Trank zu. »Das ist
doch schon mal ein guter Anfang.«

∞

Heute trug sie weder Schwarz noch einen beigefarbenen
Trenchcoat. Sie saß in der hintersten Ecke in einem Son-
nenflecken und winkte, was vollkommen überflüssig war,
denn zwischen den übrigen Gästen der vollbesetzten Terrasse des Café Affentot leuchtete sie in ihrem farbenfrohen
Kleid wie ein Blumenfeld mitten im Wald. Auch wenn er
sie sofort erkannte, weigerte sich sein Gehirn, diesen son-
nenhellen Blumenfleck mit der Person in Verbindung zu
bringen, die Kayas Sterben begleitet hatte.

Beim Aufwachen an diesem Morgen hatte Jan es fast
schon wieder bereut, dem Treffen zugestimmt zu haben.
So richtig verstand er nicht, was sie von ihm wollte. Traf
sie sich mit ihm aus Mitleid? Kam sie mit dem Wunsch,
ihm Trost zu spenden? Den brauchte er nicht, denn wenn
er es recht bedachte, ging es ihm recht ordentlich zurzeit.
Er arbeitete ohne großen Stress seine Aufträge ab, war immer ausreichend beschäftigt, um nicht ins Grübeln zu ver-
fallen, Finn funktionierte einigermaßen in der Schule, und
Lina klagte nur noch selten über Bauchweh, eigentlich nur
dann, wenn sie ihre *Sache* hatte, wie er es nannte. Auf Gespräche über Sterben, Tod und Trauer hatte er keine Lust.
Aber worüber sonst sollte man mit einer Trauerbegleiterin
sprechen?

»Ein schönes Plätzchen haben Sie ausgesucht«, sagte er, als er sich auf dem winzigen Klappstuhl ihr gegenüber niederließ. Die Sonne wärmte ihm den Rücken, was wohltuend war, vielleicht aber doch unangenehm werden konnte, wenn das Treffen zu lange dauerte.

»Ich habe hart darum gekämpft.« Es klang, als hätte ihr Kampf Jahre gedauert. Sie setzte ihre Sonnenbrille ab, und kurz trafen sich ihre Blicke. In den Gesprächen gemeinsam mit Kaya hatten sie einander oft ohne Scheu in die Augen gesehen. Jetzt, wo das Sterben als Anlass fehlte, fühlte sich der direkte Blick zu intim an, um ihn lange halten zu können. Jan wünschte, er hätte sich für den Stuhl neben ihr entschieden. So blieben ihm als Betrachtungsalternativen nur die Palme neben ihr und eine weiße Wand. Über die krabbelte gerade gut sichtbar eine besonders prachtvolle Kreuzspinne, und er fragte sich, ob er Bettina Seidel darauf aufmerksam machen sollte.

»Wollen wir etwas bestellen?«, fragte sie mitten in seine Überlegung hinein.

»Unbedingt.« Er riss den Blick von der Kreuzspinne los und studierte konzentriert die Karte, die Bettina Seidel ihm zugeschoben hatte. Es stand nicht sehr viel darauf, aber er ließ sich Zeit mit seiner Entscheidung.

Ihr Zeigefinger schob sich in sein Blickfeld. »Die Möhrentorte ist ausgezeichnet. Und ich fände es schön, wenn Sie mich Tina nennen könnten.«

»Tina. Äh … Gern.«

Jetzt sah er sie doch an, und sie ihn, und sie hielten dem Blick beide ein klein wenig länger stand. »Ich finde, Tina passt hervorragend zu Ihnen. Viel besser als Bettina.«

»Du«, sagte sie.

»Du?«

»Ich finde, wir sollten uns duzen.«

»Ah. Ja, natürlich. Das finde ich auch.«

Aus unerfindlichen Gründen lachte sie schallend. Er hatte sie noch nie lachen gehört, zumindest nicht so befreit und ausgelassen.

»Ich bin Jan, aber das wissen … das weißt du ja. Und Möhrentorte ist prima. Obwohl ich heute Morgen schon ein Stück konkurrenzlos köstlichen Schokoladenkuchen gegessen habe. Die Fallhöhe ist beträchtlich.«

Er berichtete von den großen Fortschritten, die seine Kinder seit März beim Backen gemacht hatten, und erfreute sich wieder an ihrem unverkrampften Lachen und der Art, wie sie den Kopf dabei zurückwarf. Sie könne auch nicht backen, erzählte sie, schon gar nicht basteln oder häkeln, und die Schultüte ihrer Tochter, die sie im Kindergarten hatte herstellen müssen, sei am ersten Schultag bereits auf dem Weg ins Klassenzimmer auseinandergefallen. Eines der vielen kleinen Dramen des Familienlebens, das aus der Vogelperspektive nichtig, aber in der Situation – und dann noch als Alleinerziehende – groß und mächtig werden kann, wie sie sagte.

Sie lebte also allein mit ihren Kindern. Jan war sicher, dass sie zu irgendeinem Zeitpunkt in den Gesprächen mit Kaya einen Ehemann erwähnt hatte. War der nicht derjenige gewesen, der das Kind aus dem Hotelpool … Jan drängte den Gedanken beiseite. Offenbar war der Mann ihr in der Zwischenzeit abhandengekommen. Und auch diesen Gedanken drängte er beiseite, was leichtfiel, weil in diesem Moment eine junge Frau mit Rastalocken ihre Bestellung brachte.

Ganz ohne Verlegenheitspausen plauderten sie sich durch Möhrentorte und Tee, und obwohl die Sonne heiß und der Klappstuhl unbequem war, hatte Jan das Gefühl, den besten Platz der Welt ergattert zu haben. Bis zu dem Moment, als sie unvermittelt fragte: »Und warum war der November lang?«

Er suchte nach der Kreuzspinne auf der weißen Wand, doch sie war verschwunden. »Ist nicht jeder November lang?«, fragte er zurück.

Sie beugte sich vor, stützte ihr Kinn auf die Hand und sah ihn von unten herauf an. »Du wirst nicht darum herumkommen, mir auch von den wirklich schwierigen Momenten der letzten Monate zu erzählen. Ich kenne da wenig Gnade.«

»Können wir das auf einen Regentag verschieben?«

»Dann müssten wir uns noch einmal treffen.«

»Das nehme ich in Kauf.«

Wie eine Schachspielerin, die gerade ein besonders kluges Manöver vollzogen hatte, lehnte sie sich wieder zurück. »Schön, wenden wir uns Dingen zu, die unmittelbar vor uns liegen.«

»Was könnte das sein? Die Möhrentorte ist aufgegessen.«

»Ein Spaziergang entlang der Trave?«

»Gute Idee. Tee in Verbindung mit Sonne im Rücken verlangt definitiv nach Erfrischung.«

Es wurde ein langer Spaziergang einmal rund um die Innenstadt, der frei von schwierigen Momenten war und in dessen Verlauf aus der Trauerrednerin Frau Seidel ganz mühelos und selbstverständlich Tina wurde. Sie sprachen über löchrige Hosen, praktische Küchenutensilien, Markenshirts und Methoden der Holzwurmbeseitigung. Jan erzählte von seiner Arbeit, und als er über die Verfallszeiten der verschiedenen Holzarten sprach und den Möglichkeiten, diesem Verfall entgegenzuwirken, fragte sie: »Was machst du lieber? Altes restaurieren oder Neues erschaffen?«

»Beides ist reizvoll. Es kommt ein bisschen auf meine Gemütslage an.«

»Und wie ist die zurzeit?«

Sie war stehen geblieben, schirmte mit einer Hand die Augen vor der Sonne ab und betrachtete eines der Schiffe, das am Ufer der Trave vertäut lag.

»War das nicht eine Frage für den Regentag?«

Sie ließ die Hand sinken und sah ihn mit einer Mischung aus Spott und Mitgefühl an. »Wenn du dir mit der Antwort bis zum nächsten Regentag Zeit lässt, muss ich den Auftrag anderweitig vergeben.«

»Auftrag?«

»Ich muss nach den Sommerferien umziehen. Die neue Wohnung … sie ist etwas kleiner als das Haus, in dem …« Sie fuhr mit der Hand durch die Luft, wie um einen imaginären Schlussstrich zu ziehen. »Egal. Ich ziehe um.«

Zu gerne hätte Jan gewusst, worunter sie diesen Schlussstrich zog, aber diese Frage musste wohl auch bis zum nächsten Regentag warten.

»Und wohin geht's?« Betont gleichgültig spielte er mit seinem Autoschlüssel.

Sie lächelte. »Ich bleibe in der Gegend. Nur aus Lübeck raus.«

Inzwischen waren sie an der Kreuzung angekommen, an

der ihre Wege sich trennen würden. Jans Auto stand auf dem Parkplatz auf der gegenüberliegenden Seite der Insel, Tina nahm den Bus.

»Brauchst du Hilfe beim Umzug?«, fragte er.

»Vielleicht. Aber in erster Linie, brauche ich jemanden, der mir hilft, die Möglichkeiten der Enge voll auszuschöpfen.«

Sie hatte eine Art, ihn von unten herauf anzusehen, die etwas mit der Möhrentorte in seinem Magen machte.

»Das ist mein Spezialgebiet«, sagte er mit flacher Stimme.

»Hab ich mir gedacht.«

Sie beschrieb ihm die neue Wohnung und erklärte, sie brauche eine Menge Einbauschränke. »Wenn deine Gemütslage dazu passt, würde ich mich freuen, wenn du dir die Wohnung einmal ansehen könntest.«

»Ruf mich einfach an. Dann vermessen wir die Enge und schauen, was sich daraus machen lässt.«

Sie tauschten Handynummern aus, der besseren Erreichbarkeit wegen, wie sie sagte, und als sie zum Abschied ihre schmale Hand in die seine legte, meldete sich erneut sein Magen – oder der Bauch oder irgendetwas dazwischen. Es fühlte sich nicht richtig an, aber auch nicht ganz und gar falsch.

∞

»Wo warst du?«

Lina und Finn saßen bei einem Teller Spaghetti ohne Soße, als er zurückkehrte. Es war deutlich später geworden als geplant, und eigentlich hatte er ihnen heute Abend Pizza versprochen. Das war ihm aber erst wieder eingefallen, als er die beiden verpassten Anrufe von Lina auf seinem Handy entdeckt hatte. Lina war bei Sophie gewesen, Finn beim Basketball, und er war davon ausgegangen, weit vor seinen Kindern wieder zu Hause zu sein. So hatte er ihnen vorher auch nichts von seinem Ausflug erzählt.

»In Lübeck. Wo ist Elke?«

»Ist mit meinem Rad zum See gefahren. Wollte sich den Sonnenuntergang angucken«, sagte Finn, ohne aufzublicken.

»Und was hast du in Lübeck gemacht?« Lina funkelte ihn an.

»Ich war ... Ich hab da jemanden getroffen.«

»Wen?«

Es sah ganz nach einem Kreuzverhör aus.

»Einen ... Eine Kundin.« Das war zumindest nicht gelogen.

»Sonntags?«

Er hatte sich keine Ausrede zurechtgelegt. Warum er seinen Kindern nicht einfach die Wahrheit sagen konnte, wusste er selbst nicht. Er wollte darüber auch nicht nachdenken. »Na ja, manche Kunden haben während der Woche keine Zeit.« Er holte einen Teller aus dem Schrank, häufte Spaghetti darauf, obwohl er keinen Hunger hatte, und setzte sich zu ihnen.

»Das glaub ich dir nicht.« Lina starrte böse auf ihre Nudeln. »Und Spaghetti ohne Soße schmecken überhaupt nicht.«

Verdammt. Sein schlechtes Gewissen warf einen Schatten auf den Nachmittag.

»Es tut mir leid. Wir holen das mit der Pizza nach, okay? Wir können morgen zum Italiener gehen. Habt ihr Lust?«

»Nein!«

»Lina, bitte.«

»Du hast es versprochen, und was man verspricht, muss man halten.«

Das musste ihm wohl kaum jemand sagen, aber er tat zerknirscht. »Ich verspreche hiermit, nie wieder ein Versprechen zu brechen.« Er hob die Hand zum Schwur und drückte dann Lina einen Kuss auf die Wange.

Sie wich zurück. »Du lügst uns doch an«, zischte sie, und er hatte noch nie so viel Ablehnung in ihren Augen gesehen. Dann sprang sie auf und rannte in ihr Zimmer.

»Ach, scheiße«, flüsterte Jan.

»Hat wahrscheinlich ihre Tage«, sagte Finn. Aber auch seine Miene war düster.

Aufmerksam beäugt von Herrn Johansson, der sich überraschend diskret zurückhielt, aßen sie schweigend die faden Spaghetti, räumten die Küche auf und zogen sich dann jeder in das eigene, einsame Zimmer zurück.

∞

Da sitzt du und grübelst. Mein armer Jan. Schon wieder machst du dir Vorwürfe. Weißt du, ich hätte an deiner Stelle auch nicht erzählt, dass ich mich mit jemandem treffe. Bestimmt ist es besser, erst einmal zu schauen, wie sich diese Sache entwickelt, bevor du die Kinder damit konfrontierst. Zweifle nicht daran, dass es richtig war, dich mit einer Frau zu treffen und es erst mal für dich zu behalten. Schäme dich nicht dafür, dass du einen wunderbaren Nachmittag hattest. Dass er sich leicht angefühlt hat. Und dass du dich bemüht hast, mich aus diesem Nachmittag zu verbannen. Ich habe versucht, nicht dort mit euch am Tisch zu sitzen. Ganz konnte das natürlich noch nicht klappen, aber ich finde, wir drei haben das prima hinbekommen.

Jetzt aber wäre es kein Fehler, zu den Kindern zu gehen und mit ihnen zu sprechen. Du musst nicht sagen, dass du Bettina Seidel getroffen hast. Du könntest sie aber bitten, dir das ein oder andere kleine, unbedeutende Geheimnis zu gestatten. Du könntest ihnen versprechen, dass du sie bald einweihen wirst. Und ihnen sagen, dass du sie liebst. Mehr als alles andere auf der Welt. Nähe sagt oft so viel mehr als Worte. Da oben in dieser Dachkammer aber bist du niemandem nah. Nicht einmal mir, egal, wie lange du dieses Bild von mir noch anstarrst.

Es war kein Fehler, Jan. Der Weg ist richtig, auch wenn da noch eine Menge Steine liegen.

Ich umarme dich. Kannst du es fühlen?

JUNI

5. Juni

*Ü*ber zwei Wochen waren vergangen und Tina hatte sich nicht gemeldet. In den ersten Tagen nach ihrem Treffen hatte Jan sich oft dabei ertappt, wie er an sie dachte, ihr blondes Haar, das in der Sonne leuchtete, die Blumen auf ihrem Kleid, ihre Unbeschwertheit. Als er nach einer Woche nichts von ihr gehört hatte, musste er sich eingestehen, dass er enttäuscht war – und zugleich erleichtert. Sicher, es war der schönste Nachmittag seit langem gewesen. Doch allein der Gedanke, vor seinen Kindern verheimlicht zu haben, dass er sich mit einer Frau, mit *dieser* Frau, getroffen hatte, war ihm unerträglich. Sie war und blieb die Trauerrednerin seiner Frau, das Etikett des Todes haftete an ihr, ganz gleich wie blumig sie sich kleiden mochte. Es war zu früh, viel zu früh, für diese Art von Begegnung. Das merkwürdige Gefühl in seinem Bauch, so verwirrend es gewesen war, so schön auch, es passte nicht, es war falsch, ein Trauerphänomen vermutlich. Er sollte das mal googeln. Möglicherweise wirbelte Trauer auch die Hormone durcheinander, versetzte den Testosteronspiegel in Aufruhr. Vielleicht aber war am Ende doch nur die Möhrentorte schuld gewesen an dem Flattern in seinem Bauch.

Man könnte vielleicht hin und wieder telefonieren, immerhin musste er ihr gegenüber nicht viel erklären, sie verstand vermutlich besser als jeder andere Mensch, wie stark das Pendel der Gefühle ausschlagen konnte. Aber er würde es nicht forcieren. Wenn sie anrief, würde er den Anruf annehmen, freundlich sein und hilfsbereit. Er würde ihr erzählen, wie es ihm ging, und wenn sie darauf bestand, sogar sehr ehrlich von seinen schlechten Momenten sprechen. Natürlich würde er ihr auch diese Einbauschränke bauen, für kleines Geld, all das würde er mit Freuden tun. Aber er würde distanziert bleiben und Angebote für Treffen in der Freizeit ausschlagen. Sie würde das verstehen, schließlich war das Verstehen ihr Beruf.

An diesem Donnerstagmorgen musste er mit Lina zum Zahnarzt. Ein Backenzahn tat weh, da half auch Elkes Kräutersud nicht. Lina hatte ihm die vergessene Pizza längst verziehen, wollte aber immer noch sehr genau wissen, was er vorhatte, wenn er das Haus verließ, was allerdings selten genug vorkam. Manchmal tauchte sie nachmittags bei ihm in der Werkstatt auf. Sie wollte dann nicht reden, saß nur still auf dem Tisch und schaute ihm zu. Jetzt hockte sie, eng an ihn geschmiegt, im Wartezimmer, ganz so, als fürchte sie, er könne aufstehen und sie allein hier sitzen lassen.

Das Wartezimmer war voll mit Patienten und die Abstände, in denen sie aufgerufen wurden, waren unerträglich lang. Jan wurde immer nervöser. Bei der Menge an Arbeit, die auf ihn wartete, fiel es ihm schwer, hier ruhig zu sitzen.

Lina schien seine Unruhe zu spüren und rückte noch näher.

»Tut es weh?«, fragte er.

»Geht.«

»Bestimmt bist du gleich dran.«

»Ist schon okay.«

»Meinst du, ich kann eben schnell zum Bäcker rüberhüpfen? Wir brauchen Brot.«

»Bleib hier, bitte!«

Er seufzte, und da brummte sein Handy. Er zog es aus der Hosentasche und in dem Moment, als er auf das Display blickte und den Namen Tina las, wurde Lina aufgerufen. Aber sie rührte sich nicht, sah ihn nur groß an.

»Wer ist Tina?«, fragte sie.

»Tina ist ... ähm ... eine Kundin.«

»Etwa die, mit der du dich mal sonntags getroffen hast?«

»Lina Bode, bitte!«, wiederholte die Sprechstundenhilfe ungeduldig.

»Du bist dran, Lina«, sagte Jan und drückte den Anruf weg.

»Du wartest hier!«, befahl Lina und stand erst auf, als er das Handy in die Tasche zurückgesteckt hatte.

Das hätte wieder mal nicht besser laufen können.

Kurz zögerte er, aber dann verließ er doch die Praxis, trat vors Gebäude und rief Tina zurück.

»Ich habe wenig Zeit«, sagte er. »Bin mit Lina beim Zahnarzt.«

»Wir können auch später telefonieren.«

»Ist schon okay. Ein paar Minuten habe ich.«

»Tut mir leid, dass ich mich so lange nicht gemeldet habe. Ich war ... es war alles ein bisschen schwierig.«

Er sollte darauf eingehen, sie fragen, was schwierig war. Das würde der Jan tun, der mit ihr im Café Affentot gesessen hatte, an einem weitgehend Kaya-freien Nachmittag. Aber hier stand ein anderer Jan. Dieser Jan hatte ein schlechtes Gewissen, dass er überhaupt mit ihr telefonierte. »Macht nichts«, sagte er. »Ich hatte ohnehin Arbeit bis über beide Ohren. Geht es um die Einbauschränke?« Er versuchte, möglichst viel Professionalität in seine Stimme zu legen.

Ein kurzes Zögern, dann sagte sie: »Die Situation hat sich verändert.«

»Das heißt?«

»Es wird vorerst keinen Umzug geben.«

»Also auch keine Einbauschränke.«

»Nein.«

Mehr sagte sie nicht. Ihm fiel kein Grund ein, warum sie einander trotzdem zwingend wiedersehen müssten und ihr offenbar auch nicht. Vielleicht wollte sie das ja auch gar nicht. Und bestimmt war das gut so.

»Tja dann …«, sagte er und wusste nicht weiter. »Ich muss dann jetzt wieder rein. Lina wartet.«

»Tu das.«

»Wenn du doch irgendwann mal einen Tischler brauchst …«

»Werde ich. Ganz sicher.«

»Gut, also …« Er musste jetzt wirklich dringend wieder ins Wartezimmer zurück. Aber die finalen Abschiedsworte sperrten sich.

»Nächste Woche ist Regen angesagt. Ziemlich viel sogar«, sagte sie.

Er grinste. »Ist das so?«

»Es soll sogar Unwetter geben.«

»Dann geht man ja am besten nicht aus dem Haus.«

»Oder ins Kino.«

»Willst du ins Kino?«

»Nein. Eigentlich nicht. Aber wir könnten essen gehen.« Er stand vor dem Schaufenster eines Brillengeschäfts und sah, wie sich sein Spiegelbild zwischen Gucci- und Prada-Sonnenbrillen aufrichtete. »Wann?«, fragte er.

»Nächsten Freitag?«

Wenn er sich nicht irrte, war Lina am kommenden Freitag zu einer Übernachtungsparty eingeladen – das hatte er auf dem Familienkalender in der Küche gesehen. Finn blieb freitags nach dem Basketballtraining, wenn Jan ihn nicht abholte, bei seinem Freund, weil so spät kein Bus mehr zu ihnen hinausfuhr. Nächsten Freitag würde er nicht anbieten, ihn abzuholen.

»Freitag ist ein guter Tag zum Essengehen bei Unwetter«, sagte er.

»Gut. Ich reserviere uns einen Tisch. Die Adresse schicke ich dir.«

»Sehr gut. Soll ich dich abholen?«

»Nein, nein, ich komme selbst mit dem Auto«, erwiderte sie schnell. »Wir treffen uns im Restaurant. Ich bin dann die mit den Gummistiefeln.«

Lina war nicht zu sehen, als er ins Wartezimmer zurückkehrte. Erleichtert setzte er sich wieder auf seinen Platz und schnappte sich wahllos eine der Zeitschriften, die auf dem Tisch in der Mitte herumlagen, um maximal gelangweilt auszusehen. Kaum hatte er sie aufgeschlagen, kam Lina mit leidender Miene aus dem Behandlungszimmer zurück.

»Hat's weh getan?«

»Und wie.«

»Armer Hase.«

»Das ist nicht lustig!« Sie sprach, als hätte sie Watte im Mund.

»Ich finde das auch gar nicht lustig.«

»Warum grinst du dann so?«

»Ich grinse doch nicht.«

»Doch. Tust du.«

Angestrengt zog er die Mundwinkel nach unten.

»Du bist so blöd«, nuschelte Lina und rollte mit den Augen.

Jan zwinkerte einem jungen Mann zu, der ihr Gespräch mit müdem Blick verfolgt hatte. Dann verließ er federnden Schrittes hinter Lina die Praxis.

8. Juni

Selbstverständlich hätte Jan Kayas Kalender nicht gebraucht, um zu wissen, dass heute sein Vater Geburtstag hatte. Es war Samstag und noch nicht einmal acht Uhr, aber vermutlich würde sein Vater auch an diesem Morgen bereits in seinem Büro am Schreibtisch sitzen, um Unerledigtes aus der vergangenen Woche vor dem heiligen Sonntag abzuarbeiten. Es war sicher der beste Moment des Tages, um diesen Anruf hinter sich zu bringen. *Alles Gute zum Geburtstag – Reden wir lieber über was anderes – Sonst alles in Ordnung bei euch? – Alles bestens – Dann mach's gut, Papa – Ich geb mir Mühe.* So lief das meistens ab. Heute wurde sein Vater siebzig, die Firma 150 Jahre alt. Immerhin konnte er ihm zu etwas gratulieren, das ihm wirklich etwas bedeutete.

Jan stand im Wohnzimmer am Fenster und wählte die Büronummer mit einem nervösen Ziehen im Bauch. Der große Wunsch seiner Mutter, diesen runden Geburtstag zum Anlass zu nehmen, seine Zukunft mit der der Firma zu verknüpfen, belastete den Anruf. Sollte er das Thema ansprechen? Was dachte sein Vater darüber? Wusste er überhaupt davon?

Jan musste eine ganze Weile warten, bis sein Vater den Anruf annahm.

»Ja. Bode.« Drei Silben wie Pistolenschüsse.

»Hallo, Papa. Alles Gute zum Geburtstag.«

Diesmal brummte er nur. Über *was anderes* wollte er an diesem Morgen augenscheinlich noch weniger reden als sonst.

»Heute auch schon so früh am Schreibtisch?«

»Muss ja vorangehen.« Es klang, als hätte sein Vater den Anruf auf Lautsprecher umgestellt und säße ein ganzes Stück vom Telefon entfernt.

An einem normalen Geburtstag wäre jetzt der Satz *Sonst alles gut bei euch?* an der Reihe, aber der passte heute nicht. »Für die Feier nächste Woche schon alles vorbereitet?«

»Das macht alles deine Mutter.«

»Hältst du eine Rede?«

»Muss ich wohl.«

Damit hatte sich Jans Fundus an Gesprächsideen erschöpft. »Ja … dann … «

»Du kommst auch, sagt deine Mutter?«

»Wenn's recht ist?«

»Natürlich ist es recht. Du bist doch ein Bode.«

Ein Bode. Aus dem Mund seines Vaters klang das wie

eine Auszeichnung, nur knapp hinter Nobelpreis oder Bundesverdienstkreuz.

»Na ja«, sagte Jan. »Nur noch so 'n halber, oder?«

Es war einer dieser Sätze, die aus dem Bauch kamen, die dem Kopf keine Zeit ließen, sich dazwischenzuwerfen und vor Konsequenzen zu warnen.

Hans Magnus Bode war ein Mann, der auf jede Frage eine Antwort wusste, immer prompt reagierte, nie zögerte oder lange nachdenken musste. Jetzt aber blieb er still. Vielleicht währte dieses Schweigen nur den Bruchteil einer Sekunde, doch Jan kam es vor wie eine Ewigkeit.

»Wieso halb?« Seine Stimme war plötzlich lauter, direkter, so als hätte er den Hörer aufgenommen.

»Keine Ahnung. War bloß so 'n Satz.«

»Hm.«

Jan wartete, ob mehr kommen würde, aber er vernahm nur ein Knarzen, das wahrscheinlich vom Bürostuhl herrührte. Es hörte sich an, als schaukele sein Vater im Stuhl vor und zurück. Offenbar hatte er es heute Morgen ausnahmsweise nicht eilig – keine wichtigen Termine, keine dringenden Angelegenheiten. Hatte es das je gegeben in den letzten Jahren?

Jan hatte das Bedürfnis, etwas Positives zu berichten. »Bei Finn in der Schule läuft es viel besser, seit er weiß, wofür er sich anstrengen muss«, sagte er.

»Sehr gut.«

»Hätt ich nicht gedacht.«

»Manchmal können Söhne überraschen.«

War das der versteckte Vorwurf, mit dem er immer rechnen musste, wenn er mit seinen Eltern sprach? Oder das Gegenteil? Es war immer schwer, aus seinem Vater schlau zu werden. Am Telefon fast unmöglich. Aber da war eine ungewohnte Milde in der Stimme seines Vaters. Jan konnte sich heute etwas trauen. »Hat vielleicht auch viel mit den eigenen Erwartungen zu tun«, sagte er.

»Bestimmt.«

Sie schwiegen beide, länger, als sie je gemeinsam geschwiegen hatten.

Als das Schweigen unangenehm zu werden begann, fragte Jan: »Worüber wirst du sprechen in deiner Rede?« Mit dem Hörer zwischen Schulter und Ohr geklemmt öffnete er die Terrassentür und setzte sich, zum ersten Mal in diesem Frühsommer, nach draußen. Es war noch frisch, aber die morgendlichen Sonnenstrahlen hatten schon Kraft.

»Was man halt so sagt. Danken vor allem.«

»Aber nicht abdanken, oder?«

Sein Vater schnaubte. »Irgendwer muss den Laden ja zusammenhalten.«

»Denkst du denn manchmal ans Aufhören?«

»Jeden Tag.«

So viel Ehrlichkeit in wenigen Minuten. Es war ein denkwürdiger Moment.

»Papa, ich ... Ich würde gern helfen, aber ...«

»Ist schon gut. Du brauchst das nicht zu erklären. Ich versteh das.«

Manchmal konnten auch Väter überraschen. Jan musste den Satz erst einmal sacken lassen. »Es läuft gut bei mir«, sagte er dann, auch wenn sein Vater nicht gefragt hatte. Das tat er ohnehin nie. »Die Aufträge kommen ganz von selbst. Meistens über Empfehlung. Ich kann mir mittlerweile aussuchen, welche ich annehme und welche nicht.«

»Dann hast du den richtigen Beruf gewählt.«

»Sieht so aus.« Er nahm sich vor, das heutige Datum rot im Kalender anzustreichen.

»Ich wüsste ohne den Betrieb sowieso nicht, was ich mit meiner Zeit anfangen sollte«, sagte sein Vater. Da war weit weniger Festigkeit in seiner Stimme als gewohnt.

»Kann ich mir denken.«

»Deine Mutter begreift das nicht.«

»Dabei seid ihr seit über vierzig Jahren verheiratet.«

»Nächstes Jahr werden es fünfundvierzig. Wir haben im selben Monat geheiratet, in dem ich die Firma übernommen habe.«

Jan kannte die Geschichte. Nur wenige Tage, nachdem sein Vater geheiratet hatte, war Jans Großvater gestorben und seinem einzigen Sohn war die Geschäftsführung übertragen worden. Die Flitterwochen waren ausgefallen. Von Anfang an war das Eheleben seiner Eltern der Firma untergeordnet gewesen. Wie auch der Umgang mit den Söhnen.

»Habt ihr …« Konnte er es wagen, seinem Vater eine so intime Frage zu stellen?

»Haben wir was?« Der Bürostuhl knarzte wieder.

»Pläne? Wie es weitergehen könnte? Wenn du mal nicht mehr … Wollt ihr reisen?«

Seine Eltern waren nie länger als eine Woche gemeinsam verreist und das nie außerhalb von Deutschland. Jans Mutter hatte Flugangst, was seinem Vater vermutlich sehr zupasskam.

Beinah unerträglich lang war nichts zu hören, nicht einmal der Bürostuhl.

»Ich werde arbeiten, bis ich tot umfalle.«

»Weil du das willst, oder weil du alles andere nicht willst?« Es musste an den vielen Kilometern liegen, die sie voneinander trennten, dass er diese Worte nicht nur denken, sondern auch aussprechen konnte. Vielleicht half auch der Blick auf knospende Rosen und blühende Rhododendren, oder ein bestimmter Muskel regte sich, einer, der sich im Verlauf der letzten Monate während all der Telefonate und Gespräche still und heimlich ausgebildet hatte. Ein Muskel in dem Mut und viele Worte steckten.

Sein Vater ließ sich Zeit mit der Antwort. So viel, dass Jan schon glaubte, er würde nie eine erhalten, aber dann räusperte sich sein Vater, wie um die Kehle von einem sehr fest sitzenden Pfropfen zu befreien, und begann mit rauer Stimme zu sprechen.

»Ich tue meine Pflicht, das habe ich immer getan. Es verschafft mir Befriedigung. Ich bin verantwortlich für über zweihundert Mitarbeiter, und solange ich die Kraft dazu habe, werde ich dafür sorgen, dass sie alle ein gutes Auskommen haben. Mehr will ich nicht vom Leben.« Und dann, leise und rau: »Nicht mehr.«

»Und was wolltest du mal vom Leben?« Sehr vorsichtig fragte Jan das.

Sein Vater lachte kurz und trocken auf. »Das errätst du nie!«

»Hat es etwas mit der Musik zu tun?«

»Ich wurde nicht als Landmaschinenunternehmer geboren. Hab mir das hart erarbeiten müssen. Ist gut so. Hab auch viel Freude gehabt. Arbeit war Erfüllung. Ist es immer noch.« Die Worte waren wie Hiebe einer Geißel. Er machte eine Pause, seufzte, ließ den Stuhl knarzen. »Als ich so alt war wie dein Sohn, oder vielleicht sogar noch ein bisschen älter, wollte ich Pianist werden. Ich war wirklich gut. Hätte es vielleicht sogar werden können. Flausen.«

»Ich weiß noch, dass du früher manchmal Klavier gespielt hast. An Feiertagen und so. Irgendwann hast du damit aufgehört.«

»Tja.«

»Warum?«

»Menschen brauchen Ziele. Manchmal verändern die sich. Dann muss man Altes loslassen, um Kraft für das Neue zu haben.«

»Muss man dafür das Alte komplett aus seinem Leben verbannen?«

Wieder dauerte es sehr lange, bis eine Antwort kam.

»Für mich hat es nur so funktioniert«, sagte sein Vater.

Auch diese Worte musste Jan erst einmal sacken lassen. Ob er und seine Brüder mit der Härte und Strenge ihres Vaters besser hätten umgehen können, wenn sie das von ihm gewusst hätten? Jan beobachtete einen Raubvogel, der über den Bäumen kreiste. Von da oben aus betrachtet, wurde auch dieses Drama klein und nichtig.

»Warum hast du das nie erzählt?«, fragte er schließlich.

»Wozu?«

»Vielleicht hätte es manches einfacher gemacht. Für dich und für uns.«

»Einfacher? Für euch? Ihr hattet doch immer alles.«

Jan sagte nichts.

»Was hat euch denn gefehlt?«

Kurz zögerte Jan, dann gab er sich einen Ruck, oder vielleicht war es auch der Mutmuskel, der zuckte. »Du«, sagte er.

Die lange Stille ohne Knarzgeräusche am anderen Ende

der Leitung verriet Jan, dass sein Vater genau verstand, was er damit meinte.

»Ich habe mein Bestes versucht«, sagte er endlich. »Vielleicht war das nicht genug.«

Jeder einzelne der vielen Kilometer zwischen ihnen tat plötzlich weh. Jan schluckte ein paarmal und atmete tief ein. Da war noch etwas, das er loswerden musste, ungeachtet der Gefahr, dass seine Stimme zittern könnte.

»Ich glaube, dass Altes nie ganz verschwindet, auch wenn man es loslässt. Etwas bleibt immer. Wir haben das wahrscheinlich gespürt. Kinder haben feine Antennen für so was.« Und dann sagte er noch etwas, worüber er selbst nur staunen konnte: »Und ich glaube, es hilft, darüber zu sprechen. Allen.«

Johannes Christoph Bode, ich bin so unfassbar stolz auf dich!

14. Juni

Sie trug keine Gummistiefel, und es herrschte auch kein Unwetter. Das war bereits am Mittwoch über das Land hinweggefegt und hatte eine drückende, gemütsbelastende Schwüle vertrieben. Am vergangenen Sonntag war Jans Gefühlspendel aus der Wohlfühlzone wieder zurückgeschwungen in die Region, wo Selbstvorwürfe, Gewissensbisse und Niedergeschlagenheit regierten. Er war kurz davor gewesen, Tina anzurufen und die Verabredung abzusagen. Einen nicht unerheblichen Anteil daran hatte das Telefonat mit seinem Vater. Beging er nicht gerade selbst den Fehler, den er seinem Vater vorwarf, indem er etwas sehr Wesentliches vor seinen Kindern verbarg? Eine Wahrheit, die er sich selbst gegenüber kaum eingestehen mochte: Er traf sich nicht mit Tina, um Einbauschränke zu vermessen, ihr den Start in ein wie auch immer geartetes neues Leben zu erleichtern, sondern einzig und allein, weil es ihm guttat, ihre Stimme zu hören, mit ihr zu lachen, sie einfach anzusehen. Weil *sie* ihm guttat. Aber durfte das sein, kaum acht Monate nachdem er seine Frau beerdigt hatte? Bestimmt ahnte Lina es längst und wich ihm deswegen nicht von der Seite.

Nur Elke gegenüber konnte er die Wahrheit nicht verbergen, auch wenn er ihr möglichst aus dem Weg ging. Er hatte ihr die Hütte im Garten freigeräumt, wo sie sich mit ihren Habseligkeiten und einem Klappbett häuslich eingerichtet hatte. Es war eine Notlösung ohne jeden Komfort, aber Elke behauptete, sich lange nicht mehr so zu Hause gefühlt zu haben. Zudem schien sie eine recht lukrative Einnahmequelle gefunden zu haben. Im Dorf hatte sich herumgesprochen, dass Elke heilende Kräfte besäße. Die Bäckerin erzählte, ihr chronisches Rückenleiden, dem kein Arzt je beigekommen war, sei nahezu verschwunden, seit Elke sich der Sache angenommen habe. Ähnliches berichtete die Änderungsschneiderin, die auch die Reinigung betrieb, der Jan seinen Anzug für das bevorstehende Firmenjubiläum gebracht hatte. Mit ihrem arthritischen Daumen habe sie von jeglicher Spritze bis bin zur Eigenblutbehandlung schon alles versucht, aber seit sie jeden Morgen den Kräutercocktail trinke, den Elke ihr zusammengebraut hatte, seien die Schmerzen so gut wie weg. Sogar die Apothekerin mit ihrer schmerzenden Hüfte ließe sich inzwischen von Elke behandeln. Und das, so die Schneiderin, sei ja doch ein deutliches Indiz dafür, dass man Elkes Methoden vertrauen könne.

Alles in allem sah es so aus, als würde sich Elkes Transformationsphase noch eine ganze Weile hinziehen, und Jan wusste nicht, ob ihm das gefallen sollte.

»Du bist im Ungleichgewicht«, behauptete sie, als er am Abend vor dem Treffen mit Tina beim Spülen einen Teller zerbrach.

»Ein Tölpel bin ich«, knurrte er.

»Nein. Bist du nicht. Aber Lügen stören unsere innere Balance, wenn wir sie uns nicht selbst verzeihen.«

»Wer lügt denn?«

»Du.« Sie sagte es voller Entzücken.

»Wie kommst du auf diesen Blödsinn?«

»Ach, Jan. Du bist ein offenes Buch für mich.« Sie stupste ihm mit dem Finger an die Nasenspitze. »Ich kann dir dein Geheimnis von der Stirn ablesen.«

Er sammelte die Scherben ein und warf sie mit lautem Geschepper in den Müll. »Keine Ahnung, wovon du sprichst.«

Sie lachte leise. »Du versteckst etwas. Du sagst das Eine und tust das Andere. Das erzeugt Spannungen, die ich spüren kann. Vielleicht hat es etwas mit einer Frau zu tun?« Sie musterte ihn mit schief gelegtem Kopf. »Ja, ich denke, so ist es.«

Manchmal hatte sie wirklich etwas von einer Hexe. Er wollte widersprechen, aber sie schüttelte den Kopf, als wüsste sie bereits, was er sagen würde. »Du musst niemanden belügen. Alles kommt, wie es kommen soll. Lass es einfach zu.«

»Ich habe keine Ahnung, wie du das machst«, sagte er. »Aber was auch immer du zu wissen glaubst, behalte es für dich.«

Sie lächelte, nickte und berührte ihn kurz am Arm, eine Geste des Wohlwollens.

Ein wenig hatte es geholfen, sie auf seiner Seite zu wissen und dennoch – Linas fragenden Blicken auszuweichen, so zu tun, als freue er sich auf einen ruhigen Abend auf der Couch, tagelang nervös zu sein, weil Finn vielleicht doch nicht bei dem Freund übernachten wollte – all das hatte ihm sehr zugesetzt. Jetzt aber, als er Tina entdeckte, die Freude in ihrem Gesicht sah, schlug das Gefühlspendel machtvoll in den Glücksbereich aus.

»Du hast ein Händchen für die schönen Plätze«, sagte er, als er sich zu ihr an den Tisch am geöffneten Fenster setzte, mit Blick auf die Trave und auf ihr beglücktes Lächeln.

»Ich habe früh genug reserviert.«

»Nur leider kein Regen heute.« Er hob in gespieltem Bedauern die Schultern.

»Wirklich eine Schande. Ich hatte extra die Gummistiefel aus dem Keller geholt.«

»Aus dem Keller von dem Haus, aus dem du jetzt doch nicht ausziehen wirst?«

Sie legte den Kopf schief. »Wollen wir bestellen, bevor wir uns der Regenthemen annehmen?«

Sie wählte den Fischteller und italienischen Rotwein dazu, wie Kaya immer. Für einen Moment verlor Jan die Kontrolle über seine Gesichtsmuskeln, und auch über die Hände, die sich in seine Oberschenkel krallten, um den Rest des Körpers zu stabilisieren. Tina bemerkte es nicht, weil sie aus dem Fenster sah. Zum Glück hatte er sich schnell wieder im Griff und bestellte das Gleiche. »Mein Mann und ich leben getrennt«, sagte sie übergangslos. »Seit Jahren schon.« Jetzt sah Tina der Kellnerin nach, die sich mit ihrer Bestellung auf den Weg in die Küche gemacht hatte. Vermutlich waren das Worte, die sie nur in den Rücken einer Person sprechen konnte, die mit ihrer beider Situation nichts zu tun hatte. »Allerdings getrennt im selben Haus – er im Erdgeschoss, ich im Dachgeschoss. In der ersten Etage wohnen seine Eltern. Ihnen gehört das Haus. Es schien uns beiden die beste Lösung für Emma und Ben zu sein. Zumindest in der ersten Zeit nach der Trennung. Sie sollten nicht das Gefühl bekommen, dass mit Hannas Tod auch die übrigen Säulen ihrer Existenz wegbrechen.«

Es war das erste Mal, dass sie ihm gegenüber den Namen ihres verstorbenen Kindes aussprach.

»Philipp, mein Mann, leidet unter schweren Depressionen. Er wollte sich nicht behandeln lassen, hat jede Hilfe abgelehnt. Ich habe euch seinerzeit erzählt, dass er derjenige war, der …?«

»Hast du«, sagte Jan schnell. Er wusste nicht, was schlimmer war – dieses *Euch* oder die Vorstellung eines Vaters, der sein lebloses Kind aus einem Hotelbecken zieht.

»Diese Wohnlösung war für mich ein Zwischenschritt. Ich musste lernen zu akzeptieren, dass ich ihn nicht retten kann. In den letzten beiden Jahren ist die Situation allerdings untragbar geworden, auch für die Kinder. Als mir eine Freundin anbot, ihre Wohnung zu übernehmen, habe ich sofort zugesagt.«

»Und was hat sich seit vorletzter Woche verändert?«,

fragte Jan. Er hatte unbewusst den Atem angehalten und zwang sich, die Schultern zu lockern.

»Philipp hat versucht, sich umzubringen.«

Die ganze Zeit hatte sie auf das Weinglas in ihrer Hand gestarrt, jetzt sah sie ihn an.

Er musste die Augen schließen.

»Es tut mir leid«, sagte sie. »Ich möchte dich nicht mit meinen Dramen belasten, aber …«

»Nein, nicht. Bitte nicht entschuldigen. Ich … es … Danke, dass ich hier sein darf. Trotz allem.«

Er langte über den Tisch und hielt ihren Arm fest. Vielleicht hielt er sich auch selbst ein bisschen an ihr fest.

»Und wie geht es jetzt weiter?«, fragte er leise.

»Die Sache hat ein Gutes. Er ist jetzt in therapeutischer Behandlung, und seine Eltern haben verstanden, dass nicht ich das Problem bin.«

Das auch noch. Jan fragte sich, wie viel ein Mensch aushalten konnte, ohne die Fähigkeit zu lachen zu verlieren.

»Ausgerechnet in dieser Situation auszuziehen, wäre ein Fehler. Ich muss ihm Zeit geben. Er fängt erst jetzt an, zu verarbeiten, und ich bin Teil dieses Prozesses. Ich kann mich da nicht rausziehen.«

Sie hörte sich sehr entschieden an, und doch hing in ihrem Blick der Zweifel. Jan fragte sich, ob in solchen Fällen nicht räumliche Distanz besser wäre, aber wie sollte er so etwas wissen? Wie könnte überhaupt irgendjemand wissen, was für andere Menschen gut war?

»Natürlich nicht«, sagte er und hoffte, dass es überzeugend klang.

»Ich werde eine andere Wohnung finden, wenn es so weit ist.«

»Ganz bestimmt.«

»Vielleicht sogar eine größere. Dann brauche ich auch die Einbauschränke nicht.«

»Schade eigentlich.« Er grinste schief. »Ich bin gerade in genau der richtigen Gemütslage für Einbauschränke.«

»Ist das so?« Sie sah ihn über den Rand ihres Weinglases an. Im Licht der Abendsonne wirkten ihre Augen tintenblau und geheimnisvoll.

Da war wieder dieses Flattern in seiner Bauchregion, das da nicht hingehörte, das nicht zu den Dingen passte, die sie ihm erzählte. Seine Kehle war trocken. Er trank einen Schluck Wasser und nickte.

»Ich könnte ein neues Bücherregal gebrauchen«, sagte sie. »Ein kleines nur, aber immerhin.«

»Kleine Bücherregale sind meine absolute Spezialität.« Seine Stimme hörte sich fremd an, aber vielleicht waren daran auch seine Ohren schuld, oder das Blut, das fühlbar in den Adern pulsierte.

Zum Glück kam in diesem Augenblick die Kellnerin mit ihren Fischtellern, und Jan brachte eine Weile damit zu, die Garnelen aufs Gründlichste von ihren Schalen zu befreien und die Fischfilets nach nicht vorhandenen Gräten zu untersuchen. Als er es endlich wagte, wieder aufzusehen, saß Tina entspannt zurückgelehnt und beobachtete ihn.

»Köstlich, nicht?«

»Ganz wunderbar.«

»Hast du Gräten gefunden?« Ihre Augen blitzten amüsiert.

»Ohne Lupe? Nein.«

Jan liebte ihr Lachen. Es perlte hell durch das kleine Restaurant, und ein Pärchen am Nebentisch sah zu ihnen herüber. Was sie wohl sahen? Zwei unbeschwerte Menschen mittleren Alters, die ihr Leben genossen, ganz ohne die beiden unsichtbaren Schatten, die an ihnen klebten.

»Hältst du dich eigentlich noch an den Kalender?«, fragte Tina, nachdem sie eine Weile schweigend weitergegessen hatten.

»Sehr gewissenhaft sogar.«

»Und? Gab es Erkenntnisse? Überraschungen?«

»Jede Menge.« Jan erzählte von den Haverkamps und einem versteckten Bootssteg, von Elias und sogar von Zumwinkel und den gebrauchten Taschentüchern seiner Frau. Zuletzt erzählte er ihr von dem erkenntnisreichen Telefonat mit seinem Vater.

»Ich wusste, dass er ein Musikliebhaber ist. Meine Eltern sind früher oft in Konzerte gegangen. Aber wie tief die Liebe zur Musik bei ihm ging ... davon hatte ich keine Ahnung. Es wurde nie viel geredet bei uns. Und wenn, dann nur über die Firma.«

»War er sehr streng?«

»Hart und unerbittlich. Ein Fremder eigentlich.«

»Er hat einer großen Liebe entsagt. Auch er hat damit einen schmerzhaften Verlust erlitten, aber seine Trauer nie ausgelebt. Verdrängung führt zu Entfremdung von sich selbst. Kein Wunder also.«

»Das Wunder ist, dass er jetzt darüber spricht.«

»Ein Trauerfall in der Familie kann solche Wunder bewirken.«

»Ich habe nicht den Eindruck, dass meinen Eltern ...« Warum konnte er die Worte *Kayas Tod* ihr gegenüber nicht aussprechen? Konnte er sie überhaupt aussprechen? »Dass ihnen mein Verlust sehr nahegegangen ist.«

»Vielleicht haben sie vor lauter Selbstverleugnung einfach verlernt, Gefühle zu zeigen?«

»Mag sein.« Jan dachte eine Weile über Tinas Worte nach und sagte dann: »Ich wollte nie werden wie sie.«

»Bist du ja auch nicht.«

»Du kennst mich doch kaum.«

»Man lernt zu erkennen im Umgang mit Menschen, die trauern.«

Menschen, die trauern. Wie gefasst, wie weise sie klang. Als stünde sie bereits unversehrt am Ufer jenseits dieses Ozeans aus Schmerz und Verzweiflung, den sie durchqueren musste – immer noch.

»Du bist doch selbst ein solcher Mensch«, sagte er leise. Ihre Lider flatterten und das Tintenblau in ihren Augen verschwamm, kurz schien sie in ihrem Ozean zu ertrinken, aber sie hielt seinem Blick stand.

»Ja«, sagte sie. »Das bin ich.«

Sie sahen einander lange an, und die geleerten Teller, der Tisch zwischen ihnen, das Restaurant mitsamt Abendrot über den Häusern jenseits der Trave schienen sich aufzulösen, zu versinken in ihren jeweiligen Ozeanen aus Schmerz, in denen sie ums Überleben kämpften, jeder für sich. Sie berührten einander nicht und doch spürte Jan ihre Verzweiflung, als wäre es seine eigene, und er wusste, sie empfand es genauso. Und den Trost, der darin lag.

»Hat es Ihnen geschmeckt?«, hörten sie plötzlich jemanden fragen, und die Teller kehrten zurück, der Tisch, das Restaurant und das Abendrot.

»Ausgezeichnet, vielen Dank«, sagte Tina, ohne den Blick von Jan zu lösen. Erst dann wendete sie sich der Kellnerin zu, lächelte. »Wirklich köstlich.« In ihrer Stimme schwang die Erleichterung mit, dass dieser schwere Moment überstanden war.

Tina wollte ein Dessert, »etwas Leichtes, Bekömmliches« wie sie sagte, und wählte ein Limonensorbet. Dann erkundigte sie sich nach Lina und Finn, vielleicht weil sie es für ein erfrischendes Thema hielt, das zum Limonensorbet passte.

»Meistens geht es ihnen gut«, sagte Jan. »Anfangs dachte ich, Finn würde mir entgleiten, aber jetzt sieht es aus, als hätten wir einen Weg gefunden.« Er erzählte von Finns exzessivem Computerspiel, den Problemen in der Schule und der Chance, die sein Vater ihm geben wollte. Er beschrieb auch seine Zweifel, ob dies der richtige Weg für Finn wäre. »Ich fürchte aber, Finn muss das selbst herausfinden.«

»So ist es.«

»Es ist schwer, ihn gehen zu lassen. Er ist noch so jung.«

»Noch ist es ja nicht so weit.«

»Trotzdem. Ich versuche, nicht darüber nachzudenken. Meistens klappt das auch. Aber manchmal …« Er musste tief Luft holen, um die Enge im Brustkorb loszuwerden, die mit dem Gedanken verbunden war. »Es ist völliger Unsinn. Er verschwindet ja nicht. Und doch fühlt es sich so an. So endgültig.«

»So endgültig wie der Tod«, sagte Tina leise. »Das ist es, was der Verlust eines geliebten Menschen mit uns macht. Manche vermeiden Neuanfänge aus Angst, wieder etwas zu verlieren.«

Lerne, jeden Tag etwas zu verlieren. Wie klug, Kaya gewesen war. Bestimmt kannte Tina diesen Satz auch.

»Wissen deine Kinder eigentlich, dass wir uns treffen?«, fragte sie.

»Nein.«

»Ich habe meinen Kindern auch nichts erzählt.«

»Musstest du lügen?«

Sie zuckte mit den Schultern. »Ich habe gesagt, ich treffe mich mit einer Freundin. Sie müssen nicht alles wissen. Schließlich habe ich auch noch ein Privatleben.« Das hörte sich vernünftig und logisch an, war aber mit seiner Situation nicht vergleichbar. »Du bist geschieden«, sagte er. »Es ist dein gutes Recht, dich mit einem Mann zu treffen.«

»Auch du hast ein Recht auf ... auf ...« Es war das erste Mal, dass sie um ein passendes Wort verlegen war. »Ein bisschen Spaß von Zeit zu Zeit«, sagte sie schließlich in fragendem Tonfall, so als sei sie nicht sicher, ob es das war, was sie ihm geben konnte.

Er überlegte, ob er ihr von Linas Blick erzählen sollte, als sie Tinas Namen auf seinem Handydisplay gesehen hatte. Wie ertappt er sich dabei gefühlt hatte. Wie ein Ehebrecher. Aber war das nicht zu intim? Weit intimer noch als ein geteilter Ozean aus Schmerz?

»Sie müssen sich auf mich verlassen können«, sagte er stattdessen. »Wenn ich mir wünsche, dass sie über alles mit mir reden, muss ich doch auch mit ihnen über alles reden.«

»Nein. Musst du nicht.«

»Ich kann sie doch nicht anlügen und erwarten, dass sie mir gegenüber ehrlich sind?«

»*Lügen.* Warum bist du so streng mit dir? Du versuchst doch nur, sie zu schützen.«

»Ich bin nicht sicher, ob es darum geht.« Der Satz war raus, bevor er ihn zensieren konnte.

Sie nickte, strich mit dem Finger über den Rand ihres Weinglases. »Ganz sicher geht es nicht nur darum.« Ihr Blick ging seitlich von ihm ins Leere. »Und auch das darf so sein.«

Er faltete seine Serviette und entfaltete sie wieder. Strich sie glatt und faltete sie erneut. Das half ein bisschen. Aber sie saßen längst nicht mehr zu zweit am Tisch.

»Das kommt davon, wenn man an einem regenfreien Tag über Regenthemen spricht«, sagte Jan mit einer unwirschen Handbewegung, wie um Kayas unsichtbaren Schatten zu verjagen.

»Wie furchtbar, wenn es jetzt auch noch regnen würde«, sagte Tina und wies auf den letzten glutroten Streifen am wolkenlosen Horizont. »Wer hätte gedacht, dass es so ein traumhafter Abend wird.«

»Da meint es jemand gut mit uns.«

»Auf diesen *Jemand* verlasse ich mich längst nicht mehr«, sagte sie. »Katastrophen passieren einfach. Aber Glücksmomente sind harte Arbeit. Die fallen nicht vom Himmel.«

Jan dachte, dass Tina, bei allen Komplikationen, die das mit sich brachte, sehr wohl etwas wie ein Himmelsgeschenk für ihn war, doch er hütete sich, ihr das zu sagen. Vermutlich sollte er auch erst noch eine Weile gründlich nachdenken, bevor er ein solches Bekenntnis aussprach. Er betrachtete ihre schmalen Hände, die sie locker um ihr Weinglas gelegt hatte und fragte: »Und wo nimmt man die Kraft her, nach einer Katastrophe, wie du sie erlebt hast, immer wieder an Glücksmomenten zu arbeiten?«

»Wo nimmst du sie her?«

Jan bezweifelte, dass auf der Skala der Katastrophen der

Tod einer Ehefrau genauso schlimm war wie der Tod eines Kindes, aber wenn er Tina richtig einschätzte, würde sie das als Argument nicht gelten lassen. Also sagte er: »Die meiste Zeit frage ich mich nicht, ob meine Kräfte ausreichen. Ich mache einfach weiter mit dem, was mir geblieben ist. Mit meiner Arbeit. Meinen Kindern.«

»Genau. Damit fängt man an. Weitermachen mit dem, was geblieben ist. Darauf baut man auf. Setzt Stück für Stück etwas Neues zusammen.«

»Zum Beispiel ein Bücherregal«, sagte Jan. Es war scherzhaft gemeint, ganz ohne Hintersinn, aber Tina blieb ernst. Sie zeichnete Linien ins Tischtuch und sah ihm dann tief in die Augen. »Ein kleines, das gut in ein altes Zimmer passt«, sagte sie.

»Für die Zeit, in der man das Alte noch nicht ganz hinter sich lassen kann«, ergänzte Jan. Er dachte an das, was er seinem Vater gegenüber gesagt hatte. »Aber kann man das je? Bleibt nicht immer etwas zurück?«

»Doch. Aber es gibt einen Unterschied zwischen Erinnerungen, die uns in der Vergangenheit festhalten und daran hindern weiterzugehen, und denen, die uns in die Zukunft begleiten.«

»Also baue ich ein neues Regal für ein Zimmer voll mit alten Erinnerungen?«

»Und irgendwann einmal vielleicht Schränke, in denen *auch* die alten Erinnerungen Platz finden.«

»Ich glaube, ich mag diesen Gedanken.«

»Ich denke, wir mögen ihn beide.«

16. Juni

Halb Detmold war zur Jubiläumsfeier der Firma Bode &
Söhne eingeladen worden. Es war einer der ersten heißen
Tage, die Sonne brannte gnadenlos auf das baumlose Fir-
mengelände herunter und ließ die Stahlungeheuer funkeln,
die überall zur allgemeinen Bewunderung ausgestellt waren.

Es gab Traktorfahrten und eine Hüpfburg für die Kinder, Torwandschießen für die Jugendlichen und ein Bier-
zelt für die Erwachsenen. Vor dem Hauptgebäude war eine
Bühne für Reden und Livemusik errichtet worden. Einige
Mitarbeiter hatten ein kleines Theaterstück vorbereitet
und gaben die 150-jährige Geschichte der Firma in kurzen, heiteren, manchmal satirischen Szenen zum Besten.
Jans Vater hielt eine knappe, aber für seine Verhältnisse erstaunlich berührende Rede. Er dankte der Belegschaft für
langjährige Treue und Engagement, holte einzelne wichtige Wegbegleiter auf die Bühne und überreichte Präsente.
Er dankte auch seiner Frau »für die vielen Stunden, die wir
nicht miteinander verbracht haben«. Nach diesem Witz,
der ihm viel Gelächter und Applaus einbrachte, den Jan
aber so gelungen gar nicht fand, meinte er, dass eigentlich
sie an seiner Stelle hier stehen müsste, denn ohne sie hätte
er niemals das erreichen können, was er erreicht hatte.
»Meine Frau ist die Seele dieses Unternehmens«, sagte er,
und alle applaudierten.

Jan applaudierte nicht. Der Satz war so wahr, dass er
weh tat.

Während der Rede lief seine Mutter in ihrem schicken
Kostüm und mit Dauerlächeln auf den Lippen umher,

schüttelte Hände und verteilte Blumensträuße. Für jeden hatte sie ein paar warme Worte übrig. Nur für Jan nicht.

Er war bereits am Vorabend mit Lina und Finn angereist, allerdings erst spät am Abend, und so hatte sich das Wiedersehen auf die Übergabe von Handtüchern und frischer Bettwäsche beschränkt. Am Morgen waren seine Eltern bereits so früh in die Firma gefahren, dass er mit den Kindern allein gefrühstückt hatte, worüber er alles andere als unglücklich gewesen war.

»Hat sie noch mal etwas gesagt wegen dieser Geschichte?«, fragte er jetzt Max, der sich zusammen mit Jan und Micki nach einer kurzen Begrüßungsrede mit rotglühenden Ohren an einem der Stehtische installiert hatte und seine Aufregung im Bierglas ertränkte.

»Welcher Geschichte?«

»Meinem Umzug hierher und so.«

»Ach das.« Max' Oberkörper wippte im Takt der Musik und auf seiner Stirn glänzte der Schweiß. Er trug Anzug und Krawatte, genau wie ihr Vater. Die beiden waren die Einzigen. »Hast du gar nicht mehr mit ihr gesprochen?«

»Keine Silbe.«

»Sie meint, du hättest ein Talent dafür, dir dein Leben kaputt zu machen, aber jeder wäre für sein Unglück selbst verantwortlich.«

Jan hätte gern mit einem flapsigen Spruch reagiert, aber er brachte nur ein gekrächztes Soso zustande. Er kippte den schalen Rest seines Bieres runter.

»Nimm's nicht so schwer«, sagte Micki, der dem bedeutenden Familienereignis ausnahmsweise ohne eine seiner wechselnden Partnerinnen beiwohnte. Vielleicht war auch er gerade in einer Transformationsphase. »Bist ja weit genug weg. Bis zum nächsten Familienfest hat sie es vergessen.«

Sie vielleicht. Ich aber nicht.

Micki griff sich ein frisches Glas Bier vom Tablett, das eine hübsche junge Servicekraft vorbeitrug, nicht ohne ihr dabei mit seinem charmanten Micki-Lächeln tief in die Augen zu blicken. Max nahm ebenfalls zwei, stellte eins vor Jan hin und stieß dann Micki in die Seite, der der jungen Frau unverhohlen nachstarrte.

»Was denn?«, fragte Micki.

»Nicht hier«, sagte Max mit einer Miene, die zum Anzug passte.

»Ich find's nicht eben lustig, eine Enttäuschung zu sein«, sagte Jan, laut genug, dass seine Brüder es trotz der lauten Musik hören konnten.

»Wenn du erst mal Übung darin hast, wird's leichter«, sagte Micki und grinste.

»Ich dachte eigentlich, ich hätte sie schon.«

»Du?« Micki lachte. »Du hast keine Ahnung, auf wie viele unterschiedliche Weisen man enttäuschen kann.«

»Ich glaube, wir können das alle drei ganz gut.« Max lockerte seine Krawatte. Ein Schweißtropfen rann ihm über die Schläfe.

»Spätzünder seid ihr. Habt einiges nachzuholen«, sagte Micki.

»Darauf trinken wir einen.« Max hob sein Glas, und sie stießen an, während laute Schlagermusik über das Werksgelände dröhnte.

∞

Jan rief Tina an, gleich am Montag nach dem Wochenende in Detmold, das er irgendwie durchgestanden hatte, ohne mehr als ein paar belanglose Worte mit seiner Mutter gewechselt zu haben. Dafür hatte sein Vater ihn zum Auto begleitet, »Mach's gut, meine Junge« gesagt und ihn umarmt. Das wäre noch vor ein paar Wochen unvorstellbar gewesen, und doch war Jan mit einem schmerzvollen und zugleich unendlich befreienden Gefühl von Endgültigkeit nach Hause gefahren.

Während des Abendessens am vergangenen Freitag hatte Jan Tina auch von seiner Mutter und ihren Bestrebungen erzählt, ihn nach Detmold und in das Familienunternehmen zu locken. Davon, dass er diesem Firmenjubiläum mit einer gewissen Furcht entgegensah. Und der Begegnung mit seiner Mutter.

Tina nahm seinen Anruf nach dem ersten Klingeln an.

»Ich habe gute Neuigkeiten«, sagte er.

»Ich bin ganz Ohr.«

»Ich habe wieder etwas Altes losgelassen.«

»Und das ist gerade siebzig geworden?«

»Noch älter.«

»Hundertfünfzig ist tatsächlich ganz schön alt.«

Das war das Besondere an ihr. Sie schien immer genau zu wissen, was er meinte, selbst dann, wenn er es selbst nicht so genau wusste. So war es auch mit Kaya gewesen. Er hatte unbestimmte Gefühle gehabt, sie die passenden Worte dafür.

»Und fühlst du dich jetzt besser?«, fragte sie.

»Zumindest weiß ich jetzt, dass ich auf dem richtigen Weg bin.« Der Satz war nicht ganz treffend. Gewusst hatte er das schon lange, er wusste nur erst jetzt, dass dieser Weg auch ohne Kaya der richtige blieb. Diese Erkenntnis war ihm auf dem Weg von Detmold zurück nach Liebholz gekommen, irgendwo zwischen Bremen und Hamburg. Er hatte eine Raststätte anfahren, sich ein paar Meter vom Auto und seinen Kindern entfernen müssen, um das neue Gefühl von Weite, das mit dieser Erkenntnis verbunden war, voll auskosten zu können.

»Hast du daran tatsächlich gezweifelt?«, fragte Tina.

»Ich habe ja niemanden mehr, der mich immer wieder davon überzeugen könnte.« Der Name Kaya kam ihm Tina gegenüber einfach nicht über die Lippen. Vielleicht lag es daran, dass sie die intimste Zeugin seiner Liebe zu Kaya geworden war, einer Liebe, die die Unwiderruflichkeit des Todes konkurrenzlos gemacht hatte.

»Und seit dem Wochenende weißt du, dass du Kaya dafür gar nicht brauchst?«

Sie kannte keine Scheu, weder vor konkurrenzloser Liebe noch vor unauslöschlichen Erinnerungen. Das brachte der tägliche Umgang mit dem Tod wohl mit sich.

Er lächelte dankbar. »Ja«, sagte er leise.

JULI

6. Juli

Der Juli begann mit Finns Geburtstag und einer ersten Hitzewelle. Finn wollte weder eine Geburtstagstorte noch eine Party, worüber Jan sehr erleichtert war. Er lieh zwei Stand-Up-Boards, und sie verbrachten den Tag zusammen mit Finns bestem Freund am See, grillten Würstchen, spielten Karten und paddelten zu viert in die Mitte des Sees, wo der Himmel grenzenlos und das Ufer fern und unbedeutend schien. Jan konnte sich nicht erinnern, wann er seine Kinder zuletzt so ausgelassen erlebt hatte. Der Tag war ein Geschenk, auch für ihn.

Trotz der großen Hitze in den Tagen darauf musste Finn für die letzte Mathearbeit vor den Sommerferien büffeln – und er tat es klaglos. Im zweiten Schulhalbjahr hatte er sich in allen wichtigen Fächern um eine Note verbessert und fand, er habe sich in diesem Sommer einen richtigen Urlaub verdient, wie er an einem Sonntagmorgen beim gemeinsamen Frühstück verkündete.

Die Ferien lagen spät in diesem Jahr, erst Ende Juli.

»Wo fahren wir überhaupt hin?«, fragte Lina.

Beide sahen sie Jan an, als hegten sie keinen Zweifel, dass er auf diese Frage nur gewartet hatte, um sie mit einem perfekt ausgefeilten Sommerferienplan zu überraschen.

Über die Ferien hätte er sich tatsächlich schon längst ein paar Gedanken machen sollen, hatte er aber nicht.

Zum Urlaubmachen gehörte eine Mutter, eine Ehefrau, eine unversehrte Familie eben. Kaya war immer diejenige mit den Ideen gewesen. Sie hatte Internetseiten durchforstet, Reservierungen vorgenommen, Packlisten erstellt, Vorfreude geweckt. Mit Kaya waren sie in den Süden gefahren, nach Österreich oder ins Alpenvorland, hatten Zeit auf kinderfreundlichen Bauernhöfen verbracht, später auch auf Campingplätzen an Seen oder Ostseestränden. Im letzten gemeinsamen Urlaub waren sie sogar geflogen, nach Kroatien, weil es dort nicht so teuer war wie auf Ibiza oder an toskanischen Stränden. Im vergangenen Jahr waren sie gar nicht mehr in Urlaub gefahren.

Sommerferien waren etwas, das er zu diesem Zeitpunkt überhaupt nicht gebrauchen konnte. Er war froh, einen Rhythmus gefunden zu haben aus Arbeit, gemeinsamen Aktivitäten mit den Kindern und gelegentlichen, noch immer heimlichen Telefonaten mit Tina. In ihrem letzten Gespräch hatte er ihr angeboten, bei ihr vorbeizuschauen und das Regal auszumessen. Sie hatte es vorgezogen, sich mit ihm in einem Café zu treffen, mit einer Zeichnung und den Maßen, die sie brauchte.

Seitdem hatten sie sich beinah täglich Textnachrichten geschrieben, meist nur Belangloses wie *Hilfe, ist das heiß heute* oder *Mir ist die Milch angebrannt. Wie kriege ich den Topf sauber?*, aber es tat Jan gut zu wissen, dass es wieder jemanden gab, für den selbst die belanglosen Ereignisse seines Alltags von Interesse waren.

Auch heute Vormittag war eine Nachricht von Tina gekommen. Sie fragte, ob er sie am nächsten Tag zu einer Lesung begleiten wolle. *Den Titel des Buches verrate ich dir nicht, du musst mir einfach vertrauen.* Er hatte noch nicht geantwortet. Vertrauen war etwas, über das er noch gründlicher nachdenken musste als über die Sommerferien.

Die Vorstellung, allein mit den Kindern an einen Ort zu reisen, wo seine Halteleinen fehlten, an denen er sich seit Monaten durch seine immergleichen Tage hangelte, verursachte ihm Magenschmerzen. Wie mehrere Wochen ohne die gewohnten Orientierungspunkte überstehen? Ohne die knarzende Holztreppe, den Fernseher im Wohnzimmer und den alten Sessel vor dem Fenster, auf dessen abgewetzter Sitzfläche noch immer Kayas Lieblingsdecke lag, den wurmlöchrigen Küchentisch, der auf dem unebenen Fliesenboden immer ein bisschen wackelte, seine Werkstatt mit dem vertrauten Sägemehlduft, die Bilder an den Wänden, die Fotos in den Alben, die Schlafzimmertür, auch wenn er sie nie öffnete. Zwischen diesen Fixpunkten bewegte er sich inzwischen in der Sicherheit, dass der Schmerz ihn nicht unverhofft anfallen konnte.

Was aber, wenn all das fehlte und nicht einmal seine Arbeit die Gedanken beschäftigen konnte? Er hatte keine Antwort darauf, Lina und Finn aber erwarteten eine. Jetzt sofort.

»Ähm… ehrlich gesagt … keine Ahnung, wo wir hinfahren sollen. Habt ihr eine Idee?«

»Ich will mal nach Indien«, sagte Lina.

»Du spinnst wohl! Weißt du eigentlich wie weit das ist?« Finn tippte sich an die Stirn.

»Ich weiß, wie weit das ist.«

»Dann red nicht so einen Schwachsinn.«

»Schwachkopf«, mischte Herr Johansson sich in das Gespräch ein. »DöskoppEierkopp!«

»Ist kein Schwachsinn.«

Jan versuchte, ernst zu bleiben. »Das ist ein schönes Projekt, aber vielleicht solltest du damit noch ein paar Jahre warten?«

»Das geht nicht. Ich will dahin, wenn Elke da ist.«

»Dahin war sie doch schon mal unterwegs. Aber jetzt hat sie keinen Bus mehr«, meinte Finn.

»Diesmal fliegt sie, hat sie gesagt.«

»Wann?«, fragte Jan. Begann Elke hinter seinem Rücken etwa die Zeichen für ihr Verschwinden zu setzen?

»Irgendwann. Aber sie hat gesagt, wenn ich will, nimmt sie mich mit.«

Jan nahm sich vor, Elke zur Rede zu stellen, sobald er das drängendere Problem mit den unmittelbar bevorstehenden Sommerferien gelöst hatte. Ihr Einfluss auf Lina ging ihm eindeutig zu weit. »Da habe ich wohl auch noch ein Wörtchen mitzureden«, sagte er. »Außerdem kann ich dir so eine Reise gar nicht finanzieren.«

»Ich spare schon.«

Finn lachte verächtlich. »Wie blöd bist du eigentlich? Bis du das Geld zusammenhast, ist Elke längst weg.«

»Du bist so ein Sackgesicht!«

»SackgesichtKackstiefelSausack!«, kam es aus Herrn Johanssons Käfig. Immerhin fluchte er inzwischen nicht mehr auf Italienisch.

»Und du bist einfach nur dämlich!«

»Dummdämlichdeppertdoof«, bekräftigte Herr Johansson.

Linas Augen begannen zu glänzen, und bevor ihr Bruder

sie auch noch als Heulsuse beschimpfen konnte, sagte Jan: »Können wir uns darauf einigen, dass Indien für die Sommerferien kein guter Plan ist?«, fragte er.

Lina blickte finster, aber sie nickte.

»Ich will auf jeden Fall ans Meer«, sagte Finn.

Linas Blick hellte sich schlagartig auf. »Ibiza ist cool. Sophie fährt da auch wieder hin.«

»Zu heiß im Sommer«, wehrte Jan ab. Urlaub in der Nähe der Haverkamps hatte ihm gerade noch gefehlt. »Außerdem ist da jetzt eh alles ausgebucht.«

Finn verzog das Gesicht. »Ich will aber auf keinen Fall auf irgend so 'nen öden Campingplatz an der Ostsee. Da können wir auch gleich hierbleiben.«

»Fandest du früher immer toll«, sagte Jan. *Als Mama noch da war* schien unaussprechlicher als *früher*.

»Das war was anderes. Da war Mama noch da.«

Alle konnten das besser als er. Auch sein Sohn.

»Wie wär's mit …« Er war nie ideenloser gewesen als in diesem Moment.

»Ist wahrscheinlich sowieso überall schon alles ausgebucht«, sagte Finn mit einer Resignation in der Stimme, die Jan kaum ertragen konnte. »Bleiben wir halt hier.«

»Ja, du zockst den ganzen Tag, und ich darf mich langweilen, super!« Wieder war Lina den Tränen nahe.

»Stopp. Hört auf. Natürlich fahren wir in die Ferien. Irgendwas findet sich schon noch.«

Finn griff seinen Teller und das Besteck und räumte alles mit verschlossener Miene in die Spülmaschine. »Ist nicht so wichtig. Sind ja bloß meine letzten Sommerferien.«

Lina stand ebenfalls auf. »Ich frag Sophie, ob sie mich noch mal mitnehmen können.«

Beide Kinder machten Anstalten, die Küche zu verlassen.

»Setzt euch wieder hin!« Jan hieb mit der flachen Hand auf den Tisch.

Lina setzte sich prompt, Finn blieb im Türrahmen stehen, die Arme vor der Brust verschränkt.

»Wir müssen gemeinsam überlegen«, sagte Jan. »Ohne zu streiten.«

Alle starrten sie eine Weile wortlos vor sich hin, dann sagte Lina: »Ich will was Cooles.«

»Und ich ans Meer«, sagte Finn. »Weiter als zwanzig Kilometer entfernt.«

Jan seufzte. »Anspruchsvoll seid ihr.«

»Muss ja kein teures Hotel sein. Von mir aus Zelt und Campingplatz. Aber irgendwo, wo wir noch nie waren«, sagte Finn.

»Mal was ganz, ganz anderes, als wir mit Mama immer gemacht haben«, pflichtete Lina ihm bei.

Vielleicht musste man dreizehn sein, um solche Dinge einfach so sagen zu können.

Jan nahm einen großen Schluck Kaffee, biss in sein Brot, kaute langsam und gründlich, um sich zu sammeln, und sagte dann: »Wie wär's mit England? Da waren wir noch nie.«

Finn stöhnte. »Ne Sprachreise, oder was? Da hab ich keinen Bock drauf.«

»Dänemark?«

»Was sollen wir denn da?«

Hitze stieg in Jan hoch. Er musste sich bewegen, sonst …

Ruhig bleiben, Jan. Sie sind keine Babys mehr, natürlich haben sie ihre Ansprüche. Es reicht ihnen nicht mehr, Sandburgen zu bauen und Minigolf zu spielen. Und sie brauchen die Halteleinen nicht, die für dich noch immer so wichtig sind. Sie haben beide viel geleistet in diesem letzten Jahr, haben viel Schmerz und Einsamkeit vor dir verstecken müssen. Sie haben eine schöne Zeit an einem Ort verdient, der erinnerungslos ist. So wie du auch.

Ja, Ferien sind ein Familienprojekt. Und auch ohne mich seid ihr eine Familie. Eine richtige, starke, kleine Familie. Ich bin stolz auf euch. Sehr, sehr stolz.

Jan ging zum Fenster, öffnete es weit und atmete in den noch frischen Morgen hinaus. An einem solchen Morgen hätten sie früher gemeinsam auf der Terrasse gefrühstückt.

Er ließ das Fenster offen stehen. Das Zwitschern der Vögel hatte eine beruhigende Wirkung. Deutlich gefasster sagte er: »Ihr sagt zu allem nein, macht aber selbst keine Vorschläge.«

»Vielleicht googeln wir einfach mal? Gucken, was überhaupt geht? Gibt doch so Last-Minute-Sachen«, schlug Finn vor.

Eine Last-Minute-Pauschalreise in den Sommerferien kam in der Liste der Dinge, die Jan nie im Leben tun wollte gleich hinter Kopfüber-von-einem-Hochhaus-Springen. Trotzdem sagte er: »Einverstanden. Googeln wir. Jeder sucht sich etwas aus, und dann entscheiden wir gemeinsam.«

Viel auszusuchen gab es nicht. Jan hatte ein Budget vorgegeben, das ihm sehr großzügig erschienen war. Die Suchmaschine sah das anders. Es gab keine Ergebnisse für die ersten beiden Augustwochen auf den Internetseiten der großen Reiseveranstalter. Ein paar Ferienwohnungen in Städten wie Torre del Mar oder La Palma auf Mallorca waren noch verfügbar, die sahen jedoch schon auf den Abbildungen so heruntergekommen aus, dass man bei der Buchung am besten gleich den Kammerjäger mitbestellte.

Finn und Lina fanden bei einem Anbieter, von dem Jan noch nie gehört hatte, ein Angebot in Antalya. Ein riesiger Hotelkomplex mit Pool, Tennisplätzen und großem Freizeitangebot. Auf den Abbildungen sah man einen Palmenstrand und eine Poollandschaft mit Wasserrutschen und Fontänen. Der Preis für zwei Wochen im *Grand Luxe Beach Resort* mit Halbpension lag nur geringfügig über Jans Budget.

Lina und Finn waren sich sofort einig und drängten Jan, schnell zu buchen.

»Türkei? Ist das nicht viel zu heiß im August?«

Finn ließ das Argument nicht gelten. »Gibt ja viel Wasser.«

Jan sah sich schon neben Hunderten schwitzenden, lärmenden Pauschaltouristen morgens am Frühstücksbuffet die Reste von Rührei und Speck zusammenkratzen und anschließend am überfüllten Pool um den letzten freien Sonnenschirm streiten.

»Es muss doch auch noch was anderes geben«, sagte er.

»Ja, nächstes Jahr wieder«, entgegnete Finn.

»Lasst uns da bitte eine Nacht drüber schlafen. Ist schließlich eine Menge Geld für …«

»Morgen ist das bestimmt auch ausgebucht«, schimpfte Lina.

»Ach, lass.« Finn klappte seinen Laptop mit lautem Knall zu. »Hab doch gewusst, dass wir dieses Jahr auch wieder zu Hause bleiben.«

∞

»Und? Was hast du heute deinen Kindern erzählt, wo du hingehst?«

»Gar nichts. Sie sind sauer auf mich und wollten gar nicht wissen, wo ich hingehe.«

Es war früher Abend am nächsten Tag, und Jan hatte Tina vor dem Café getroffen, in dem die Lesung stattfand, zu der sie ihn eingeladen hatte. Er hatte beschlossen, ihr zu vertrauen, was deutlich einfacher schien, als einen Urlaub zu planen.

Ein Plakat hing am Eingang. *Lesung mit Ralf Steinhard*, stand darauf, darunter das Bild eines Mannes mit hoher Stirn und Brille, der ein Buch in der Hand hielt. *Die Kunst des Abschiednehmens*, las Jan. Auch das noch.

»Er ist ein Kollege«, sagte Tina. »Von ihm habe ich viel gelernt für meine Arbeit.«

»Ich hatte auf einen spannenden Krimi gehofft. Oder eine Satire über Pauschaltouristen.«

»Pauschaltouristen?«

Jan erzählte in knappen Worten von seiner jüngsten Herausforderung.

Tina hörte zu, nickte nachdenklich und sagte dann:

»Antalya im August – wie furchtbar. Würde ich nicht machen.«

»Was dann? Der Druck ist groß. Und ich will die beiden nicht enttäuschen.«

Sie spitzte die Lippen und tippte ein paarmal mit dem Zeigefinger dagegen. Diese Geste hatte er bei ihr schon öfter gesehen. Es sah aus, als überlege sie, wie sie eine bedeutsame Botschaft am besten formulieren sollte. »Ich habe da so eine Idee«, sagte sie schließlich. »Aber erst kümmern wir uns ums Abschiednehmen, okay?«

Nur sehr wenige Zuhörer fanden sich in dem kleinen Café ein. Es erinnerte mehr an einen Gesprächskreis als an eine Lesung. Ralf Steinhard stellte sich als Experte für die Schnittstelle zwischen Abschied und Neubeginn vor, erzählte, wie er von der abgebrochenen Banklehre zum Varieté-Theater kam und die Kraft des gesprochenen Wortes für sich entdeckte. Er habe auf vielen Bühnen viele Rollen gespielt, im Theater wie auch im Leben. Sein Buch halte die Erinnerungen an viele Abschiede fest, die er selbst erlebt und begleitet habe. Er sagte Sätze wie »Das Leben, die Liebe und der Abschied gehören fest zusammen« oder auch »Das *Ja* zur Trauer schließt das *Ja* zum Leben ein.«

Herr Steinhard fand, dass die Menschen zu wenig über den Tod redeten, und sagte, dass er das mit seinem Buch ändern wolle.

»Wir können das Abschiednehmen jeden Tag üben, die vielen kleinen Abschiede helfen, uns auf die großen Abschiede besser vorzubereiten«, behauptete er. »Zelebrieren Sie Abschiede.« Er las Passagen vor, in denen er seine eigenen Abschiede schilderte, von einem Hamster, von Krawatten und gebügelten Hosen, von seiner ersten Ehefrau, einem festen Einkommen, seinen Eltern. Zuletzt gab er Beispiele für Abschiedszeremonien von ganz alltäglichen Dingen wie zu eng gewordenen Hosen oder kaputten Kaffeemaschinen. Jan sah sich schon die gesammelten Kartoffelschalen auf einem kleinen Altar feierlich verabschieden, bevor er sie in den Müll warf. Es fiel ihm schwer, ruhig auf seinem Stuhl zu sitzen und der geschulten Vortragsstimme dieses Ex-Schauspielers zu lauschen, der ihnen weismachen wollte, gegen die Brutalität des Abschiedsschmerzes könne es ein wirksames Mittel geben.

»Ich fordere Sie auf, noch heute mit dem Üben zu beginnen«, beendete Herr Steinhard seinen Vortrag. »Ich bin sicher, dass Sie alle mühelos etwas finden werden, wovon Sie Abschied nehmen können. Fangen Sie gleich heute damit an.«

»Und, was hältst du von ihm?«, fragte Tina, als sie anschließend durch die noch warmen Straßen Lübecks spazierten. Die Außenterrassen waren voller Menschen, Musik und Gelächter erfüllten die Stadt, Abendsommerlicht tanzte auf den Dächern, als wollte es Ralf Steinhards Botschaft Lügen strafen.

»Anstrengend«, sagte Jan und blickte einer Gruppe Jugendlicher nach, die johlend und lärmend an ihnen vorbeizogen. Ihm war, als hätte er Finn in ihrer Mitte gesehen, aber das war Unsinn, Finn saß allein zu Hause in seinem Zimmer, abgeschnitten von der Leichtigkeit eines Lebens, das vom Tod noch unberührt war.

»Darf ich?«, fragte Tina und schob, ohne seine Antwort abzuwarten, ihren Arm unter seinen. Das war neu. Berührt hatten sie einander bislang nur flüchtig. Aber es war kein unangenehmes Gefühl.

»Ich hatte Ralf versprochen zu kommen und dachte, dass seine Gedanken dir helfen könnten. Es tut mir leid, wenn es dich überfordert hat.«

»Hat es nicht. Ich sehe nur nicht viel Sinn darin, für etwas zu üben, das schon passiert ist. Außerdem ist es Quatsch. Als ob man sich auf den Tod vorbereiten könnte.«

»Ich habe das Buch gelesen. So schlecht ist es nicht.«

»Und wenn, für mich kommt es zu spät. Ich hätte es vor einem Jahr lesen müssen. Oder noch früher.«

»Aber Jan«, sagte Tina und blieb stehen. »Abschiednehmen ist ein langer Prozess. Er endet nicht mit dem Tod. Er fängt mit ihm an.«

∞

Ein Feriendorf an der französischen Atlantikküste, unweit der größten Düne Europas bei Arcachon. Kleine Holzhäuser für drei bis vier Personen ringförmig um eine große Poollandschaft angelegt, versteckt in Pinienwäldern, nur wenige Meter vom Strand entfernt. Es gab Tennisplätze, Basketball- und Volleyballfelder, Restaurants, Bars und Diskotheken. Dazu gehörte eine Rundumbespaßung – vom Surfkurs bis hin zur Morgenmeditation. Das war Tinas Vorschlag für Jans Sommerferien mit Lina und Finn.

Nach der Lesung und während ihres Spaziergangs waren sie übereingekommen, dass es trotz der Schwere des Themas ein wunderschöner Abend war, viel zu schön, um ihn schon zu beenden. Also hatten sie beschlossen, Ralf Steinhards Rat gleich in die Tat umzusetzen und das Verabschieden zu üben – nämlich von diesem Abend mit einem Glas Wein.

Sie waren in einer Weinbar gelandet, wo Tina ihm von ihren eigenen Urlaubsplänen erzählt hatte – und von ihrer Idee.

»Wir fahren da seit Jahren hin. Der Strand ist traumhaft, und zwischen den Pinien ist es angenehm kühl. Wenn du die weite Reise nicht scheust, wäre das vielleicht etwas für euch«, hatte sie gesagt, und Jan hatte gelacht wie über einen nicht ganz so guten Witz.

»Ich meine das ernst.«

»Aber da ist doch mit Sicherheit längst alles ausgebucht. Die Ferien beginnen in drei Wochen!«

»Eins der Häuser ist auf jeden Fall frei. Ich bin sicher, Philipp hat seine Reservierung noch nicht storniert.«

Sie erklärte ihm, dass ihrem Mann Anteile an der Ferienanlage gehörten und er dort mindestens einmal im Jahr Zeit mit den Kindern verbrachte. »Die Kinder lieben es, und ich … Für mich ist es ein guter Kompromiss. Ich habe Zeit für mich und muss mir keine Gedanken machen. Das hat immer alles Philipp organisiert.«

Ein eigenwilliges Verständnis von Trennung hatte sie. Wenn hier jemand das Abschiednehmen üben musste, dann war das ja wohl sie. Aber er würde sich hüten, ihr das zu sagen. Plötzlich kam ihm ein Gedanke.

»Ist dort euer Kind …?«

»Nein. In dem Jahr waren wir zum ersten Mal woanders«, sagte Tina, ohne ihn anzusehen. »Es ist das einzige Mal geblieben.«

Sie hatte ihm den Internetlink der Ferienanlage geschickt, zusammen mit den Nummern der beiden Häuser, die für sie und ihren Ex-aber-irgendwie-immer-noch-Mann reserviert waren. Sie lagen weit voneinander entfernt an den entgegengesetzten Enden der Anlage. Immerhin.

Jan war ziemlich sicher, dass Lina und Finn von diesem Ferienziel begeistert sein würden, wenn er es wagte, ihnen den Vorschlag zu unterbreiten. Aber wagte er das? Und müsste er nicht vorher seinen Kindern beichten, dass er sich mit Tina, der Trauerrednerin ihrer Mutter, angefreundet hatte? Wie würden sie das finden?

Die wichtigere Frage aber war: Wovon musste *er* Abschied nehmen, um ausgerechnet mit der Frau Ferien planen zu können, die seine Ehefrau beerdigt hatte?

Darüber würde er sehr gründlich nachdenken müssen, bevor er eine Entscheidung traf.

13. Juli

Seit dem Anruf bei seinem Vater hatte Jan Kayas Kalender nicht mehr in der Hand gehabt und so hatte er den Geburtstag einer ehemaligen Schulkameradin von Kaya verpasst. Er kannte diese Frau nicht und beschloss, dass Kaya ihm sein Versäumnis in Anbetracht der Tatsache, dass er unter großem Druck stand, gewiss verzeihen würde. Lina und Finn allerdings würden ihm nicht verzeihen, wenn er durch sein langes Zögern ihre Chancen auf einen coolen Urlaub am Meer verspielte, also hatte er sicherheitshalber die Pauschalreise nach Antalya ins *Grand Luxe Beach Re-*

sort gebucht – mit kurzfristiger Stornierungsoption. So gewann er Zeit, sich darüber klar zu werden, was ihm mehr Mut abverlangte: Tinas Angebot anzunehmen oder zum Pauschaltouristen zu mutieren. Lina und Finn ließ er vorerst in dem Glauben, dass er sich noch nicht entschieden hatte, auch wenn das hieß, von ihnen mit andauernder Verachtung gestraft zu werden. Auch heute waren beide wieder ohne Abschiedsgruß aus dem Haus gegangen. So weh das tat, er musste es vorerst aushalten.

Es hatte etwas Tröstliches, in dem Kalender zu blättern, der ihm im Lauf der letzten Monate schon so oft über schwere Momente hinweggeholfen hatte. Heute hatte Annemie Scheuner Geburtstag. Sie lebte im Dorf, war seit vielen Jahren verwitwet und wurde bestimmt bald achtzig, wenn sie es nicht schon war. Bis vor einem halben Jahr war sie noch jeden Morgen und jeden Abend mit ihrem Hund am Haus vorbei zum Wald gegangen. Früher hatte Kaya sie manchmal auf ihrem Morgenspaziergang begleitet, zuletzt noch im vergangenen Sommer. Kaya war gestorben, der Hund auch, und Jan sah Annemie nur noch selten. Als Finn und Lina klein waren, hatte sie von Zeit zu Zeit auf die Kinder aufgepasst, wenn sie beide viel arbeiten mussten oder Kaya auf einem Lehrgang war. Über die Jahre war sie zu einer Art Ersatzoma geworden, und als Lina die Grundschule besuchte, war sie oft nach Schulschluss zu ihr gegangen, hatte dort gegessen und bisweilen sogar Schulaufgaben gemacht. Wann Lina das letzte Mal bei ihr gewesen war, wusste Jan nicht. Irgendwie war Annemie so ganz unbemerkt von seinem Radar verschwunden, dabei wohnte sie keine fünfhundert Meter entfernt.

Kaya hatte Annemie an ihrem Geburtstag immer besucht oder mit ihr einen Ausflug in ein Café in der Nähe unternommen. Bestimmt hätte sie gewollt, dass er Annemie persönlich gratulierte. Ein kurzer Besuch, *Hallo* sagen, sich nach ihrem Befinden erkundigen, vielleicht ein paar Blumen übergeben – kein großer Aufwand. Und doch war es schwer. Jan wusste nicht einmal, ob sie noch fit war oder inzwischen auch bei ihr der Tod schon angeklopft hatte.

Er sah auf die Uhr. Es war kurz vor zwölf und die Kinder kamen mittwochs beide erst spät aus der Schule. Seine Arbeit war für heute weitgehend erledigt, er musste nur am Nachmittag noch bei einem Kunden einen Schrank ausmessen. Zeit hätte er also. Andererseits barg ein spontaner Besuch immer das Risiko, nicht willkommen zu sein. Vielleicht doch lieber anrufen?

Er griff zum Handy, zögerte, tippte die Nummer ein und drückte sie sofort wieder weg.

»Was soll ich tun?«, fragte er Herrn Johansson, der stumm in seinem Käfig saß und ihn beäugte.

Der Graupapagei legte den Kopf schief und schnarrte: »DummbeuteldummdämlicherDummbeutel!«

»Willst du damit sagen, ich soll hingehen?«

»Döskopp!«

Jan seufzte und zog den Arbeitskittel aus.

Mit einem Blumenstrauß von der Dorftankstelle stand er kurze Zeit später vor Annemies Haus, einem einfachen, kleinen Ziegelsteinbau aus den achtziger Jahren, dem anzusehen war, dass sich niemand mehr um die Instandhaltung kümmerte. Von den Fensterrahmen blätterte der Lack, im Vorgarten wucherte das Unkraut, und mehrere

Fliesen auf der Eingangstreppe waren gebrochen. Sogar die Spitzengardine im Küchenfenster war eingerissen.

Neben der Messingklingel hing noch immer das getöpferte Namensschild, auf dem *Hans und Annemie Scheuner* stand, obwohl Hans Scheuner schon lange tot war. Er war bei einem Autounfall ums Leben gekommen, kurz nachdem Jan und Kaya ins Dorf gezogen waren.

Jan drückte den Klingelknopf, und es ertönte ein melodisches Geläut, das zum getöpferten Namensschild und den Spitzengardinen passte. Aber nichts rührte sich. Gerade wollte Jan ein zweites Mal klingeln, da ging die Tür doch auf. Das Erste, was er sah, waren nackte Füße, die unter dem Saum einer weißen Flatterhose hervorragten.

»Das gibt's doch nicht«, murmelte Jan und kniff zur Sicherheit die Augen einmal fest zusammen. Aber die Frau in Weiß war keine Halluzination, da stand Elke.

»Hallo Jan. Welch Überraschung. Wir dachten, es wäre der Postbote.«

Jan trat an seiner Schwiegermutter vorbei in den engen Flur. Dabei stolperte er über ein paar Herrenpantoffel. Ganz sicher gehörten die nicht Annemie. Eine übelkeitserregende Geruchsmischung aus gekochtem Fleisch, Wandfeuchte und Elkes Räucherstäbchen schlug ihm entgegen.

»Was machst du denn hier?«, fragte er.

»Mich um eine einsame Seele kümmern. Von euch tut es ja offenbar niemand mehr.«

»Denkst du, ich bin hier, um sie auszurauben?« Er hielt ihr den Blumenstrauß unter die Nase.

»Sie läuft beinah jeden Tag mindestens einmal an deinem Haus vorbei«, sagte sie. »Aber du brauchst einen Geburtstag, um nach ihr zu sehen.«

Schuldig im Sinne der Anklage. Aber von Elke würde er sich kein schlechtes Gewissen einreden lassen. »Und du ziehst ihr mit deinem Hokuspokus das Geld aus der Tasche?«

Sie hob nur eine Braue, griff nach ihrer bunten Umhängetasche, die sie immer zu ihren sogenannten Kundenbesuchen mitnahm und wies auf die halb geöffnete Tür am Ende des Flurs. »Sie sitzt im Wohnzimmer. Wundere dich nicht, es könnte sein, dass die Behandlung nachwirkt.«

Das Wohnzimmer war so vollgestopft mit dunklen Eichenmöbeln, Beistelltischen mit Spitzendeckchen und gusseisernen Lampen mit Häkelschirmen, dass er Annemie im ersten Moment gar nicht entdeckte. Sie saß eingehüllt in eine dicke graue Strickjacke in einem Ohrensessel am Fenster, die Augen geschlossen, ein Lächeln auf den Lippen. Jan klopfte behutsam an den Türrahmen, doch sie reagierte nicht. Er klopfte lauter. »Darf ich reinkommen?«

Sie öffnete die Augen und wandte ihm den Kopf zu. Es sah aus, als käme sie von sehr weit her. »Ach, mein Schatz, Blumen, wie wunderbar!«

Mein Schatz? War das die Nachwirkung der Behandlung, von der Elke gesprochen hatte? Oder war sie plötzlich dement?

»Hallo Annemie. Ich bin's, der Mann von …«

Falsch. Irgendwo hatte er einmal gelesen, dass man nicht versuchen sollte, Demenzkranke von ihrem Irrglauben abzubringen. Ähnliches galt vermutlich für Menschen im Wahn.

»Ich habe dir ein paar Blumen mitgebracht. Du hast ja heute Geburtstag.«

»Stimmt. Daran hab ich gar nicht mehr gedacht.« Ihre Stimme klang schleppend. Sie fuhr sich mit der Hand über die Augen und tastete nach der Brille, die auf dem Tisch neben ihr lag. »Gütiger«, murmelte sie. »Ich muss eingeschlafen sein.«

Mühsam rappelte sie sich aus dem Sessel hoch und schlurfte auf ihn zu. Ihre Augen waren gerötet, ihr Blick wirkte verschwommen, wie der eines schwer alkoholkranken Menschen. Aber sie roch nach Elkes Räucherstäbchen und billigem Parfüm, nicht nach Alkohol.

»Jan, du bist das.« Sie schüttelte den Kopf. »Einen Moment dachte ich wirklich, du wärst Hans.«

Ihr dünnes, graues Haar klebte seitlich am Kopf, als hätte sie sehr lange gelegen. Sie blieb vor ihm stehen und berührte seine Wange mit kalten Fingern. »Mir ist nie aufgefallen, wie ähnlich du ihm siehst. Wenn er noch mal kommt, werde ich es ihm sagen. Es wird ihn freuen.«

Sie war wirklich nicht mehr bei Sinnen. Das Sicherste war, bei den naheliegenden Fakten zu bleiben, von denen sie auch selbst überzeugt war.

»Herzlichen Glückwunsch zum Geburtstag«, sagte er und streckte ihr die Blumen entgegen.

»So ein schöner Strauß. Warte, ich hole eine Vase.«

Jan folgte ihr. Er war erleichtert zu sehen, dass die Küche sauber und aufgeräumt war. Zumindest schien sie ihren Alltag noch gut bewältigen zu können. Der Tisch war gedeckt, zwei Suppenteller, Löffel und Gläser. Vor dem Fenster auf dem Boden stand ein Hundenapf. Das irritierte ein wenig, aber vielleicht betreute sie ja einen Pflegehund.

»Ich wollte eben essen, als deine liebe Schwiegermama kam«, sagte Annemie. »Ich hatte nicht mit ihr gerechnet.

Aber unerwartete Gäste sind die schönsten, nicht wahr?«
Sie öffnete einen Schrank, nahm eine Vase heraus und
füllte Wasser ein.

Während sie die Blumenstängel anschnitt, in dem Gefäß
anordnete und den Strauß auf den Tisch stellte, erzählte
sie, dass sie Elke im Dezember im Wald kennengelernt
hatte. »Sie setzte sich eines Tages zu mir, als ich mich auf
einer Bank ausgeruht habe. Sie war sofort wie eine Freundin. Es war, als wäre Kaya wiedergekommen, obwohl sie
ihr gar nicht so ähnlich sieht. Es muss ein solcher Trost für
dich sein, dass sie bei euch wohnt.«

»Lina mag sie sehr«, sagte Jan ausweichend.

»Wir sind im Winter oft zusammen spazieren gegangen,
und dann war sie plötzlich weg. Sehr traurig war das. Sehr
traurig.« Für einen Moment wirkte Annemie wie ein Kind,
das sich in der Fremde verlaufen hatte. Dann ging ein
Ruck durch ihren Körper, und sie sah ihn hoffnungsvoll
an. »Möchtest du einen Teller Suppe mit mir essen?«

»Das ist sehr lieb von dir, aber ich kann wirklich nicht
lange …«

»Du würdest mir eine große Freude machen.« Er konnte
ihren flehenden Blick kaum aushalten.

»Na gut, aber wirklich nur ganz wenig.«

Sie nahm einen der beiden Teller vom Tisch und befüllte
ihn mit Suppe. »Setz dich doch, mein Lieber.«

Jan wählte den Stuhl, vor dem der andere Teller stand.

»Oh«, sagte sie. »Das ist Hans' Platz. Würdest du diesen
hier nehmen, bitte?«

Sie holte einen weiteren Teller aus dem Schrank, befüllte
auch den und setzte sich zu ihm. Der dritte Teller blieb
leer.

»Es ist so schön, dich zu sehen.« Sie lächelte selig. »Heute scheint mein Glückstag zu sein.«

Sie löffelten die Suppe, und immer wieder sah Annemie ihn mit diesem beseelten Lächeln an, als könnte sie kaum glauben, dass er tatsächlich da war.

»Bekommst du noch mehr Besuch?«, fragte Jan nach einer Weile unangenehmen Schweigens und wies auf den leeren Teller.

Sie beugte sich ein wenig vor und senkte die Stimme. »Er war schon da.« Sie kicherte und auf ihren altersfleckigen Wangen erschien ein rosiger Schimmer.

Die Blumen verströmten einen intensiven Geruch. Unauffällig schob er die Vase ein Stück von sich weg.

»Und wer ist *er*?« Jan wagte kaum zu fragen.

»Ich würde das niemals jemandem sagen. Man wird so schnell für verrückt erklärt. Aber du verstehst vielleicht ... Besucht sie dich auch manchmal?«

»Wer?« Er konnte nur flüstern.

»Deine liebe Frau. Kaya.« Sie flüsterte ebenfalls und sah aus wie ein Kind beim Stille-Post-Spiel.

Jan überlief eine Gänsehaut, obwohl die Suppe heiß war und die Julisonne durch das geschlossene Fenster hereinfiel. Er wünschte, er hätte sich doch fürs Anrufen entschieden.

»Elke sagt, oft spürt man sie nur, aber ich ... ich kann ihn sogar sehen.«

Sein Magen rebellierte. Er legte den Löffel beiseite und trank einen Schluck Wasser.

»Jemanden wie Elke in der Familie zu haben ... es ist ein solcher Segen für euch. Ich bin so froh darüber.« Sie langte über den Tisch und sah ihn aus ihren wässrigen Augen an. Ihre Hand war viel zu kalt für einen warmen Sommertag mit Hühnersuppe zum Mittagessen. Vielleicht war Annemie dem Tod wirklich schon näher als dem Leben.

»Jetzt weiß ich endlich, warum ich all die Jahre Hans' Sachen nicht fortwerfen konnte. Er war immer noch da. All die Jahre, hier bei mir.«

»Sagt Elke das?«

»Sie sagt gar nichts. Wenn sie kommt, ist sie einfach nur bei mir und hält meine Hand.«

Er musste Elke unbedingt fragen, was in dem Beutel steckte, den sie zu ihren Patienten mitnahm. Vielleicht halluzinogene Pilze. Das wäre eine Erklärung. »Und wenn Elke da ist, kommt auch dein Mann …«, er musste sich räuspern, seine Kehle sperrte sich gegen die Worte, »zu Besuch?«

»Meistens. Manchmal klappt es nicht. Vielleicht ist er dann bei jemand anderem. Er hat so viele Menschen gekannt.«

Annemie sah versonnen aus dem Fenster.

Es stand tatsächlich nicht gut um sie. Vermutlich müsste er einen Arzt einschalten. Aber stand ihm das zu? »Und … hast du eine Erklärung, warum er sich dir erst jetzt zeigt?«, fragte er vorsichtig.

»Ich habe ihn nicht zu mir gelassen. Ausgesperrt hab ich ihn. All die Jahre.« Ihre Augen verwässerten noch ein wenig mehr, und sie zog ein benutztes Stofftaschentuch aus dem Ärmel. »Ich wusste ja nicht, dass die Toten nie ganz verschwinden. Sie sind noch da. Sie sind alle noch da.« Sie breitete die Arme aus, als wolle sie sämtliche verstorbenen Seelen des Dorfes auf einmal umarmen. Dann putzte sie sich die Nase und tupfte sich die Augen trocken.

»Zum Glück habe ich nichts fortgeworfen«, fuhr sie fort. »Nur in den Keller geräumt. Jetzt steht alles wieder an seinem Platz.«

Jans Blick wanderte zum Hundenapf. »Siehst du den Hund auch?«

»Ich *sehe* sie nicht, so wie ich dich jetzt sehe. Aber ich weiß, wenn sie mir nah sind. Und ich möchte ihnen das Gefühl geben, dass sie jederzeit zu mir kommen dürfen.« Deswegen der Teller. Und die Pantoffeln im Flur. Selbst der Irrsinn hatte seine Logik. Die Luft in der kleinen Küche war mittlerweile so stickig, dass er kaum noch atmen konnte. »Das ist doch wunderbar«, presste er hervor.

»Ein Segen.« Ihr verträumtes Lächeln ließ erahnen, dass sie einmal eine sehr schöne Frau gewesen sein musste. »Das verdanke ich deiner lieben Schwiegermama. Sie hat mir die Augen geöffnet. Ich war so lange blind.«

Auf einmal wusste er, warum er die Blumen unmittelbar vor seiner Nase als so unangenehm empfand. Sie stanken nach Verwesung. Er musste dringend hier raus.

∞

»Du hast den Verstand dieser armen Frau auf dem Gewissen!«

Elke saß mit geschlossenen Augen vor ihrer Hütte auf der grob gezimmerten Holzbank, die er im Dezember mit Finn hatte bauen wollen, und schließlich doch allein fertiggestellt hatte. Die Spätnachmittagssonne ließ ihr Haar silbrig schimmern. Ihre weiße Kleidung blendete ihn fast.

»Wovon sprichst du?«, fragte sie, ohne die Augen zu öffnen.

»Du weißt genau, von wem ich spreche.«

Sie seufzte. »Wusste ich's doch. Ich hätte dich nicht mit ihr allein lassen sollen.«

»Ihr Mann ist seit über zehn Jahren tot. Und dann kommst du daher und reißt eine alte Wunde auf. Musst du dir wirklich immer wieder beweisen, welche Macht du über Menschen hast?«

Sie klopfte mit der flachen Hand auf die Bank neben sich. »Setz dich doch. Ich mag es nicht, wenn du dich so vor mir aufbaust.«

»Nein danke. Ich stehe lieber.«

Elke schlug die Beine übereinander und verschränkte die Arme, wie um sich vor seiner Aggressivität zu schützen. »Sie hat über zehn Jahre darunter gelitten, sich nicht von ihm verabschiedet zu haben. Sie waren wie eins, und dann wurde er brutal aus ihrem Leben gerissen.«

»Und jetzt gaukelst du ihr vor, dass er noch immer da ist? Wie soll sie denn so Frieden finden?«

»Sie brauchte Trost. Das Gefühl, nicht allein zu sein.«

»An einen Geist zu glauben, ist kein Trost. Es ist Wahn.«

Elke lächelte nachsichtig. »Nenn es meinetwegen Wahn. Es spielt keine Rolle, was du davon hältst.«

»Setzt du sie unter Drogen, damit sie glaubt, was du ihr einredest?«

»Unsinn!« Der Vorwurf schien sie tatsächlich zu verärgern. »Ich rede ihr nichts ein. Alles, was sie wahrnimmt, entspringt ihrem eigenen Bedürfnis. Sie hat sich seit über zehn Jahren nichts mehr gewünscht, als ihren Mann noch einmal zu sehen, um sich richtig von ihm verabschieden zu können. Ich habe es ihr ermöglicht. Das ist alles.«

»Das ist nicht alles. Sie hat seine Pantoffeln und was

weiß ich sonst noch aus dem Keller geholt. Stellt ihm einen Teller hin. Dem toten Hund seinen Napf. Sie ist übergeschnappt. Und das ist deine Schuld!«

»Hast du das Gefühl, sie ist unglücklich?«

Waren die Verrückten je unglücklich? Er konnte nichts darauf erwidern.

»Na also«, sagte Elke mit zufriedenem Lächeln.

Er ließ sich auf die Bank neben sie fallen. Warum versuchte er überhaupt, mit Elke zu streiten? Er wusste doch, wie sinnlos das war.

»Es ging ihr sehr schlecht.« Elke sprach jetzt leise, behutsam, wie mit einem Kind, das nach einem Tobsuchtsanfall wieder zu sich kam. »Hätte ich sie denn unglücklich sterben lassen sollen, wenn ich doch die Fähigkeit habe, ihr das zu geben, wonach sie sich am meisten sehnt?«

»Es kann nicht richtig sein«, murmelte er.

»Warum nicht? Sie braucht die Illusion, um in Frieden sterben zu können. Was ist daran so verwerflich?«

»Du tust, als läge sie im Sterben. So wie ich das sehe, ist sie kerngesund, und als ich das letzte Mal mit ihr gesprochen habe, war sie auch noch bei glasklarem Verstand.«

»Wie lang ist es her, dass du mit ihr gesprochen hast?«

Zu lange, aber das würde er ihr gegenüber nicht zugeben. »Mir gefällt nicht, wie du Menschen manipulierst«, sagte er ausweichend.

Elke setzte ihre Vor-mir-kannst-du-nichts-verbergen-Miene auf und schüttelte kaum merklich den Kopf. »Vom Tag unserer Geburt an werden wir dazu erzogen, nur unseren schwach ausgebildeten Sinnen zu vertrauen. Dabei zeigen uns doch sogar unsere Haustiere, dass da noch mehr ist, als wir wahrnehmen können. Ist es Manipulation, Menschen dabei zu helfen, all ihre Sinne zu nutzen?«

Jan wusste keine Antwort darauf. Ihm war nur immer noch übel von der Suppe, den Blumen und der stickigen, totengeschwängerten Luft in Annemies Küche.

Elke stand auf und hockte sich vor ihn hin, legte ihre Hände auf seine Knie. Wie immer versetzte ihre Berührung sein Inneres in Aufruhr. »Soll ich dir sagen, warum du dich so aufregst?«

»Ich weiß nicht, ob ich es hören will«, brummte er.

Sie setzte sich im Schneidersitz auf die Wiese zu seinen Füßen, faltete die Hände im Schoß und sah ihn voller Mitgefühl an. »Du hast Angst«, sagte sie.

»Blödsinn!«, widersprach er schwach.

»Warum wagst du es dann nicht, das Schlafzimmer in deinem Haus zu betreten?«

Jan wich ihrem Blick aus.

»Kayas Kleider hängen noch alle im Schrank. Auf ihrem Nachttisch liegt das Buch, das sie zuletzt gelesen hat, ihr Schmuck. Du hast nichts angerührt. Du versuchst, die Erinnerungen an Kaya auszusperren, weil sie schmerzhaft sind.«

»Natürlich sind sie schmerzhaft! Und wenn du eine normale Mutter wärst, ginge es dir genauso. Aber du hast überhaupt keine Gefühle mehr vor lauter … lauter … Entspannung!«

Elke schloss die Augen, atmete tief ein und aus und nickte dann. »Das mag so aussehen.« Sie öffnete die Augen wieder. »Es geht aber jetzt nicht um mich und wie ich mit Schmerz umgehe. Es geht um dich. Du musst all das, vor dem du dich zu schützen versuchst, wieder in dein Leben lassen, Jan. Du musst diese Schwelle übertreten, denn wenn du das nicht schaffst, wirst du eines Tages sein wie Annemie. Und das weißt du.«

∞

Hör auf, Jan! Leg diese Axt weg! Siehst du nicht, was du anrichtest? Anstatt dieses arme Regal in einen Trümmerhaufen zu verwandeln, könntest du einen Spaziergang machen. Fahr mit dem Rad zum See, schwimm, renn, brüll dir meinetwegen im Wald die Seele aus dem Leib! Alles Mögliche könntest du tun, aber du drischst mit der Axt auf dieses schöne Regal ein, das doch schon fast fertig war. Zerstörung ist keine Antwort auf die Wahrheit, auch wenn sie von meiner Mutter kommt, das weißt du doch!
Du hast schon so viel geschafft. Sieh doch nur, wie gut du den Alltag im Griff hast, du kannst so stolz auf dich sein.
Ich habe großes Vertrauen in dich. Wir schaffen das. Gemeinsam. Irgendwann. Und dann kann auch ich endlich gehen.

∞

Er hatte es nicht anders verdient. Nachdem er das fast fertige Regal für Tina in winzige Stücke zerhackt hatte, stundenlang über die Felder gerannt und seine Wut in den auffrischenden Abendwind geschrien hatte, war er schließlich vor Erschöpfung über eine Wurzel gestolpert und hatte sich Knie und Hände aufgeschlagen. Nun saß er blutend im Wohnzimmer und ließ sich von seiner Tochter Pflaster auf die Handinnenflächen kleben, weil er es allein nicht hinbekam. Erbärmlich.

»Elke hat so eine Paste, die …«

»Brauch ich nicht. Das heilt von allein.«

»Aber Mama hat bei so was auch immer …«

»Es sind nur ein paar Kratzer, Lina. Pflaster drauf und fertig.«

Lina runzelte die Stirn, sagte aber nichts mehr.

Verschwitzt und dreckig wie er war, ging er zurück in die Werkstatt. Dort sah es übel aus. Er kehrte die Reste seiner Raserei zusammen und warf sie in die Tonne. Warum er ausgerechnet auf Tinas Regal eingedroschen hatte, wusste er nicht. Sie hatte doch mit alldem nichts zu tun.

Er würde ein neues bauen, schöner und eleganter als das, was er zerstört hatte.

Was Elke ihm da einreden wollte, war Unsinn. Er hatte nichts, aber auch gar nichts mit Annemie gemein. Er stand mitten im Leben, hatte zwei Kinder, einen erfüllenden Beruf und nun sogar eine Art … Ja, wie sollte er sie bezeichnen, diese Beziehung zu Tina? War es schon Freundschaft? Nicht mehr als das, auf keinen Fall. Aber auch nicht weniger.

Er traf sich mit einer Frau und plante sogar einen gemeinsamen Urlaub mit ihr. War das nicht Beweis genug, dass er niemals werden würde wie Annemie? Was für ein absurder Gedanke! Wieso war er deswegen eigentlich so außer sich geraten?

Kopfschüttelnd hängte er die Axt zurück an ihren Platz im Werkzeugregal und ging zurück ins Haus. Er musste duschen und Abendessen machen. Es war spät geworden.

Auf dem Weg zum Bad blieb er vor der Schlafzimmertür stehen. Sollte er …? Nein, nicht mal so eben zwischendurch. Er brauchte Zeit dazu, niemand durfte im Haus sein. Er wollte ganz allein sein, wenn er hineinging. Morgen vielleicht. Oder übermorgen. Oder irgendwann.

Es war schon fast Mitternacht, als er Tina eine Nachricht schrieb. *Antalya ist wirklich keine Option. Gilt dein Angebot noch?*

Ihre Antwort kam sofort. *JA*. Mehr nicht. Aber mehr brauchte er auch nicht.

Jetzt musste er nur noch mit den Kindern reden.

AUGUST

*E*r hatte es versucht. Wirklich ernsthaft versucht. Mehrmals sogar. Am späten Abend, am frühen Morgen, in der Mittagszeit. Zu keiner Zeit war es richtig gewesen. Sobald er die Klinke niedergedrückt, den Geruch wahrgenommen hatte, der sich in diesem Zimmer für die Ewigkeit festgesetzt zu haben schien, war es eng in seiner Brust geworden und eine große Schwäche hatte seine Glieder erfasst.

Er war nicht bereit für diesen Schritt. Egal, was Elke sagte, sein Bauch sagte das Gegenteil. Oder sein Herz. Oder wo auch immer die Angst wohnte, die eine so unauflösliche Verbindung eingegangen war mit dem, was übrig geblieben war von seinem Leben mit Kaya – Erinnerungen, Sehnsucht und vor allem Schmerz.

Tina war mit ihren beiden Kindern bereits nach Frankreich geflogen. Sie würde einen ganzen Monat dort verbringen, wie jedes Jahr. In einer Woche würde auch er aufbrechen. Mit dem Auto und zwei Kindern, die ihr Glück kaum hatten fassen können, als er ihnen die Fotos von der Ferienanlage gezeigt hatte.

»Guck dir mal den Pool an! Der ist zwanzig Mal größer als der in Antalya.«

»Bogenschießen! Mega! Das will ich machen.«

»Und die Düne runterrollen.«

»Surfen!«

»Und wir haben echt ein ganzes Haus für uns?« Lina

hatte sich auf seinen Schoß gesetzt. Vor lauter Begeisterung schien sie vergessen zu haben, dass sie schon dreizehn war.

»Es ist nur ein ganz kleines Haus.«

»Aber mit Küche und Badezimmer und allem Drum und Dran?«

Jan nickte.

»Cool. Sophie wird sooo neidisch sein!«

»Wie hast du das gefunden?«, fragte Finn.

Das wäre der Moment gewesen, ihnen von Tina zu erzählen. Aber auch dazu hatte ihm der Mut gefehlt, zu lange war es her, dass er in den Augen seiner Kinder Vorfreude und Begeisterung gesehen hatte. Wie hätte er sie in diesem Augenblick mit dem Namen Bettina Seidel an einen der schlimmsten Tage ihres Lebens erinnern können?

»Im Internet findet man alles«, hatte er gesagt und lieber über Tennisplätze, Surfkurse und meterhohe Wellen gesprochen, die an einen endlosen, feinsandigen Strand brandeten.

Und erst mal galt es, ein anderes, gewichtiges Problem zu lösen. Herr Johansson brauchte eine Ersatzfamilie. Keinesfalls wollte Jan 1600 Kilometer zusammen mit einem plappernden Papagei zurücklegen, auch wenn Lina fand, dass das viel lustiger wäre, als nur neben ihrem langweiligen Bruder zu sitzen.

»Elke kann auf ihn aufpassen«, sagte Lina.

Finn schüttelte heftig den Kopf. »Dann haut sie mit ihm nach Indien ab, und wir kriegen ihn nie wieder. Willst du das riskieren?«

»Sie hat gesagt, sie bleibt noch.«

Darauf wollte Jan sich nicht verlassen. Aber er hatte eine Idee.

∞

Diesmal öffnete ihm Annemie selbst die Tür. Ihr Haar war ordentlich frisiert, sie trug ein den sommerlichen Temperaturen angemessenes Kleid und hatte sogar Lippenstift aufgetragen.

»Wie schön!«, rief sie voller Freude. »Komm rein, ich habe gerade Kaffee gekocht. Als hätte ich geahnt, dass du kommst.«

»Dann hast du dich bestimmt für mich so fein gemacht«, neckte er und reichte ihr die kleine Schachtel Pralinen, die er noch schnell beim Bäcker besorgt hatte.

Annemie kicherte wie eine junge Frau beim ersten Rendezvous. »Deine liebe Schwiegermama kommt gleich. Und du weißt ja, was das heißt.« Mit verzücktem Lächeln betrachtete sie die Pralinen. »Meine Lieblingssorte. Woher wusstest du das?«

»Mein sechster Sinn«, sagte Jan mit einem Augenzwinkern.

Sie zwinkerte zurück. »Ich sehe, wir verstehen uns.«

Sie hakte sich bei ihm ein und führte ihn hinaus auf ihre Terrasse. Zwei Tassen standen auf dem Tisch, die Kaffeekanne und ein Bild von Hans. Für Elke standen ein Glas und eine Karaffe Wasser bereit.

»Kein Kaffee für mich heute«, sagte er schnell, als sie eine dritte Tasse holen wollte. »Ich werde auch gar nicht lange bleiben.«

Er erzählte von der bevorstehenden Reise, für die noch

viel zu tun war, und den vielen Kilometern, die mit dem Auto zurückzulegen waren. Und ohne den Zusammenhang zu erklären, erzählte er von Herrn Johansson, der ihm in den stillsten und einsamsten Stunden nach Kayas Tod ein großer Trost gewesen war.

»Das verstehe ich gut«, sagte Annemie. »Ich weiß gar nicht, was ich nach Hans' Tod ohne meinen Lumpi gemacht hätte.«

»So ein Tier hilft sehr, wenn man den Partner verliert«, bestätigte Jan. »Denkst du nicht manchmal daran, wieder einen Hund ...«

»Auf gar keinen Fall. Ich bin zu alt. Ich sterbe bald, und das möchte ich keiner Seele antun. Nein, es ist alles gut so, wie es ist.«

»Mit Herrn Johansson hat man nie das Gefühl, allein im Haus zu sein.«

»Das ist gut.«

»Man kann sich mit ihm hervorragend unterhalten.«

»Tatsächlich?«

»Er spricht sogar Italienisch.«

»Oh, ich liebe Italien! Hans und ich sind immer in die Toskana gefahren.« Mit rosigen Wangen erzählte sie von einem Gutshaus in den Weinbergen, romantischen Sommerabenden und sternenklaren Nächten. »Aber das ist alles schon so lange her.« Ein Schatten huschte über ihr Gesicht. »Nach Hans' Tod bin ich nie wieder in Urlaub gefahren.«

»Ich finde es auch schwer ohne Kaya.« Gegenüber Annemie sagte sich dieser Satz erstaunlich leicht.

»Du hast noch ein halbes Leben vor dir. Bestimmt wirst du eine neue Liebe finden mit vielen gemeinsamen Urlauben.« Ihr Blick schien mehr im Jetzt verankert als bei seinem letzten Besuch. Vielleicht war sie doch nicht verrückt oder nur ein kleines bisschen.

»Ich tue es in erster Linie für die Kinder. Wäre ich allein, würde ich lieber dableiben.« Und um das Gespräch wieder in die beabsichtigte Richtung zu lenken, setzte er hinzu: »Aber mit Herrn Johansson ist man ja nie wirklich allein.«

Annemie erzählte, dass Hans' Vater einen Papagei besessen hätte, der nach dem Tod seiner Frau anfing, Polnisch zu sprechen. »Sie stammte aus Warschau, hat aber nie in ihrer Muttersprache gesprochen. Woher der Vogel das auf einmal konnte…? Es war ein Wunder.«

»Tiere nehmen so viel mehr wahr, als wir.« Jan ließ den Blick hinauf zu den Wipfeln der Tannen schweifen, die den Garten umsäumten. »Herr Johansson mochte Kaya am liebsten von uns allen«, sagte er. »Manchmal glaube ich, dass er sie noch spüren kann.« Einmal ausgesprochen, klang der Satz gar nicht so verkehrt.

Gemeinsam lauschten sie eine Weile dem Gesang der Vögel und dem Säuseln des Windes, der die Tannenwipfel sachte hin und her wiegte.

Annemie betrachtete mit liebevollem Lächeln das Bild von Hans. Dann fragte sie: »Willst du denn Herrn Johansson mit auf eure Reise nehmen?«

Jan sagte, dass ihm wahrscheinlich nichts anderes übrigbliebe, allerdings vertrüge Herr Johansson die Hitze nicht besonders gut, und es sei zu befürchten, dass ihm eine solche Reise gar nicht gut bekam. »Wenn ich ihn irgendwo lassen könnte, wäre das natürlich besser für ihn.«

»Viel besser«, bekräftigte Annemie. »Ein bisschen Italienisch kann ich sogar noch. Vielleicht magst du ihn bei mir lassen?«

»Ja, würdest du denn ...?«

Annemie beugte sich vor und tätschelte seine Hand. Heute fühlte sie sich warm, weich und mütterlich an. »Das würde ich sehr, sehr gern für euch tun«, sagte sie. Ihr Blick ging zu dem Foto, das zwischen ihnen stand, und mit verschwörerischer Miene setzte sie hinzu: »Und ein bisschen auch für Hans. Aber das verraten wir niemandem.«

»Niemandem«, bekräftigte Jan und beglückwünschte sich zu seinem klugen Schachzug.

∞

Der letzte Kundenauftrag war erledigt, die Werkstatt aufgeräumt, und die Reisetaschen standen fertig gepackt im Eingang. Ein paarmal hatte Jan mit Tina telefoniert und daraufhin Schlafsäcke, Luftmatratzen und Kochtöpfe von den Packlisten gestrichen, die Lina erstellt hatte. Es sei alles im Haus vorhanden, er solle sich keine Gedanken machen, auch Kaffee könne man in Frankreich gut kaufen. Und sie freue sich sehr auf ihn.

»Ich freue mich auch«, hatte er gesagt, obwohl er diese Freude in diesem Moment gar nicht spüren konnte.

»Wissen deine Kinder inzwischen, dass sie mich hier treffen werden?«

»Noch nicht.«

»Willst du etwa so tun, als sei es purer Zufall, dass wir am gleichen Ort Ferien machen?«

Mit diesem Gedanken hatte er tatsächlich gespielt, aber vermutlich war das keine gute Idee, denn Tina würde ihre Kinder ganz sicher auf die Begegnung vorbereiten. Er musste das bei seinen Kindern auch tun, er hatte nur noch nicht den richtigen Zeitpunkt für dieses schwierige Gespräch gefunden.

Auch mit Elke wollte er noch reden, und das fiel ihm bedeutend leichter. Zwei Tage vor der großen Reise fing er sie auf dem Weg zu ihrem nachmittäglichen Waldspaziergang ab und bat sie, ein paar Schritte mit ihr gehen zu dürfen.

»Ich möchte, dass du dich von den Kindern verabschiedest, bevor wir losfahren«, sagte er, als sie außer Sichtweite des Hauses waren. »So wie man sich verabschiedet, wenn man nicht weiß, ob man sich je wiedersieht.«

»Hast du vor, nicht zurückkehren?«

»Doch, aber irgendetwas sagt mir, dass deine Transformationsphase bald abgeschlossen ist. Es würde mich nicht wundern, wenn das während unserer Abwesenheit der Fall ist.«

»Entwickelst du etwa einen sechsten Sinn?«, fragte sie schmunzelnd.

»Wenn du willst, hilft Finn dir dabei, einen günstigen Flug zu buchen.«

»Wovon redest du?«

Er stellte sich ihr in den Weg, damit sie ihn ansah. »Lina hat erzählt, dass du nach Indien willst.«

Sie schien in sich zusammenzusacken, etwas, das er bei ihr noch nie gesehen hatte. »Ich hasse Abschiede«, sagte sie. »Endgültige ganz besonders.«

»Ich weiß. Deswegen bist du ja auch immer noch hier.«

»Meinem letzten Grund, hier sein zu müssen, hast du einen sprechenden Vogel gebracht.«

Jan schmunzelte. »Das war blanker Eigennutz. Aber es scheint eine erfolgreiche Therapie zu sein.«

Herr Johansson war unmittelbar nach Jans Gespräch mit Annemie bei ihr eingezogen, damit er sich an sie gewöhnen konnte und sie sich an ihn. Es hatte auf Anhieb mit den beiden funktioniert, und selbst Elke fand, dass diese Art von Trost gegenüber einer spirituellen Sitzung den Vorteil hatte, dass er weniger Nebenwirkungen mit sich brachte.

»Ich habe schon einen Flug«, sagte Elke und trat um Jan herum. Mit schnellem Schritt lief sie weiter.

»Hab ich's doch geahnt.«

Sie wanderten schweigend nebeneinander her, langsamer jetzt, wie der Endgültigkeit ihres Abschieds entgegen.

»Mir scheint, auch deine Transformationsphase ist bald abgeschlossen«, sagte sie nach einer Weile.

»Woran machst du das fest?«

»Du solltest das Fenster beim Telefonieren schließen, wenn du Geheimnisse hast.«

Sie hatte ihn also belauscht. Seltsamerweise war ihm das gar nicht unangenehm.

»Tina war die Trauerrednerin bei Kayas Beerdigung«, hörte er sich sagen. Vielleicht war es das Flüstern in den Bäumen, das ihm half, seinem Gewissen endlich eine Stimme zu verleihen, auch wenn Elke nicht die richtige Adressatin für dieses Geständnis war. »Ich habe Finn und Lina noch nichts von ihr erzählt. Obwohl ... nicht, dass du mich falsch verstehst. Da ist nichts zwischen Tina und mir. Trotzdem fällt es mir schwer. Ich weiß nicht, ob die beiden schon bereit dazu sind.«

»Wofür sollten sie nicht bereit sein?«

»Na ja ... Kaya ist noch nicht einmal ein Jahr tot.«

»Ein Jahr, zwei Jahre, zehn Jahre – was spielt das für

eine Rolle. Und hast du nicht gerade gesagt, da wäre nichts zwischen dir und dieser Tina?«

»Nein. Doch, also …« Er ächzte. »Keine Ahnung.«

Sie lächelte weise. »Lina und Finn haben sicher nichts gegen eine gute Bekannte, der sie einen tollen Urlaub verdanken.« Sie ließ den Satz wirken, dann setzte sie hinzu: »Aber wenn du eine andere Frau in dein Leben lassen willst, musst du Kaya endgültig loslassen. Kannst du das, Jan?«

Inzwischen waren sie wieder am Haus angelangt. Die Haustür stand offen, der Kofferraum seines Wagens ebenfalls, vermutlich weil Finn endlich das tat, worum er ihn gebeten hatte – das Auto gründlich von innen zu reinigen. Finn war jedoch nicht zu sehen, und Jan glaubte für den Bruchteil einer Sekunde, Kaya müsste jeden Moment aus dem Haus treten, ihm zuwinken und bitten, ihr mit den Einkaufstüten behilflich zu sein. Ja, er spürte sie noch, in diesem Augenblick sogar sehr intensiv.

»Ich glaube nicht«, sagte er leise.

»Siehst du. *Das* ist dein Problem.«

Er seufzte. »Wir hätten doch an die Ostsee fahren sollen.«

»Du nimmst die Dinge viel zu schwer, mein Lieber. Alles kommt, alles geht, und egal, was du tust, sagst oder denkst – die Welt dreht sich weiter. Du musst nur atmen.«

∞

Der Abschied von Elke geschah so beiläufig, dass Jan ihn kaum wahrnahm. Sie aßen gemeinsam zu Abend, und Elke erzählte, dass sie schon als Kind davon geträumt hatte, in einem indischen Ashram zu leben. Vielleicht sogar zu sterben. Als sie fertig gegessen hatten, faltete sie beide Hände vor der Brust, sah sie nacheinander mit ihren leuchtenden Augen an und neigte den Kopf. »Danke, dass ich eine Weile in eurem Leben sein durfte«, sagte sie, stand auf und ging.

»Was war das jetzt?«, fragte Finn.

»Was wohl«, sagte Lina. Sie sah in diesem Augenblick aus wie eine sehr junge Version von Elke. Ihre Augen glänzten feucht, aber sie blieb tapfer.

Finn begriff noch immer nicht, und Jan musste ihm erklären, dass Elke, während sie im Urlaub wären, nach Indien fliegen würde.

»Für immer?«

»So hab ich sie verstanden.«

»Schade eigentlich«, sagte Finn. »Aber sie hat ja hier auch nie so richtig hingepasst.«

Und dann räumten sie den Tisch ab. So leicht konnte das Abschiednehmen sein.

Ganz so beiläufig wie Elke gelang es ihm nicht, von Tina zu erzählen, aber es war auch nicht so schwer, wie er befürchtet hatte. Sie standen zu dritt am Küchentresen und schmierten Brote für die Reise. Jan schnitt die Brotscheiben auf, Lina war für den Käsebelag zuständig, Finn für Schinken und Salami. Als sich die fertigen Brote vor ihnen auftürmten, sagte Lina: »Davon können wir drei Wochen überleben.«

»Müssen wir zum Glück nicht. Auch in Frankreich gibt es Supermärkte«, sagte Jan.

»Sprechen die da eigentlich auch Deutsch?«, fragte Finn

mit sorgenvoller Miene, denn Französisch war das einzige Fach, in dem er sich nicht hatte verbessern können.

»Keine Ahnung. Aber Englisch bestimmt.«

Finn zog die Nase kraus. »Dann brauchen wir 'nen Dolmetscher.«

Das war der Moment, auf den Jan gewartet hatte. »Geht auch eine Dolmetscherin?«, fragte er.

»Klar«, sagte Finn großzügig, dann stutzte er und fragte: »Was is'n das für 'ne komische Frage?«

Jan legte das letzte Käsebrot auf den Butterbrotstapel und brachte ihn gefährlich ins Wanken. Aber er hielt. »Wir werden dort jemanden treffen, den ihr schon kennt. Sie kann gut Französisch.«

»Sie?« Lina runzelte die Stirn.

»Erinnert ihr euch noch an Frau Seidel?«

»Die von der Beerdigung?«, fragte Finn.

»Genau die.«

»Was macht die denn da?«

»Sie hat da ein Haus. Also eigentlich zwei. Eins davon überlässt sie uns. Was ich ziemlich großzügig von ihr finde.«

»Findest du die nett?«, fragte Lina. Ihr Misstrauen explodierte förmlich mit der letzten Silbe.

»Och«, er zuckte mit den Schultern. »Sie ist ganz okay.«

»Sie muss ja irgendwie nett sein, wenn wir in ihrem Haus wohnen dürfen«, sagte Finn. »Und reich, wenn sie zwei Häuser hat.«

Jan lachte. »Es sind nur sehr kleine Häuser. Eher Hütten, hat sie gesagt.«

»Egal. Ich find's cool«, sagte Finn.

Lina war skeptischer. »Müssen wir dann mit der ständig was machen?«

»Überhaupt nicht«, sagte Jan. »Wir machen nur das, wozu wir Lust haben. Ihr Haus liegt am anderen Ende der Anlage. Wahrscheinlich sehen wir sie eh kaum.«

∞

Ein unerwartet schwerer Moment erwartete Jan um zwei Uhr in der Nacht, als sie abreisen wollten. Die Kinder saßen bereits im Auto und Jan unternahm noch einen letzten Kontrollgang durch das Haus. Sämtliche Fensterläden waren verschlossen, Stecker gezogen, der Kühlschrank leer und abgeschaltet. Nichts summte, nichts leuchtete, das Leben zwischen den alten Mauern war auf Pause gestellt. Er hörte nur seine Schritte. In der Küche war ihm plötzlich, als höre er noch etwas, ein Flüstern, ein leises Lachen. Er blieb stehen, lauschte. Natürlich war da nichts. Und doch hatte er in diesem Augenblick das Gefühl, Kaya spüren zu können, so wie er sie kurz nach ihrem Tod gespürt hatte, sehr intensiv, sehr nah.

Irgendetwas von ihr war noch da. Nur hier war es wahrnehmbar, in diesem Haus. Er ließ sie allein. 1600 Kilometer zwischen ihm und diesem allerletzten Rest von ihr, den er noch eine Zeitlang festhalten könnte, wenn er nur dabliebe.

Finns Stimme durchbrach die Stille. »Papa, wo bleibst du denn?« Dann war mehrmaliges Hupen zu hören.

Ich will nicht weg von dir.

Wieder ging die Hupe. Es musste sein. An der Haustür machte er noch einmal kehrt, ging zurück zum Regal mit den Kochbüchern und zog den Geburtstagskalender heraus. Den mitzunehmen gab ihm ein gutes Gefühl.

»Wir kommen bald wieder«, flüsterte er ins Unbestimmte.

Als er die Tür hinter sich zuzog und den Schlüssel zweimal umdrehte, riss es ihm fast den Boden unter den Füßen weg.

Es war ein Abschied. Ein brutaler Abschied, weil er ihn nicht vorausgesehen hatte.

Mit tränenverschwommenen Augen steuerte er den Wagen vom Hof.

Mach's gut Kaya.

Fahr vorsichtig, lieber Jan. Es war schön, dich noch einmal umarmen zu können. Bestimmt habt ihr eine wunderbare Zeit, dort in der Ferne.
Ich liebe euch.

24. August

»Kommst du Papa?«

Wo hatte er nur die neue Badehose hingelegt? Die von gestern war noch nass, weil er spät am Abend im Meer gewesen war, allein, nach einem Tag gemeinsam mit Tina und den Kindern. Nach vielen Tagen gemeinsam mit Tina und den Kindern.

Von einem Wahrscheinlich-sehen-wir-sie-eh-kaum konnte keine Rede sein. Im Gegenteil. Meistens trafen sie Tina, Emma und Ben am Strand, aßen mittags zusammen, spielten Tennis, Minigolf und Boccia.

Gestern Abend jedoch war plötzlich alles zu viel gewesen, was nicht an Tina lag, auch nicht an ihren Kindern. Nur an ihm und diesem seltsamen Gefühl, nicht mehr im eigenen Körper zu stecken.

Draußen vor dem Haus stand Lina in ihrem schwarz-weiß gestreiften Badeanzug, darüber eine ultrakurz abgeschnittene Jeans. Unter dem Arm das eingerollte Badetuch, auf der Nase eine Sonnenbrille, die so riesig war, dass ihr Mädchengesicht fast vollständig dahinter verschwand. Lina war braungebrannt wie noch nie, ihre langen blonden Haare wirkten fast weiß im Sonnenlicht.

Neben ihr lehnte Emma am Geländer der Treppe, die zu ihrem Häuschen hinaufführte. Gleiche Sonnenbrille, gleiche kurze Jeans und ein knappes Oberteil. Auf dem Kopf eine Schirmmütze mit einem Totenschädel aus Strasssteinen. Emma hatte sich die Haare nachtblau gefärbt, in ihrem linken Nasenflügel steckte ein Piercing.

In einiger Entfernung warfen Finn und Ben einen Basketball hin und her. Der kleine Ben sah in Finn einen Basketball-Superstar und lief ihm ständig mit einem Ball hinterher. Finn schien das nicht zu stören, im Gegenteil, er spielte gern den Helden. Und wenn Jan es recht bedachte, war er auch einer. Zu einem richtig großen Superhelden war er geworden im Verlauf des letzten Jahres.

Tina war bei ihrer Morgengymnastik. Deswegen hatte Jan angeboten, mit den Kindern zum Strand vorzugehen.

»Ich finde meine Badehose nicht«, rief Jan durch das Fenster des winzigen Schlafzimmers.

Gerade beugte Lina sich vor, schüttelte ihre Mähne aus und warf den Kopf nach hinten, als posiere sie für einen Modefotografen. Wie hatte seine Tochter in so kurzer Zeit so erwachsen werden können?

»Hast du etwa nur eine Badehose?« Emma war selbstbewusst, nicht selten respektlos, und ohne jede Scheu vor Fremden. Bei ihrer Ankunft hatte sie ihnen das Haus gezeigt und sie einmal über die gesamte Anlage geführt. Sie sprach ausgezeichnet Französisch und kannte viele der französischen Familien, die hier jedes Jahr ihre Ferien verbrachten. Linas und Finns anfänglichen Argwohn ihr gegenüber hatte sie einfach ignoriert und sie wie selbstverständlich überallhin mitgenommen. Dafür war Jan ihr so dankbar, dass er über ihre zeitweise Kratzbürstigkeit ihm gegenüber gern hinwegsah.

Zwischen Bett und Wand war nur gerade so viel Platz, dass er mit seinen Füßen knapp in die Lücke passte. Zu wenig also, um sich zu bücken und unter dem Bett nach verschwundenen Kleidungsstücken zu suchen. Jan probierte es trotzdem und prompt schoss ihm der Schmerz in den Rücken.

Verdammt!

»Papa! Komm jetzt endlich!«

Er sackte aufs Bett, sich aufzurichten war unmöglich. »Geht schon vor«, rief er in Richtung Fenster. »Ich komme nach.« *Vielleicht.*

»Okay, bis später« hörte er Linas Stimme. Dann nur noch Vogelgezwitscher und das gleichmäßige Plopp-Plopp von den Tennisplätzen hinterm Haus.

Eine Weile lag er nur da und wartete, dass der Schmerz nachließ, was aber nicht geschah. Erfahrungsgemäß war liegen auch keine gute Therapie gegen einen blockierten Rücken. Er versuchte, sich aufzurichten, schaffte aber nur eine halbe Drehung.

Auf dem Bett neben ihm lag Kayas Geburtstagskalender.

Jan hatte ihn gestern Abend aus dem Schrank geholt, nach seinem Bad im Meer. Ein plötzlicher Impuls, das Bedürfnis, etwas Solides, Altvertrautes zu berühren, ein Stück Kaya in diese türkisblaue, sonnenbeschienene Ferienwelt hineinzuholen, um sich selbst wieder mehr spüren zu können. Es war ein hilfloser Versuch, der überwältigenden Unbeschwertheit ringsum den Ballast der Erinnerung entgegenzusetzen.

Er hatte versucht, Kayas Gesicht heraufzubeschwören, ihr Lachen, die leicht übereinanderstehenden Schneidezähne. Ihre Augen, die Kinnpartie und den weißen schlanken Hals. Er hatte sich darauf konzentriert, sich ihre Augen vorzustellen, dieses wasserhelle Blau, aber ein anderes Augenpaar hatte sich davorgeschoben, ebenfalls blau, nur viel intensiver. Ein Foto von Kaya hätte geholfen, aber er hatte keins mitgenommen, nur diesen Kalender mit Kayas Handschrift und den Fettflecken auf dem Einband, die von ihren Fingern stammten.

Auch jetzt, mit dem Schmerz im Rücken, der ihn schlagartig zurück in seinen Körper gebracht hatte, sah er nur Tinas Gesicht vor seinem inneren Auge, egal, wie sehr er versuchte, an Kaya zu denken. Sein Handy lag in Reichweite auf dem winzigen Nachttisch, er könnte sie anrufen und von seiner Notlage berichten. Ganz bestimmt käme sie sofort zu ihm, würde ihm helfen, aufzustehen und durch leichte Bewegung die Blockade zu lösen. Er könnte sie bitten, ihm Schmerztabletten zu bringen. Er könnte sie berühren, hier in diesem Zimmer, ihr zeigen, dass er wahrnahm, wie sehr sie sich danach sehnte.

Tina in dieser unvertrauten Umgebung wiederzusehen, war ein Schock gewesen. Oder nein, nicht sie zu sehen, sondern seine allzu physische Reaktion auf ihr sonnengebleichtes Haar, die langen, braunen Beine und ihren geschmeidigen Körper, der tagsüber meist nur in einem Bikini steckte. Ihre Wandelbarkeit verwirrte ihn. Manchmal versuchte er, sich an die Tina zu erinnern, die mit ihm am Grab gestanden hatte, diese ernste Frau mit dem streng zurückgekämmten Haar und der professionellen Trauerstimme, oder auch an die Frau im beigefarbenen Trenchcoat inmitten von pinkfarbenen Teenagerklamotten – es war unmöglich. Sie war eine andere geworden in den beiden Wochen, die sie bereits vor seiner Anreise hier verbracht hatte. Sorgenloser, leichtlebiger, sinnlicher.

Das einzige Ziel des Tages war es hier, in den Tag hineinzuleben, allerdings war er darin noch nie gut gewesen. Tina steckte voller Ideen, was unternommen und wie dieses Sich-treibenlassen mit Aktivität gefüllt werden konnte. Vermutlich war das der Grund, warum seine Kinder kein Problem damit hatten, so viel Zeit mit den Seidels zu verbringen, wie sie sie nannten. Finn und Lina nahmen Tina mit einer ähnlichen Selbstverständlichkeit in ihr Ferienleben auf wie Emma sie. Die vielen Gedanken, die er sich gemacht hatte, die Angst vor der Reaktion seiner Kinder auf seine Freundschaft ausgerechnet mit dieser Frau – alles vergeudeter Hirnschmalz. Es hätte nicht besser sein können. Und doch gab es dieses unausgesprochene *Aber*, das mit ihm hergereist war, immer neben ihm herlief, vielleicht auch auf seiner Schulter saß, im Nacken, oder wo auch immer ein *Aber* zu sitzen beliebte, und sich gegen jede impulsive Reaktion stemmte. Eine Hand, die eine andere berühren möchte? *Lass es!* Ein Augenpaar, das gern tief und ausgiebig in einem anderen versinken möchte? *Guck weg!* Lippen, die sich vielleicht, eventuell und allenfalls sehr flüchtig, auf eine Stirn, eine Wange oder gar Lippen drücken möchten? *Wo denkst du hin? Hast du vergessen, wer da vor dir steht? Was geschehen ist, vor nicht einmal einem Jahr? Hast du sie etwa schon vergessen, die große Liebe deines Lebens? Schäm dich! Schmerz sollst du spüren, nicht Begehren! Falsch, falsch, falsch!*

Sie saßen oft abends noch auf der Terrasse vor ihrem Haus, wenn Ben schlief und die drei Großen durch die Ferienanlage streiften, zusammen mit einer Horde französischer Jugendlicher, die Finn und Lina – geadelt durch ihre Bekanntschaft mit Emma – in ihren Kreis aufgenommen hatten. Manchmal tranken sie Wein, und dann rückte ein zarter Kuss, eine sanfte Berührung in den Bereich des Möglichen. Doch wenn sich die Wirkung des Alkohols verflüchtigte, plusterte sich das *Aber* erneut auf, verhinderte die Harmonie von Kopf und Körper, die es für einen zwanglosen Umgang miteinander brauchte. Anstrengend war das. Frustrierend.

Tatsächlich wünschte er sich in diesem Moment nichts mehr, als dass Tina käme und diese Stelle in seinem Rücken massierte, in die sich sein *Aber* hineingefressen hatte. Aber …

Nachdem er eine Weile vollkommen reglos und überwältigt von Selbstmitleid dagelegen hatte, griff er schließlich zum Handy, allerdings nicht, um Tina zu seiner Rettung herbeizurufen. Micki wurde morgen vierzig Jahre alt, woran ihn Kayas Kalender gestern Abend erinnert hatte. Er fand, in diesem besonders prekären Moment sprach nichts dagegen, Micki heute schon anzurufen und sich ein wenig von ihm aufbauen zu lassen. Immerhin gab es wohl kaum jemanden, der sich besser mit chaotischen Bewusstseinszuständen – ausgelöst durch die Nähe einer attraktiven Frau – auskannte als Micki.

Kein Klingelton, stattdessen erklang direkt Mickis Anrufbeantworterstimme: »Du erreichst mich außerhalb meiner Betriebszeiten. Ich kenne sie allerdings selbst nicht genau, deswegen rufe ich dich am besten zurück.«

Der Spruch war neu. Vielleicht versuchte er gerade wieder, eine Frau loszuwerden, und wollte vermeiden, dass die Verflossene ihm tränenreiche Botschaften auf der Mailbox hinterließ.

Jan warf das Handy beiseite. Micki brauchte manchmal Tage, um sich zurückzumelden, wenn er es überhaupt tat.

Vorsichtig rollte er wieder auf den Rücken und bewegte das Becken. Das zumindest tat nicht weh. Vielleicht könnte er doch aufstehen. Gerade als er es in eine Sitzposition geschafft hatte, klingelte sein Telefon. Micki.

»He Bruder! Ein Anruf von dir? War das ein Versehen, oder ist was passiert?«

»Nimmst du auch heute schon Glückwünsche entgegen?«, fragte Jan zurück. »Ich bin im Urlaub. Vielleicht denke ich morgen nicht mehr dran.«

»Du vergisst doch Geburtstage sowieso immer.«

»Die Zeiten sind vorbei.«

»Wie kommt's?«

»Liegt wohl am Alter.« Es schien unpassend, Micki von Kayas Geburtstagskalender zu erzählen. Stattdessen erzählte er von seinem Rückenschmerz, der ihn davon abhielt, in diesem Moment in glasklare Wellen zu springen.

»Rücken hatte ich auch neulich«, sagte Micki. »Beim

Tennisspielen nach einem Ball gebückt, und zack war's passiert. Lass dir eine Spritze geben. Dann kannst du morgen Purzelbäume auf 'm Surfbrett schlagen. Wo steckst du denn überhaupt? Ostsee? Ratzeburger See?« Er lachte. Schon immer hatte sich Micki über Jans und Kayas bescheidene Urlaubsziele lustig gemacht.

»Frankreich, Atlantikküste.«

»Nicht dein Ernst. Mit den Kindern?«

»Jap.«

»Ich bin beeindruckt. Und? Schön?«

»Finn und Lina finden es klasse.«

»Du nicht?«

»Doch, schon. Es ist nur … ein bisschen anstrengend.«

»Mensch, Junge, die Kiddies sind groß genug, um auf sich selbst aufzupassen.«

»Um die muss ich mich nicht kümmern. Die haben Freunde gefunden und jede Menge Spaß.«

»Ja dann … Pflanz dich an den Pool und lass einfach die Leinen locker. Oder geh an die Bar, gönn dir 'nen Drink und such dir jemand Nettes zum Plaudern.« Dass dieser Jemand in Mickis Welt weiblich zu sein hatte, verstand sich von selbst.

Jan holte Luft. Ließ sie wieder entweichen. Beim zweiten Anlauf klappte es. »Hab ich.«

»Was hast du?«

»Jemand Nettes zum Plaudern.«

Mickis anerkennendes ›Heeey‹ brachte Jan zum Schmunzeln. So war er, sein dummer, kleiner, liebenswerter Bruder.

»Kann es sein, dass *sie* dir im Rücken steckt?«

Vielleicht war er doch nicht so dumm.

»Schon möglich.«

»Eine Französin?«

»Überhaupt nicht. Ich kenne sie schon länger.«

Micki pfiff leise.

»Sie war die Trauerrednerin bei Kayas Begräbnis.« Jetzt war es raus. Jan richtete sich ein wenig mehr auf, atmete freier.

Micki blieb still. Länger, als Jan aushalten konnte. Er hatte mit einem flapsigen Spruch gerechnet, so was wie »Ist sie hübsch?« oder »Und wie lange geht das schon mit euch beiden?« Aber er hörte nur ein leises Knistern, wie von Bonbonpapier oder von einer Zigarettenpackung, die von ihrer Plastikumhüllung befreit wird.

»Sag was, Bruder.«

»Eine Trauerrednerin. Das kann auch nur dir passieren.« Es klang nach ehrlichem Bedauern.

»So was würdest du nicht sagen, wenn du sie gesehen hättest.«

»Ist sie hübsch?«

»Sehr.«

»Und du magst sie.«

»Ziemlich.« Was für ein bescheuertes Wort. »Also eigentlich … sehr.«

»Und sie dich auch, nehm ich an.«

»Ich denke schon.«

»Also hat es gefunkt zwischen euch.«

Darauf ließ es sich wohl herunterbrechen, wenn man die tragischen Nebenhandlungen der Geschichte ausblendete. »Irgendwie schon, ja.«

»Ist sie verheiratet?«

»Nicht mehr.«

»Alleinstehend. Schon mal gut.«

Eine kurze Pause entstand, während der Jan langsam versuchte aufzustehen. Es klappte. Behutsam machte er ein paar Schritte.

»Liebst du sie?«

Jan hielt in der Bewegung inne. *Lieben.* Wo fing Liebe an, wo hörte sie auf? Hörte sie je auf, wenn der Tod dazwischenfunkte? »Viel zu früh«, sagte er. »So was braucht Zeit... Abstand ... Nicht mal ein Jahr ... Kompliziert.« Er brachte nur Satzfetzen zustande.

»Also ja.«

Micki konnte so was leicht sagen. Er liebte immer mehrere Frauen gleichzeitig, zumindest bildete er sich das ein.

»Und sie? Liebt sie dich?«

»Ich denke, sie ist zumindest gern in meiner Nähe.« Das konnte er zweifelsfrei sagen, denn sonst wäre er nicht hier.

»Ja dann ... Herzlichen Glückwunsch.«

Etwas hellblau-weiß Gestreiftes lugte zwischen Matratze und Bettkasten hervor. Jan ging in die Knie und zog die vermisste Badehose hervor. Als er sich wieder aufrichtete, zog es im Rücken, aber der Schmerz war aushaltbar.

»Du hast leicht reden.«

»Mensch, Bruder. Warum machst du es dir nur so schwer. Du musst sie ja nicht gleich heiraten.«

»Darum geht's ja nicht.«

»Worum dann?«

Jan schob sich am Bett vorbei zum Fenster. Die Sonne war inzwischen über die hohen Pinien schräg gegenüber dem Haus geklettert und brannte heiß auf die Aluminiumfensterbank herunter. Er schloss die Läden und das Fenster.

»Versuch doch mal, einfach nur ein bisschen Spaß zu haben«, hörte er seinen Bruder sagen.

»So eine Art Frau ist Tina nicht.«

»Dann passt sie ja zu dir.«

Kaya hatte gepasst. War es möglich, dass eine solch perfekte Symbiose mit einem anderen Menschen wiederholbar war?

»Ja, ich denke, sie passt ganz gut.« Jan betrachtete die Badehose in seiner Hand, die er auf Tinas Anraten gleich am Tag nach ihrer Ankunft im feriendorfeigenen Shop erstanden hatte, weil sich mit einer einzigen, fast zehn Jahre alten Schwimmhose kein zweieinhalbwöchiger Badeurlaub bestreiten ließ.

»Lass dich drauf ein«, sagte Micki. »Schalt den Kopf aus. Lass es laufen.«

»Du hast gut reden.«

»Jetzt hör mir mal zu, Bruder. Zugegeben, ich kenne mich mit Ehen nicht aus. Mit Sterben noch weniger. Aber eins weiß ich: Wenn dir eine Frau über den Weg läuft, die passt, also so richtig gut passt, dann halt sie fest. Das passiert nämlich nicht so oft. Du scheinst in der Beziehung ziemliches Glück zu haben. Du solltest dankbar sein.«

Vielleicht war sein kleiner Bruder sogar sehr viel klüger, als sie alle glaubten.

»Ja«, hörte er sich sagen. »Vielleicht sollte ich das.«

Das Sonnenlicht, das durch die Ritzen der Fensterläden fiel, malte ein Streifenmuster auf sein Bett. Die stickige Dunkelheit im Zimmer wurde allmählich unangenehm. Es wurde Zeit, in die Helligkeit hinauszugehen. Er stieg in seine Badelatschen, wanderte in den Wohnraum und zurück.

»Ich höre Schritte«, sagte Micki. »Bist du wieder auf den Beinen?«

»Ja. Es geht wieder. Bin aufgestanden, kann laufen. Ich zieh mir jetzt die Badehose an und gehe an den Strand.«

»Cool. Mach das.«

»War gut mit dir zu reden. Danke, Micki.«

»Keine Ursache. Immer wieder gern. Bist schließlich mein Lieblingsbruder.«

Ja, dachte Jan, es gab so einiges in seinem Leben, für das er dankbar sein durfte.

∞

»Können wir nach dem Abendessen noch eine Runde am Strand spazieren gehen?«

Tina ging neben ihm her. Sie trug eine Schirmmütze, unter der ihr Gesicht fast vollständig verschwand. Die Tatsache, dass sie ihn bei ihrer Frage nicht ansah, sagte ihm, dass ihr dieser letzte Spaziergang sehr wichtig war. Sie hatten Tennis gespielt, während die Kinder an einem Boccia-Turnier teilgenommen hatten. Tina spielte gut, konnte ihn herausfordern, heute allerdings hatte sie ungewöhnlich viele Fehler gemacht.

Am Abend würde die große Kinder- und Jugenddisco stattfinden, mit der jeden Freitag die Neuankömmlinge begrüßt und die Abreisenden verabschiedet wurden. Sogar Ben würde mitfeiern. Sie könnten also an diesem letzten Abend vor ihrer Abreise noch ein paar Stunden zu zweit verbringen.

»Sehr gern«, sagte er. »Komm einfach bei mir vorbei, wenn du so weit bist.«

Lina und Emma bereiteten sich in Linas Zimmer auf die Party vor. Emma hatte Lina eine pinkfarbene Strähne ins Haar gefärbt und ihr einen ihrer schwarzen Miniröcke geliehen. Beide waren geschminkt, die Augenlider schwarz bemalt, die Lippen dunkelrot, und Lina hatte sich einen Glitzerstein auf den linken Nasenflügel geklebt.

Die beiden waren beste Freundinnen geworden, und Lina schien Emma bereits in ihre Zukunftsplanung integriert zu haben. »Wenn Sophie Emma doof findet, hab ich ein Problem«, hatte sie vor ein paar Tagen beim Frühstück erklärt.

»Wieso 'n das?«, fragte Finn.

»Dann gibt's Zickenkrieg.«

»Musst sie ja nicht zusammenbringen.«

»Das ist doch doof.«

»Ich glaube nicht, dass Emma auf so einen Zickenkrieg Bock hat.« Finn hielt ebenfalls viel von Emma, was er natürlich niemals offen zugeben würde.

»Bestimmt nicht. Aber wahrscheinlich findet sie Sophie ziemlich uncool.«

»Ist sie ja auch.«

Jan bewunderte seinen Sohn für die Ernsthaftigkeit, mit der er sich auf Linas Freundinnen-Sorgen einließ. Auch Finn war auf seine stille, unaufdringliche Weise sehr schnell sehr erwachsen geworden.

»Was soll ich denn dann machen?« Lina richtete einen herzzerreißend verzweifelten Blick auf Jan. Er wünschte sich Tina an den Tisch, die auf diese Frage ganz sicher eine Antwort parat gehabt hätte. Für Probleme dieser Art war er vermutlich der schlechteste Ratgeber unter der Sonne.

»Lass es auf dich zukommen«, sagte er. »Wenn wir erst

mal wieder zu Hause sind, geht jede von euch vielleicht sowieso wieder ihres Weges. Ist doch oft so mit Ferienbekanntschaften.«

»Auf keinen Fall! Emma und ich sind so.« Sie schlang die beiden Zeigefinger ineinander und hielt sie ihm dicht vor die Nase.

»Tja«, sagte er. »Dann weiß ich's auch nicht.«

Lina rollte mit den Augen. »Du bist ja echt keine Hilfe.« Sie fischte ein zweites Croissant aus der Tüte und kaute nachdenklich vor sich hin. Dann hellte sich ihr Blick auf, und sie sagte: »Also, wenn Sophie ein Problem mit Emma hat, dann hat sie nicht verdient, meine Freundin zu sein. Dann war's das eben.«

»So einfach?«, fragte Jan.

»Nö, aber Dinge, die uns festhalten und am Weitergehen hindern, muss man loslassen, hat Elke gesagt. Und Elke muss das ja wissen.«

∞

»Ich habe gestern mit Philipp telefoniert«, sagte Tina.

»Deshalb die vielen Doppelfehler vorhin.« Jan versuchte zu grinsen, doch Tinas Miene blieb ernst. Sie wanderten schweigend über den schmalen Pfad, der durch den Pinienwald über die Düne zum Strand führte. Etwas war heute anders als gestern und in den Tagen davor. Eine Menge unausgesprochener Worte hatten sich an diesem äußeren Rand der Sommerferien aufgetürmt, und triumphierend obenauf saß Jans großes *Aber*.

Ein einziges Mal war er versucht gewesen, Tina zu küssen, auf der Terrasse, vor ihrem Haus, wo er sich nach einem Abendessen im Restaurant von ihr verabschiedet hatte. Ihr Gesicht hatte sich ihm entgegengehoben, ein Moment des Schwindels, dann wieder der Zweifel, ein Schritt zurück, ein sich senkender Blick. Er hatte ihre Hand ergriffen, ein ›Entschuldige‹ gemurmelt, es vielleicht auch nur gedacht. Ein stilles Lächeln nur von ihr, ein gehauchtes ›Bis-morgen‹, und dann war auch diese Gelegenheit verstrichen.

Drei Tage war das her, und seitdem waren sie nicht mehr allein miteinander gewesen. Meist war sie es, die früh zu Bett gehen wollte, ihr Handtuch am Strand auf Abstand zu ihm ausbreitete, Ben dazwischen, oder Emma.

Sie waren auf der Kuppe der großen Düne angelangt und stehen geblieben. Zu ihren Füßen rollte der Ozean in friedlichen, gleichmäßigen Wellen auf den Strand zu, besänftigt von der untergehenden Sonne, der nahenden Nacht. Ein paar vereinzelte Spaziergänger waren zu sehen, hier und dort kleinere Gruppen von Jugendlichen, deren Musik in Fetzen zu ihnen heraufwehte.

»In welche Richtung wollen wir gehen?«, fragte sie.

»Wohin du willst.«

»Dann nach Süden.«

Sie lief mit großen Schritten die Düne hinunter, es sah aus, als schwebe sie über den Sand, der noch warm war vom Tag. Er folgte ihr, setzte seine Füße in die Spuren, die sie hinterließ.

»Wie geht es ihm?« Zu viele Sekunden waren verstrichen, die Frage hatte ihren Zusammenhang verloren.

Sie blieb so abrupt stehen, dass er fast in sie hineinlief.

»Ich meine Philipp, deinem Mann.«

»Er ist nicht mehr mein Mann.«

»Entschuldige. Ex-Mann.« Er stand vor ihr, wusste nicht, wohin mit seinen Händen und verschränkte sie hinter dem Rücken.

»Er bittet mich, es noch einmal mit ihm zu versuchen.« Jan kratzte sich am Kopf, trat einen Schritt zurück und blickte an ihr vorbei aufs Wasser. In der Ferne, da wo der Ozean mit dem sich rotfärbenden Abenddunst verschmolz, zeichneten sich dunkel die Umrisse eines Schiffes ab. »Und?«, fragte er. »Willst du das?« Es musste ein sehr großes Schiff sein, wenn er es von hier aus sehen konnte, eines dieser riesigen Tankschiffe vielleicht.

»Sieh mich an, Jan.«

Mit Mühe riss er den Blick vom Meer los. Er war ihr so nah, dass er die Sommersprossen auf ihrem Nasenrücken zählen konnte. Ihre Haut war weniger sonnenempfindlich als Kayas, und trotzdem hatten sich in den Wochen hier eine Menge Sommersprossen in ihrem Gesicht gebildet. Es war ihm bislang nicht aufgefallen.

»Natürlich will ich das nicht«, sagte sie.

Jan hob die Hand, er wollte diese Sommersprossen berühren, sichergehen, dass sie wirklich da waren und er nicht etwas sah, was nur in seinem Kopf existierte.

»Und?«, fragte er. »Hast du ihm das gesagt?«

»Ich habe ihm gesagt, dass ich mein Leben leben muss. Dass ich ausziehen will.«

»Aber ich dachte … war das ein guter Moment, ihm das zu sagen?«

»Bestimmt nicht. Aber es gab nie einen guten Moment dafür, und es wird nie einen geben, wenn ich ihn nicht dazu mache.«

»So ist das wohl«, murmelte Jan.

»Ich muss endlich loslassen.«

»Höchste Zeit«, bestätigte Jan. Er hob die Hand, berührte mit der Spitze seines Zeigefingers ihren linken Nasenflügel. Sie schloss die Augen. Ihr Gesicht war dem seinen so nah, es käme einer Zurückweisung gleich, sie jetzt nicht zu küssen. Aber reichte ein Kuss? Müsste es nicht sehr bald mehr werden? Und wie bald? *Schalt den Kopf ab!*, befahl er sich, aber da öffnete sie die Augen und sah ihn mit wehmütigem Lächeln an.

»Wir müssen beide bereit sein«, sagte sie. »Aber das bist du noch nicht, oder?«

»Ich kann dir gar nicht sagen, wie gern ich es wäre.«

»Ich weiß«, sagte sie. »Ich sehe, wie sehr du kämpfst.« Sie strich ihm mit den Fingern über die Stirn, wie um die Spuren dieses Kampfes zu verwischen. Dann stellte sie sich auf die Zehenspitzen und küsste ihn sanft auf die Lippen. »Wir wollten ohnehin mit einem kleinen Bücherregal anfangen, war das nicht so?«

»Und selbst das habe ich noch nicht gebaut.« Eine kleine Lüge nur, aber was machte das für einen Unterschied?

»Ich kann warten.« Sie sprach so leise, dass die Brandung ihre Worte verschluckte, aber er konnte sie an ihren Lippen ablesen.

»Und jetzt baden wir ein letztes Mal, ja?«, rief sie, plötzlich voller Übermut.

»Ich habe keine Bade…«

»Ich auch nicht. Na und?«

Sie lief zum Wasser und zog sich aus. Die weißen Stellen, die ihr Bikini hinterlassen hatte, leuchteten in der Abenddämmerung. »Komm«, rief sie. »Ich guck auch nicht hin!« Lachend rannte sie in die Wellen und nach kurzem Zögern

tat er es ihr gleich, und obwohl sie tatsächlich nicht hin-
sah, stellte er fest, dass das ohnehin überhaupt keine Rolle
mehr spielte.

SEPTEMBER

Es war kalt im Haus. Die dicken Mauern und die lange verschlossenen Fensterläden hatten sich erfolgreich gegen die Rekordtemperaturen der Hochsommerwochen gestemmt. Aber es war keine willkommene Kühle, die an Hitzetagen Erleichterung brachte, einen verschwitzten Körper angenehm umfing, wenn er von draußen hereinkam, vielmehr hatte sich in den Räumen etwas ausgebreitet, das feindlich war, trostlos – die Kälte der Verlassenheit. Sie saß in den stillen, toten Winkeln und streckte ihre eisigen Finger nach Jan aus, wenn er morgens aufstand und abends zu Bett ging. Nur in der Dachkammer war es warm, sie saß wie ein sonniger Gipfel über der Leere, die ihre Abwesenheit hinterlassen hatte.

Finn und Lina schienen sie nicht zu spüren, nicht so wie er. Die Schule hatte am Tag nach ihrer Rückkehr begonnen, sie gingen früh aus dem Haus und kamen spät zurück, beschäftigt mit Stundenplänen, neuen Lehrern und alten Freunden. Jan jedoch blieb den ganzen Tag allein, bemüht, wieder in diesen Rhythmus aus Arbeit, Haushalt und hin und wieder ein wenig Sport hineinzufinden, der nach Kayas Tod seinen Überlebensrahmen gebildet hatte. Nur sehr zögerlich gingen neue Aufträge ein, ein paar wenige hatte er noch abzuarbeiten. Tinas Bücherregal wollte gebaut werden, aber ihm fehlte die Idee, wie er es schöner, einzigartiger gestalten könnte als beim ersten, zerstörten Versuch.

»Melde du dich«, hatte Tina beim Abschied gesagt, und ein Wenn-du-bereit-bist war in ihren Worten mitgeschwungen. Der Ball lag in seinem Feld, aber er hatte die Spielregeln verlernt, vielleicht nie richtig gekannt. Er stand am Rand einer Klippe, einen Schritt nur musste er tun. Die Frage war, konnte er fliegen, oder würde er abstürzen?

Er brauchte fast eine Woche, um zu verstehen, was passiert war in der Zeit zwischen seinem letzten Kontrollgang durchs Haus vor der Abreise und ihrer Rückkehr. Kaya war nicht mehr da. Er hatte sie endgültig verloren. Diese Verbindung, die er gespürt hatte, so viele Monate nach ihrem Tod noch, dieses Gefühl, sie könnte jeden Moment um die Ecke biegen, plötzlich wieder in ihrem Sessel sitzen, eingehüllt in ihre Lieblingsdecke – das war verschwunden. Der innere Dialog, diese stille Kommunikation mit ihr, die nie vollständig abgebrochen war – vorbei. Es hätte Freiheit bedeuten können, die Chance auf einen Neuanfang. Mit Tina war die Person in sein Leben getreten, mit der dieser Weg in die Zukunft möglich schien. Aber immer noch war da etwas, das ihn zurückhielt.

Und er brauchte eine weitere Woche, um zu begreifen, was es war.

∞

Es war dunkel im Zimmer. Er hatte die Läden geschlossen an jenem Tag, als er Kaya aus dem Bett gehoben und die Treppe hinuntergetragen hatte, um sie auf das Krankenbett zu legen, das ihm von der Pflegekasse zur Verfügung gestellt worden war. Sie war so leicht gewesen, ein Körper, in dem nur noch versagende Organe steckten, Morphium und eine starke, sich ans Leben festklammernde Seele.

Er schob die Tür ein Stückchen weiter auf, nahm den Temperaturunterschied wahr zwischen diesem so lange ungenutzten Zimmer und dem kalten Flur. Hierhin also hatte sie sich zurückgezogen, die Wärme, die überall sonst im Haus fehlte.

Er wartete auf die Übelkeit, den übermächtigen Widerstand, diese Angst vor dem nächsten Schritt. Aber er spürte nichts davon. Vielleicht war es die Wärme, vielleicht auch der vertraute Duft ihres Parfüms, von dem immer noch ein Rest in den Halstüchern und Schals steckte, die an einem Haken auf der Innenseite der Tür hingen.

Er ging zum Fenster, zog die Vorhänge beiseite, drehte den Griff, öffnete es. Vogelzwitschern. Der Duft des Lavendels unterhalb des Fensters, der sich mit dem staubigen Stoffgeruch der Vorhänge mischte. Und dann, als er die Läden aufdrückte, die überwältigende Helligkeit der Septembersonne, die einen warmen Glanz auf den Holzboden warf.

Warum hatte er so lange gebraucht?

Da war der Stuhl, über dessen Lehne noch immer das T-Shirt hing, das Kaya zuletzt getragen hatte. Ihre Lieblingssneaker darunter, die Flip-Flops unter dem Bett, neben den Winterpantoffeln, ordentlich zurechtgerückt. Von wem?

Er ging zum Bett, berührte Kayas Kopfkissen. Jetzt, wo die Tagesdecke fehlte, war der Anblick der leeren Bettseite daneben beinahe unerträglich. Er war zusammen mit Kaya und seiner Bettwäsche ins Wohnzimmer gezogen und dann nach ihrem Tod direkt in die Dachkammer.

Bevor Kaya unten im Wohnzimmer ihren letzten Atemzug tat, hatte er das Zimmer gründlich gelüftet, die Bettwäsche gewechselt, die Gegenstände auf ihrem Nachtschrank geordnet. Ihre Ohrringe und Ringe lagen nebeneinander aufgereiht auf dem Buch, das sie zuletzt gelesen hatte. Ein leichter Sommerroman, eine Liebesgeschichte, ganz und gar nicht Kayas üblicher Lesegeschmack, aber zu mehr hatte die Konzentration nicht mehr gereicht. Das Buch hatte ihr damals Annemie geschenkt, die Gute. Erst jetzt wurde ihm bewusst, wie dankbar er ihr sein musste für die vielen Besuche während Kayas Krankheit. Vielleicht sollte er ihr Herrn Johansson überlassen, die beiden schienen große Freude aneinander zu haben.

Neben dem Buch Kayas Klangschale, das Fläschchen Lavendelöl fürs Kopfkissen und ihre Armbanduhr, die irgendwann zwischen dem ersten Oktober des letzten Jahres und heute stehengeblieben war. Es war eine dieser Uhren, die man aufziehen konnte, er hatte sie ihr zum fünfundzwanzigsten Geburtstag geschenkt. Inzwischen fand er sie viel zu altmodisch für eine junge Frau, wahrscheinlich hatte Kaya sie deswegen selten getragen. Er nahm sie in die Hand, drehte die Zeiger auf Viertel nach zwölf und zog sie auf. Es gab ein gutes Gefühl, sie leise tickend wieder zurück an ihren Platz zu legen.

Er wandte sich zum Schrank. Ein schöner alter Bauernschrank, den sie auf einem Trödel erstanden, abgelaugt, geschliffen und gewachst hatten, um diesem Raum Atmosphäre zu verleihen, obwohl er unpraktisch und viel zu klein für die Garderobe zweier Erwachsener war. Bis auf seinen Hochzeitsanzug und ein paar seiner uralten Hosen war nur Kayas Kleidung darin. Alles andere befand sich im Einbauschrank unter der Treppe, die ins Dachgeschoss führte.

Er strich mit der Hand über das Holz, wie um zu ertasten, wie gefährlich das war, was die Schranktüren vor ihm verbargen. Jedes Kleidungsstück darin eine Erinnerung. Er würde jedes einzeln in die Hand nehmen, in einen Kleidersack stecken und forttragen müssen. Wohin? Was tun mit ihrer Wäsche, den Strümpfen, den Shirts, die sie nachts getragen hatte?

Er ließ die Hand sinken. Der Schrank musste warten. Schritt für Schritt.

Er dachte an Tina. Was hatte sie mit der Kleidung ihres Kindes gemacht? Hatte sie sie je berühren können? Oder lagerten all diese winzigen Pullover, Hosen und Jäckchen noch immer irgendwo in dem Haus ihres Ex-Mannes, an das sie durch ihren grausamen Verlust gekettet war? Traute er sich, sie das zu fragen?

Ruckartig wandte er sich vom Schrank ab und ging zurück zu Kayas Nachttisch. Zog eine der Schubladen auf. Hier waren sie, die Notizbücher, ordentlich übereinandergestapelt, das letzte obenauf. Ein Kugelschreiber steckte darin. Der Einband war beklebt mit einer Collage aus Zeitungsausschnitten vom Neujahrstag des letzten Jahres, Blumenmusterpapier und einer aus sonnengelber Klebefolie zurechtgeschnittenen Jahreszahl. Zu dem Zeitpunkt, als Kaya dieses Buch gestaltet hatte, war sie noch kerngesund gewesen. Zumindest hatten sie das geglaubt. Dabei musste das Melanom bereits da seine todbringenden Ableger in ihrem Körper ausgestreut haben.

Jan schlug das Notizbuch auf. Der Stift klemmte zwischen leeren Seiten. Er blätterte zum Anfang. Ein computergedrucktes Foto von Lina und Finn beim Bleigießen. Lina hielt etwas in die Kamera, das aussah wie ein aus der Form geratenes Peace-Zeichen. Daneben hatte Kaya geschrieben: *Wenn das kein gutes Omen ist!* Darunter klebte der Zettel aus Kayas Silvester-Glückskeks. Jan erinnerte sich noch an den Spruch: *Im Grunde ist jedes Unglück nur so schwer, wie man es nimmt.*

Er blätterte weiter. Kaya hatte wenig hineingeschrieben in diesen ersten Wochen des Jahres, sie war mit mehreren Frauen, vielen Nachteinsätzen und einigen Fortbildungen zu sehr beschäftigt gewesen, um innezuhalten und über Geschehenes zu reflektieren. Ihr Leben in voller Fahrt. Im Februar ein Familienausflug ins Museum für Natur und Umwelt in Lübeck, die Eintrittskarten hatte sie eingeklebt, auch die von einem Kinobesuch gemeinsam mit Ines. *Elias geht es nicht besonders gut,* stand darunter. *Er hat oft Schmerzen, sagt Ines. Sie überlegen, in den Süden zu ziehen, vielleicht hilft Wärme. Ich glaube das nicht. Ich glaube, zwischen Ines und Elias gibt es Unausgesprochenes, vielleicht einen stillen Vorwurf, aber darf ich ihr so etwas sagen?*

Dann der Tag, an dem Kaya ihre Diagnose bekommen hatte. Eine mit schwarzem Bastelpapier beklebte Seite ohne Datum. Erst am darauffolgenden Tag hatte sie in knappen, nüchternen Worten das Ergebnis der Untersuchungen zusammengefasst.

Es ist das Melanom, gestreut in Leber und Lunge, keine OP, keine Chemo. Vorschlag: Immuntherapie. Eine relativ neue Methode. Ich frage nach Heilungschancen, der Arzt redet von »Stabilisierung«. Was heißt das? Nie wieder gesund werden? Wie viel Zeit bleibt mir?

Hatte sie ihnen nicht immer und immer wieder versichert, dass sie gesund werden würde? Offenbar hatte sie selbst nicht daran geglaubt.

Die folgenden Seiten überschlug Jan, er wusste noch allzu genau, wie schrecklich diese ersten Wochen nach der Diagnose gewesen waren, Kaya von Übelkeit und heftigen Durchfällen nach den Infusionen geplagt, die Schwäche, das Herzrasen, die durchwachten Nächte. Die Angst. Wenn er jetzt daran zurückdachte, schien es ihm unglaublich, dass er weitergearbeitet hatte, dass überhaupt irgendein Leben außerhalb dieser Räume möglich gewesen war.

Er blieb an einem Eintrag im August hängen. Kayas Handschrift hatte bereits Ecken und Kanten.

Es gibt keine Hoffnung mehr. Unter der Haut überall Knoten, auf dem Kopf, am Hals, bis runter zur Brust. Das Atmen fällt manchmal so schwer, dass ich glaube, das letzte Stück des Weges nicht mehr schaffen zu können. Wünsche mir eine Pille, eine Spritze, die das beendet. Ohne Kampf, einfach hinübergleiten, schmerzlos, unbemerkt.
Du darfst den Mut nicht verlieren, sagt Jan. Wenn ich wieder gesund bin, dann … sage ich zu den Kindern. Wie lange noch? Ich muss ehrlich mit ihnen sein.

Und dann kam der 29. August, der Tag, an dem er sich ein Jahr später mit Tina nackt in abendwarme Atlantikwellen gestürzt hatte:

Wir waren auf dem Friedhof und haben mein Grab ausgesucht. Es liegt versteckt in einer Ecke. Es gibt so viele

kleine Wege dort, ich glaube, ich würde die Stelle nicht wiederfinden. Dieser Friedhof ist ein Labyrinth.
Heute kam auch die Trauerrednerin. Jan wehrt sich. Er will sie nicht in unser Leben lassen, das ohnehin gar keins mehr ist, aber bald werde ich die Kraft nicht mehr haben, seine Verzweiflung aufzufangen.
Als sie ins Zimmer kam, wusste ich sofort, sie ist die Richtige.
Ich wünschte, Jan würde mehr zulassen als nur eine Rede.

Danach hatte sie nur noch einmal etwas geschrieben, ihre Handschrift war kaum lesbar, es musste kurz vor dem Moment gewesen sein, als er sie ins Wohnzimmer getragen hatte.

Alles fließt ineinander. Ist das schon Sterben? Aber ich schreibe. Also bin ich noch hier.
So viele Bilder in meinem Kopf. Keine Schmerzen. Angst.
Aber auch das hier:
Jan an meinem Grab. Ich daneben und zugleich nicht mehr da. Vor uns Bettina Seidel, sie streckt die Hand nach ihm aus, er schüttelt den Kopf, geht in die Knie, scharrt in der Erde, gräbt ein Loch. Die Urne ist weg, die schöne Urne. Er hört nicht auf zu graben, das Loch wird tiefer, Bettina wendet sich ab. Ich will, dass sie Jan mitnimmt, rufe, aber sie hört mich nicht.
Ich muss Jan sagen, dass er mit ihr gehen soll. Er verläuft sich sonst. Sie kennt sich aus mit Friedhöfen.
Die Nebel ziehen wieder auf.
Jan, wo steckst du? Ich …

Die letzten Worte waren nicht mehr lesbar. Aber das war auch nicht nötig.

Er legte das Notizbuch zurück in die Schublade und ging aus dem Zimmer. Die Tür ließ er offenstehen.

∞

Es war ein sehr schönes Bücherregal geworden. Jan hatte das kostbarste Holz verwendet, dessen er habhaft werden konnte. Ein Blickfänger. Viele Bücher passten sicher nicht hinein, dafür aber würde es in jedem noch so kleinen Zimmer Platz finden. Lina sagte, es passe sehr gut zu Tinas anderen Möbeln, die sie inzwischen kannte, weil sie einige Male bei Emma zu Besuch gewesen war. Das Haus, in dem die Seidels lebten, sei riesig, aber nicht wirklich schön. »Ein bisschen wie bei Oma und Opa«, erzählte sie, »ganz viel Glas und Marmor und unheimlich viele Treppen.« Sie berichtete auch, dass Tina mit Emma und Ben umziehen wollte, weil sie sich nicht mehr richtig gut mit Emmas Papa verstehen würde, aber sie hätten noch keine passende Wohnung gefunden.

»Wusstest du eigentlich, dass Emma mal eine kleine Schwester hatte?«, fragte sie, als sie zusammen mit Finn das Bücherregal bewunderten, das Jan ins Haus gebracht hatte, um zu sehen, wie es in einer wohnlichen Umgebung wirkte.

»Ja, das wusste ich«, sagte Jan.

»Auch, dass sie ertrunken ist?«

»Auch das.«

»Krass«, sagte Finn.

»Oberkrass«, bekräftigte Lina. »Die haben so einen

Koffer. Emma hat ihn mir gezeigt. Da sind die Sachen von der kleinen Schwester drin. Also nicht alle, nur so ein paar Fotos, ein Kleid, Schuhe, Kuscheltiere und so was. Emma durfte sich zwei Dinge aus Hannas Sachen aussuchen, die da rein sollten. Den Rest haben sie weggegeben.«

»Ich muss langsam los. Training«, murmelte Finn. Er mied Jans Blick.

»Warte noch«, bat Jan ihn. Und zu Lina sagte er: »Erzähl weiter.«

»Emma hat gefragt, ob wir auch so einen Erinnerungskoffer haben. Mit Sachen von Mama.«

»Und was hast du ihr gesagt?«

»Dass wir ein ganzes Zimmer haben.«

Finn machte Anstalten, den Raum zu verlassen, doch Jan hielt ihn fest.

Lina verschränkte die Arme und kippte die Hüfte ein wenig zur Seite und nach vorn, genau wie Kaya immer. »Emma sagt, ein ganzes Zimmer wäre zu viel. Und Tina findet das auch.«

Jan ließ die Luft entweichen, die er unbewusst angehalten hatte. Seit die Schlafzimmertür offen stand, war er oft hineingegangen, hatte Dinge in die Hand genommen und wieder zurückgelegt, weil er nicht wusste, wie der nächste Schritt aussehen könnte. Lina hingegen bewegte sich wie selbstverständlich darin, öffnete den Schrank, probierte Kayas Kleider an, die ihr in nicht allzu langer Zeit passen würden. Nein, tragen würde sie die nicht, es sei nicht ihr Stil, hatte sie erklärt, als er sie dabei ertappt hatte. Dass Finn die Schwelle je übertreten hatte, bezweifelte Jan. Sein Sohn hielt den Blick fest in die Zukunft gerichtet, immer noch entschlossen, im nächsten Herbst seine Lehre bei

Bode & Söhne zu beginnen. Die Vergangenheit schien für ihn allenfalls noch aus einem denkwürdigen Urlaub an der französischen Atlantikküste zu bestehen.

»Du meinst, es wäre eine gute Idee, auch so einen Erinnerungskoffer zusammenzustellen?«

Lina nickte mit der Entschlusskraft einer Dreizehnjährigen.

Finn starrte auf Tinas Bücherregal, schien es aber nicht wirklich wahrzunehmen. »Und was machen wir mit ... mit dem ganzen Rest?«, fragte er mit gepresster Stimme.

»Mal sehen. Da fällt uns schon was ein«, sagte Jan leichthin, obwohl das der schwierigste Teil des Prozesses war.

»Und willst du dann wieder da schlafen?«, fragte Lina.

Jan lächelte. Die Antwort auf diese Frage kannte er schon lange, nur den Weg dahin hatte er sich nie vorstellen können. »Ich denke, ich habe eine bessere Idee.«

∞

Der Koffer war bald gefunden. Er stand auf dem Dachboden, viele Jahre unbeachtet. Finn hielt ihn für zu klein, Lina sagte, Hannas Koffer sei sehr viel kleiner, und Jan fand, einen besseren Kaya-Erinnerungskoffer könne er sich nicht vorstellen. Es war der Koffer, den Elke ihr immer mitgegeben hatte, wenn sie ihre Tochter wieder einmal auf unbestimmte Zeit bei ihrer Schwester, Nachbarin oder guten Freundin zurückließ.

Die Auswahl der Gegenstände, die darin Platz finden sollten, dauerte sehr viel länger. Lina wählte einen Schal mit Schmetterlingen und die Wintermütze, die immer so gut zu Kayas Augenfarbe gepasst hatte. Lina war es auch, die den Kleiderschrank offen stehen ließ, nachdem sie ihre Wahl getroffen hatte, und es damit Finn leichter machte, sein Erinnerungsstück auszusuchen.

Er zog einen von Kayas Kapuzenpullis heraus, drückte ihn Jan in die Hand und flüchtete in sein Zimmer. Erst Tage später fand Jan ihn erneut im Schlafzimmer vor. Jan hatte mit dem schweren Prozess des Ausräumens, Sortierens und auf Kleidersäcke Verteilen begonnen, den er immer wieder unterbrechen musste, weil er so kräftezehrend war. Finn hatte ein altes Hard-Rock-Café-T-Shirt von Kaya aus einem der Säcke gezogen. »Können wir das auch noch verwahren?«, fragte er leise.

Jan nahm ihn in den Arm. Finn wehrte sich nicht, und das T-Shirt wanderte schließlich tränenbenetzt in den Koffer.

Von den Notizbüchern aus Kayas Nachttisch wollte Jan nur eine begrenzte Anzahl aufbewahren – es waren einfach zu viele. Seltsamerweise fiel es ihm leichter, sich von Kayas in Schrift und Bild gebannten Erinnerungen zu trennen als von ihren Kleidern. Er hatte sich vorgenommen, nur zehn Bücher zu behalten – am Ende wurden es vierzehn: Alle Bände aus den Jahren seit Linas Geburt und das aus dem Jahr ihres Kennenlernens. Das letzte Notizbuch stellte er ins Küchenregal neben den Geburtstagskalender. Er würde es bald noch einmal brauchen. Der Rest wanderte in eine große Kiste, die er in den Flur stellte. Dort würde sie noch eine Weile bleiben, bis auch Lina und Finn bereit waren für ein großes Abschiedsfeuer.

Zum Schluss legte Jan *Naokos Lächeln,* Kayas Kindheitsfotos und ihren Silberschmuck in den Koffer. Die Klangschale nahm Lina in Besitz, ebenso wie Kayas Fellschuhe und einen schwarzen Schal aus Angorawolle.

Als der Sommer sich dem Ende neigte trug Jan den letzten Kleidersack aus dem Schlafzimmer und begann, gemeinsam mit Lina und Finn, den ersten Teil seiner Idee in die Tat umzusetzen, die ihm bereits vor Monaten gekommen war. Sie zerlegten das Ehebett, und Finn stellte es auf Ebay ein. Linas Möbel wanderten ins Schlafzimmer, aus dem nun ihr Zimmer werden sollte. Der Nachttisch und der alte Bauernschrank kamen in Linas bisheriges Zimmer, und Jan baute mit Finns Unterstützung noch am selben Tag ein neues Bett für diesen Raum, in dem er fortan schlafen würde. In einem nächsten Schritt plante Jan, den Dachboden auszubauen, damit Finn dort oben wohnen konnte, wenn er aus Detmold zu Besuch käme. Aber das lag in einer Zukunft, an die Jan jetzt noch nicht denken wollte.

Der Erinnerungskoffer fand seinen Platz im Herzen des Hauses – im Einbauschrank unter der Treppe. Es war ein guter Platz. Der beste. Bestimmt hätte Kaya das genauso gesehen.

1. OKTOBER

*J*an rief Tina an Kayas Todestag an.

»Verzeih, es hat ein bisschen gedauert.«

»Ich habe damit gerechnet, dass es sehr viel länger dauern würde.«

»Du musst nicht denken, nur weil heute … äh … Ich rufe nicht an, weil ich heute Trost brauche oder so.«

»Glaubst du, das würde mich stören?«

»Nein.«

»Warst du schon an ihrem Grab?«

»Nein.«

»Willst du, dass ich mit dir hingehe?«

»Ich glaube nicht. Aber ich möchte dir etwas zeigen.«

»Ah, ich glaube, ich weiß, was du meinst.«

»Normalerweise erfülle ich meine Aufträge schneller. Aber dieser … Es war eine echte Herausforderung.«

»War?«

»Du hast recht. Es *wird* eine. Aber ich glaube, jetzt kann ich sie stemmen.«

Bei ihren Besuchen im vergangenen Jahr hatte Tina immer auf der Straße vor dem Haus geparkt. Heute fuhr sie ihren Fiat Panda zum ersten Mal unaufgefordert in den Hof. Jan beobachtete durch das Küchenfenster, wie sie einen tiefen Atemzug nahm und die Schultern straffte, bevor sie auf die Haustür zuging.

»Ich bin nervös«, gestand sie, als er ihr öffnete.

»Ich auch.«

Sie standen einander gegenüber, auf Abstand, wie um die neue Qualität der Atmosphäre zwischen ihnen erst einmal auf sich wirken zu lassen. Sie war deutlich spürbar, diese Angst, die Last des Gewesenen könnte erdrücken, was sich seinen Weg ans Licht gebahnt hatte. Und dennoch war da Zuversicht. Das Kribbeln des Neuanfangs.

»Komm erst mal rein«, sagte er.

Er führte sie ins Wohnzimmer, wo das neue Bücherregal zwischen Fenster und Kayas Lieblingssessel stand. Das Holz schimmerte rötlich im Sonnenlicht.

Sie sah es sofort.

»Es ist wunderschön«, flüsterte sie.

»Denkst du, du könntest einen Platz dafür finden?«

»Ich habe ihn bereits gefunden.«

Er brauchte einen Moment, um zu verstehen, wie sie das meinte.

»Wo?«

»Im Süden von Lübeck. Nur fünfzehn Minuten von hier. Ich war gerade dort, als du angerufen hast.«

»Und brauchst du wieder viele Einbauschränke?«

Ihr Lächeln ließ die Angst schmelzen.

»Ganz sicher«, sagte sie.

»Ich muss dir noch etwas zeigen.« Er führte sie in die Küche.

Kayas Notizbuch steckte im Regal neben dem Geburtstagskalender. Der Kalender würde hierbleiben, das Notizbuch in den Koffer wandern. Bald musste Jan Frau Schwermuth, Kayas Grundschullehrerin, anrufen. Er würde ihr sagen, dass es ihm gutging, viel besser, als er es vor einem Jahr hatte erwarten können. Und dass er das diesem Kalender verdanke, in den Kaya ihren Namen vermutlich als einen der ersten überhaupt eingetragen hatte. Das würde sie ganz bestimmt freuen.

Jan zog das Notizbuch aus dem Regal, schlug die Seite auf, die Tina lesen sollte, und stellte ihr einen Kaffee hin.

»Ich möchte, dass du es selbst liest. Ich glaube, sie hätte es dir gern gesagt, aber das hat sie nicht mehr geschafft.«

Dann ließ er sie allein.

Sie gingen dann doch noch zum Friedhof. Jan war seit der Beerdigung nicht mehr hier gewesen, hatte nicht, wie die Leute im Dorf es üblicherweise taten, Blumen ans Grab gestellt, den Grabstein von Laub befreit und das Moos, das sich in ihren eingravierten Namen setzte, weggekratzt. Er hatte Kaya immer gern Blumen geschenkt, als sie noch lebte. Zu diesem Flecken Erde hatte er keine Beziehung entwickeln können, es auch nicht gewollt. Trotzdem standen frische Blumen dort, und der Stein war sauber wie am ersten Tag. Zumwinkels Kalender allerdings, den er hier zu finden geglaubt hatte, war nicht zu sehen.

»Wer kann das gemacht haben?«, fragte Tina. Sie hatte sich bei ihm eingehakt. Er hätte nicht gedacht, ihre Stütze zu brauchen, aber als sie vor dem achtzig-mal-achtzig Zentimeter großen Stückchen Erde standen, in dem die allerletzten Überreste seiner Frau steckten, war er froh um die Stabilität, die ihre Nähe ihm verlieh.

»Viele im Dorf waren ihr dankbar. Eine der Frauen vielleicht.« Dann dachte er an Annemie, die das Grab ihres Mannes seit seinem Tod jeden Tag besuchte. Gewiss war Annemie auch Kayas Seele noch immer verbunden. Wenn er sie das nächste Mal sah, würde er sie fragen.

Er legte die Rose, die er im Garten abgeschnitten hatte, neben den Grabstein. Wenn niemand sie fortwarf, würde sie sich irgendwann mit Kayas Asche mischen. Dieser Gedanke hätte ihr sicher gefallen.

»Gehen wir?«, fragte er Tina, als er sich aufrichtete.

»Wenn du bereit bist?«

»Das bin ich.«

Hand in Hand spazierten sie zurück zum Ausgang. Er dachte, dass die Wege zwischen den Gräbern von ganz oben – da, wo die Vögel den Himmel kreuzten – tatsächlich ein wenig wie ein Labyrinth aussehen mussten. Erstaunlich, dass ihm das nie aufgefallen war.

∞

DANKSAGUNG

Dies ist eine wahre Geschichte, doch ich bin den Menschen, denen sie widerfahren ist, nie begegnet. Weder Jan noch Kaya, Tina oder Elke hat es je gegeben – alle Figuren in diesem Roman sind frei erfunden, und jegliche Ähnlichkeit zu lebenden Personen wäre rein zufällig. Der Kern des Wahren liegt in einem Gefühl – der über den Tod hinausgehenden Liebe, die sich in dem Wunsch einer sterbenden Ehefrau manifestiert hat, der Partner möge nach ihrem Tod ein Jahr lang ihren Geburtstagskalender pflegen. Die Weisheit, die in diesem Wunsch liegt, die Fürsorge einer vom Krebs gebeutelten Frau für ihren Partner sind zutiefst berührend. Die Geschichte dieses Ehepaars ist unvergessen geblieben, weil Menschen sie einander erzählt haben. Ich bin dankbar, diejenige gewesen zu sein, die diese Geschichte zu dem machen durfte, was sie jetzt ist.

Mein Dank gilt vor allem Katinka Bock, die den wunderschönen Kern dieser Geschichte erkannt hat, ihre Kollegen im S. Fischer Verlag davon überzeugt und sich auf die Suche nach einer Autorin gemacht hat.

Darüber, dass ich diese Autorin werden durfte, staune ich noch immer. Und ohne meine großartige Agentin Sabine Langohr wäre ich es ganz sicher nicht. Von ihr betreut zu werden, ist wahrhaft ein Segen. Danke!

Ich danke auch Robert, der mit sachdienlichen Hinweisen zum Tischlerhandwerk verhindert hat, dass ich grobe Schnitzer einarbeite, und natürlich Iris und Astrid für kollegialen Austausch, Unterstützung und Zweifelsbeseitigung.

Über das Sterben, den Tod zu schreiben, bedeutet manchmal auch, schmerzhaftes Erleben wachzurufen. Insofern war die Arbeit an diesem Roman auch für mich ein Stückchen Trauerarbeit. Aber eben auch ein Stück Erinnerung. Und dafür bin ich ganz besonders dankbar.

Buchboutique – einfach gute Bücher

Sie mögen Familienromane, Sagas,
Gegenwartsliteratur, Liebesgeschichten
und historische Romane?
Dann melden Sie sich für
den buchboutique-Newsletter und
erhalten Sie ausgewählte Leseempfehlungen
direkt in Ihr Postfach. Freuen Sie sich auf:

- aktuelle Neuerscheinungen

- persönliche Buchempfehlungen

- regelmäßige exklusive Gewinnspiele

Melden Sie sich hier für unseren Newsletter an:
www.buchboutique.de/newsletter

Weitere Buchempfehlungen und vieles mehr finden
Sie außerdem auf *Facebook* und *Instagram*.

buch**boutique**

Einfach gute Bücher